여태 얼마나 많이 힘들었어.

혼자 앓아왔던 말하지 못한 아픔들,

위로받지 못한 지난 시간들,

그렇게 잠 못 들었던 너의 밤.

그런 너의 마음을 바라봐주고

내가 가득 알아줄게. 그렇게 안아줄게.

함부로 판단하지 않을게. 조언하지 않을게.

그저 곁에 머물러주고 귀를 기울일게.

내내 다정하게, 그렇게 사랑스럽게.

오늘 하루도 참 예쁜  에게.

당신의 마음을
안아줄게요

당신의 마음을 안아줄게요

주저앉아 버린 너에게
울고 싶은 너에게

진심의꽃한송이

때로 한 권의 책처럼 읽혀지고 싶었던 거잖아요.

말하지 않아도 알아주길 바랐던 거잖아요.

그래서 이렇게 외롭고 아팠던 거잖아요.

따스한 손길에 넘겨지고 싶어서,

따스한 눈길에 머무르고 싶어서,

그런 당신의 마음을 안아줄게요.

귀를 기울일게요. 시선을 둘게요. 그렇게 머무를게요.

당신이 괜찮아질 때까지 꼭 안아줄게요.

소중할 수 있게, 내내 다정하게, 그렇게.

CONTENTS

프롤로그

오늘 하루가 너무 힘들고 지쳐 누군가에게
너무 기대고 싶은데.

이제는 타인에게 기대기에 나,
사람에게도, 세상에게도
상처를 너무 많이 받아왔나 봐요.

누군가 나의 아픔도, 힘듦도
그저 들어주고 안아줬으면 좋겠는데.

말을 했을 때 돌아오는 건 차가운 판단과 힘내,
라는 뻔하디 뻔한 위로의 말.

"힘들었지?"
라는 말과 함께 그저 안아주는 사람이 있었다면

나,
조금 더 힘낼 수 있었을 텐데.

내가 정말 간절히 원했던 건
어떤 판단도, 힘내라는 말도 아니었는데.

그저 들어주고
따스한 온도로 안아주는 것.
단지, 그게 필요했던 것뿐인데.

그러니
함부로 가볍게 여기지 않을게요.
당신의 아픔의 무게도, 지친 삶의 시련도.

"그동안 많이 힘들었죠?"
얼마나 고생 많았어요. 얼마나 맘 아파왔어요.

이제는 내 품에 안겨요.

하루 종일 들어주고 함께 아파해줄게요.
내 품에서 당신의 마음의 짐, 펑펑 털어내고
조금은, 전보다 더 따뜻이 행복한 당신이 될 수 있게.

• • •

부디 당신을 향한 나의 진심 어린 걱정과
위로가 되고픈 간절함이 당신의 맘에 고스란히 닿아
소소한 응원과 위로가 되어주기를, 진심 다해 바라며.

그럼에도 오늘 하루 참 수고 많았어요

하루하루가 너무 고단하고 힘들어요. 차가운 세상은 당신의 외로운 마음보다는 웃고 있는 겉모습을 바라보고 있고, 그런 당신은 당신의 마음속에 응어리진 아픔과 외로움을 꺼내기가 두려워요. 먼저 알아줬으면 좋겠는데, 그렇게 다가와 따뜻한 표정으로

"무슨 일 있어?"

그윽이 물어봐줬으면 좋겠는데, 이제는 그런 기대가 사라질 만큼 세상의 차가움을 너무나 잘 알아버렸어요.

"잘 지내니?"

하루에도 몇 번은 오는 안부 문자. 나는 잘 지내고 있지 않은데, 잘 지내냐고 물으면 내가 잘 지낸다고 대답할 수밖에 없게 돼버리잖아. 그렇게 체념한 채, 오늘도 잘 지낸다고 거짓말해요.

미워요, 이 세상이. 내 마음이 어떤지, 지금 내가 무슨 생각을 하며 살아가는지 들여다보려 하지도 않는, 겉밖에 모르는 사람들이. 그리고 그럼에도 잘 지낸다, 거짓말하는 내 자신이.

혼자 짊어지기에 너무 버거워서 말하고 나누었는데, 돌아오는 건 성의 없는 공감뿐이었어요. 함께라면 덜어질 줄 알았는데 도무지 덜어지지가 않아 혼자가 되기로 했어요. 혼자가 편해져버렸어요.

그 마음, 잘 알아요. 그런 당신에게 나는 그럼에도 끊임없이 당신의 아픔을 나누어보라고 말해요. 말하지 않아서 몰라주었던, 둔하지만 따뜻한 사람도 있는 거니까. 당신의 아픔을 덜어주고 싶은데 어떻게 해야 할지 몰라 재미있는 얘기로 당신의 기분을 풀어주려고 했던 사람도 있는 거니까. 그게 아픈 당신에겐 너무나 이기적인 배려가 되어버렸던 걸지도 모르는 거니까.

결국, 혼자가 더 편해서 혼자가 되었지만, 나누는 게 나를 더 무겁게 만들어서, 그래서 고독해지기로 마음먹었지만, 그럼에도 간절히 기다리고 있잖아요. 그런 당신의 마음을 토닥여줄 타인의 따듯한 품을.

그러니까 한 번만 더 기회를 줘봐요. 그리고 조금만 더 기대치를 낮춰보는 거예요. 그렇게, 당신만큼 감수성이 풍부한 사람이 이 세상에 그리 많지 않다는 것을, 이제는 받아들여줘요. 어떡하겠어요, 둔한 바보들인데. 그러니 당신이 양보해야지. 말하지 않아도 알아주길 바라던 당신의 기대를 낮추어, 말이라도 할 테니까 제발 좀 들어주고 토닥토닥 좀 해줘, 로 타협하는 거예요.

"잘 지내니?"
"아니, 못 지내. 오늘 너무 힘들었어. 위로 좀 해주라."

이제는 나 많이 힘들다고, 많이 아프다고, 지쳐있다고. 그러니까 좀 끌어안아달라고, 하루 종일 내 이야기를 좀 들어달라고 말.해.요.

감수성이 풍부하지 못한 많은 사람들을 대신해서 오늘까지는 내가 당신을 위로할게요. 대신, 내일부터는 꼭 위로받지 못했던 세상으로 나가 위로를 듬뿍 받아오는 당신이 되겠다고, 약속해줘요. 못 지키면 나한테, 혼.나.요.

"오늘 하루도 수고 많았죠?"

그래서 나는 당신에게 이렇게 말할래요. 오늘 하루도 참 수고 많았어요. 어떻게 이 세상을 살아가는데 힘들지 않을 수가 있겠어요. 하루하루가 지날수록 세월의 무게에 고단함이 실려 더 무거워져만 가는데, 그렇게 미래에 대한 책임감이 당신을 짓눌러오는데 어떻게 잘 지낼 수가 있겠어요.

"많이 힘들죠?"

맞아요. 힘들 수밖에요. 외로운 날 따뜻이 안아주는 사람 한 명이 없는 차가운 나날 속에서 홀로 감당해온 마음의 걱정거리와 아픔들이 이토록 당신을 외롭게 하는데 어떻게 힘들지 않을 수가 있겠어요.

괜찮아요. 내가 있잖아요. 오늘도 그런 당신의 아픔을 공감해주는 내가 있잖아요. 알고 있어요. 힘내라, 이런 말 듣고 싶지 않은 거. 이렇게 해봐라, 이런 충고가 필요했던 게 아니라는 거.

지금 당신에게 필요한 건 함께 힘든 자의 공감이잖아요. 그저 들어주고 맞아, 그럴 땐 정말 힘들어, 라고 말해줄 수 있는 따뜻한 품이잖아요. 그게 간절해서 이토록 외로운 당신이잖아요. 그러니까 이리로 와요. 우리 같이 인상을 찌푸린 채 서로 맞아, 맞아, 공감하며 눈물을 글썽이며 끌어안아요. 공감과 이해라는 따스한 온도로 그동안의 차가웠던 외로움을 녹이고 이제는 웃어보는 거예요.

그러니까 당신, 너무 애쓰지 말아요. 애써 힘낼 필요 없으니까. 힘든 건 힘든 거대로 두고 따스한 품을 만들어가는 거예요. 힘들 땐 힘들다며 울고불고 이야기하며 안길 수 있는 그런 품을 찾아가는 거예요. 그런 품이 있다면 힘들어도 괜찮을 수 있으니까. 힘들었기 때문에 너에게 포근히 안겨 위로받을 수 있는 거니까. 함께, 오늘 하루를 따듯이 마무리할 수 있는 거니까요.

그런 품이 없다면, 그런 품이 되도록 당신이 그 관계를 이끌어가봐요. 한 번만 더 용기를 내어봐요.

이제부터 힘들었던, 고단했던, 당신을 이렇게나 지치게 만들었던 이 하루하루는 당신을 외롭게 하는 슬픈 일이 더 이상 아닌 거예요. 앞으로는 너에게 투정부리고 너의 품에 안길, 예쁜 핑계가 되는 거예요.

조금 소심해졌을 뿐이에요. 여태 공감을 얻지 못했던 당신이라서, 그 상처를 더하기가 두려워서 마음의 문을 잠시 닫아뒀을 뿐이에요. 세상이 차가운 게 아니라 내 마음이 잠시 방어적이 되었던 거뿐이에요. 마음을 조금만 열면, 조금만 더 용기를 내어보면, 그렇게 세상을 마주하다보면, 생각보다 따뜻한 구석이 많이 있었다는 것을, 나를 토닥여줄 품이, 포근한 눈빛이 여기저기 있었다는 것을 꼭 알게 될 거예요.

그 소중함을 더 간절히 가슴에 새기기 위해 잠시 외로웠던 거예요. 당신만큼은 이토록 감성에 둔한 사람들 속에서도 그 감성을 잃지 않고 잘 지켜냈으면 싶어서 삶이 당신에게 잠시 차가움을 선물한 거예요. 그래서 당신은, 따듯하고 예쁜 사람이잖아요. 타인의 사소한 일마저 그냥 지나칠 수 없는. 그러니까 당신이 조금 기대를 낮추고 그들을 이해해줘요. 오늘까지는 그런 당신을 내가 안아줄게요. 이리로 와 봐요.

예쁜 당신, 오늘 하루도 참 수고 많았죠?

토닥토닥,
좋아하는 노래를 들으며 따듯이 샤워하고 와요.

개인적으로 나는 콜드플레이의 Fix you,
비틀즈의 Hey jude를 들으며 샤워를 해요.

어릴 적 홀로 좋아했던 사람이 즐겨듣던 노래거든요.
그런 사연이 있는 노래를 들으며 마음에 쌓였던 피로,
따뜻한 물과 함께, 향긋한 바디워시와 함께 흘려보내고 와요.

•

왔어요? 그래도 힘들죠?
바보. 괜찮아요. 힘들면 좀 어때요.

오늘 하루의 분했던 생각, 누군가에게 상처받은 말,
이렇게 했어야 했는데 하는 후회, 누군가의 성의 없는 공감.

아직도 고스란히 생각이 나 아프죠?

•

그럼에도 오늘 하루, 잘 버텨줘서 고마워요.

너무 힘이 들었는데 그럼에도 이렇게 예쁘게,
하루를 잘 보내준 당신이 얼마나 기특하고 예쁜지 몰라요.

이제 이불 꼭 덮고 누워요.
발까지 잘 들어갔는지 확인했어요?

그렇게 자기 전의 당신께 할 말이 있어요.

•

가끔 살아가는 게 너무나 힘들고 외로워도
우리가 살아갈 수 있는 것은, 그럼에도 불구하고

아직은 이 세상에 따뜻한 구석이 있고
조금은 기댈 품이 있기 때문이에요.

그러니 마음의 문, 너무 닫아두지 말아요.
이제는 바라지도, 기대하지도 않아, 그렇게 생각했다면
조금은 바라고 기대해 봐요. 한 번은 더 기회를 줘 봐요.

누군가에게 한 번 만나자, 연락해서
이런저런 일로 참 외롭고 힘들다, 털어놓아보는 거예요.

말하지 않아서, 표현하지 않아서 몰랐던 사람도 있는 거니까.
그래서 실망했는데, 알고 보니 따뜻한 사람도 있는 거니까.

세상은 절대, 혼자 살아갈 수는 없는 거니까요.

그렇게 당신만의 따스한 품들을 만들어가 봐요.
힘들어도 괜찮은, 아파도 괜찮은, 그런 당신이 될 수 있게.

예쁜 당신, 을 꼭 닮은
예쁜 꿈꾸며 따듯이, 잘 자요.

•

그런 당신의 곁, 꼭 따뜻한 마음으로 가득하길 바라며
나도 이만 자러 갈게요.

이제는 혼자가 아닌
함께하는데도 혼자인 것만 같은 당신이 아닌

당신의 마음을 알아주는
그런 타인이 있어 든든한 당신이길.

진심 다해 바라며.

•

오늘 하루도 정말, 수고 많았어요.

•
•
•

아 참, 약속 꼭 지켜요. 혼나기 싫으면.

잘 지내니? 하루에도 수없이 오는 안부 인사들. 잘 지낼 리가 없는데. 하루를 살아가기가 너무 무거워서, 당장에 닥쳐올 내일부터가 너무 무서워서 잘 지낼 리가 없는데. 그럼에도 잘 지내냐 묻는 너의 안부가 오늘따라 왜 이렇게 차갑기만 한지.

이제는 내 마음, 털어놓기가 겁이 나. 돌아올 너의 차가운 반응 앞에서 또 상처받을 내가 될까 봐. 그렇게 또다시 혼자이기를 선택하는 내가 될까 봐. 이제는 그 모든 것이 두려워.

그러니 앞으로는 우리, 서로가 서로의 아픔 앞에서 함부로 가벼워지지 않기를. 너의 지금에, 나의 지금에, 그 아픔의 무게들까지도 바라볼 수 있는 우리이기를.

어쩌면, 잘 지내냐는 물음에 잘 지낸다는 대답이 습관이 되어버린 우리에게 필요한 건, 잘 지내냐는 물음이 아닌

힘들지, 라는 알아줌일지도 모르겠다.

혼자가 되어버렸다.
함께함에도 외로운 나라면
차라리 혼자가 되는 게 나을 거 같아서.
적어도 상처받을 일은 없을 테니까.

그러다 문득, 너에게서 연락이 왔다.
아프다고. 너무 힘들다고.
기댈 곳이 없어 늘 혼자 앓아왔다고.
하지만 끝내는 네 생각이 났다고.

그랬구나.
그때는 내가 너무 어렸었구나.

그 긴 공백의 시간을 지나며
나의 곁 또한 아픔을 겪어왔다는 것을.
하염없이 무너지고 흔들리고 쓰러져왔다는 것을.
내가 어렸듯 너 또한 어렸었다는 것을.
우리, 똑같은 마음으로 문을 닫아두었다는 것을.

하지만 그때와는 다른
나니까, 너니까, 우리니까.

먼저 용기를 내어준 너에게 무척이나 고마우면서도
그러지 못했던 내게 숙연한 맘 가득해지는 그런 밤.

따듯함 가득 물들기에 충분한 오늘 밤,
예쁜 당신을 꼭 닮은 예쁜 꿈꾸며, 따뜻이 잘 자요.

날씨가 적당하진 않았어요.
꼭 좋은 일만 있었던 하루도 아니었어요.
나를 속상하게 하는 일도 있었고
왜 나에게 이런 일이 생길까, 싶을 만큼
답답하고 아프기도 했어요.
하지만 좋았던 일이 없었던 건 아니에요.
아프고 안 좋은 일 사이에서도
사소하게 나를 웃게 하는 일들이 있었고
행복하기에 충분했던 일들도 분명 있었어요.
그러니까 안 좋은 일들 앞에
사소한 일들의 기쁨과 소중함까지 묻어두진 말아요.

우리, 지나간 하루의 마지막은
좋은 것들을 기억하는 것으로 마무리해요.
그러기에 당신의 하루는 충분히 소중했어요.

그 소중함으로 이 밤이 가득 차기를.

♀

혼자가 되어버렸어.

둘이지만,

감정은 나누어지지 않았고

아픔은 닿지 않았고

그렇게 서로인 채 어차피 따로니까.

그게 나를 더 힘들게 해. 외롭게 할 뿐이야.

♂

그 감정, 무엇인지 알 거 같아.

하지만 그럼에도, 간절히 바라고 있잖아.

사람은 혼자서는 살아갈 수 없는 거니까.

끊임없이 너를 알려나갔으면 좋겠어.

너라는 사람의 세계를.

나는 이런 사람이다, 라고 끊임없이.

널 받아들여주고 알아주고 이해해주는 사람.

한 명은 꼭 있을 테니까. 포기하지 마.

참 소중하고 예쁜 당신 있는 그대로

"넌 왜 이렇게 못났어, 부족한 거야?"

이 말이 누군가가 당신을 바라보는 눈빛에 담길 때만큼 당신의 마음을 아프게 하는 건 없어요. 겉으로는 아무렇지 않은 척 지나가기위해 노력하지만 날카로운 상처의 창이 당신의 마음을 쿡쿡 찔러오는 것만 같아요. 왜 그 사람은 날 좋아하지 않을까, 어떤 점이 마음에 들지 않았을까, 나는 그 사람의 마음에 들기 위해 어떻게 변해야하는 걸까, 하는 생각에 슬퍼요.

"변하지 말아요. 당신은 있는 그대로 참 소중하고 예뻐요."

그런 당신에게 나는 이렇게 말해주고 싶어요. 변하지 말아요. 변해야할 것은 지금도 이토록 찬란히 예쁜, 아름다이 반짝이는, 소중히 사랑스러운 당신이 아니라, 그런 당신을 사랑하지 못하는 그 사람의 마음뿐이라고. 그러니 변할 필요 없어요. 그 사람이 당신을 미워한다고 당신조차 당신의 있는 그대로를 저버린 채 다른 모습이 되고자 하는 거예요? 그러지 말아요. 만약 당신이 타인의 마음에 들기 위해 어떤 가면을 쓴다면, 당신에게조차 사랑받지 못한 당신의 마음엔 평생 지워지지 않을 흉터가 남고 말 거예요.

나는 그렇게 생각해요. 좋은 인연이란, 있는 그대로의 모습으로 다가갔을 때 그 모습이 상대방에게 기쁨이 되는 거라고. 있는 그대로 다가갔을 때 그 모습이 마음에 들지 않는다며 변화를 요구한다면, 그 사람과 당신은 인연이 아니었던 거라고.

타인의 마음에 들기 위해 가면을 쓴다면 타인이 좋아하는 당신은 당신이 아니라 당신의 가면인 거예요. 있는 그대로의 내가 아니라면 당신을 바라보는 나도, 당신이 바라보는 나도, 내가 아니라서 나는 외로울 수밖에 없는 거예요. 그 관계 속에 진짜 나는 없는 거니까. 진짜 나를 향한 눈빛은 그 어디에도 없는 거니까. 그래서 텅 비어버릴 수밖에요. 나조차 나 스스로를 사랑해주지 못해, 나를 당당히 여기지 못해 있는 그대로의 나를 숨겨야만 했던 거니까. 그렇게 진짜 나는 이 세상 그 누구에게도 사랑받지 못한 채 어두운 마음 한 구석에 움츠린 채 앉아 하염없이 울고 있는 거니까.

그러니 더 이상 당신의 진짜 모습을, 스스로 저버리지 말아요. 흐린 날에는 흐린 날만의 아름다움이 있고 맑은 날에는 맑은 날만의 아름다움이 있듯 당신에게는 당신만의 아름다움이 있는 거니까. 그런 당신만의 아름다움, 포기하지 말아요. 달라서 못난 게 아니라 달라서 예뻐. 소중해. 참 아름답고 찬란해. 당신이라는 이 세상에 단 하나뿐인 찬란한 아름다움과 당신만이 뿜을 수 있는 빛과 당신에게서만 맡을 수 있는 향과 당신만이 칠할 수 있는 색을 이제는,

이제는 바라봐줘요. 바라봐주고 아껴줘요. 그런 당신의 소중함, 내가 먼저 바라봐줄게요. 여태껏 숨길 필요가 없었다는 것을, 전혀 부끄러워할 필요가 없었다는 것을, 누군가가 외면할까 두려워하고 누군가가 미워할까, 사랑해주지 않을까 걱정할 필요가 없었다는 것을 가득 알 수 있게 당신의 찬란함, 내가 한아름 바라봐줄게요. 그렇

게 아껴줄게요. 사랑을 가득 담은 채 그런 당신을 내 눈에 담고 지긋이 바라봐줄게요. 당신의 그 무엇도 아니라 그저 당신의 있는 그대로를 꺼낼 수 있게, 그 모습 그대로가 참 예쁘다는 것을 알고 애교 넘치는 당신이, 참 사랑스러운 당신이 되어갈 수 있게 이제는 내가 가득 바라봐주고 사랑해줄게요. 아껴줄게요. 소중히 여겨 줄게요.

사랑 가득 담은 눈빛, 한아름 받으며 피어나는 거예요. 그동안 숨겨왔던 당신의 색과 향, 그리고 생김새, 그 모든 것들, 고스란히 꺼내어 사랑받는 거예요. 이제는 알게 될 거예요. 그동안의 내가 맺어왔던 관계 속에 진짜 나는 없었다는 것을. 나인 채 충분했는데 그러지 못해왔다는 것을. 내가 먼저 나의 있는 그대로를 바라봐주는 당당함이 없었다는 것을. 하늘에 수놓인 저 많은 별들도, 땅 위에 뿌리를 내린 이토록 다채로운 꽃들도, 하나로 태어나 하나 이상으로 맺혀 살아가는 이 많은 관계들도, 모두가 달라서 아름다웠다는 것을. 달라서 매력 가득한 우리였다는 것을.

그러니 당신, 나를 아낄 줄 아는 사람이 되어요. 나의 있는 그대로를 아끼고 사랑해줄 줄 아는 자존감을 가슴에 품을 때, 있는 그대로 부족하다 여겼던 당신을 이제는 참 예쁘고 매력 있다 여기게 될 거예요. 모든 것이 똑같은 나인데, 그저 나를 바라보는 태도 하나가 변했을 뿐인데 세상이 나를 바라보는 시선 또한 달라지는 거예요. 그러니 명심해요. 세상으로부터 당신을 지켜줄 가장 단단한 방패는 바로 자존감이라는 방패라는 것을. 사람들을 끌어당기는 가장 매혹적인 향수는 바로 자존감이라는 향수라는 것을.

그러니 타인의 시선에 너무 골몰하지 말아요. 당신은 지금 이대로도 충분히 찬란하니까. 아름답다는 건 삶을 살아가는 태도이니까. 만약 당신이 당신 스스로를 못났다, 예쁘지 않다 여기면 세상도 당신을 그렇게 바라보고 함부로 대할 테니까.

하지만 당신의 소중함을 스스로 알아봐주고 아껴준다면. 하여, 당신의 있는 그대로를 드러냄에 있어 당당하다면 세상은 당신을 결코 함부로 대하지 못할 테니까. 당신의 자존감이 당신을 지켜줄 테니까. 그러니 날 소중히 여기겠다, 마음먹어요. 이것이 필요하고 저것이 필요한 게 아니에요. 그저 내가 나를 아껴주고 사랑하겠다, 그렇게 마음먹는 순간 당신은 소중하고 예뻐. 아름답고 빛나.

세상은 당신 스스로가 당신을 어떻게 여기는지, 딱 그만큼의 기준으로 당신을 대하도록 만들어졌으니까요. 그러니 타인들의 시선, 이제는 두려워하지 말아요. 당신은 그저 당신인 채로 존재하면 되는 거예요. 당신의 있는 그대로인 채 피어나면 되는 거예요. 그런 당신 스스로를 예쁘다, 사랑스럽다, 바라봐주기만 하면 되는 거예요. 그때부터 그런 당신을 세상 또한 그렇게 대하게 될 테니까. 당신이 스스로를 부족하다 여길 때 당신을 함부로 대하던 세상이, 이제는 당신을 사랑 가득 존중하고 아껴주기 시작할 테니까. 그렇게 소중한 당신이 되어갈 테니까. 당신의 소중함, 지킬 수 있는 것은 결국 당신 자신뿐인 거니까.

그 변화 속에서 당신은 또한 타인들의 있는 그대로를 바라봐주는 사람이 되어갈 거예요. 겉모습 속에 숨겨진 여리고 천진난만한 사랑스러움을 바라봐주어 타인의 자존감 또한 고취시켜주는 사람이 되어갈 거예요. 그들의 겉이 아니라 마음을 바라봐주는 몇 안 되는, 어쩌면 유일한 사람이기에 당신은 간절한 사람, 소중한 사람, 없어서는 안 될, 절실한 사람이 되어갈 거예요.

여린 모습을 숨기기 위해 거친 가면을 써야만 했던 사람이 있어요. 사람들은 그 사람의 진짜 모습이 아니라 그 사람의 거친 가면을 바라보았고 그 또한 사람들을 거친 가면을 쓴 채 대했기에 사람들은 그 사람을 두려워했던 거예요. 하지만 그 관계 속에 진짜 그 사람은 없었던 거예요. 그래서 외로웠고 또한 아파하고 있었던 거예요. 하지만 당신은 그 사람의 안을 바라봐주어 여리고 사랑스러운 마음을 꺼내어 바라봐주게 되는 거예요. 하여, 당신 앞에서는 거친 가면을 풀어헤쳐 참 따뜻하고 예쁜 사람이 되는 거예요. 그렇게 당신 앞에만 서면 예쁨 가득 사랑스러워진 그 사람은 당신에게 간절해지는 거예요.

누구나 진심을 그리워하고 있었으니까요. 나를 꺼내어 보여주는 진심과 나의 있는 그대로를 바라봐주는 누군가의 진심을 그리워하고 있었으니까요. 있는 그대로 사랑받기를 간절히 바라고 소원하고 있었으니까요. 하지만 너무나 많은 거짓된 세상의 것들이 그런 당신을, 그런 그들을 가면 안에서 바래지고 시들어지게 몰아세워왔던 거예요. 있는 그대로를 사랑해주지 않은 채 나무라왔던 거예요.

하지만 괜찮아요. 그렇게 내몰려 위태로운 절벽의 끝에서 길을 잘못 들었구나, 이 길이 나를 더욱 외롭고 힘들게 하였구나, 알게 되었잖아요. 그래서 당신의 진심을 찾으러 나선 거잖아요. 이제야 진정 소중한 것이 무엇인지 알게 되었잖아요. 그러니 나의 있는 그대로를 저버렸던 지난 세월에게 어쩌면, 고맙다 말해줘요.

그리고 잊지 말아요. 당신은 있는 그대로 참 소중한 사람이라는 것을. 당신의 아름다움, 당신만이 가질 수 있다는 것을. 당신만의 색과 당신만의 향과 당신만의 성향과 당신만의 감수성은 이 세상에 단 하나뿐인, 너무나 고귀한 것이라는 것을. 그래서 이상한 게 아니라, 부끄러운 게 아니라 찬란히 아름다운 당신이라는 것을.

지금도 있는 그대로 참 소중한 당신이, 앞으로도 꼭 소중하기를.

있는 그대로 참 소중하고 예쁜 당신.

•

난 그런 당신이
더 이상 외롭지 않았으면 좋겠어요.

이렇게나 사랑스러운 당신이
당신 자신에게도, 다른 사람에게도
그저 당신인 채 사랑받았으면,
그렇게 사랑했으면 참 좋겠어요.

그러기에 너무나 충분하니까.
아니, 충분히를 넘어 차고 넘쳐흐를 만큼,
벅차게 소중하고 예쁜 당신이니까.

•

누군가 당신의 있는 그대로를 사랑하지 않는다고 해서
당신 스스로가 당신을 저버려선 안 되는 거잖아요.
포기해서는 안 되는 거잖아요.

더 이상 당신을, 스스로 아프게 해서는 안 되는 거잖아요.

그 순간에도 당신만큼은
당신 스스로를 아껴주고 사랑해야 하는 거잖아요.

그럼에도 불구하고 지켜줘야 할 나 자신이잖아요.

있는 그대로의 나인 채 다가갔을 때
그 모습 그대로를 예뻐해 주는 사람들.
그 사람들이 '진짜 인연'인 거니까.

그러니 꿋꿋이 지켜줘요.
그렇게 묵묵히 지켜나가요.

당신의 있는 그대로를 사랑해주지 않는 사람들은
인연이 아닌 사람들이었던 것이니 스쳐 지나가요.

서툰 당신의 모습마저 얼마나 예쁘데요.
얼마나 사랑스럽고 얼마나 귀여운데요.

그런 당신을 아껴주고 사랑해주는 사람을 만날 때
외로움도, 슬픔도, 아픔도 모두 잊혀질 거예요.

함께하는 것만으로도 행복하다는 말의 의미를
진심으로 이해하게 될 거예요.

그런 당신이 되기 위해
앞으로의 당신과 당신의 사랑과 삶을 위해

이제는 당신 스스로를 지켜주고 아껴주고 사랑해줘요.

•

당신은 이 세상에 단 하나뿐인,
소중한 사람이니까.

잘 보이기 위해, 더 사랑받기 위해 시작했던 연극은 그 누구도 진짜 나를 사랑하지 않는다는 허망한 비극으로 인해 결국 그 막을 내렸다. 사랑하는 나도, 사랑받는 나도 없었기 때문에. 진짜 나를 바라봐주는 그 시선의 상실은 나를 참 외롭고 아프게 만들었다. 모든 것이 가짜였으니까. 그러니 나의 행복을 위해, 가짜의 비워짐이라는 이 끔찍한 공허와 상실감이 아닌 진짜의 채워짐이라는 이 짙고도 농밀함 가득 찬 행복을 위해 나의 있는 그대로를 드러내길 두려워 말아야겠다. 있는 그대로 충분히 소중하고 예쁜 나라는 것을 의심해서는 안 되겠다. 있는 그대로 사랑받기에 충분한 나였다는 것을 꼭 알게 될 테니까. 나는, 나라서 아름답다.

항상 좋은 사람이고 싶어서 내 마음을 숨긴다면 그 사람이 좋아하는 나는 내 진짜 모습이 아닐 테고 그 사람을 좋아하는 나 또한 내가 아닐 테니 결국 그 관계 속에 진짜 나는 없겠지. 진짜 나를 바라봐주는 사람이 없어서 나는 더욱 힘들어져 무너지겠지. 그러니까 있는 그대로의 나인 채 다가가야겠다고 마음먹는다. 그 모습이 내가 아닌데 사랑받아봐야 무슨 가치가 있으며 의미가 있겠냐고 스스로에게 물어본다. 나의 이야기를 하는 것에, 나의 있는 그대로를 보여주는 것에 용기를 가져야겠다고 각오한다. 나를 알아줄 때까지 나의 세계를 끊임없이 알리고 표현해나가겠다고. 나의 사소하고 사소한 것까지도. 그 사소함을 바라봐주지 못하는 사람이라면 만남의 가치는 없는 거니까. 그러니 두려워말아야지. 좋은 인연이라면 꼭 받아들여질 테니까.

부디 네가 나에게,
너에게 내가 또한 좋은 인연이길, 진심 다해 소원하며.

좋은 인연이란,

너를 너무 좋아해서
내 마음 끌리는 대로 꾸밈없이
너에게 다가가는 것.
그런 내가 너에게도 좋은 것.

너에게 기쁨이 되기 위해 하는 행동들이
너에게 또한 부담이 아닌 기쁨으로 닿는 것.

하여, 애써 나를 꾸미거나
너에게 잘 보이기 위해 가릴 게 없는 것.

있는 그대로의 내가
너에게도 참 소중하고 좋은 것.

좋아해요.
당신의 어떤 것이 아니라, 당신을.

다른 누구도 아니라 당신이라서
나는 당신이 좋아요.

그 어떤 모습조차 당신이라면
그게 내가 당신을 좋아하는 충분한 이유에요.

야하지 않아도 충분히 야하고 예뻐.

너의 소중한 마음과는 달리

너를 바라보는 시선이 가벼워질까봐

나는 그게 괜히 속상해.

보여주지 않아도 너를 바라볼 수 있는

깊은 사람을 만났으면 좋겠어.

겉 말고 속을 말이야.

그러니 한 번의 시선이 집중되기보다

너를 향한 따듯한 시선이

너의 곁에서 천천히, 오래도록 머무를 수 있게

너는 따뜻이 다녀도 좋을 거 같아.

그 어떤 모습이든 그게 너라면 내겐 야하니까.

사소하게 웃는 모습도, 실수를 하다 붉어진 너의 얼굴도

그게 너라서 심장이 터질 만큼 안아주고 싶은 나니까.

그러니까 너의 겉모습이 벗겨지는 것도

너의 마음 속 깊은 안이 벗겨지는 것도

내 앞에서만으로 족해.

너의 있는 그대로가 너무 사랑스럽고 벅차서

너를 안아주고 싶다는 야한 생각이 잦게 드는 나니까.

♀

너는 내가 왜 좋아?

♂

하늘에 있는 별을 다 따서 너의 품에 안겨주겠다는 말처럼 온갖 예쁜 거짓 말들을 잔뜩 해주고 싶지만 진심을 듣고 싶다면 머리를 긁적이며 한참을 고민해야 돼. 그러다 고작 해준다는 말은 그냥 너라서 네가 좋은 거 같아, 이게 다겠지. 정말로 그게 다니까.

★ 여자 속마음

어머, 감동.

남자 속마음 ★

괜히 미안하네, 무슨 말이라도 지어내서 해줬어야 로맨틱이었던 거 같은데.

정말 사랑한다면 편하게 만들어주세요.
통제하거나 억압하지 말아요.
그렇게 눈치 보게 만들지 말아요.
당신이 좋아하는 모습만 좋아하고
그렇지 않은 모습 앞에서는
화를 내고 미워하며 눈치 보게 만드는 당신의 태도가
당신이 사랑하는 유일한 한 사람을
얼마나 아프고 속상하게 할지 한 번만 더 생각해봐요.

있는 그대로 참 소중하고 예쁜 사람을
그렇지 않게 만드는 것은
그 사람이 부족해서가 아니라
당신의 마음이 아직 아름답지 못해서예요.
사랑할 준비가 되지 않아서예요.

그러니 변해야 할 것은
당신의 마음뿐이었다는 것을.

있는 그대로를 사랑해주지 않아 끊임없이 변화를 요구하는 사람과의 연애는 나를 사랑하는 것이 아니라 자신이 좋아하는 어떤 모습이 내가 되었으면 하는, 그 바람을 사랑하는 것일 뿐이기에

내가 아플 수밖에 없는 연애.
그 안에서 나의 색을 잃은 채 시들어가는 연애.

부족한 모습을 아껴주지 못해 변화를 바라고 통제한다고 해서 변화가 일어나는 것도 아니며, 있는 그대로의 서로를 아껴주고 사랑한다고 해서 변화가 일어나지 않는 것 또한 아니다. 사랑해서, 너의 바람 때문이 아니라 내가 너에게 이런 사람이고 싶은 바람 때문에, 오직 기쁨만을 주는 사람이고 싶은 그 바람 때문에 우리의 관계는 끊임없이 변하게 되어있으니까. 끝없이 찬란하며, 더없이 사랑스럽게, 무엇보다 다정하며 또한 소중하게.

나를 사랑해주는 눈빛 앞에서
더욱 예쁘고 사랑스러워지고 애교가 많아지는 것이 여자니까.

들어줄게요

당신이 지나가고 있는 삶의 무게를 판단하고 싶지 않아요. 내겐 그럴 자격이 없으니까. 당신의 지금이라는 무게를 짊어지고 있는 것도 당신이고 너무나 무거워 도망가고 싶지만, 포기하고 싶지만 그럼에도 이토록 잘 견뎌내고 있는 것도 당신이니까. 그래서 난 그런 당신이 짊어진 삶의 무게를 이 정도라 가늠하고 싶지 않아요. 당신만이 아는 그 아픔의 무게를 내가 어느 정도라 판단하는 순간 그것이 당신을 참 아프게 할 거라 믿으니까. 그러니 나,

당신의 지금을 함부로 가볍게 여기지 않을게요.

당신의 지금에 필요한 건 적절한 충고도, 잘 될 거라는 막연한 위로도, 잘 해낼 거라는 가슴에 와 닿지 않는 응원도 아니니까. 그 어떤 말도 당신이 느끼고 견뎌내고 있는 무게보다 가벼울 것이기에 당신을 더욱 아프고 힘들게 만들고 말 테니까. 당신이 지나고 있는 그 무게에 알아주지 못함이라는 무게를 더해 당신의 지금을 더욱 무겁게 짓누르게 될 뿐이니까. 그렇게 속상함만 더하게 될 테니까.

"자기가 뭔데, 도대체 나의 지금에 대해 뭘 안다고 함부로 말을 하는 거야. 나는 이렇게 힘든데, 너무 힘들고 무거워서 조만간 폴싹 주저앉아 버릴 것만 같은데, 어떻게 나의 지금을 자기의 기준대로 가늠하고 판단한 채 이렇게 하면 괜찮아질 거라는 말을 할 수가 있는 거야. 나는 전혀 괜찮지 않는데, 정말이지 한 걸음을 내딛기조차 버거워 무너질 것만 같은데, 쓰러질 것만 같은데…."

알아요. 당신, 너무 힘들어서 예민해진 거. 그래서 어떤 얘기도 이기적으로 들릴 뿐이라는 거. 그 마음, 잘 알아요. 그러니까 나, 어떤 얘기도 하지 않을게요. 그저 들어주고 싶어요. 그렇게

덜어주고 싶어요. 당신의 그 무게에 나의 판단, 잣대, 충고, 이런 걸 얹는 게 아니라 당신의 아픔을 들어줌으로 그 무게를 나의 어깨에도 함께 짊어지고 싶어요. 그렇게 주저하고 있는 당신의 손을 나의 손에 포개어 당겨주고 싶어요. 일어설 수 있게, 다시 걸어갈 수 있게, 당신의 무게를 나누고 있는 존재가 있다는 그 든든함으로 당신의 마음, 가벼워질 수 있게.

그러니 들어줄게요. 나에게 덜어줘요. 내 어깨에 기대어줘요. 아무도 몰라준다며, 모두 이기적일 뿐이라며, 무거운 나의 지금에 공감해주지 못할 뿐이라며, 말해봐야 돌아오는 건 차가운 판단 혹은 성의 없는 공감이라는 무심함뿐이었다며 마음의 문, 꼭 닫아두었던 당신이잖아요. 그러면서도 간절히 원했잖아요. 그럼에도 불구하고 간절히 바라왔잖아요. 당신의 이야기를 어떤 편견도 없이 온전히 들어줄 사람을. 그렇게 하루 종일

나는 지금 이래, 오늘은 무슨 일이 있었어, 저 사람 때문에 힘들었어, 막연한 미래가 너무 걱정돼, 이런저런 무거움부터 아 참, 오늘은

우산을 잃어버렸지 뭐야, 양말을 거꾸로 신었지 뭐야, 이런저런 사소함까지 다 털어놓고 싶었던 거잖아요. 내가 들어줄게요. 그러니 이제는 털어놓아요. 그렇게 조금은 가벼워져 봐요. 당신이 짊어진 지금에 더 이상 나의 판단을 얹지 않을게요. 그저, 들어줄게요.

함부로 가볍게 여기지 않을게요. 당신의 사소함마저도.

열여덟이 끝나갈 무렵 가장 친했던 친구가
먼 나라로 이사를 가며 내게 곰 인형을 선물해줬어요.

작은 메모지를 찢어 적은 편지와 함께.

•

"이제는 네가 힘들 때 내가 들어주지 못해.

우리 엄마가 그러는데 사람은 털어놓기만 해도
아픔의 반 이상을 덜 수 있고
고민의 반 이상을 자를 수 있대.

그러니 힘든 일이 있을 때
나에게 털어놓을 수 없을 때
이 테디베어에게 너의 아픔을, 걱정을 털어놔.

그게 나를 대신해 너를 꼭, 위로할 테니까."

•

정말로 우리가 간절히 원했던 것은
그저 아무런 편견 없이 우리의 이야기를 들어줄
그런 조그마한 공간이었을 뿐인데
사람들은 늘 위로의 방법을 자기기준으로 정하더라.

위로라는 건
철저히 상대방을 기준으로 해야 하는 건데 말이야.

내가 당신의 테디베어가 되어줄게요.

아무런 편견도, 잣대도 없이
그저 들어줄게요.

•

그게 어떤 위로보다도, 응원보다도,
충고보다도 더 당신을 위로할 테니까.

당신의 아픔을 덜어줄 수 있을 테니까.

•

그렇다고 너무 꽉 안지는 말아요.
숨 막혀요.

•
•
•

사실은 조금, 설레니까요.

누군가 나의 이야기를 들어주길 간절히 바랐다. 그저 진심 다해 나의 눈을 바라봐주고 나의 이야기에 귀를 기울여준다면 좀 괜찮아질 것 같아서. 하지만 사람들은 그렇더라. 나의 이야기를 들어주기보다 내 이야기에 자신의 이야기를 해주고 싶어 하고 내 이야기에 자신의 경험과 조언과 충고를 해주고 싶어 하고 혹은 내 이야기를 듣는 체 다른 생각을 하거나 다른 곳을 바라보거나. 그렇게 들어줌의 따듯한 온기는 식어버렸거나 애초에 없었거나.

그래서 늘 집으로 돌아가는 길이 공허했다. 함께하는 시간이 나를 채워주기보다 텅 비어버리게 만들었다. 그 함께함 속에서 서로에게 온전히 귀를 기울인다는, 그 정성의 부재로 인하여. 그래서 이토록 힘들다. 많은 사람들 속에 둘러싸여서도 이토록 외롭다. 나의 이야기를 덜어낼 공간이 없다. 그 사소한 것이 이토록 간절히 바라도 가지지 못할 먼 하늘의 별이 되어버린 것만 같이.

나라도 그러지 말아야겠다. 나는 귀를 기울여 들어줘야겠다. 문득 다른 생각이 들어 이야기를 놓쳤을 때는 "미안해, 내가 잠시 다른 생각을 했어. 다시 한 번만 말해줘. 아까 이 이야기 뒤에 뭐였더라?" 이런 정성을 보이고 너의 눈을 가득 바라봐주고 너의 이야기의 쉼표와 마침표와 띄어쓰기와 그 중간의 숨소리마저 놓치지 않을 수 있게 나의 모든 시각과 청각과 정신과 감정과 온 마음의 진심을 다해 너에게 집중해야겠다. 네가 나를 위로해주지는 못했지만, 나는 너를 이 잔인하게 외롭고 고독한 세상에 홀로 내버려두지는 말아야겠다.

그렇게 네가 나에게 간절해졌을 때, 언젠가 한 번은 너도 나에게 간절한 사람이 되어주지 않을까, 이따금씩 기대하며.

대화가 시작되면
너는 너의 이야기를 하고
나는 나의 이야기를 한다.

네가 너의 이야기를 하는 동안
나는 내가 할 다음 이야기를 생각하고
너의 이야기가 끝나는 순간 준비된 이야기를 한다.

그래서 함께하는데도 참 외롭다.
나를 바라보고 내 이야기를 들어주는 사람이 있으면서도
나를 바라보는 사람이, 내 이야기를 들어주는 사람이 없어서.

오롯이 서로의 이야기에 귀를 기울이는 순간.
온전히 너를 바라보고 너에게 관심을 가지는 순간.
그 순간을 정말 함께하는 순간이라 말 할 수 있는 거 아닐까.

이제는 우리의 만남이 서로를 채워주는 만남이었으면.
만남 뒤에 오는 감정이 쓸쓸함이나 외로움이 아니었으면.

다른 생각을 하다 너에게 집중하지 못한 순간.
그냥 지나치기보다, 그렇게 놓치기보다
"미안해, 잠시 다른 생각을 하느라 못 들었어, 다시 말해줄래?"

라며 한 번 더 물어봐주는 것.

너와 함께 있는 시간 동안
최선을 다해 너와 함께하겠다는 참 예쁜 의지.

♀

나 만나기 전에 잠시 만났다던 걔,

되게 예쁘더라. 걔는 왜 그냥 지나쳤던 거야?

♂

어? 아, 너처럼 속 깊은 시간을 보내지 못해

함께 있는 동안 내 마음이 답답해졌던 거 같아.

표지가 아무리 예뻐도 그 안에 담긴 내용이 지겹다면

그 책에 오래 머물 수 없는 것처럼 같이 있는 시간이

가치 있지가 않아 무뎌졌던 거 같아. 그냥,

나는 아프고 힘든데, 이렇게 답답한데 자꾸만 그 아픔에 자신의

생각을 얹는 게 싫었어, 나를 더 아프게 했어.

끝내는 이런 느낌이 들더라고. 내 아픔이

얘한테는 자신이 이만큼 생각할 줄 안다, 라고

자신을 피력할 좋은 기회일 뿐이라는 거.

고독하고 차가우면서 잔인한 그런 느낌. 그 순간,

마음이 떠났지 뭐. 근데 이거, 얘기해도 되는 거야?

또 질투하면서 혼내려고 그러지?

당신의 꿈을 응원할게요

잘 해낼 수 있을까, 라는 생각이 당신의 새벽을 찾아와 도무지 잠을 이룰 수 없는 밤. 오늘을 최선을 다해 살아가는 것이 힘든 게 아니잖아요. 다른 무엇보다 알 수 없는 내일이라는 그 막연함이 당신의 마음을 무겁게 짓눌러 오는 거잖아요. 이렇게 열심히 하다보면 내일은 좋은 일이 생길 거야, 꼭 성공할 거야. 이런 정답이 존재한다면 오늘의 물음표를 기쁘게 끌어안을 수 있겠지만 보장할 수 없는 지금의 노력이라서 답답한 거잖아요. 이토록 심란한 거잖아요.

그래서 무거워진 마음에 자꾸만 한숨이 나와요. 내일이라는 보이지 않는 안개가, 그 막연함이 나를 흔들고 또 흔들어 도무지 곧게 서 있을 수가 없어요. 앞을 또렷이 응시한 채 걸어갈 수가 없어요. 비틀비틀, 이제는 정말 쓰러질 것만 같아요. 그만, 포기하고 싶어요. 바로 옆에 정해진 답이 존재하는 아스팔트 길이, 내일이 보장되는 포장도로가 매끄럽게 펼쳐져있는데 왜 나는 거센 바람이 이는 숲속을 헤매야하는지, 가시밭을 지나며 아파해야하는지, 이제는 정말 모르겠어요. 그런 당신의 마음,

누구보다도 내가 잘 알아요. 그래서 알아주고 싶어요. 그 흔들림, 막연함, 아픔들. 나, 처음 책이 잘 안됐었거든요. 그래서 두 번째 책

을 출간하게 되었을 때는 걱정을 정말 많이 했었거든요. 그 과정 속에서 포기할까, 하는 생각이 자꾸만 들어서 밤을 지새우며 수도 없이 고민했었거든요. 사실은요,

나 잠시 포기했었어요. 그냥 편한 길을 걸어가자. 내 글을 좋아해주는 사람들의 마음에 미안해하지 말자. 일단 살고보자. 그렇게 부랴부랴 숲길로부터 도망쳐 나와 아스팔트 길을 걸어갔었어요. 그런데 내일의 막연함보다 꿈이 없는 오늘이 나를 더 슬프게 하는 거 있죠. 그때는 두려워도 행복했는데 지금은 두려울 것도 없는데 불행한 거 있죠.

오늘을 살아가는 것이 이렇게 지루하진 않았었는데. 최선을 다해 하루를 살아가는 것이 이렇게 피곤하고 힘들지는 않았었는데. 내일이 두려웠지만 오늘은 참 행복했었는데. 하는 생각에 끝내는 삶이 무미건조하게 느껴지는 거 있죠. 그래서 전보다 한숨을 더 많이 쉬게 되는 거 있죠.

식당 매니저로 일을 하며 테이블을 닦는데 문득은 울컥, 눈물을 쏟았어요. 내가 지금 뭘 하고 있는 거지? 나의 젊음, 나의 꿈, 내가 잘 할 수 있다고 믿는 나의 재능, 그 모든 것들을 묻어둔 채 왜 이 일을 하고 있는 거지? 안정적인 미래를 위해서? 하지만 불안했던 그때가 더 행복했었는걸. 정해진 내일은 없었지만 늘 두근두근, 심장이 뛰었는걸. 나, 그래도 반짝였었잖아.

지금은? 지금은 아니잖아. 눈빛은 점점 시들어가고 나라는 존재의 색은 점점 바래지고. 그렇게 알록달록했던 나는 어느새 잿빛이 되어 기계 같은 하루를 살아가고 있잖아. 아니, 살아가고 있는 게 아니라 죽어가고 있잖아.

마음속에 숨겨둔 꿈은 이토록 간절히 자신을 다시 꺼내어주기만을 기다리고 있는데, 그래서 이렇게 하루가 우울하고 무거운데 나는 무얼 두려워했던 거지? 성공하지 못할지도 몰라. 하지만 분명한 건 이 길을 걸어가며 난 삶의 다채로운 색들을 경험하며 성장할 것이고 꿈의 길을 걸어가는 이 모험이 나의 삶을 풍성하게 만들어줄 거야. 맞아, 나의 삶을 진정 아름답게 만드는 건 꿈을 이루었다는 끝이 아니라 꿈을 향해 걸어가는 걸음걸음들, 그 속의 경험들인 거야.

번뜩, 그런 생각이 들었어요. 그래서 다시 숲길로 뛰어들었어요. 여기저기 있는 무성한 가시나무들에 찔려 피가 날지라도, 발자취가 없어 무성한 숲속에서 길을 잃어 몇 번을 헤맬지라도, 사나운 짐승을 만나 가슴 졸이는 위기를 또다시 마주치게 될지라도 다시는, 아스팔트 길을 향해 달아나지 않을 거예요. 내 심장은 꿈이 없는 메마른 잿빛 세상 속에서 붉은 박동을 멈춰버릴 테니까요. 나라는 존재의 채도는 옅어지다 끝내는 그 색을 잃어버릴 테니까요. 그렇게 살아가는 게 아니라 죽어가는, 피어나는 게 아니라 시들어가는 단 한 번뿐인, 소중한 나의 삶이 되어버릴 테니까요. 두려움에 바래지기엔 너무나 소중한, 살아갈 삶이고 추억될 지금이고 쌓여갈 기억이니까요.

하루 종일 책상에 앉아 소설을 써요. 오늘이 며칠인지, 지금이 몇 시인지조차 까마득히 잊은 채 글을 써요. 그렇게 꿈에 흠뻑 젖은 채 언젠가 내 꿈이 사람들에게 읽혀질 상상만으로 설레는 가슴을 가까스로 진정시키며 글을 써요. 친구들을 만나요. 나는 나의 글에 대한 이야기를 온종일 멈추지 않아요. 그런 나를 부러워하는 친구들도, 한심하다 여기는 친구들도 있지만 그런 건 중요하지 않아요. 적어도 나는, 내가 살아가는 삶에 대해 열정을 가득 담은 채 하루 종일 이야기할 수 있는 사람이니까요.

꼭 부와 명예를 누려야한다, 그것이 성공의 기준은 아니니까요. 적어도 내가 원하는 삶이 무엇인지 알고 그 길을 걸어갈 수 있는 용기가 있다면 난 외적인 것들이 없더라도 행복할 수 있는 사람이고, 그 행복이 내겐 유일한 성공의 기준이니까요.

내가 행복한 사람이라면 세상에 더 이상 휘둘리지 않게 돼요. 나 자신의 가치를 매길 수 있는 것은 오직 나 자신밖에 없으니까요. 하지만 스스로 행복하지 않은 사람은 자신의 가치를 바깥에 둔 채 저것을 꼭 가져야 행복해지고 저것이 없으면 불행해지고 말 거야, 라고 생각해요. 그러고는 막상 행복의 기준이라 여겼던 그것을 가지게 되어도, 여전히 행복하지 않은 자신을 바라보고 더 많은 것을 쫓아 살아가게 되는 거예요.

꿈의 사람들은 그래요. 사람들은 그들을 한심하게 생각할지도 모르지만, 그들이 자신의 가슴에 가득 찬 열정을 꺼내어 꿈의 이야기를 할 때면 혀를 쯧, 차며 무시를 할지도 모르지만 그럼에도 불구하고 그들은 너무 행복한 거예요. 아침에 눈을 뜨는 일이 즐거운 거예요. 심장을 조여오는 두려움조차 삶의 원동력이 되는 거예요. 그래서 눈동자가 반짝, 빛나는 거예요. 그들의 색은 늘 선명하고 다채로운 거예요. 꿈을 잃은 채 그들을 무시했던, 잿빛으로 바래진 사람들은 결국, 꿈의 사람들을

부러워하게 될 거예요. 내가 무시했던 저 사람은 그래도 참 행복해 보이는데 어째서 난 이렇게 공허하고 외로운 걸까. 현실로부터 도망친 사람은 저들이라고 생각했는데 어쩌면 삶으로부터 도망친 겁쟁이는 바로 나 자신이 아닐까. 하는 생각과 함께.

그러니 두려워 말라고 안 해요. 두려움에도 불구하고 잘 견디고

있다고 말해주고 싶어요. 잘하고 있다고. 그리고 앞으론 더 잘 해낼 거라고 응원해주고 싶어요. 두려움에 지지 않을 용기를 잃지 않아줘서 고맙다고. 당신의 꿈을 잘 지켜줘서 참 고맙다고.

당신에게 해주고 싶은 말이 또 있어요.

"당신이 꿈을 놓을 수 없는 이유는 정해진 길에 만족할 수 없는 사람이기 때문이에요. 안전한 미래와 보장된 삶보다 꿈을 먹고 사는, 몇 안 되는 특별한 사람이기 때문이에요. 그래서 더욱 스포트라이트를 받으며 찬란히 빛나게 될 거예요. 더욱 예쁜 꽃이 되어 다채로이 피어날 거예요. 남들은 두려워 도전조차 하지 못한 모험을 잔뜩 하며 당신만의 추억을 쌓아갈 거예요. 그 모든 것이 값진 보물이 되어 기억이라는 창고에 차곡차곡 쌓일 거예요. 언젠가는 그 '다름'이라는 선명하고 반짝이는 매력으로 더욱 존경받고 사랑받게 될 거예요.

그러니까 정말 잘하고 있어요. 흔들림 없이 피어나는 꽃이 어디 있으며 구름을 만나 가려진 적이 없는 빛이 어디 있겠어요. 흔들림에도 불구하고 피어났기에 더 예쁜 거예요. 더 가치 있는 거예요. 구름에 가려져 어두웠던 적이 있기에 더 빛나는 거예요. 그래서 더 간절해지는 거예요. 그러니까 당신,

정말 잘, 하고 있어요."

당신의 꿈이 꼭 당신을 더욱 빛나게 해줄 거예요. 행복하게 해줄 거예요. 너무 걱정하지 말아요. 당신은 정말 행복한, 몇 안 되는 꿈의 사람이니까. 그리고

꼭 잘 해낼 당신이라는 것을, 잊지 말아요.

가끔은 꿈으로부터 도망쳐보는 것도
그렇게 나쁘지만은 않은 거 같아요.

•

나, 봐요
그렇게 도망쳤다가 우울증에 걸릴 뻔 했다니까요.
결국 그러고 나서 더 간절하고 소중해져버렸다니까요.

•

그러니까 정말 두렵다면
한 번쯤 그래보는 것도 나쁘진 않은 거 같아요.

당신이 꿈을 향해 걸어가야만 하는 사람이라면
결국 다시 돌아오게 되어있을 테니까.

그때는 아마도 당신의 꿈이
당신에게 얼마나 소중한 보물인지 알게 될 테니까.

당신이 꿈을 먹고 사는 몇 안 되는 사람이라면
아마도 꿈 없이 살아간다는 건 아주 끔찍한 일일 테니까.

건조하고 바래지고 시들어지고 메말라버리고.
그래서 왜 살아가는가 싶어 허덕이게 될 테니까.

지금 내가 살아가고 있는 건지
죽어가고 있는 건지 모르겠다 싶을 테니까.

아마도,

당신도 한 번쯤 도망칠 거라는 생각이 들어서 한 말인데

그러지 않는다면 참 놀라워요.

그리고 부끄럽기까지 하네요.

•

예쁜 줄만 알았는데 멋지기까지 있어요?

•

꿈을 지켜내는 당신.

흔들림에도 두려움에도 불구하고

꿈을 향해 걸어가고 있는 당신.

멋지다, 정말.

•

한 번 도망쳤던 나도 잘하고 있는데

당신은 더 잘하고 있어요.

그리고 지금보다 더 잘 해나갈 거예요.

그러니 걱정도, 의심도 말아요.

믿어요. 당신을 살아있게 만드는 당신의 꿈을.

그리고 그 꿈을 향한 당신의 열정과 사랑을.

흔들리지 않고 피어나는 꽃이 어디 있으며
구름에 한 번이라도 가려지지 않은 태양이 어디 있겠어요.

하물며 당신이라는 예쁜 꽃은
당신이라는 찬란히 아름다운 빛은

어떻겠어요.

지금의 흔들림과
어둠 속을 걷는 것 같은 두려움,
이 모든 시련을 건너며 더욱

예쁘게 피어날
찬란히 빛날

당신과 당신의 그 꿈을
진심 다해, 응원해요.

당신이라면 꼭 잘 해낼 거예요.
다른 누구도 아니라 당신이라서 잘 해낼 거예요.

오늘의 선택이 가까운 미래에 어떤 결과를 가져다줄지 알 수 없기에 두려웠다. 잘한 걸까, 이게 맞는 걸까, 셀 수 없이 고민해보았지만 닥치지 않은 결과를 예측하는 일은 내가 할 수 있는 일이 아니었다. 하여, 나는 내 선택을 믿기로 한다. 그로 인해 마주할 내일에 대해 책임을 다하기로 한다. 어떤 책임을 짊어지게 되든 내 선택이 내게 가져다줄 결과는 적어도 나의 삶에 한해 무조건 옳다 믿으며.

나는 이 길을 걸어가며 배워나갈 테니까. 밤을 지새우는 후회와 좌절이 찾아오더라도, 그 속에서 의미를 찾아나갈 테니까. 그렇게 나만의 삶을 살아가며 내게 주어진 성장을 완성하게 될 테니까. 오늘의 선택이 가져다준 경험으로 언젠가는 더 나은 선택을 하게 될 테니까. 그렇게, 보다 더 지혜로운 내가 되어 삶 속에서 여유를 찾아가게 될 테니까.

중요한 것은 오롯이 나의 선택이었다는 것과 그 선택의 책임 앞에서 내가 도망치지 않을 거라는 것과 최선을 다해 짊어지고 이 길을 걸어갈 거라는 것이니까. 그러니까 흔들리는 지금, 꼬리를 물며 끝없이 찾아오는 고민의 시간과 알 수 없는 내일 앞에서 무너질 듯 두려워하는 오늘의 나, 이대로 괜찮다. 찬란하고 아름답다.

끝내 선택하게 될 것이고 그 선택을 살아가며 나의 지금은 보다 더 아름다운 내일을 맞이할 테니까. 적어도 시들어가는 삶은 아닐 테니까.

그래서 막연한 내일이 걱정되어 밤을 지새웠던 시간들을 돌이켜 나는 이렇게 생각했다. 걱정이 많아서 잠에 들지 못하는 것은 나의 새벽이 우울하기보다 찬란해서 그런 것이라고. 걱정이 많다는 건 무언가에 도전하고 있다는 거니까. 걱정이 많다는 건, 그래서 이토록 무겁다는 건 내가 깊어지고 있으며 짙어지고 있으며 그윽해지고 있으며 농밀해지고 있으며 아름다워지고 있으며 힘들지만 그럼에도 잘 살아가고 있다는 거니까. 너무나 두려워 포기하고 싶은데, 포기하면 모든 것이 편해질 것만 같은데 그럼에도 붙들고 끝없이 도전해왔다는 거니까.

그러니까 다시 내게 잠 못 드는 새벽이 찾아온다면 우울해하기보다 설레는 맘 가득 안고 이 어둡고도 고요한 새벽 안에서 나의 정신이 이토록 맑은 것은 내가 잘 살아가고 있다는 증거라 굳게 믿으며 이 찬란함을 곱씹어야지. 걱정이 없는 삶은 무의미한 삶이니까. 지금, 걱정이 많은 것이 당연한 것이니까. 그 걱정 속에서 나는 내 삶의 가치와 의미를 새로이 새기게 될 것이며 그렇게 내가 바라보는 꿈의 세계에 한 발 더 가까워질 테니까. 그러니까 이 얼마나 아름답고 찬란한 새벽이야.

깊은 새벽에도 잠에 들지 못하고 하늘에 수놓인 채 아름다이 반짝이는 저 별들처럼 나 또한 찬란히 빛나고 있는 거야. 꿈이 있어서 무겁지만 무겁기에 다채로우며 가치 가득하며 의미로 물들어 있으며 남들과는 다르며 심장은 붉게 두근거리고 있으며 나라는 사람의 분위기는 더욱 깊어지며 그렇게 나는 단 하나뿐인 나의 길을 걸어가고 있으며 이 길의 끝에 내 꿈에 닿았을지 모르겠지만 적어도 이 길을 걸어가며 나는 찬란했으며 그러니까 잘 살아왔으며 또한 후회는 없으며 무엇보다 행복했으니, 저 별처럼 반짝였다.

'꿈' 이야기.

독자 분들과 소통을 하며
가장 많이 받는 질문 중 하나.

정말 간절히 원하고 소망하는 꿈이 있는데
주변 사람들이 반대를 해서 겁이 난다고.

모두가 반대하는 이 꿈을 향해
홀로 나아가는 것이 두렵다고.

또한 나 스스로도 내가
잘 해낼 수 있을지를 알 수 없어 두렵다고.

그래서 포기를 해야 하는 것인지
작가님 생각은 어떤지 궁금해서 연락했다고.

그런 고민을 들을 때
처음에는 참 길게도 답장을 했다.

이러이러한 이유로
나는 당신의 꿈을 진심 다해 응원한다고.

하지만 알게 되었다.

모든 사람이 반대하는 이 꿈 앞에서
포기하지 못한 채 나에게 연락이 온 것은
이 세상에 단 한 사람이라도
나의 꿈을 응원해줬으면, 하는 마음이었을 거라고.

그리고 당신만큼은
나의 꿈을 응원해줄 것만 같아서 연락을 한 것이라고.

어차피 향할 나의 꿈이지만
이 세상에 단 한 사람에게만큼은
간절히 듣고 싶었던 거라고.

잘 해낼 거라는 말을.
당신의 꿈을 의심하지 말라는 말을.
당신이라면 잘 해낼 테니 믿고 나아가라는 말을.

그래서 이제는 긴 답장을 쓰지 않는다.
꿈이 있는 당신이 간절히 바랐던 그 말 한마디.

잘 해왔고, 잘하고 있어.
그리고 앞으로도 잘 해낼 거야.
다른 누구도 아니라 너라서.

그러니까 나는 너를 믿어.

그러니 꿋꿋할 것.
힘들어도 포기하지 말 것.

넌 이것을
감당해낼 수 있고 이겨낼 수 있으며
지금을 지나며 더욱 찬란해질 테니까.

포기하고 싶은 지금도
넌 잘 해내고 있다는 것과
앞으로도 잘 해낼 너라는 것을.

걸어가고 있는 이 꿈의 길 속에서
네가 바라볼 수 있는 경험과 가치와 의미가
네가 살아가는 삶과 너의 색을 더욱 깊고 짙게
그렇게 너만의 아름다운 삶을 찍어낼 거라는 것을.

더욱 행복할 자격이 주어진 너라서
이토록 힘들어야 하며 고민 가득해야 한다는 것을.

그러니까 넌
행복한 사람이라는 것과
너의 삶, 참 소중하다는 것을.

어떤 삶의 순간에도 결코, 잊지 말아.

정말 간절하다면

꿈의 무게 앞에서 무너지기보다, 도망가기보다

꿈의 무게를 어떻게든 감당해내는 사람이 될 거야.

정말 간절하다면.

간절함.

꿈에 닿기 위한 최소한의 준비물.

♀

너무 막막해. 타임머신을 타고 미래를 한 번 보고 올 수 있다면 얼마나 좋을까? 이 막연함이 가장 큰 두려움이자 날 막아 세우는 벽이야.

♂

나는 네가 그 막연함이라는 꿈의 무게 앞에서 포기하는 사람이기보다는 그 무게를 감당해내는 사람이었으면 해. 그리고 하나만 알아둬. 꿈의 길을 걸어간다는 것 자체로 넌 대단히 용감한 사람이라는 거. 그 자체로 넌 기특하고 예쁜 사람이라는 거. 그러니까 넌 잘하고 있으며 잘 해낼 거라는 거. 그리고 네가 그 어떤 어려운 순간에 놓여있든 네가 살아가고 있는 세상의 색은 남들보다 짙으며 그 의미와 가치가 비교할 수 없을 만큼 다채롭다는 거.

내 삶을 돌이켜 나라는 사람을 바라보건데 나는 유연한 사람이었던 것 같다. 친구들과 무엇을 먹을지에 대해 한참 고민을 할 때면 무엇을 먹든 괜찮다는 생각에 흔쾌히 친구들의 의견에 맞추어주었고 어디로 여행을 갈 것인지 의견을 나눌 때면 어딜 가는지, 무엇을 하는지보다 누구와 함께하느냐가 나를 더 행복하게 할 거라는 생각에 기꺼이 내 의견을 양보할 수 있었으니까.

그런데 꿈 앞에서는 그게 안 되더라. 누가 뭐라고 해도 나는 이 길을 가야만 했고 어떤 반대에도 굴복할 수 없었고 때로 두려웠지만 그럼에도 놓을 수가 없더라. 정말 간절히 소원하는 꿈이라서 한 번도 이 길 앞에서 고민해본 적이 없더라.

그렇게 꿈에 닿아간다. 나의 자랑이자 분신이자 영광인 내 꿈. 그 꿈이 나였으면 좋겠고, 내 밥벌이였으면 좋겠다고, 늘 소원하고 간절히 바라며 그렇게 밤낮으로 기도하며 나아가다가,

일 년 삼백육십오일 밤을 지새우다 뜬 눈으로 해를 맞이하더라도, 때로는 쓰라린 시련 앞에 서 있더라도, 내가 간절히도 바랐던 꿈의 길이라서 행복할 수 있었으며 단 한 번도 억지인 적이 없었으며 이룰 수 있을지가 막연해 두려웠지만 그럼에도 가야할 앞길이 뚜렷했기에 길을 잃은 적이 없었으며 끝내는 닿아서,

이제는 두 손을 뻗으면 꿈에 닿을 거리 앞에 서서, 내 이름 앞에 붙은 내 꿈과 그렇게 내가 되어버린 내 꿈과 나의 하루를 먹이는 내 꿈 앞에서 나는 흔들림이 없었으니,

내가 사랑하는 내 꿈아,
나는 너에게 단 한 번도 부끄러웠던 적이 없었다.

너무 기대하지 말아요

분명 처음엔 좋은 인연이었는데 그 인연은 늘 원망만을 남긴 채 끝이 나는 거 같아요. 진심으로 서로를 위해주고 아껴주는, 오랜 인연이 있는 친구들이 너무 부러워요. 왜 내 주변엔 그런 사람이 없는 걸까, 그런 생각이 드는 오늘 밤은 참 사무치게 외로운 밤이에요. 나는 분명 좋은 사람인데 왜 나만큼 좋은 사람이 곁에 없는 건지 정말 속상해요. 마음이 무너질 것만 같아요.

맞아요. 당신은 분명 좋은 사람이에요. 하지만 많은 것을 바라는 사람이기도 해요. 당신이 좋은 사람인 만큼 타인들 또한 당신에게 좋은 사람이 되어주길 바라는 사람이기도 한 거예요. 하지만 당신이 이런 점에서 좋다면, 상대방은 저런 점에서 좋을 수도 있는 거예요. 그래서 세상은 이토록 다채로운 색깔을 가진 사람들로 가득한 거예요. 서로의 부족한 점을 채워주고 이끌어주기 위해서.

좋은 인연을 오래도록 지속하는 사람을 봐 봐요. 너무나 다른 둘이지만 서로를 이해하는 거예요. 서로의 다름을 존중하고 아껴주는 거예요. 상대방의 있는 그대로를 바라보고 받아들이고 있는 거예요.

나에게 이런 사람이 되어주길 기대하고 바라기보다 나에게 이런 사람인 널 있는 그대로 소중히 여기는 거예요. 그렇게 서로의 부족함을 메워주어 불완전한 한 사람 한 사람이 만나 완전한 하나를 만들어가고 있는 거예요.

그러니 당신, 너무 기대하지 말아요. 기대가 크면 실망도 큰 법이거든요. 기대하느라 당신의 곁에 있는, 지금도 충분히 좋은 사람의 수많은 좋은 점까지 놓치지 말아요. 당신이 상처를 입는 건 그 사람이 나빠서가 아니라 어느 누구도 당신의 기대를 충족시켜줄 수 없기 때문인 거예요. 그러니

원망해선 안 돼요. 나빴던 건 그 사람이 아니라 당신의 부풀린 기대, 그 환상일 뿐이니까요. 그러니 늘 있는 그대로를 보기 위해 노력해요. 충분히 따뜻한 사람이 되어줄 거예요.

기대함으로 인해 사실은 지금도 충분히 좋은 인연에게서 상처를 받아왔던 거예요. 정말로 좋은 인연은 기대로 시작되는 게 아니니까요. 있는 그대로를 알아봐주고 아껴주는 소소함이라는 진심에서 시작되는 거니까요. 그 모든 따스한 소소함을 당신의 마음에 자욱이 드리워진 기대로 놓쳐서는 안 돼요. 이제는

놓치지 말고 바라봐줘요. 결코 충족될 수 없는, 당신을 아프게 하고야말 기대라는 안개를 거두어내고 소소한 진심이라는 빛으로 서로의 있는 그대로를 바라봐주고 아껴주는 거예요. 소중할 수 있게.

정말 아무것도 아닌 일에 상처받아온 당신이라는 것을, 그저 조금 달랐던 것뿐인데 너무 기대하고 바라느라 그 다름의 매력을 보지 못했던 것뿐이라는 것을 서서히 알아가게 될 거예요.

그러니 나는 당신에게 기대하지 않을 거예요. 기대하고 바라다 서운해하지 않을 거예요. 그저 당신의 오늘을 바라봐주고 알아줄게요. 내가 마주하고 있는 당신의 지금을 참 예뻐해줄게요. 사랑받고 있다는 느낌이 가득 들 수 있게, 지금 있는 그대로도 충분한 나였다는 것을 알아갈 수 있게 그저 바라봐주고 귀 기울여줄게요.

더 나은 당신이지 않아도 나는 당신이 좋아요. 더 예쁜 당신이지 않아도 나는 당신이 좋아요. 그저 오늘 이대로 나를 마주하고 있는 당신의 지금이 나는 참 좋아요. 내가 당신에게 투영하는 환상이나 바람이나 기대가 아니라 나는, 당신이 좋아요.

당신에게 변하길 바란다는 건, 내가 좋아하는 어떤 상상속의 이상향이 좋아서 당신을 통해 그런 바람이나 욕구를 채우는 것일 뿐 당신을 좋아하는 게 아닌 거니까. 그건 당신에게 큰 상처를 남기는 일인 거니까. 좋아한다면서, 사랑한다면서 상처를 주는 일을 한다는 것은 당신을 좋아하는 게 아니라 나 자신만을 좋아하는 이기심일 뿐이고, 당신이 아니라 당신을 좋아하는 내 감정을 사랑하는 것을 당신을 사랑한다고 미화하는 거짓말일 뿐인 거니까.

그러니까 우리, 서로에게 너무 기대하지 말아요. 서로가 좋아서 함께하기로 선택한 거잖아요. 그렇다면 그 좋아함에 충실해요. 좋아질 미래가 아닌 지금을 아껴주고 좋아해주고 사랑해줘요. 그러지 않은 채 나에게 끊임없이 바라고 기대하고 변하길 강요할 거라면 애초에 나를 좋아하지 말아요. 그렇게 다가와 내 마음, 상처투성이로 만들다 결국은 서로가 서로에게 맞지 않는다며 떠나갈 당신은 아니었으면 좋겠어요. 서로의 지금이 좋아서 함께하는 우리였으면 좋겠어요.

그 좋아함 속에서 변화는 자연히 일어나는 거예요. 변화는 있어도 변함은 없는 우리의 마음이 되기 위해 지금을 바라봐주는 것이 필요할 뿐이에요. 그러니 서로의 지금이 좋아서 서로에게 기쁨이 되고자 끊임없이 노력해요. 그렇게 초록색이었던 나와 노란색이었던 당신이 만나 하나가 되어가는 과정 속에서 우리는 새로운 하나의 색을 만들어갈 테니까요. 서로가 그런 마음일 때, 서로를 좋아하는 마음은 변함이 없지만 서로의 있는 그대로를 가득 사랑하는 그 마음으로 인해 우리의 관계는 끊임없이 변화하게 되어있는 거니까요.

있는 그대로를 바라봐주고 아껴준다고 해서 우리의 관계가 제자리에 머무는 것은 결코 아니에요. 서로에게 기대하고 바라다 서운해하며 변하지 않는다, 원망하며 화를 내고 통제할 때 관계는 뒷걸음질치겠지만, 서로의 있는 그대로를 가득 바라봐주고 알아줄 때는 그 사랑 가득한 시선이 서로가 서로에게 애교 넘치는 사람으로 만들어주어 통제의 억압 앞에서 눈치를 보는 갑갑함이 아닌 사랑의 부드러움이라는 편안함을 선물해줄 테니까요. 그 편안함이 소중해서, 눈앞에 펼쳐질 그 어떤 일 앞에서도 함께 손을 잡고 헤쳐나갈 수 있게 되는 거니까요.

그러니 나는 당신이 좋아서 당신이 내게 이런 사람이길 바라지 않아요. 당신이 좋은 거지 당신이 이런 사람이 되어야 당신을 좋아하는 건 아니니까. 모든 관계는 바람과 기대 속에서 중심을 잡지 못한 채 흐트러지다 무너지는 거니까. 그러니 우리는 서로가 서로를 좋아하는 그 충실함으로 무너지지 않는 관계의 중심을 지켜나가요. 그렇게 오래도록 서로의 오늘을 아껴주고 바라봐주며 함께하는 나무의 뿌리를 더욱 깊이 내려나가요. 그리고 그 뿌리가 영원히 튼실할 수 있게, 그러니까 우리의 관계가 오래도록 단단할 수 있게 늘 서로의 지금을 존중하고 응원해줘요.

그러니까 당신, 나에게 너무 기대하지 말아요.
그건 조금 무서우니까요.

•

결국 기대로 인해 다가왔지만
그 기대로 인해 실망한 채 떠나갈 당신이니까요.

•

나는 상처를 준 적이 없는데
나대로의 정성을 당신에게 쏟았는데
그것을 바라보지 못한 채 실망할,
상처받은 채 떠나갈 당신이니까요.

•

그러니 나의 있는 그대로를 바라봐줘요.
소소한 진심으로 당신을 행복하게 해줄게요.

•

정말로 좋은 인연은 기대로 시작되는 게 아니니까요.

있는 그대로를 알아봐주고 아껴주는 소소함,
그 작은 진심에서 시작되는 거니까요.

그래도 기대하고 싶다면 내 어깨에 기대요.
있는 그대로의 당신을 꽉 안아줄게요.

대신, 당신도 약속 하나만 해줘요.
당신의 어깨도 빌려주겠다고.

•

기대하고 바라느라, 그렇게 실망하고 상처받느라
내어주지 못했던 당신의 포근한 어깨를

이제는 내가 기댈 수 있게 마음을 열어봐요.

•

마음을 열면 보일 거예요.

있는 그대로 충분히 따스했던 당신의 소중한 결이.
기대하느라 바라보지 못했던,
이어가지 못했던, 그렇게 놓쳐왔던 수많은 인연들이.

•

그러니 당신에게 좋은 사람이 되어주지 못했던
당신의 기대를 충족시켜 주지 못했던
그들을 원망하지 말아요. 이제는 놓치지 말아요.

충분히 따뜻한 사람이 되어줄 거예요.

너에게 잔뜩 기대했다. 그렇게 너에게 주었던 내 진심은 진심으로 끝나지 못한 채 바래졌다. 내가 준 만큼 너 또한 나에게 주었으면, 하고 바랐으니까. 진심은 준 것에서, 너에게 기쁨이 된 것에서 끝이 나야만 하는 것인데 그러질 못했다. 그렇게 나는 내 진심도, 또한 소중한 너도 지켜내질 못했다. 홀로 기대하고 바라다 홀로 너에게 실망한 채 너를 밀어내버렸으니까.

나는 너를 원망했지만 그 원망 가득했던 시간을 지금에 와서야 후회한다. 그리고 또한 너에게 미안하다. 기대하고 바라느라 너의 사소함과 네가 나에게 주었던 사랑과 나를 바라보던 애정 담긴 표정과 기쁨이 되기 위해 지었던 애교 섞인 표정들, 바라봐주지 못했으니까. 너는 내게 진심이었고 최선이었으며 벅찰 만큼 충분한 사람이었는데 그것을 알아주지 못했으니까.

그러니 이제는 기대하기보다 있는 그대로를 바라봐주고 그 안에 묻어있는 소소한 것들을 알아보기 위해 내 곁을 바라본다. 그것만으로도 인연이 오래도록 깊어지는 데 충분하다는 것을 알아간다. 사실은 그때의 너와도 너무나 좋은 인연이었는데, 하고 후회가 되지만 그 시간들을 지나 지금의 내가 되었으니 어쩌면 가득 감사하며.

그리고 나의 부족함과 미성숙함으로 지나쳐버린, 밀어내버린 너에게 내 진심과 온 마음과 사랑과 후회와 미안함과 감사와 아쉬움과 그리움과 너를 원망했던 지난 시간들에 대한 죄책감과 그럼에도 이토록 성장해온 내 지난날의 노력과 열정과 최선과 삶에 대한 그 모든 애정을 다해 꼭 말해주고 싶다.

내 곁에 있었던 넌, 있는 그대로 참 소중한 사람이다.

기대한다는 것은
너에게 부담을 안겨주는 일.

기대함으로 너에게 다가갔지만
결국 그 기대로 인해
너와 또다시 멀어지게 되는 일.

인연은 기대로 시작되는 것이 아니라
서로의 있는 그대로를 바라봐주고
아껴주고 존중해주는
그 사소함으로 시작되는 것.

오래된 인연이
낡지 않고 깊어지는 순간은
결국 그 사소함이 쌓이고 쌓여 싹트는
존중과 사랑으로 비롯되는 것.

그러니 시작은 소소하게.

꽃을 좋아하는 너에게
꽃다발을 안겨주기보다
지나가다 꽃이 너무 예뻐서
사진에 담아두었다며

“문득 네 생각이 나서 보내”

너를 사랑하는 만큼
너에게 소소한 정성으로 다가가며
소소한 행복이 무엇인지 알려주며
그렇게 오래도록 너와의 인연 지켜가며

소소하게, 소중하게, 오래도록 다정하게.

바라기보다 서로를 바라볼 것.
기대하기보다 서로에게 기댈 것.

그렇게 내내 아껴주고
의지하고 닮도록 사랑할 것.

사랑을 지켜가고 키워가는 것은
큰 것이 아니라, 멀리 있는 것이 아니라
서로의 지금을 바라봐주고
기댈 수 있는 어깨를 내어주는,
그 사소함에 있다는 것을 잊지 말 것.

사소하게, 사랑스럽게, 닮도록 아낌없이.

나는 늘 기대하는 사람이었어. 그래서 늘 혼자였던 거 같아. 결국 기대라는 것은 끝이 없기에 충족되어질 수 없다는 걸 그때는 몰랐었거든. 기대는 늘 실망스러웠고 동시에 덧없었던 거 같아.

맞아. 기대의 시선이라는 건 참 건조한 거야. 따뜻함이 메말라 차갑기까지 하지. 그저 있는 그대로의 서로를 바라보고 받아들여주기에도 아까운 지금을 그렇게 낭비한다는 거, 참 예쁘지 않은 거 같아. 그러니까 넌 바라고 기대하느라 나와 함께하는 소중함을 놓치기보다 나를 바라봐 줘. 충분히 따뜻하다 못해 넘치게 행복할 수 있게.

너랑 사귈 수만 있다면,
그렇게 너의 손을 잡고
너에게 사랑한다, 말할 수 있는
자격이 주어지기만 한다면
세상을 다 가진 듯 행복할 텐데,
하던 사람이

손도 잡고 사랑한다, 말하게 되니
네가 이렇게 해주면 더 사랑스러울 텐데,
네가 이렇게 변하면 더 예쁠 텐데,
하고 더 많은 것을 기대하고 바라다가
끝내 너를 미워하기까지 하다가
그런 당신에게 지쳐 떠나간 너에게
잘못했다며 빌다가.

너 하나로 충분히 행복했는데
괜한 욕심에 너라는 기적까지 잃은 채
울고불고 후회하더라.

그러니 기대하고 바라느라 서로의 좋은 점을 놓친 채, 서로의 지금과 있는 그대로를 놓친 채 싸우기 바쁜 지금의 연인들에게, 기대하지 말고 서로의 어깨에 기대어요. 지금 곁에 있는 소중한 서로를, 참 예쁘고 사랑스러운 서로를 가득 바라봐요. 서로의 어깨에 기댄 채 눈을 감고 서로의 좋은 점에 대해 이야기를 나눠봐요. 그러다 눈을 뜨고 곁에 있는 서로를 바라봐봐요.

지금 이대로도 충분했다는 것을 꼭 알게 될 거예요.

그렇게 놓쳐가기에, 얼마나 아까운 순간이고 추억이고 사랑이야. 바라봐주고 아껴주고 사랑해주기도 모자란 지금이야.

"곁에 있어줘서 고마워. 지금 이대로 충분히 예뻐. 참 소중해."

서로가 곁에 있기만 해준다면 세상을 다 가진 듯 행복할 것 같던 그 처음의 마음을 다시 기억해 봐요. 얼마나 많은 욕심과 바람과 기대가 우리의 사랑을 시들어가게 해왔는지, 소중한 지금을 놓치게 해왔는지를. 참 벅찬 선물인데, 감사하고 아끼기에도 모자란, 함께하는 순간들인데 그 소중함, 언제까지 잊고 살아갈 것인지.

그러니 기대하고 바라기보다 서로의 어깨에 포근히 기댄 채로 우리가 지나온 순간들, 그리고 함께하고 있는 지금. 그 주어진 기적이 얼마나 찬란한지를 세어봐요. 이렇게 해주면 더 예쁠 텐데, 네가 이렇게 변해야 더 좋을 텐데, 하는 그 마음이 시작되면서부터 사랑은 시들어가기 시작하는 거예요.

그러니 사랑의 기적은 지금 이대로도 충분하다는 것을 바라볼 줄 아는 그 마음에서부터.

두려워 말아요

나는 늘 타인의 마음을 배려하기 위해 노력해왔어요. 그렇게 다른 사람들의 기쁨을 위해 내 마음을 기꺼이 헌신해왔는데, 왜 그들은 그런 나에게 무심해지는지 모르겠어요. 나처럼 상대방도 나의 마음을 헤아리고 나의 기쁨을 위해 자신의 욕구를 양보해줬으면, 그렇게 서로 고마운 맘으로 따뜻이 배려할 수 있었으면 좋겠는데 왜 나만 상대방의 기분에 맞춰 전전긍긍해야 하는지 모르겠어요. 이제는 그만하고 싶어요. 나 또한 그런 사람이 되자니 그런 삶이 너무 차가워서, 그렇게 나까지 차가운 사람이 되기가 싫어서, 그래서

차라리 혼자가 되고자 해요. 어차피 이기적인 사람들과 함께하며 홀로 상처받느니, 따뜻한 맘 짓밟히며 아파하느니 혼자 지내는 게 더 나을 거 같거든요. 처음에는 함께 친절했던 사람들이 왜 점차 나에게 함부로가 되어가는지, 그렇게 나의 성의와 배려를 당연시여기고 이제는 아무렇지 않게 더 많은 것들을 요구하기까지 하는지 이해가 안 돼요. 그래서 정말 속상해요. 속상하다 못해 마음이 문드러져 곪아 터지는 것만 같아요. 이제는 정말,

정말 그만할래요. 그런 당신께

상대방과 함께하는 것을 그만두지 말고 당신의 배려를 그만두라고 말할래요. 당신의 배려는 온전한 배려가 아니라 상대방이 나를 미워하지 않았으면 좋겠다는 눈치에서, 나에게 실망한 채 떠나가지 않았으면 좋겠다는 두려움에서 비롯되었기에 타인에게 결코 존중받을 수 없었던 거예요. 그러니 당신의 마음을 상대방을 위해 헌신하지 말아요. 이제는,

당신의 마음속에 있는 바람들을 상대방을 위해 포기하지 말아요. 당신의 가치를 당신 스스로 지켜내요. 당신이 정말 하고 싶은 것들, 그 소중한 바람들을 타인을 위해 저버리지 말아요. 타인의 기쁨을 위하여 그들의 바람을 들어주기 전에 당신 스스로의 기쁨과 바람을 먼저 들어줘요. 포기하기에, 저버리기에 한 번뿐인 당신의 삶은 너무나,

너무나 소중한 거니까. 당신 스스로의 바람과 당신에게 기쁨이 되는 일이 무엇인지 알고 기꺼이 들어줄 수 있는 당신이 되어야지만, 스스로의 가치를 지켜낼 수 있는 당신이 되어야지만 타인과 대등한 위치에서 존중하고 존중받는 관계를 이어나갈 수 있을 테니까요. 당신의 헌신이 당연시되는 일도, 함부로 무시를 받는 일도 없을 테니까요.

진정한 포기란, 타인의 눈치를 보며 그들이 내게 실망하면 어떡하지 하는 마음도, 타인의 마음을 사기 위해, 더 잘 보이기 위해 애쓰는 마음도 아니에요. 그것은 너에게 기쁨이 되기 위하여 기꺼이 나의 바람들을 포기하는 일인 거예요. 정말 상대방을 위한 배려였기에 거기서 끝나는, 그 자체로 만족되어지는 포기인 거예요. 상대방에게 기쁨이 되어준 것 자체가 내게도 기쁨이라서 그 뒤는 생각하지 않는 거예요. 그러한 포기를 헌신이라 부르는 거예요.

하지만 당신은 알아주길, 당신이 포기한 만큼 상대방도 포기해주길 바라왔고 당신의 배려에 상대방이 감사해주길 바라왔어요. 그러한 마음에서 비롯된 포기는 높은 자존감에서 우러나는 헌신이 아니라 낮은 자존감의 눈치였고 기쁨이 되기 위해 기꺼이 내려놓는 것이 아니라 네가 떠날까, 네가 내게 실망할까 두려워하는 마음에서 일어난 억지 포기였던 거예요. 그래서 미련이 남는 거예요.

그들이 잘못했어. 내게 너무했어. 나는 좋은 사람이야. 좋은 사람이라서 그들을 이렇게나 배려했는데 그들은 그런 내 맘을 알아주기에 너무 이기적이었던 거야. 그래서 배려하는 마음을 좋게 바라보기보다 자신보다 나를 약한 사람이라 여긴 채 무시하고 함부로 대하는 거야. 이런 식의 원망이 마음에 가득 차오르는 거예요.

하지만 사실이에요. 당신이 그들보다 약하다는 생각이 들어서 당신의 배려를 함부로 여긴다는 말, 사실이에요. 하지만 그 약하다는 생각을 하게 한 것은 당신이에요. 처음엔 그러지 않았던 그들과의 관계를 그렇게 만들어간 모든 원인, 사실은 당신에게 있는 거예요.

당신의 배려는 온전한 배려가 아니라 두려움의 눈치에서 비롯된 것이었기에 처음에는 함께 친절했던 상대방이 서서히 당신의 배려를 무시하거나 당연시 여기기 시작한 거예요. 당신이 눈치를 보니까, 두려워하니까 당연히 당신을 자신보다 약한 사람으로 생각하게 된 거예요. 당신이 상대방의 눈치를 볼 만큼

당신의 가치를 스스로 떨어뜨린다면 세상도 당신을 그렇게 대할 수밖에 없어요. 나 스스로를 아끼고 사랑하는 자존감이 낮아 나의 있는 그대로를 보여주기가 두려운 나인데, 내 가치를 스스로 저버리는 나인데 어느 누가 그런 나를 존중해주겠어요. 나마저 존중하

지 못하는 나인데.

그러니 관계를 잘 지켜나가고 싶다면 당신의 가치를 스스로 함몰시키지 말아요. 타인이 당신의 마음에 상처를 내도록 스스로 허락하지 말아요. 당신을 함부로 여기게, 당신의 배려를 당연시 여기게, 당신의 헌신을 짓밟을 수 있게 스스로 내버려두지 말아요. 당신의 가치를 지켜나갈 수 있는 건 오직 당신밖에 없으니까요.

참 이상해요. 어떤 사람은 타인의 눈치도 안 보고 그저 자신의 소신대로 행동하는 것 같은데 이상하게 그 사람은 자신의 인연과 단단히 연결되어 있는 거 같아요. 난 이렇게 아낌없이 배려하고 나를 포기하면서까지 기쁨을 주기 위해 노력했는데 나의 인연은 참 부실한 것만 같아요.

관계를 지켜나가기 위해 좋은 사람으로 보여야만 한다는 오해. 하여, 내 바람을 너의 바람을 위해 포기해야 한다는 오해. 그러지 못하면 상대방이 나를 떠나가고야 말 거라는 오해. 그 모든 오해로부터 나는 나 자신을 저버렸지만 결국 모든 관계는 끝이 났어요. 그들이 나를 소중히 여기지 않는다는 생각에 내가 먼저 그들의 곁을 떠나갔어요. 그들을 내 품에서 밀어냈어요. 모든 잘못을 그들의 탓으로 돌려왔고 새로운 관계를 만들기 위하여 누군가와 만났지만 과거는 또다시 반복되었어요.

당신이 흔들리는 존재라면 당신의 관계 또한 부실할 수밖에요. 그러니 당신의 바람과 가치를 스스로 지켜나가요. 스스로를 지켜낼 줄 아는 사람이라야만 관계 또한 오롯이 지켜낼 수 있는 거예요. 그러지 못해 타인을 탓하지 말아요. 두려워하고 눈치를 보고 잘 보이려 애쓸 때보다 스스로를 지켜내는 당신을 더 많은 사람들이 따르고 좋아한다는 것을, 더 오래도록 당신의 곁에서 당신과 함께하고자 한다는 것을 꼭 알게 될 거예요.

그러니 이제는 당신의 소중한 가치를 스스로 저버려선 안돼요. 당신의 마음이 원하지 않는 일을 타인의 눈치를 보느라 해서도 안 돼요. 그래놓고 상처 받은 채 후회해서도, 원망해서도 안 돼요.

그렇게 포기하기에 얼마나 소중한 당신의 마음이에요. 그러니 두려워말아요. 당신이 스스로를 지켜나갈 때 세상도, 사람들도 당신을 지켜줄 테니까. 상처로부터 자유로운 당신이 되어갈 테니까. 꼭 배려하지 않아도, 맞춰가지 않아도 있는 그대로 충분히 존중받고 가득 사랑받을 수 있는

참 소중하고 예쁜, 당신이니까.

그러니 말을 했을 때 나를 어떻게 생각할까,
너무 두려워 말아요.

당신의 가치를 지켜나가야 하니까요.

•

두려움에서 시작된 배려나 양보는
낮은 자존감에서 비롯되었기에
배려를 하고도 상대방에게 감사의 마음을,
존중의 마음을 우려낼 수가 없는 거예요.

•

나는 당신이 편하게 생각했으면 좋겠어요.

솔직한 당신의 느낌과 감정을 말했을 때
당신을 이해하지 못하고 실망할 사람이라면
기꺼이 보내주면 그만인 거예요.

왜 당신을 아껴주지도 않는 사람의 맘에 들기 위해
이토록 소중한 당신의 마음과 가치를 스스로 포기해요?

•

진정한 인연은
그런 것에 결코 무너지지 않는
단단한 이해로 결속되는 거예요.

그러니 부실한,
결국은 무너져버릴 인연을
억지로 부둥켜안은 채

당신의 가치를 스스로 져버려선 안 돼요.

•

소중한 당신이라는 것을
잊어서도, 잃어서도 안돼요.

•

'그럼에도 불구하고'
당신의 곁에서 당신의 가치를 이해해주는
아껴주고 사랑해주는

당신의 자존감을 지켜주어
서로가 서로를 고취시켜주는,
그런 인연을 만들어나가요.

그리고 지켜나가요.

•

두려워하기엔
너무나 소중한 당신이니까.

따뜻하고 예쁜 말만 해주고 싶어요.

그런데 오늘은 이렇게
따끔한 조언을 하게 되었어요.

•

이토록 소중하고 예쁜 당신인데
스스로는 그걸 알지도 못한 채
사랑해주지도, 사랑받지도 못하는
당신이 참 답답해서.

•

답답하다, 정말.

내가 말해줄게요.
오늘부터는 꼭, 알아둬요.

•

당신은 함부로
당신의 가치를 저버려서도, 포기해서도 안 될 만큼

있는 그대로
참 소중하고 예쁜 사람이에요.

그런 당신의 소중함. 잊지도, 잃지도 말아.

나와 타인의 관계는 내가 어떻게 이끌어가는지에 따라 길들어지는 것임을 알게 되었다. 기분이 좋아서, 네가 좋아서 기분 좋게 한턱을 내다가 그것이 반복되다가 어느새 너는 그런 나에게 길들어져 계산을 할 생각을 하지 않았고 나는 그런 너에게 서운했다. 너에게 내 솔직한 마음을 표현할 용기가 없어 너를 밀어냈다. 너를 나쁜 사람이라 원망한 채.

하지만 너는 나에게만 그런 사람이었다. 다른 사람들과의 만남 속에서는 철저히 선을 지키는 반듯한 사람이었다. 그런 반듯한 너를 이렇게 길들인 것도 나였으며 너의 반듯함을 가득 흔들리도록 유혹한 것도 나였다는 것을 알게 되었다. 너를 다시 만난다면 아무리 네가 좋아도 너와의 선을 철저히 지킬 것이다. 네가 좋으니까 너를 좋아하는 만큼 너와 나의 관계를 더욱 철저하게 지켜내고 만들어나갈 것이다.

용기가 부족해서 서운함을 털어놓지 못했던 시간들이 지금에 와서 참 후회가 된다. 그때, 말을 했다면 너는 충분히 들어주었을 텐데. 그만큼 좋은 인연이었던 너를 내 부족함으로 떠나보낸 것에 참 미련이 남는다. 하지만 그런 아쉬움도, 미련도 덮어두기로 한다. 어쩌면 우리 인연의 의미는 여기까지였던 것이고 그것으로 인연의 몫을 다한 거라 믿으며.

너 또한 나로 인해 무엇인가를 배웠을 것이다, 그렇게 위로하며.

결국, 모든 관계를 이끌어가는 것은 나라는 것을. 내가 어떤 사람인지, 어떠한 기준을 가지고 어떻게 사람을 대하는지에 따라 좋은 사람도 나쁜 사람이, 나쁜 사람도 내게만큼은 좋은 사람이 되기도 하는 거니까.

그러니 너를 탓할 수 없다는 것을. 내가 무르지 않고 확고하게 너와의 관계를 이끌어갔다면, 네가 나를 이용하고자 마음먹을 틈을 내어주지 않는 똑 부러진 사람이었다면 적어도 내게는 좋은 너였을 테니까.

내가 어떤 사람이 되느냐가 타인이 나를 어떻게 대할지를 결정한다는 것을. 그러니 나는 스스로에게 먼저 좋은 사람이 되어야겠다. 겉과 속이 달라 어쩔 줄 몰라하는 우유부단함이 아닌, 안에 품은 것을 겉으로 가득 풍길 줄 아는 진솔한 사람이 되어야겠다.

타인이 내 가치를 함부로 해할 수 없게 나는 소중하고 가치 있는 사람이라고, 스스로 늘 되뇌어야겠다. 하여, 그 가치를 바라봐주지 않는 공간 속에 굳이 나를 두며 나를 다치게 하지 말아야겠다. 나는 소중한 사람이고 가치 있으며 충분히 존중받을 자격이 있는 사람이니까. 그런 내면의 반듯함과 확고함으로 관계를 이끌어가야겠다.

좋은 사람인 척 배려했다 끝내는 돌아오지 않는 것들에 서운해하며 탓하다 속으로 가득 앓는 물렁물렁함이 아닌, 거절할 줄 알며 거절의 침묵을 감내할 줄 알며 또한 배려하였을 땐 고스란히 따스한 감정들만을 기억하는, 그런 진솔한 사람이어야겠다.

그래야 좋은 너를 부족하다 생각한 채 밀어내지 않을 테니까.

너는 좋다. 다만 내가 너의 좋은 모습을 바라보기에, 좋은 너를 너에게서 이끌어내기에 부족했을 뿐이다. 내가 내게 좋은 사람이 아니라서, 내가 네게 좋은 사람이 아니라서

너는, 잠시 삐뚤어졌을 뿐이다.

진짜 인연이라면
나의 사소한 실수에도, 서툰 모습에도
내 마음 그대로를 표현하는 솔직함에도
결코 무너지지 않는 단단함이 있어야 하는 것.

그러니
그런 실수를 참아주지 못해
서툰 모습을 기다려주지 못해
내 솔직함을 받아들여주지 못해

내 곁을 떠나간 인연에 대해 아쉬워하지 말 것.
그런 인연을 붙잡기 위해 애쓰지 말 것.
잘 보이기 위해 가면을 쓰지 말 것.
실망한 채 떠나가면 어떡할까 두려워 말 것.

나라는 꽃이 피어나기를
기다려주지 못해 떠나간 그 사람들이
언젠가 찬란히 피어난 나를 보고 아쉬워할 테니까.

그러니 나는 나의 가치를 꿋꿋이 지켜나갈 것.

난 당신이 솔직하게 당신의 마음을
용기 내어 내게 말해주는 순간.
그 순간의 당신이 참 기특하고 예쁘더라.

소중하고 고마워요.

마음에 담아두지 않고 표현한다는 것은
이대로 포기한 채 마음의 문 닫아두기보다
관계를 개선해나가겠다는
그럼에도 너와 함께하겠다는
참 소중하고 고마운 의지니까.

사랑을 지켜나가겠다는
내 곁에 조금 더 오래 머물러 있고 싶다는
참 기특하고 예쁜 표현이니까.

그러니 소중하다면
그 소중함, 오래도록 지켜내기 위해
나는 이런 것에 서운한 사람이다,
그러니 이런 건 좀 지켜줬으면 좋겠다,
표현하는 것에 주저하지 않기.

소중하다면.

♂

사람들이 참 웃긴 게 뭐냐면, 늘 말하지 않으면서 알아주길 바라고 기다려. 그렇게 혼자 앓다가, 서운해하다가 소중한 인연을 원망하며 끝내는 멀어져. 자신을 소중히 여겨주지 않는 것 같다면서 멀어지는 거지. 근데, 그런 사람들은 결국 혼자인 경우가 많더라.

♀

그치. 소중하다면, 정말 지켜내고 싶다면 그 관계를 만들어가기 위해 그 안의 나를 끊임없이 알려나가는 게 맞는 거 같아. 그래야 상대방도 나를 알아주고 나를 지켜줄 테니까. 말하지 않으면 지켜주고 싶어도 몰라서 지나쳐버리기 마련이잖아. 사람이라는 게 늘 완벽할 수는 없는 거니까. 그래서 노력이라는 게 필요한 거고.

결국 상처 받기를 선택한 것은 나였다.
나는 늘 상처투성이였지만
그런 나를 방치한 채 계속 상처 속에 묻어둔 것도 나였다.

나는 늘 거절할 줄 몰랐고
그렇지 않아도 그런 척 하는 사람이었으니까.
사람들이 나를 함부로 여겨
속이 미어질 만큼 아프고 시린 순간에도
나는 웃으며 괜찮은 척 해왔으니까.

결국 내가 나를 어떻게 생각하는지,
딱 그만큼으로 세상도 나를 대하는 거니까.

그러니 나는 너에게 모든 것을 줬는데
충분히 친절했고 배려했으며 웃어줬는데
너는 나에게 그러지 않는다며 원망할 수는 없는 것이다.

겉과 속이 달랐던 것도 나니까.
만약 내가 정말 너를 위했다면 상처받지도 않았을 테니까.

그런 당신에게 꼭 말해주고 싶어요.

아닌 것은 아니다.
싫은 것은 싫다, 거절할 줄 아는 사람이 되자고.

소중한 당신을 지켜나갈 수 있는 건
이 세상에 당신 자신밖에 없는 거니까요.

있는 그대로의 나로서 닿지 않는다면
그런 나를 바라봐주고 이해해주지 않는다면
그건 좋은 인연이었다 말할 수 없는 거니까요.

이토록 상처투성이가 되도록
사람들을 위해 당신 스스로를 헌신할 만큼
참 여린 당신이라서 더 아낌 받았으면 좋겠어요.

무엇보다,
있는 그대로 참 소중한 너라서.

내가 너를 좋아해서 너에게 기쁨이 되기 위해 한 행동과 표현들, 감정들이 너에게 부담이 아니라 기쁨으로 닿는 거. 그러니끼 내가 니를 좋아해서 한 모든 것들에 너 또한 행복해하는 거. 그런 너를 바라보는 것만으로 나 또한 행복해지는 거. 사랑이란 그런 거 같다. 마음 끌리는 대로 숨김없이 다가갔을 때 너에게 고스란히 닿아 우리로 맺어져 예쁘게 피어나는 거. 그러니까 나는 너에게 늘 솔직한 사람이어야겠다. 너를 예뻐해 주고 아껴주고 소중히 여겨주는, 그런 내 마음이 너에게 고스란히 닿기를 또한 소원해야겠다.

너를, 사랑해서.

당신의 지금은 소중한 것이니까

내일은 꼭 해야지, 더 이상은 미루지 말아야지, 그렇게 다짐했지만 지키지 못한 나의 각오들, 그리고 흘러간 시간들이 너무 후회스러워요. 나 자신이 한심스럽기도 해 힘든데, 그래서 변하고 싶은데 그럼에도 또다시 나와의 약속들을 지켜나가지 않는 내가 참 미워요. 나도 다른 사람들처럼 열심히 살고 싶은데, 주체적으로 시간을 잘 관리하는 사람이 되고 싶은데, 어떤 집단이나 사람이 통제해주지 않으면 결코 혼자서는 나의 하루를 잘 보낼 수가 없어요. 그렇게 하염없이 시간은 흘러가고 난 늘 제자리에 서 있어요.

당신이 변하지 못하는 이유는 당신이 변하지 않기로 선택했기 때문이에요. 변화는 전적으로 선택의 문제이니까요.

그 누구도 당신을 대신해 선택해줄 수 없어요. 당신의 인생을 책임져줄 수도, 대신 살아가줄 수도 없어요. 당신의 삶을 변화시킬 수 있는 것은 오직 당신의 의지와 노력밖에 없는 거니까.

힘든 거 알아요. 너무나 거대한 이전의 습관들, 타성에 젖어왔던 나라는 존재, 이겨내기 힘들다는 거 잘 알아요. 하지만 이겨낼 수 있어요. 왜냐면 나 또한 그랬던 사람이니까요. 그럼에도 이겨내어 지금의 내가 되었어요. 그러니 나를 믿어줘요.

늘 무언가 하고자 마음먹었을 때 처음 며칠은 의지에 불타 노력했지만 얼마 지나지 않아 그만두었잖아요. 지금껏 계속 그래온 거잖아요. 하지만 그래선 안 돼요. 한 번을 해내지 못하면 영원히 해내지 못하는 거예요. 내일의 변화란 결코 존재하지 않는 거예요.

그러니 이를 악물어요. 오늘을 미루면, 내일의 오늘에도 미루는 당신이 될 거예요. 그렇게 평생을 해내지 못한 채 지난날을 후회만 하는 당신이 되고 말 거예요. 당신도 당신 스스로를, 그리고 당신의 삶을 너무 사랑하잖아요. 그래서 힘든 거잖아요. 이대로 머물러 있기엔 나를, 내게 주어진 삶을 너무 사랑하기에 당신의 지금을 답답해하고 있는 거잖아요. 변화에 간절한 거잖아요.

그 간절함으로 한 발을 내딛어요. 그리고 시작해요. 그러다 지쳐서 내일 해야겠다는 생각이 들 때 그 생각에 골몰하지 말고 또 시작해요. 밖으로 나가는 거예요. 책상에 앉는 거예요. 나는 지금도 두려워해요. 모든 최선을 다해 새로운 나를 만들고 쌓아가고 있는데 아직도 지난날의 습관과 타성이 찾아와 나를 유혹하니까요. 내가 힘겹게 쌓아온 노력들이 그저 무너지는 게 두려우니까요. 그럴 때마다 그냥 해요. 막상 해보면, 또 해내고 있고 그 해냄이 뿌듯해서 내일은 더 잘 할 수 있게 되거든요. 그래서

시작이 반이라는 말, 나는 다르게 생각해요. 시작이 다예요. 아침 일찍 일어나 요가수업을 하러 가기가 싫은 날, 머릿속에서 과거의 잔재가 나에게 속삭여요. "오늘만 쉬자, 그냥 눈 딱 감고 오늘만 쉬는 거야. 달콤한 이불 속에서 편하게 잘 수 있잖아. 오늘은 너무 피곤하니까 푹 자고 내일부터 열심히 가면 되는 거야."라고.

그럴 때마다 나는 말해줘요. "오늘을 쉬면 내일은 더 거대하게 날

유혹할 거잖아. 오늘을 지면 내일은 이겨내기가 더 힘들어질 거야. 그러니 가야 해. 피곤해도, 몸이 아파도, 무조건 가야 해."라고.

그렇게 학원에 가서 매트를 깔아요. 그리고 매트 위에 앉아요. 그게 다예요. 그러고 나면 수업이 끝날 때까지 최선을 다하게 되어있어요. 아프다는 핑계로 안 갈 수도 있었지만 그건 못 간 게 아니라 가지 않은 거뿐이에요. 아픔에도 불구하고 갔다면 난 최선을 다할 수 있었을 것이고 무언가 배울 수 있었을 거예요. 오늘 하루를 최선을 다해 살아간 나 자신을 어제보다 더 사랑하고 토닥여줄 수 있었을 거예요. 그러니

모든 '못함'은 변명이에요. 아파도, 피곤해도 할 수 있어요. 못 하는 게 아니라 안 하는 것일 뿐이에요. 그걸 먼저 인정할 때, 새로운 삶의 문을 두드릴 수 있는 거예요. 그러니 더 이상은 변명하지 않기로 해요, 우리. 머릿속에서 재잘거리는 달콤한 속삭임을 믿지 않기로 해요. 어제의 나에게 이제는 지지 않기로 해요. 그냥 시작해 보는 거예요. 시작이 다예요. 정말 다예요.

처음에는 너무 힘들었던 변화가 지금은 일상이 되었어요. 유혹을 이겨내기가 그토록 힘겨웠는데 이제는 그 무게가 가벼워져 사뿐히 지나칠 수 있게 되었어요. 반듯한 나를 바라보는 게, 그렇게 하루하루의 만족감에 빛이 나는 나를 바라보는 게 참 기뻐요.

당신도 충분히 변할 수 있어요. 처음부터 내가 그랬던 사람이라면 지금의 내 말, 막연하고도 이기적인 충고가 될 수도 있었을 거예요. 하지만 난 그러지 못했어요. 그랬던 나라서, 당신의 지금을 누구보다 가득 공감하며 응원해요. 당신도 할 수 있어요. 내가 해냈다면 당신도 해낼 수 있어요.

오늘은 여기까지만 읽어요. 그리곤 당장 그동안 미뤄왔던 일 하나를 하고 와요. 공부를 하고자 했으면 그냥 책상에 앉아요. 운동을 하고자 했으면 운동복을 입고 나가요. 혼자 영화를 보고자 했다면 일단 영화관에 가요. 나머진 알아서 하게 될 거예요. 당신은 원래 그럴 수 있었던 사람이라는 걸 꼭 알게 될 거예요.

하지 못한 게 아니에요. 안 해왔던 거뿐이에요. 그것이 차곡차곡 쌓여 당신의 일부가 되었고 그래서 도무지 변할 엄두가 나지 않았던 거뿐이에요. 그러니 이를 악물고 주먹을 불끈 쥐어요. 그동안 그래왔던 나에게, 나의 삶에게 미안하다며 따뜻이 끌어안아줘요. 그리고 이제는 그러지 않겠다고 다짐해요. 다짐에서 그치지 말고 책상에 앉아요. 밖으로 나가요.

한 번만 죽을힘을 다해 이겨내 줘요. 부탁할게요. 그 한 번의 이겨냄이 얼마나 당신의 삶을 풍성하게 해줄지, 행복하게 해줄지, 당신을 얼마나 빛나게, 반듯하게 해줄지를 상상해 봐요. 그리고

명심해요. 지금 해내지 못하면 평생 못 해내는 당신이 될 수도 있다는 것을. 그렇게 한 번을 변하지 못한 채 삶의 끝자락에 다다르게 될 수도 있다는 것을.

어떤 계기가 필요한 게 아니에요. 어떤 자극과 충격이 필요한 게 아니에요. 단지 오늘 하루, 최선을 다하겠다는, 내게 주어진 삶을 더 예쁘게 만들어가겠다는 내 삶을 향한 애정이, 정말 당연한 사랑이 필요했던 거뿐이에요. 그러니 당신의 앞으로를 위해 당신의 삶을 향한 사랑으로 지금, 한 걸음을 내딛어 봐요. 당신이라면

잘 해낼 거예요. 그렇게 당신의 삶, 더없이 소중해질 거예요, 꼭.

조금 있다 할까, 라는 생각이 드는 순간,
바로 해야 해요. 절대 미루어선 안 돼요.

오늘은 너무 피곤해서 좀 쉬어야 할 것 같아.
그래서 안 했는데, 미뤘는데
그랬던 하루를 돌이켜 충분히 쉬었나요?

쉬지 않고 다른 것을 하며 시간을 보냈잖아요.

•

그러니까 이제는 합리화에 속아 삶을 미루지 말아요.

진정한 쉼은 나의 삶에 최선을 다했을 때
그 살아감이 주는 만족과 자존감이 채워주는 거니까요.

그러지 못한 채 쉬는 것은
몸과 마음의 피로를 달래주기보다
최선을 다하지 못했다는 자괴감과 죄책감을 만들어
우리를 더욱 지치고 무겁게 만들고 말 거예요.

•

그러니까 더 이상 미루지 말아요.
변화의 순간은,
오직 지금밖에 없는 거니까요.

지금 미루면, 내일도 미루는 당신이 될 테니까.
지금 이겨낸다면 내일도 이겨내는 당신이 될 테니까.

오직 지금의 선택이 당신의 평생을 결정하는 거예요.
그러니 조금은 경각심을 가져요.

오늘만, 오늘만 하고 미루다 보면
삶의 마지막 순간까지 미루게 될지도 몰라요.
그때에 가서 후회하고 아파해도 소용없어요.
지나간 시간들은 붙잡을 수 있는 게 아니니까요.

그러니까 지금, 이를 악물어야 해요.

당신의 지금은 평생에 다시 돌아오지 않을,
오직 한 번뿐이고 오직 하루뿐인 오늘이니까.

•

그러니 오늘에 지는 당신이 아니라
오늘을 이겨내는 당신을 만들어나가요.

져서는 안 돼요.

•

그러기에 당신은, 당신의 삶은
너무나 소중하고 아름다운 거니까.

•

다시는 되돌아오지 않을
찬란한 당신의, 지금인 거니까.

또 미루려고요?
그럼 나한테 혼나요, 안 혼나요?

•

당신, 내가 단단히 지켜볼 거예요.

•

지켜보다 미루고 있는 당신을 보면
내가 달려가서 뽀뽀해버릴 거예요.

그러니까 지지 말아요.

•

나 오늘, 양치질 안 했어요.

하고 싶은 것들이 참 많았던 거 같다. 하지만 해내고 있는 것은 아무것도 없었던 그런 날들이 있었다. 누군가를 만날 때 나의 미래에 대해 열정 가득 말하며 나는 이런 사람이다, 나에 대해 자랑했으며 그것으로 나는 누군가에게 참 깊은 사람이었다. 주어진 지금에 최선을 다할 의지가 없는 나 자신이 부끄러웠던 것 같다. 그 부끄러움을 들키지 않기 위해 나는, 타인들에게 멋진 미래를 가진 사람이어야 했고 멋진 꿈을 가진 사람이어야 했다.

하지만 나는 꿈을 꿀 자격이 없는 사람이었다. 집에 돌아오면 꿈은 덮어둔 채 하루 종일 누워있거나 티비를 보거나 그렇게 소중한 하루를 지워가며 내일은 꼭 해야지, 라며 늘 다가올 내일을 살아가는 사람이었으니까. 숨을 쉬고 있는 오늘, 나는 숨을 쉬고 있지 않았고 숨을 쉬고 있지 않은 내일, 나는 숨을 쉬고자 했으니 어쩌면 나는 죽은 사람이었다.

그렇게 죽은 채, 오늘을 살지 않고서는 결코 닿을 수 없는 꿈만을 부풀려나갔다. 그러다 그 괴리를 도저히 버틸 수 없어 책상에 앉았다. 앉았지만 무언가를 할 수는 없었다. 평생을 쌓아온 습관이 넘을 수 없을 만큼 거대한 벽이 되어 나를 막아섰기에. 하지만 또한, 그것을 뛰어넘는 것이 여태껏 주어진 삶에 최선을 다하지 않은 것에 대한 내 책임이었다. 이렇게 살아온 만큼, 저렇게 살아가기가 힘든 것이 짊어져야 할 책임이었고 당연한 몫이었기에.

그렇게 주어진 오늘, 쌓아온 어제를 이겨내며 최선을 다해 나아간다. 오늘이 최선이었다면 내일의 나는 조금 더 쉬울 것이다. 그렇게 변해간다. 찬란해져 간다. 꿈에 닿아간다. 그런 하루하루를 쌓은지 십 년이 되던 지금, 나는 꿈에 닿았으며 충분히 찬란했으며 지난 십 년을 돌이켜 부끄럽지 않은 사람이 되었으며 또한 반듯했으니, 나는 오늘, 살아있다.

하루를 멈출 수가 없었던 것 같다. 최선을 다해 나아가던 시간들 안에서 하루를 멈추면 그 하루가 또다시 영원토록 이어질 것만 같아서, 내 습관이 되어버릴 것만 같아서. 그래서 하루를 멈출 수가 없었다. 그렇게 나는, 늘 숨 쉬었다. 늘 나아갔으며 살아갔으며 이를 악물었다.

멈춰있던 지난날을 일으켜 다시 나아가기가 힘들었던 만큼, 나아가는 시간들 안에서 멈추는 것 또한 쉽지가 않았던 거 같다. 모든 습관에는 타성이 있는 거니까. 하루를 의미 없게 보내고자 하면 그 하루가 어제의 가득 찼던 최선에 비해 가치가 없게 느껴져 그럴 수가 없었다.

하루의 최선은 나의 자존감이 되었고 그 자존감이 나라는 사람의 분위기를 바꾸었기에 전처럼 나는 이런 사람이다, 말하지 않아도 사람들이 나에게 끌려왔다. 나는 반듯한 사람이었으며 최선을 다해 주어진 하루를 살아가는 사람이었으며 또한 과묵히 나아가는 사람이었으며 내 꿈 앞에서 충분히 무겁고 진솔한 사람이었었기에.

변화는 힘들었지만 또한 쉬웠다. 내가 내 삶의 무의미를 버틸 수 없었던 만큼, 그러니까 내 삶을 충분히 소중하게 생각하고 아끼며 사랑하는 만큼, 변화에 간절해지게 되어있으니까. 그 마음이 멈춰있던 지난날을 이겨내기에 충분했으니까.

하루가 힘들었던 것이지 그날의 내일이 힘들었던 것은 아니니까. 결국, 나는 하루를 해내지 못해 영원히 미룰 뻔한 사람이었다가 하루를 해내어 지금에 닿았으니 그 하루는 내게 있어,

나의 지금과 내일을 있게 해준 기적 같은 선물이었다.

변화는
할 수 있고 없고의 문제가 아니라
하고자 하느냐 하고자 하지 않느냐의 문제.

할 수 없다는 말은
하기 싫다의 다른 말.

그러니 해야 하는 일이라면
하고 싶은 일이라면 그냥 하면 되는 것.

막상 해보면
충분히 할 수 있었다는 것을 알게 될 테니까.

그러니 절대 미루지 말 것.
미루는 것 또한 버릇이 되고 습관이 되니.

내일 해야지, 하다가 내일의 내일에도 그러다가

죽는 순간까지 하지 않게 될까 봐, 그게 겁이 나.

그냥 해. 시작이 다야. 무언가를 해야지, 생각하고

그 생각 안에 나태함이 끼어들기 전에

바로 시작하는 거, 그게 변화의 기적이니까.

생각하자마자 바로 해나간다면 그게 너의 습관이 될 거고

어떤 일이든 해내는 네가 될 거야.

지금의 머뭇거림이 평생의 머뭇거림이 되어

나라는 사람을 지금 이 모습으로

영원히 굳어지게 할 수도 있다는 걸

사람은 늘 기억하고 두려워해야 해.

너에게 주어진 오늘은 영원히,

결코 되돌아오지 않을 마지막 오늘이라는 것을

절대 잊어선 안 되는 거야.

당신의 마음을 안아줄게요

살아가면서 내 마음을 털어놓는 일이 점점 어려워져요. 이런 말을 했을 때 나에 대해 내뱉는 타인의 판단이 너무 차가워서 내 마음의 문은 꽁꽁 얼어붙고 말았어요. 너에게는 아무렇지 않은 가벼운 일이 나에게는 무거운 걱정거리가 될 수도 있다는 것을 너는 알지 못하는 거 같아요. 내가 처한 삶의 무게, 그 절절함을 함께 알아주고 느껴줬으면 좋겠다고 생각했는데 이제는 그런 기대조차 하지 않아요. 방어적인 사람이 되어버렸어요.

내 힘듦은 마음 한구석에 꼭꼭 숨겨둔 채 아무 일도 없다는 듯이 웃으며 살아가요. 걱정거리는 여전히 많지만 돌아오는 너의 무성의한 공감에 더 이상 상처받을 일은 없으니 차라리 지금이 더 좋아요. 괜히 기대했다가, 마음의 문을 열었다가 더 크게 닫혀버릴 나일 거 같아서. 그때는 정말 혼자가 되어버릴까 봐.

때로는 당신, 읽히고 싶었던 걸지도 몰라요. 누군가 소중히 들여다보고 있는 책의 한 페이지처럼 따뜻한 손길에 넘겨지고 읽혀지고 싶었던 걸지도 몰라요. 말할 수 없었던 당신의 슬픔들, 생각들, 때론 사소함마저도.

가만히 있어도 찾아지고 들여다봐지고 다시 보기 위해 접어두었다 힘들 때마다 펼쳐볼 수 있는 그런 하나의 문장이 나였다면, 조금은 위로가 되었을까, 이토록 외로워지진 않았을까.

그런 당신의 마음을 알아줄게요. 그렇게 꼭 안아줄게요. 진심 어린 공감이 그리워, 차가운 판단이 아닌 따스한 위로가 간절해 이토록 무너지고 있는 당신의 마음을 끌어안아줄게요. 하염없이 아파왔던 건 결국 그 누구도 따스한 진심을 나누어주지 않아서였으니까. 그런 당신의 마음이 안녕할 수 있게 내가 알아줄게요. 그렇게 꼭, 안아줄게요.

당신의 지금이라는 페이지에 나의 시선을 둘게요. 읽어도 읽어도 또 읽고 싶은 그런 당신의 지금에 나의 시선을 둔 채 그저 바라봐줄게요. 내 마음을 스미는 따스한 책의 글귀를 읽듯 잠시 세상의 다른 일들, 시선들, 목적들, 주변의 잡음까지도 모두 잊은 채 당신을 바라봐줄게요. 당신의 삶이라는 책에서 지나고 있는 지금이라는 페이지, 고이 접어둔 채 오늘의 힘듦에는 밑줄까지 그어가며 당신을 읽어줄게요. 당신의 소리, 귀 기울여 들어줄게요. 아픔, 덜어줄게요. 그 마음,

알아줄게요. 그렇게 안아줄게요. 그러니 혼자라는 생각에 너무 힘들어 말아요. 언제나 당신의 곁엔 내가 있을 테니까. 평생을 기억하며 가슴에 간직해야 할 아름다운 문장처럼, 예쁜 글귀처럼, 따스한 말처럼 당신의 지금을 새겨둘 테니까.

"그 어떤 아름다운 문장도, 소중한 마음이 담긴 따스한 책도 자신을 알리기 위한 노력 없이는 읽혀지지 않는 거예요. 이 세상에 펼쳐진 정말로 잘 쓰여진, 꼭 읽혀져야 했던 책들 중 무수히 많은 책들이 먼지 속에서 자신이 읽혀지기만을 기다리고 있다는 것은 아마 몰랐

을 거예요. 아무리 좋은 책도 자신을 알리기 위한 노력 없이는 결코 읽혀질 수 없는 거니까요.

그러니 마음의 문을 닫아두기보다, 차가운 반응이, 타인의 시선이 두려워 방어적인 사람이 되기보다 당신의 마음을 끊임없이 알려 봐요. 분명 당신만 이 삶의 무게에 짓눌린 게 아니었다는 것을, 당신과 같은 맘으로 마음의 문을 닫아두었던 사람이 생각보다 많았다는 것을 알게 될 거예요.

제법 어릴 때부터 쌓여왔던 상처잖아요. 하지만 이제는 어른이 된 거예요. 당신만이 아니라 함께 어렸던 당신의 곁까지도. 그 시간 동안 그들도 그들만의 삶을 살아가며 다치기도 하고 울어도 보고 폴싹 주저앉은 채 포기할까를 수도 없이 고민해왔을 거예요.

그러니 포기하지 말아요. 그럼에도 다시 일어서서 부딪히며 살아가고 있는 우리이기에, 조금은 짙어지고 깊어진 우리이기에 서로의 이야기를 들어주고 토닥여주는 데 충분한 나의 네가, 너의 내가 되어줄 거예요. 당신이 그런 것처럼

당신의 너 또한 분명히 그런 당신을 간절히 기다려왔을 테니까."

다음 이야기가 너무 궁금한 책처럼
당신의 오늘이 궁금해요.

그러니 오늘 밤. 당신의 이야기,
밤을 새워 읽어갈 거예요.

만약 당신의 이야기가 끊어진다면
그 시간이 내가 잠에 드는 순간이에요.

•

무척이나 설레는 밤,
오늘의 당신, 그리고 나,
우리들의 이야기.

•

오늘은 뭘 먹었는지
사이가 멀어졌던 친구와는 어땠는지
비가 오는데 우산은 챙겨갔는지

그런 사소함에서부터

오늘은 목소리에 왜 이렇게 힘이 없는지
꿈 앞에서 갈팡질팡하던 마음은 좀 괜찮아졌는지
사랑하는 사람과의 소원해진 관계는 잘 극복하고 있는지

그런 당신의 마음속 이야기에 이르기까지.

당신의 오늘이 무척이나 궁금해요.

당신이라는 책,
하루하루 읽어가고 싶어요.

당신이 지나는 오늘에는 밑줄을 그어가며
당신의 감정은 수없이 다시 읽기도 하며

당신을 알아가고 싶어요.

•

결국은 읽혀지지 못해 힘들었던
수북이 쌓인 먼지 아래 외로이 놓여있던
당신이라는 책을 이제는 내가 읽어갈게요.

•

중요한 것은
당신을 읽어가고자 하는 나에게
당신을 읽어갈 수 있게 허락하는 것.

오늘이 지나 내일에 이르면
또 다른 글들을 페이지에 가득 채워주는 것.

당신의 마음이 굳게 닫혀있어서
누군가에게 읽혀질 당신이라는 책을
써나가지 않는다면 읽혀질 수 없는 거니까요.

그러니 당신이라는 예쁜 책 위에
더 이상 먼지가 쌓이지 않도록
사람들이 찾아와 펼쳐보고 읽을 수 있도록

당신을 알려가도록 해요.

•

나처럼 당신에게 반해서
알아서 찾아주고 알아서 맘에 노크하고
책에 쌓인 먼지 닦아주듯
당신의 눈곱 떼어주는 사람.

세상에 많지는 않으니까요.

모두가 당신의 어제와 같아서
읽혀지기만을 바라고 있을지도 모르는 거니까요.

•

그러니 당신이 먼저 다가가
너라는 책, 펼쳐 봐주고 궁금해해줘요. 읽어줘요.
그런 당신의 예쁜 마음이 궁금해진 네가
당신을 펼치고자 할 때, 또한 가득 읽혀져 봐요.

누군가 나를 알아준다는 것
누군가 나의 이야기를 읽어준다는 것

살아가며 받을 수 있는 최고의 위로가 되어줄 테니까.

당신을 사랑한다는 말은 당신이 궁금해서 알아가고 싶다는 말의 동의어. 첫 만남, 서로를 알아가는 시간이 즐거워 하루 종일 대화를 하고 그럼에도 그 시간이 턱없이 부족해 다음날의 약속을 잡고 그 약속이 오기까지 설레는 맘을 겨우 진정시키며 기다리는 일. 그렇게 서로를 알아가는 시간이 서로를 사랑하는 시간이 될 때, 서로를 사랑하는 시간이 서로를 알아가는 시간이 될 때 각자의 책이었던 우리, 하나의 책이 되어 새로운 글을 가득 채워나가는 것.

하얀 내지는 어느덧 분홍색 가득 물들고 딱딱했던 글씨는 말랑말랑해지며 때로는 설레는 맘에 잔뜩 떨려 삐뚤삐뚤해지며 그렇게 함께 하나의 책을 만들어가며 종이가 모자랄 만큼 함께하는 추억의 시간들을 가득 써내려가며 때로는 앞장을 넘겨 우리의 이야기를 복습하다가 너무 아름다워 흠뻑 울기도, 웃기도 하며 너를 내 품에 안고 너는 나에게 포근히 기대어 우리는 늘 함께 우리의 이야기를 써내려가며 영원히 끝나지 않을 책을 만들어가는 것.

그러니 나는 네가 앉아서 서로를 알아가는 이야기를 하루 종일 할 수 있는, 너의 겉을 부유하게 해주고 반짝이게 해주는 사람이 아니라 너의 마음을 가득 알아가고 읽어갈 자세가 되어 있는, 그런 사람을 만나길 바란다. 그러니까 들을 자세가, 너의 마음을 알아갈 자세가 되어 있는 사람. 너를 채워줄 수 있는 건 다른 무엇도 아니라 너를 바라보는 눈빛과 너의 목소리에 귀를 기울이는 정성이니까.

함께하는 시간동안 기쁘든 슬프든 힘이 나든 힘이 들든, 그 어떤 길을 지나고 있든 넌 오직 함께 한다는 든든함으로 영원히 행복할 수 있을 테니까. 만남의 가치를 결정짓는 건 우리가 무엇을 가졌는지, 어떤 공간이 놓여있는지, 하는 것들이 아니라 함께하는 사람이 내게 어떤 마음이냐 하는 그 진솔함이니까. 그 진솔함이 같이 있는 시간을 찬란히 가치 있게 만들어줄 테니까.

또한 나는 그 진솔함을 너와 함께 나눌 사람이 나였으면, 하고 간절히 소원한다. 너를 사랑해서, 이토록 너를 알아가고 싶고 너의 하루가 궁금하고 너의 생각이, 너의 꿈과 너의 일과 너의 고민과 너의 기쁨과 너의 행복과 너의 찬란함과 너의 아름다움과 너의 슬픔과 어두움과 깊음과 얕음과 감정과 그 감정의 폭과 넓이와 그 모든 너의 것들을 펼쳐보고 싶은 나니까. 그러니까 그 모든 너를 알아가는 기적이 허락되어진 사람이, 나였으면 하고 소원한다.

너를 사랑해서,
나는 이토록 너를 알아가고 싶다.

너를 알아간다는 건, 너를 바라본다는 건
너의 이야기에 귀를 기울인다는 건
완성되어 가고 있는 한 권의 책을 들여다보는 일.

처음엔 제목과 표지만으로
너에게 끌려 다가갔을지라도
너라는 이야기를 펼쳐 읽어보며
너라는 사람에, 너라는 사람이 살아온 삶에
깊게 빠져들어 손에서 놓을 수 없게 되는 일.

너만의 책에, 나만의 책에
서로의 이야기를 더해 하나의 책을 만들어가는 일.

그러니 나는
표지가 예뻐 곁에 두었다
내용이 없어 책장에 꽂아두는
그런 사람이 되어서는 안 되겠다.

참 예쁜 당신을 만났는데
내가 3개월을 밤낮으로 고민한 문제를
3초 만에 결론짓고
나, 이만큼 똑똑하고 깊은 사람이야, 하는 순간.

당신은 나의 고민과 아픔보다
당신의 자랑이 중요한 사람이라는 것을 알게 됐어.

그 순간부터
당신이라는 책의 다음 페이지가 궁금하지 않았어.

표지가 예뻐 들었다
내용이 별로여서 다시 꽂아둔다는 것.

너를 하루 종일 읽으며 내 곁에 두기에
너라는 사람이 내게 그만한 가치가 없다는 것.

그러니 나는 영원히 곁에 두고 싶은,
낡고 헤질 때까지 읽고 또 읽어도
늘 새로운 의미를 가져다주는
한 권의 소중한 책처럼
가치 있는 사람이어야겠다.

페이지를 넘길수록 빠져드는
의미 가득한 사람이어야겠다.

그런 반듯한 마음으로
주어진 오늘을 살아가야겠다.
하루하루의 글을 더해가야겠다.

내가 사랑하는 당신이
나라는 책의 페이지를 넘기다
그 책의 내용이 너무 좋아
영원히 곁에 두고 읽고 싶다,
그런 생각이 들 만큼.

내가 지나가고 있는
지금이라는 페이지 앞에서
내가 만들어가고 있는
내 삶이라는 책 앞에서

나는 늘, 최선이어야겠다.

♀

나는 너한테 어떤 사람이야?

♂

너는 너무 예뻐서 펼쳤는데 그 내용이 더 예뻐서 결코 덮을 수 없는 한 권의 소중한 책 같은 사람이야. 영원히 곁에 두고 읽어나가고 싶은, 읽고 읽어도 또 읽고 싶은, 늘 새로운 의미를 가져다주는, 한 권의 예쁜 책 같은 사람. 내가 담긴 너라는 책은 더 예쁜 책이 되었으면 좋겠다는 생각에 더 예쁘고 반듯한 맘으로 살아가도록 마음먹게 해주는, 그런 사람.

당신이라서

늘 원하는 바에 미치지 못하는 하루하루에 속상해요. 열정은 늘 가득 넘치는데 열정만큼 행동이 따라주질 못하는 것 같아요. 잘 해내고 싶은데 잘 해내지 못한 거 같아 내가 한심하기도, 밉기도 한데 도무지 어떻게 해야 할지 모르겠어요. 말은 거창한데 행동이 따라주지 않는 사람을 보면 믿음이 안 가듯 이제는 나를 믿어선 안 될까 봐요. 이대로 열정조차 포기해야 할까 봐요.

아침에 눈을 뜨자마자 오늘 하루를 어떻게 보내야 할지부터가 막막하고 겁나요. 잘 해낼 수 있을까, 또 실수하진 않을까, 실망시키진 않을까, 밉보이진 않을까, 이 긴 하루가 끝이 나기는 할까…

어제 아침에도 똑같이 들었던 고민이 오늘의 고민이 되었듯 무사히 지나갈 거예요. 충분히 잘하고 있고, 잘 해낼 거예요. 더 잘하고 싶은 욕심에 하루가 실망스러운 거예요. 그러니 오늘만큼은 꼭 당신 스스로에게 만족스러운 하루가 되었으면 좋겠어요. 잘했다, 수고했다, 이 정도면 충분해, 이런 하루가.

그래서 난 오늘 하루의 기준을 낮춰보라고 말하고 싶어요. 닿고 싶은 목표가 높아 늘 실패하는 거라고 말해주고 싶어요. 기준에 따라 당신의 하루는 늘 지는 시험지가 될 수도, 늘 이기는 시험지가 될 수도 있는 거예요. 그러니 늘 이기는 시험지가 될 수 있게 당신의 기준을 조금 낮춰 봐요. 너무 욕심내지 않아도 꾸준히 걸어간다면 그 걸음의 끝은 당신의 꿈에 꼭 닿을 거예요.

당신의 열정이라는 그 멋진 마음을 지켜줘요. 오늘 하루에 실망하여 그 예쁜 마음까지 꺾이지 않도록, 더 아름다이 피어날 수 있도록 잘 보살펴줘요. 당신은 충분히 잘 해왔고, 앞으로도 충분히 잘 해낼 거예요. 다른 누구도 아니라 당신이라서 잘 해낼 거예요. 믿지 못하겠다면 당신의 지금을 있게 한 당신의 지난날들을 돌아봐요. 늘 실망스러웠고 늘 후회가 많았더라도 결국은 여기까지 왔잖아요. 지금에 닿아 내일을 꿈꾸게 되었잖아요. 그러니

너무 속상해 말아요. 충분히 잘 해온 당신의 지난날이, 그리고 잘 해낼 지금이 꺾이지 않게 하루하루 만족이라는 보상을 주며 나아가는 거예요. 그래야 지치지 않을 수 있는 거예요. 다음 한 걸음이 가벼워져 당신이 소망하는 내일에 잘 닿을 수 있는 거예요.

기대하는 마음이 커서 실망하는 거예요. 작은 실수조차 참을 수 없게 되어버리는 거예요. 그래서 하루가 두려워지는 거예요. 걱정 가득해지는 거예요. 그러니 조금 서툴고 모자라더라도, 실수가 있더라도 배워나가고 있다는 사실에 감사할 수 있길 바라요. 그렇게 나아가고 있다는 그 과정을 가슴에 세어볼 수 있기를 바라요.

당신이 바라봐주지 않았던 당신의 하루, 한번 같이 들여다볼까요?

너무나 무겁고 힘든 지금을 지나고 있어서 기댈 수 있는 곁이 참

간절했어요. 하지만 타인들은 내 아픔에 여전히 무관심했던, 그런 하루였어요. 그 아픔을 너무 잘 아는 당신이라서 당신은 타인의 아픔 앞에서 최선의 진심을 다했잖아요. 가득 들어주고 위로해주고 안아줬잖아요. 무엇보다 함께 있어줬잖아요. 그런 당신이라서 나는 당신의 오늘이 참 기특해. 소중하고 예뻐. 고맙고 찬란해.

누군가가 가득 원망스럽고 미운 하루였지만 그러지 않기 위해 노력했잖아요. 원망하는 데에만 그치지 않고 그 사람으로 인해 받은 상처가 내게 준 배움과 가르침에 대해 생각해봤잖아요. 아직도 원망스러운 마음, 여전히 남아있지만 중요한 건 부정적인 마음에만 머물러있지 않고 긍정적인 시선을 찾아 나섰다는 거예요. 그 마음이 참 반듯한 거예요. 그러니 나는 당신의 오늘이 떳떳하기에 충분한 하루였다고, 충분히를 넘어 찬란히 아름다운 하루였다고 말해주며 이토록 수고해준 당신을 내 품에 꽉 안은 채 머리를 쓰다듬어주고 싶어요. 진심 다해, 사심 다해, 다정하게.

당신의 하루, 실수도, 서툰 점도 있었기에 완벽한 하루라고 말할 수는 없지만 완벽하지 않아서 참 예쁜 하루였어요. 완벽하지 않기에 스스로의 부족한 점을 바라볼 수 있었고 내일의 오늘에는 그 부족한 점을 딛기 위해 최선을 다할 테니까. 그렇게 하루하루, 나아가고 성장해나갈 당신이니까. 그러니 당신의 오늘은 완벽하지 않아 아름다운 점이 가득했던 거예요.

당신의 실수에, 모자람에, 부족함에 사람들이 당신을 바라보는 시선이 조금 차가워도 졌지만 그 차가움에 무너져 도망가기보다 그 차가움이 따뜻함으로 바뀔 수 있게 최선을 다해 나아갈 거잖아요. 그 사람들의 시선 때문이 아니라, 당신의 성장을 위해 그렇게 할 거잖아요. 그 하루의 최선이 당신이 바라보는 당신에게도, 타인이 바

라보는 당신에게도 꼭 소중히 닿을 거예요. 그러니

너무 걱정하지 말아요. 너무 조급해하지 말아요. 애쓰지 말아요. 그동안 얼마나 많은 것들을 신경써왔어요. 그래왔던 당신과 당신의 마음, 얼마나 지쳐왔겠어요. 그러니 오늘 하루, 이토록 수고해준 당신과 당신의 마음, 사랑을 가득 담아 바라봐주고 안아줘요. 수고했다, 너무 잘 해왔다, 소중하다, 충분하다, 고맙다, 예쁘다, 참 많이 사랑한다, 말해줘요.

수고했어요, 쓰담쓰담. 안아줄게요, 토닥토닥. 너무 잘했어요. 고마워요. 참 소중하다. 당신은 충분해요. 어쩜 이렇게 예쁠까요. 그런 당신을 오늘도, 내일의 오늘도, 그렇게 영원의 세월이 더한 어느 날의 오늘에도 사랑해요. 내 모든 것을 다해 당신을 사랑할 만큼 당신은 내게 완벽하니까. 조금 서툴러서, 조금 부족해서 내게 더 예쁘고 사랑스러운 당신이니까. 그러니까 나의 당신이 당신 스스로에게도 그런 당신이었으면, 하고 소원해요.

당신에게 주어진 오늘의 시험이 세상의 기준에서 백점은 아니었어도 당신 스스로의 기준에서는 백점짜리 하루였으면 좋겠어요. 어떤 사람은 너무 쉽게 답을 찾아가지만 당신은 그러지 않아 그 문제에 더 많은 정성과 진심을, 사랑을 담았으니까. 그래서 더욱 소중한 당신의 하루였으니까. 오늘 하루라는 시험은 결과가 아니라 과정에서 그 점수를 매겨야 하는 거니까요.

당신의 하루는 당신이 어떤 마음으로 살아가느냐에 따라 모자랄 수도 있지만 찬란히 아름다울 수도 있다는 것을 잊지 말아요. 꼭 소중할 수 있게.

•

살아가기가 때로 너무나도 지치고 고된 당신에게
모든 것을 그만두고 싶을 만큼 아프고 힘든 당신에게

꼭 말해주고 싶었어요.

•

"당신이라면 꼭 잘 해낼 거예요.
다른 누구도 아니라 당신이라서 잘 해낼 거예요."

•

그러니 오늘 하루도 참 잘 해낸 당신의 밤,
무지 예쁘다 못해 찬란히 아름다운 밤이길 바라요.

•

수고 많았어요.

잘하고 있는 걸까. 무수히도 많은 밤, 잠에 들지 못한 채 대답 없는 하늘에 대고 그 별의 수만큼이나 물어보았던 시간들과 달이 어둠 밖으로 떠나갈 때까지 그 곁을 지키며 차마 눈을 감을 수 없었던 순간들. 그 모든 지난날을 살아가며 후회가 없을 수는 없다는 것을 알게 되었다. 모든 것이 내 선택이었다는 것을 인정하게 되었고 그때의 나는 그 답만을 바라볼 수밖에 없었다는 것을, 그러니까 그것이 내게 최선이었다는 것을 알게 되었다.

이제야 드러난 다른 답을 보며, 이미 써내려간 선택지 위의 고칠 수 없는 답을 바라보며 후회하다가 스스로를 탓하기보다는 나의 최선이 바뀔 수 있었음에 감사할 줄도 알아야 한다는 것을, 돌이켜 멈추지 않고 나아가 이를 수 있었던 나의 발자취에 대고 스스로 박수칠 줄도 알아야 한다는 것을 또한 알게 되었다.

그럼에도 문득은 궁금해져 함께 밤을 지새웠던 달에 대고 물어보았다. 네가 처음 나와 함께 보내었던 그 밤과 오늘의 밤사이에 네가 바라보는 나는 얼마만큼이나 달라졌느냐고. 여전히 돌아오는 대답은 없었다. 하지만 나는 또한 알 수 있었다. 참 많은 것이 변했고 그때와는 참 다른 내가 되었다는 것을.

그러니까 그 자리에, 그 시간에 영원히 굳어져 묶여지는 삶의 순간은 없다는 것을. 나는 늘 나아왔으며 나아가고 있었다는 것을. 고민했고 아팠고 의심했던 그 모든 순간들 속에서도 나는,

충분히 잘 해오고 있었다는 것을.

그러니 아파도 무너지지 말 것.
다시 한 번 일어설 것.

나라서 못한 게 아니라
나라서 여기까지라도 해낸 것.

해나갈 미래가 두렵다면
해내온 과거를 돌아볼 것.

잘 못한 내가 되는 것과
잘 해낸 내가 되는 것은
내 마음의 기준에 따라 정해지는 것임을.

삶이라는 시험지에 점수를 매기는
채점자는 바로, 나 자신이니까.

그러니 오늘의 시험지는
꼭 백점짜리 결과를 얻을 수 있기를.

오늘 하루도

이토록 수고해준 당신이,

얼마나 기특하고 소중하고 예쁜지 몰라.

잘 보내줘서 고마워요.

라는 말을 듣기에 참 충분한 당신의 하루.

♀

오늘 하루도 이렇게 수고해준 네가

얼마나 기특하고 예쁜지 몰라. 고마워. 소중해.

그리고 다시 한 번, 예뻐. 너무너무 예뻐.

이리로 와 봐. 쓰담 쓰담 쓰담. 수고 많았어요.

♂

힛

잠 못 드는 당신에게

마음이 너무 아파요. 그래서인지 요즈음은 피곤해도 잠을 못 자요. 눈을 감아도 머릿속을 헤집는 생각들이 자꾸만 꼬리에 꼬리를 물어요. 기다랗게 이어져 끝이 보이지 않는 선로처럼 답이 보이지 않는 고민들 때문에 잠을 못 자겠어요. 연락할 사람은 많은데 기대고 싶은 사람은 없어요. 너무 힘들어요.

"그런데 나한테 기대어준 거예요?"
예뻐요. 기특하고 소중해요. 그리고 고마워요.

그래서 여태까지 안 자고 있었구나. 아니, 못 자고 있었구나. 그럼에도 용기를 내어 내게 말해줘서 정말 고마워요. 누군가에게 기댈 수 있다는 것도, 누군가에게 기댈 어깨를 내어줄 수 있다는 것도 참 소중한 일인 거니까. 내가 얼마나 고마운지, 아마 모를 거예요.

나 또한 그랬던 적이 있고 지금도 가끔 그런 시간들이 찾아와요. 알 수 없는 내일의 그림자가 어둡고 두려워서 도망가고 싶은 순간도, 헤어졌던 그때의 그 사람이 그리워 미련에 사무치는 순간도, 억울하고 분한 일이 자꾸만 떠올라 속에서는 화가 끓는데 화를 낼 수가 없어 끙끙 앓아야 하는 순간도, 따뜻했던 사람이 문득 차가워져 이유를 찾아보지만 무엇이 잘못 되었는지 도무지 알 수가 없어 답답한 순간도, 내가 꾸었던 꿈을 계속 꾸어도 되는 건가, 하는 막막함에 포기하고 싶은 순간도 있는 걸요.

그런 우리이니까 소중할 수 있는 거예요. 서로에게 기댈 수 있는 거예요. 나는 그런 당신의 잠 못 드는 이유에 그 어떤 한 마디도 더 할 수가 없어요. 힘내라는 말도, 괜찮을 거라는 말도, 일단 내일을 위해 자도록 노력해보라는 말도. 그 모든 말들이

나를 아프게 했던 적이 있으니까요. 그래서 나는 내게 기대어준 당신의 아픔을 그저 바라만 볼 거예요. 진심으로 당신을 걱정하는 내 마음을 가슴에 가득 쌓아둔 채 바라만 볼래요. 그리고 당신의 아픔에 귀를 대고 들어줄게요. 때로 이해가 되지 않는 순간에도, 당신의 걱정이 너무나 사소해 보이는 순간에도,

가볍게 지나치지 않을게요. 함부로 조언하지 않을게요. 그저 그윽이 당신의 눈을 바라보고 들어줄게요. 그러니 내게 안겨요. 당신의 마음에 쌓아둔 채 말할 수 없었던 모든 감정의 짐들을 내 품에서, 눈물과 함께 쏟아내요. 펑펑 울어요. 내 옷이 젖어들 때까지 울어요. 우는 모습조차 가득 예뻐해줄 테니까.

오늘은 조금 많이 피곤한 날이었어요. 그래서 일찍 자고 싶었는데 그 모든 마음을 내려놓고 당신께 위로가 되고 싶은 마음 하나로 당신을 바라보고 당신의 이야기를 들어주고 당신의 눈물을 닦아주고 있어요. 그 어떤 말에도 나아지지 않았던 당신의 걱정과 아픔들, 끝없는 고민들, 가슴 아픈 기억들, 상처, 터질 것 같은 억울함,

모두 사르르 녹아내렸으면 하는 마음 하나로.

바보, 이제 좀 괜찮으면서.

계속 끙끙 앓고 있는 거 보니까
내 품에 조금 더 기대어있고 싶은가 보다.

•

설레게.

•

그래도 너무 늦게 자면 안 돼요.
내 말, 들어줄 거죠?

딱 오늘 하루만 봐주는 거예요.

•

왜 당신은 안 잘 거면서 나만 자꾸 재우냐고요?

사실은, 당신이 너무 예뻐서 그래요.
내게 너무 예쁜 당신을 두고 자는 게,
당신을 바라볼 수 있는 시간을
눈을 감은 채 포기하는 게 싫거든요.

•

조금만 더 보다가 잘게요.
어쩌면 그것보다 조금만 더.

쌓였던 피곤함에 금방이면 잠들 수 있을 거 같았는데 잘 수가 없었다. 딱히 정해진 걱정이나 생각이 있는 것도 아니었다. 그저 꼬리를 무는 막연한 생각과 걱정에 허덕였던 것 같다. 약국에 가서 수면제를 샀다. 그러다 문득, 눈물이 흘렀다. 이토록 외롭고 힘든 밤을 보내고 있는 나인데, 밤새 옆에서 누군가 나를 토닥여주고 지켜줬으면 좋겠다, 싶은 그런 밤인데 기대고 싶다는 생각이 드는 사람이 한 사람도 없다는 생각에 슬펐다.

연락처를 뒤져보다 끝내 연락할 사람을 찾지 못했다. 차라리 낯선 타인이라면 맘 편히 모든 것을 털어놓을 수 있었을까. 수면제가 필요했던 게 아니라 그저 따스한 너의 품과 눈빛과 토닥임과 나를 걱정하는 시선과 나에게 집중해주는 그 정성이 필요했던 걸지도 모르겠다. 그렇게 수면제에 의존하며 잠 못 드는 내 마음을 끝내 안아주지 못했다.

그랬던 나라서 너를 지나치지 못하겠다. 내가 그토록 간절히 찾았던 그것. 하지만 그것이 없어 무너졌던 지난 시간을 생각하며 나는 모든 내일에 대한 걱정과 일정과 잠을 자지 못한 피곤함과 내일 하루가 피곤해지진 않을까, 하는 예민함과 내가 간절했을 땐 그 누구도 안아주지 않았었는데, 하는 차가운 생각들과 모든 상념과 잡념들까지도 모두, 고이 덮어둔 채 너에게로 향한다.

그저 내 모든 것을 뒤로한 채 너의 잠 못 드는 밤을 위해 내가 너에게로 향했다는 마음 자체가 너에겐 그 어떤 수면제보다도 효과가 클 거라 믿으며. 너는 부디, 네 마음을 뒤로한 채 억지로 잠에 들기보다 마음까지 끌어 안겨줬으면 하는 마음으로. 그렇게 얼굴에 미소를 띠운 채 새근새근, 오랜만의 깊은 잠에 들었으면 하는 마음으로. 너는 혼자가 아니라는 그 수면제가 내가 되기를 부디 바라며, 너의 이 밤이 소중하기를, 하고 간절히 소원하며.

결국은 털어놓을 수 없어서 아픈 것.

이야기할 사람은 많지만
만날 사람도, 연락할 사람도 많지만

이야기를 하고 싶은 사람이
만나고 싶은 사람이
내 모든 걱정거리와 아픔을 털어놓은 채
기대고 싶은 사람이 없어서 아픈 것.

할 수는 있지만
하고 싶지 않다는 건
그래서 참 외롭고 슬픈 일.

당신을 내 무릎에 앉혀두고
머리를 쓰다듬으며
당신의 이야기를 가득 들어주다가
그렇게 당신을 재워주다가

잠 든 당신의 모습이 참 예뻐서
새근새근, 당신의 숨소리가 참 설레어서

밤새 당신을 내 눈에 담아둔 채
당신의 볼에 몰래, 쪽.

그리고 당신은 듣지 못할, 사랑해.

고민은 많아지고 삶의 무게는 점점 더 무거워지고
하지만 나아갈 앞날은 보이질 않고
세상으로부터 받을 상처는 늘어만 가고
사람과의 만남은 점점 더 무서워지고
나아지는 것 없이 이렇게 아픈 일만 늘어서
그 아픔을 생각하느라 요즘은 통 못 자.

그랬구나. 네가 아픈 게 내게도 아픔이니까
나도 너의 아픔, 그러니까 나의 아픔을 생각하느라
잠을 못 잘게. 네가 편히 잘 수 있을 때까지.
그렇게 밤새 너의 이야기 들어주고 안아줄게.
조금은 너의 짙은 새벽이 가벼워질 수 있게, 그렇게.

내가 무슨 말을 해줄 수 있을까,
오랫동안 고민하다가 답장이 늦었어.
그런데 지금 네가 겪고 있는 아픔에 닿기에
내 말이 담을 수 있는 게 너무 적을 거 같아서
그래서 네가 더 차가워질 뿐이라는 생각에
끝내는 고민하다가, 답장을 포기했어.
내 마음을 담을 수 있는 말이 없었거든.

애써 말에 담는다 해도, 너의 큰 아픔에 비해
내가 말에 담을 수 있는 것은 너무 보잘 것이 없어서
네가 더욱 고독해질 뿐일 거라고 생각했어.
내 아픔이 이렇게 하찮은 걸까,
결국은 그 누구에게도 내 아픔을 기댈 수가 없는 걸까,
그런 차가운 생각을 하게 될 것만 같았거든.
이따금 나는 예민해서 자주 그러니까.
그렇게 마음의 문을 꼭 닫아두곤 하니까.

혹시나 너도 그런 감정이 들까 싶어서
너에게만큼은 그런 감정을 느끼게 하고 싶지 않아서
그래서 나는 침묵할 수밖에 없었던 거야.
말은 때로 마음에 닿기에 턱없이 부족하곤 하니까.

많이 힘든 거 알아.
아픈 것도 알고.
하지만 그 아픔에 내가 무슨 말을 더하겠어.
말을 더해봐야 아픔만 커질 뿐인데.
그러니까 묵묵히 응원할게.

지금의 힘듦에는 분명 너를 위한 이유가 있을 거야.
나는 잘 알지 못하지만,
분명 너를 위한 이유가 있을 거야.
그 숨겨진 이유를 찾기 위해 아파야만 하는 걸 거야.
이것을 지나며 넌
꼭 더 반듯하고 꿋꿋한 마음을 선물 받게 될 거고,
보다 더 단단한 내면의 뿌리를 선물 받게 될 거야.

지금의 이 마음 또한 너에게 전하진 않을 거야.
결국, 지금의 너에겐 아픔만 더해질 뿐인 것 같아서.
공감이 되지 않는다는 답답함만 더해질 뿐인 것 같아서.

그러니 이 마음으로
나는 너를 그저 바라보고 응원할게.
내가 너를 걱정하고 있는 마음을 담은 시선이라면
어쩌면 너에게 닿을 수 있지 않을까, 조금은 기대하며.

표현이 서툰 당신에게

표현이 서툰 당신이라서, 나는 참 걱정돼요. 많이 여린 사람이라서 남들보다 더 힘들어할 당신인데 혼자서만 그 짐을 짊어지고 있을까 봐. 괜찮은 척, 아무렇지 않은 척 하지만 그 속은 검게 문드러져 끙끙 앓다 무너져 버릴까 봐. 내색하지 않는 당신의 아픔,

아무도 몰라줄까 봐. 그저 강한 사람이니 괜찮을 거라고 생각되어질까 봐. 그래서 당신이 너무 신경 쓰여요. 술자리에서 얼굴이 쉽게 빨개지는 사람이 걱정을 받는 것처럼 그와 반대로 당신은 겉으로 티가 나지 않아 아무도 걱정해주지 않을까 봐.

그런 당신의 마음을 내가 들여다볼게요. 말하지 않아도 바라봐주고 알아줄게요. 그러니 내 어깨에 기대어요. 혼자서만 앓아왔던 그 마음의 짐, 이제는 내가 덜어줄 수 있게 허락해줘요. 때로 말하지 않아도 당신의 지금을 알아주는 누군가가 너무나 간절했던 당신이니까. 내가 당신에게 그런 사람이 되어줄게요. 그러니 혼자라는 생각에 슬퍼 말아요. 내 손을

꼭 잡아요. 서툰 당신이라서, 그렇게 혼자 앓아온 당신이라서 타인의 아픔은 그냥 지나치지 못하잖아요. 그들의 속은 들여다보고 말하지 않아도 찾아가 위로해주는 당신이잖아요. 그런 당신이라서, 그리고 그런 나라서 우리, 서로를 바라봐주고 위로해줘요. 더 이상 혼자 앓지 말아요. 이제는 둘이서 안아요.

당신은 그렇지 않은데 무뚝뚝한 탓에 타인들로부터 쌓여왔던 오해의 시선들과 당신을 둘러싼 모든 편견들, 나는 비워둔 채 당신을 향할게요. 당신이 좋아요. 서툰 당신이라서, 표현하지 못해 혼자 앓는 당신이라서, 작은 행동 하나에도 용기를 내어야 하는 당신이라서 나는 당신이 참 좋아요.

그만큼 더 진솔하다는 거니까. 당신의 작은 미소 하나가 다른 이들의 거짓된 큰 웃음보다 더 따뜻해서, 당신의 작은 배려와 사소한 친절이 겉과 속이 다른 이들의 아첨과는 달리 내 마음에 더 크게 닿아서 나는 당신이 참 좋아요.

너무 좋아서, 이렇게나 많이 걱정하게 되는 거예요. 내가 좋아하는 당신이 다치지 않았으면 좋겠어서, 늘 혼자라는 생각에 외롭지 않았으면 좋겠어서. 당신의 따스함과 깊음과 진솔함과 아픔들이 함부로 가볍게 여겨질까 봐. 그 차가움에 예쁜 마음, 다친 채 아파할까 봐.

그러니 당신과 나는 마음의 문, 서로를 향해 열어둬요. 그 틈이 너무 작아도 나라면, 당신이라면 그 틈새를 비집고 들어가 서로에게 닿을 수 있을 거예요. 우리는

결코 서로를 그냥 지나치지 못할 거예요.

나는 얼굴이 빨개지진 않았지만
너보다 훨씬 더 취했는데

꼭 걱정은 너에게로 향하더라.

겉만 멀쩡하면
속까지 멀쩡하다 여겨지는
그런 세상이라서, 그런 사람이라서

참 외롭고 속상한 오늘의 당신에게
나는 다가가 물어볼래요.

•

"괜찮아요?"

•

때로 말하지 않아도, 표현하지 않아도
알아주길 너무나 간절히 바라는 당신이라서
강하지만 속은 무던히 여린 당신이라서

오늘 밤, 당신이 참 걱정돼요.

"많이 아프죠?"
다 알고 있어요. 괜찮지 않다는 것도.
지금 많이 아프다는 것도.

그런 나를 빤히 바라보는
당신의 손을 잡고 밖으로 나가 걸을래요.

어지러워 제대로 걸을 수 없다면
내 등에 업혀요.

아, 오늘을 위해서
내가 이렇게 열심히 운동했구나.

참 뿌듯하다.
그리고 오늘도 당신은 참 예쁘다.

•

속으로 드는 생각은 이래요.
조금 무거우니 적당한 타이밍에
적당한 말로 당신을 내려놓고 나란히 걸어야지.

•

그런데 당신은 아팠던 일이,
담아두었던 속상함이 너무 많아
내려올 생각을 하질 않네요.

진짜 오늘 하루만 봐주는 거예요.

내게 기대준 당신이 너무 예쁘고 기특해서
딱 오늘 하루만, 내일의 오늘에도 딱 하루만,
그렇게 어쩌면 영원히 오늘 하루만 봐준다.

서툰 너라서 좋아. 표현이 서툰 너의 작은 미소는 다른 사람들의 함박웃음보다 내게 더 소중하게 다가오니까. 네가 나에게 좋아한다는 말을 할 때 몇 번을 고민하고 삼키고를 했을지 다 보이니까. 그래서 너의 말 한마디 한마디에 담긴 진심과 그 말을 건네기 위한, 어떤 행동을 짓기 위한 용기에 참 감사한 나니까. 어릴 땐 몰랐는데 살아가다보니까 서툰 사람이 더 와 닿아서, 더 많은 진심을 나눌 수 있어서 좋더라. 진심이 없는 건 사람이든 뭐든 나를 외롭게만 할 뿐이라는 걸 점점 알아가게 되더라. 그러니까 서툴러서 표현 많이 못해준다, 미안해하지 않아도 돼.

난 그런 너라서 네가 참 좋은 거야.

서툴다는 것은
관심이 없다는 것이 아니라
그만큼 순수하고 진솔하다는 것.

어려운 공식을 처음 배울 때
시간과 정성과 진심을 들여 연습하듯
서툴다는 것은 너에게 내가 처음이라는 것.

그래서 능숙할 수 없는 것.

집으로 돌아오는 길,
머리를 한 대 콕 쥐어박고 싶은
아침에 일어나
이불을 발로 걷어차고 싶은
그런 서툰 진심이 참 그리워지는 요즘.

진솔한 당신이라는
간절한 사람을 만나 참 다행이다.

서툴게, 부끄럽게.
하지만 그 어떤 순간보다 진솔하게.

"사실은 좋아해요.
어쩌다보니 그렇게 되었어요.
당신이 좋아져버렸어요."

숨 막히게 두근거렸지만
그럼에도 용기를 내어 당신께.

너는 처음에는 나를 바라보지도 않더니

결국 나랑 사귀기로 하게 된 이유가 있어?

사실은 네가 많이 귀여웠어.

내가 다른 남자들이랑 이야기할 때

혼자 질투하는 거. 표현하지는 않는데

티 나는 거. 감정이 다 드러나는 거.

왜, 학원에 엄청 예쁜 애 들어왔었잖아

그때 네가 집에 갈 때 내 옆에 와서

무뚝뚝한 말투로 나는 누나가 저 사람보다,

그러니까 내 눈에는 세상에서 제일 예뻐요, 라고

얼굴은 붉어진 채 말은 더듬으며 말했을 때.

그때부터였던 거 같아. 네가 좋아진 게.

너에게 마음을 주게 된 게.

넌 참 서툴러서 늘 진솔하게 내 맘에 닿았거든.

하얀 눈이 가득 쌓인 날
나뭇가지를 찾지 못해 맨 손으로 적었던
사실은, 너를 좋아해.

삐뚤삐뚤했지만 너에게 닿기에 충분했던
하얀 눈처럼 맑고 예뻤던 진심의 언어.

화려한 이벤트보다, 값비싼 로맨틱보다
너는 나의 서툰 진심을 참 아꼈었지, 좋아했었지.

손은 차가웠지만
마음 따뜻해지기에 충분히 소중했던
흰 눈 내리던 어느 겨울, 그날 밤의 내 진심.

화려한 글씨보다 문장보다
삐뚤삐뚤, 꾹 눌러쓴 글씨가 더 예쁘고 소중히 보이는 이유는
때로 마음에 더 크게 닿는 이유는

잘 못하지만 그럼에도 정성을 다했으며, 처음이지만 그럼에도 용기를 내었으며, 서툴렀지만 그만큼 진심 가득했다는, 그러니까 능숙하지는 않았지만 그만큼 당신에게 진심이었으며 또한 간절했다는 것이 느껴졌기 때문이 아닐까.

사람은 누구나 진심에 간절하며
진심에 한없이 약하며 진심을 그리워하고 있는 거니까.

관념

경직된 사고를 가진 사람들의 부서지지 않는 딱딱함이 너무 답답해서 화가 나요. 그들은 옳다고 고집부리는 일이 내겐 너무나 터무니없는 일인데 자꾸만 그들의 생각을 내게 강요하니 주변의 공기가 줄어들어 갑갑해져요. 이래야 한다, 이건 잘못된 거다, 라는 틀이 나를 옥죄어 와요. 대화를 시도해보아도 그들의 마음에 닿질 않으니 한계가 느껴져요. 그들을 변화시키고 싶은 욕심이 들지만 그러지 못해 나에게도, 그들에게도 화가 나는 것 같아요.

맞아요. 내가 틀릴 수 있다는 것, 내가 옳지 않을 수 있다는 것을 인정하려 들지 않는 사람들과의 만남은 너무 답답해요. 어쩔 때는 이런 고집불통 같으니라고, 하며 머리에 꿀밤을 한 방 먹이고 싶을 만큼 화가 나기도 해요. 선생님만 아니었으면, 직장 선배만 아니었으면, 군대 선임만 아니었으면, 나보다 어른만 아니었으면, 당장이라도 그랬을 텐데 그러지 못해 울화통이 치밀기도 해요.

그게 사회생활이니까 인내심을 배워가요. 만약 당신의 친구가 그런다면 그때는 꿀 밤 한 대 때려도 이해할게요. 그럼에도 너무 스트레스를 받는다면 그 관계를 그만두어도 이해할게요. 너무 답답하고 힘들어서, 있는 그대로의 나를 바라봐주는 사람이 없어서 너에게라도 기대려고 했는데 너까지 그러니 차라리 혼자서 푹 쉬는 게 낫겠다고 생각한다면 그렇게 해요.

친구니까. 내가 사랑하는 사람이니까. 함께 일을 해야 하고 눈치를 봐야하는 사이는 아니니까. 갑갑함에 짙은 회색처럼 느껴지는 이 사회에서 잠시 떨어져 서로의 마음에 있는 이야기, 잔뜩 털어놓으며 위로를 받기도, 응원을 해주기도 하며 함께하는 동안 나로서 존재하는 편안함을 느끼게 되는, 따뜻한 소통의 공간이어야 하는 거니까. 쌓였던 감정에 대해 말하지 않아도 함께하는 편안함만으로도 마음에 쌓여있던 응어리들이 녹아내리는 해소의 공간이어야 하는 거니까. 참았던 숨을 가득 내쉬며 이제는 조금 살 것 같네, 할 수 있는 시간이 되어야 하는 거니까. 무엇보다 소중하게.

그 얘기 알죠? 천동설을 믿고 있던 어느 시기의 어떤 사람들에게 지동설을 주장하자 사형선고를 받은 어떤 사람의 이야기. 관념이라는 거 참 무서워요. 자신들이 옳다 믿는 것에 반하는 이야기를 내세우면 죽어 마땅하다 여기는 시대도 있었으니. 아, 지금도 어떤 곳에서는 그런대요.

그런데 가끔은 그런 생각도 들어요. 우리에게도 법적인 제재가 아직 없다면 옳고 그름 때문에 사람과 사람이 물고 뜯는 일이 여전히 일어나지 않을까? 하는. 다르다는 걸 받아들이지 못해 끔찍이도 사람을 미워하는 사람들을 너무 많이 봐왔거든요.

태어나면서부터 지금까지 부모님으로부터, 선생님으로부터, 우리가 속해왔던 여러 집단으로부터 배워온 관념이 내가 세상을, 사람을 판단하는 기준이 되어버려서 어떤 사람을 미워했을지도 모른다는 생각에 참 숙연해지네요. 혹시 내가 당신에게도 그랬던 적이 있다면 꼭 말해줘요. 나, 겸허하게 받아들일게요. 받아들이지 못하면 당장 꿀밤을 한 대 놓아줘요. 작고 예쁜 손이라서 아프기보다 귀엽고 예쁠 것만 같지만.

우리가 미처 옳고 그름을 판단할 수 있을 나이에 이르기 전부터 우리도 모르게 우리를 삼켜온 그 관념이라는 것이 당신과 나 사이에 오해라는 높은 벽을 쌓아 서로에게 닿을 수 없게 만든다면 그건 너무 슬픈 일이잖아요. 서로를 알아가기도 전에 서로를 미리 판단해버린다는 거, 있어서는 안 되는 일이잖아요.

만약 우리가 같은 곳에서 같은 것을 바라보고 배워왔더라면 우리는 둘도 없는 친구가 될 만큼 잘 맞는 인연일 수도 있는 건데 서로가 믿고 있는 관념이 다르다는 이유 하나 때문에 서로를 지나쳐야하는 건 너무 아파요. 어려서 의심 한 번 해보지 못한 채 믿게 되어버린, 그 터무니없는 관념 하나 때문에. 그러니

이제는 의심할래요. 과연 그게 맞는 걸까? 만약 어떤 사람이 늘 양말을 뒤집어 신는다면 그 사람이 속한 곳에서는 그것이 대수롭지 않은 일이라서 그런 거구나, 하고 생각할래요. 이제는 색안경을, 옳고 그름에 대한 관념을 벗어두고 세상의 무수히 많은 다름을 존중할래요. 알아가기도 전에 당신을 놓쳐선 안 되는 거니까.

당신을 만나는 날, 당신이 레게머리를 한 채 온 몸을 검게 태닝하고 풍선껌을 불며 당신의 가녀린 몸에 비해 너무나 큰 옷을 바닥에 끌고 다닐지라도 나, 당신을 지나쳐가지 않겠어요. 그런 것 때문에 당신을 알아갈 기회를 놓치지 않겠어요. 어쩌면 우리, 참 좋은 인연일지도 모르는 거니까. 관념을 벗어두고 서로를 바라볼 때 당신에게 흠뻑, 사랑에 빠질 만큼 당신과 함께하는 시간이 내게 소중해질지도 모르는 거니까.

왜요? 아무리 그래도 레게머리는 심했다고요?
바보. 어떤 곳에서는, 어떤 사람에게는
그런 스타일이 엄지 척, 하고 먹어준다고요.

•

그러니 당신과 나, 우리는
관념의 틀을 오롯이 벗어두고
서로의 있는 그대로를 바라봐주기로 해요.

내가 옳다니, 네가 옳다니
막 그런 걸로 싸우다가
하루 종일 씩씩거리진 않기로 해요.

그러기에 당신과 나라는 인연의 가치가,
함께하는 시간의 길이가 너무 아까우니까.

•

만약 내가 당신에게 그런다면
작고 예쁜 손으로 꿀밤 한 대 먹여요.

아야, 하고 아픈 척 해야지.
속으로는 되게 설레겠다.

나는 당신이 내게 그런다면
그럼에도 너무나 사랑스러운 당신이라서
볼이나 꼬집어야지, 그 볼에 뽀뽀나 해야지.

서로를 닮도록 사랑하다가 그런 서로를 평생 바라보고 싶어서, 영원히 아껴주고 싶어서 결혼식을 올리고 부부가 되었다가 신발장 앞에서 이혼을 한 부부의 이야기. 남자는 신발을 앞으로 넣어야 하는데 여자는 신발을 뒤로 넣어야 한대요. 그것을 두고 싸우고 또 싸우다가 그토록 사랑했던 사람을 이토록 미워하게 되고 그렇게 영영 남이 되고 싶을 만큼 서로가 보기 싫어져서 좋았던 모든 사랑의 추억들조차 잊은 채 영원히, 안녕.

사람은, 미안하다는 말을 못해 싸운다. 자신의 관념이 너무 옳아서 너는 무조건 틀렸으며 그래서 나는 결코 너에게 미안할 수 없으며 그런 너의 잘못됨에 대하여 네가 사과를 할 수 없다면 너무나 옳은 나는 너무나 틀린 너와 함께할 수가 없게 되어버린다.

참 유치하다, 관념이라는 거. 이렇게 적어놓고 보면 뭐 이런 게 다 있나 싶은데 내 삶을 가만히 돌이켜보면 나는 오늘 하루, 나의 관념으로 참 많은 사람들을 판단했고 평가했고 정의 내렸고 그렇게 어떤 날에는 친구와 싸우기도 했으며 속으로 크게 원망하기도 했으며 좋은 인연을 떠나보내기도 했으며 사랑했던 사람과 헤어지기도 했으며 참 많은 풍경의 아름다움과 가치 넘치는 시간과 벅차게 소중한 인연들을 관념의 틀 안에서 놓치기도 했더라.

자유 없이 세상을 참 딱딱하게도 바라봤고 이 다채로움을 하나의 색으로만 정의내리고자 하기도 했으며 많은 장점을 지니고 있는 너의 좋은 점을 바라보지 못한 채 미워하기도 했으며 어쩌면 바라보려 한 적도 없었으며 그렇게 나는 이 한 번뿐인 세상의 아름다움과 소중함을 저버린 채 잘도 살아왔더라. 사는 척 죽어왔더라.

관념이라는 거, 참 무섭다. 이겨내지 못할지라도 내게 무수히 많은 관념이 있다는 것을 인정하고 살아가야겠다. 그래야, 어느 순간의 어떤 일 앞에서 "미안하다."라는 말을 할 수 있을 테니까. 그렇게 소중한 너를 놓치지 않을 수 있을 테니까.

내가 지닌 것을 내가 알고 있다는 것만으로도 사람은 훨씬 부드럽게 세상을 살아가게 되는 거니까. 보다 더 넓게 바라보게 되며 세상의 무수히 많은 아름다움을 눈과 마음에 담게 되는 거니까. 무엇보다 내게 주어진 성장의 기회를 놓치지 않게 되는 거니까.

그리고 미안해, 라는 말을 하는 것에 더욱 마음이 열리게 되는 거니까. 세상에 미안해, 라는 말 한마디를 하지 못해 사라져버리는 인연의 소중함과 그 안에 새겨진 수많은 추억의 찬란함 또한 너무 많으니까. 거의 모든 관계의 문제는 '미안해'라는 말을 하지 못해 생긴 거라 해도 과언이 아닐 테니까.

그러니까 오늘 너에게 미안해. 사실 부대찌개를 먹으며 앞 접시를 두고 냄비에 숟가락을 넣어 먹는 너를 잠시 미워할 뻔 했거든. 진심 다해 미안해. 다음엔 우리 함께 냄비째로 먹자.

인연의 시작은

내가 너무나 옳다고 믿어왔던 관념이
너에게는 터무니없을 수도 있다는 것을
겸허한 마음으로 받아들이고 인정하는 것에서부터.

그러니 우리, 신발장에 신발을
앞으로 넣니, 뒤로 넣니
이런 걸로는 싸우지 말자.

싸움의 시작은 너무나 사소한 것에서부터.
인연의 시작 또한 너무나 사소한 것에서부터.

그러니 그 사소함, 무시하고 지나치기보다
바라봐주고 포근히 안아주는 너와 나이길.

그래서 연애는,

"알겠어, 그런 점 때문에 속상했구나. 미안해."

라고 말할 수 있는 사람과 해야 하는 거예요.

들을 자세가 되어 있는 사람,

지금이 완벽하지 않으니

자신이 실수를 할 수도 있다는

겸손한 마음가짐을 가지고 있는 사람.

♀

자유가 없어. 세상이 회색이야.

♂

맞아, 색안경을 낀 채 세상을 바라보니
그 풍경을 다 담을 수가 없지.
자신만의 틀과 관념을 내려놓질 못하니
다른 사람들의 개성을 존중해줄 수가 없지.
그게 얼마나 숨 막히고 답답한 일인지 몰라.
나는 다른 것을 바라보고 받아들일 줄 아는 마음,
그 마음에서부터 자유가 시작된다고 생각해.
겉으로 드러나는 사람의 태도와 겉모습에
사실은 좋은 인연이 될지도 몰랐던
사람을 틀렸다고 판단한 채 놓치게 되는 거.
좋지 않아. 딱딱하고 답답해. 회색이야.

내게도 나름의 신념이 있고 그것을 지키고자 이를 악물었던 악착같던 시절이 있었다. 그래서 조금은 순수했던 것 같다. 하지만 어떤 시점 위의 어느 순간부터 조금, 비겁해졌다.

세상은 거칠고 그것으로부터 천진난만함을 지켜내기란 쉽지가 않다. 세상은 우리가 성숙한 가면을 쓰기를, 빛바랜 채 하나의 통일된 색깔을 가진 인류의 일원이 되기를 끊임없이 강요했고 그 무언의 강요가 오랜 역사의 내장기관에 관념이라는 치명적인 암세포가 되어 잠입한다. 그리고 하나의 실재가 되어 살아 숨 쉰다. 서서히 내면의 천진난만함을 갉아먹으며 우리를 은밀하게 살인한다. 마치 작은 생활습관 하나가 만들어내는 몸속의 작은 종양처럼. 그리고 그로 인한 때 이른 죽음처럼. 천천히, 하지만 강렬하게 그 크기를 키워 우리의 영혼을 잠식한다. 그렇게 관념에 지배된 채 인류는 광채를 잃은 채 죽어간다.

지배당하느냐 지켜내느냐, 그것이 문제로다.

예민한 당신에게

나는 너무 예민한 것 같아요. 남들은 그냥 지나치는 사소한 일에도 심각하게 골몰하게 되어요. 아주 잠깐 차가워진 타인의 행동에도 상처를 받은 채 며칠을 토라져 있기도 해요. 그러니 살아가는 일이 너무 복잡해요. 편하지가 않아요. 예민한 나에게 세상의 공기는 차갑고 무겁기만 해요. 내가 상처를 잘 받는 사람인만큼 누군가에게 실수하기가 싫어서 늘 선을 그어두고 그 선을 지키려고 노력해요. 누군가 그 선을 지키지 못할 땐 억울하기도, 참 밉기도 해요. 그러다가도,

문득 선을 넘어오는 사람이 그립고 간절해지기도 해요. 남들은 저렇게 편하게 잘 지내는데 왜 나는 그러질 못할까, 하는 생각에 자괴감이 밀물처럼 차오르다 나를 삼켜요. 행복하지가 않아요. 사소한 걱정도 크게 부풀려지고 타인의 사소한 변화에도 크게 반응하는 나라서, 인생의 작은 장애물 하나조차 거대하게 느끼는 나라서 참 불행하다고 느껴요.

하지만 그런 당신이라서 더 깊어질 거예요. 삶의 작은 부분조차 그냥 지나치지 못하는 당신이라서, 남들은 스쳐 지나가는 작은 일 앞에서도 당신은 느끼고 그 안에서 많은 것들을 배워나갈 거예요. 남들보다 가파르게 성장해나갈 거예요. 삶이 불행하다고 느끼는 만큼 행복에 간절해져서 행복을 찾아 나서게 될 거예요. 정말로 행복한 당신이 되어갈 거예요. 삶의 작은 부분들을 스쳐 지나간 많은 사람들보다 더 예쁘게 피어날 거예요.

어린 나이에도 어리지 않은 깊이를 가지게 될 거예요. 그래서 사람들에게 당신은 배울 점이 많은 사람, 선을 잘 지키기에 오히려 믿을 수 있고 편안한 사람이 될 거예요. 철없던 시절을 지나 사람들은 자신의 마음을 함부로 대하기보다 존중해주고 지켜주는 사람에게 간절해지는 거니까요. 그렇게 간절한 사람이 되어가는 거예요. 네가 아니면 안 돼. 너라서 믿을 수 있어. 너라서 내 고민을 털어놓을 수 있어. 하게 되는.

똑같이 생긴 꽃이라도 그 꽃에 대한 추억이, 자신이 부여한 의미가 그 꽃을 특별하게 만들어가듯 당신 또한 당신만이 가진 의미와 가치로 타인들에게 단 하나뿐인 예쁘고 소중한 꽃이 되어 피어날 거예요. 그러니 너무 걱정하지 말아요. 당신의 지금을 너무 나쁘게 생각하지 말아요. 깊어지고 있는 거예요. 작은 일도 그냥 지나칠 수 없어 아파하고 골몰해야 하는 당신이라서

타인은 바라보지 못한 삶 속에 숨겨진 많은 의미들을 바라보게 될 거예요. 값진 보석이 묻혀있는 땅을 파내지 않고 그냥 지나친다면 지금이야 편하겠지만 보석을 가질 수는 없어요. 하지만 당신은 그 보석을 가지기 위해 계속해서 땅을 파나가고 있는 거예요. 그러니 지금 당장에는 땀이 나고 힘들 수밖에요. 손이 저려와 포기하고

삶을 수밖에요.

하지만 그런 당신이었기에 삶의 작은 부분들을 지나쳐가는 사람들이 가지지 못한 다채로운 보석을 가지게 될 거예요. 똑같은 세상도 더욱 깊게 바라보는 눈이라는. 하여, 타인이 바라보는 흑백 세상이 당신에게는 알록달록한 색을 가진 세상으로 보이게 될 거예요. 타인에게는 같은 리듬으로 흘러가는 단조로운 삶이 당신에게는 찬란한 선율을 지닌 음악이 되어줄 거예요. 그 보석을 손에 쥐기 위해 사소한 것조차 지나치지 못했던 거예요.

예민하지 않아 이대로의 흐름대로 살아간다면 평생 변하는 건 많지 않아요. 하지만 예민했기에 당신은 하루하루 변해갈 거예요. 물은 99도에서 절대 끓지 않는 거예요. 그러니 무너지지 말아요. 문득 100도가 되어 끓어오르는 물처럼 당신 또한 어느 순간 행복의 임계점에 닿아 찬란히 미소 짓는 순간이 올 테니까. 미지근한 온도에 머물러있는 사람들이 결코 닿을 수 없는 행복의 문을

당신은 꼭 열어젖히게 될 거예요. 남들보다 예민한 당신이라서, 어떤 일도 스쳐 지나가지 않은 채 바라보고 느껴온 당신이라서, 남들에겐 아무렇지 않은 일 앞에서도 밤새 고민해온 당신이라서, 모든 사소함 앞에서도 깊고 뜨거웠던 당신이라서, 모든 삶의 경험들을 피부에 닿을 만큼 가까이서 느껴온 당신이라서, 결코

미지근하지 않은 당신이라서.

그러니 예민해도 괜찮아요.
심각해도 괜찮아요.

당신의 예민함에 예민해지지만 않으면 돼요.
심각함에 심각해지지만 않으면 돼요.

삶의 모든 파도 위에서 함께 물결쳐왔고
바람은 당신의 살갗에 머물러 떠나지 않았어요.

해서, 당신은 느끼고 있는 거예요.
삶이라는 파도를, 세상이라는 바람을.

세상의 작고 사소한 일조차 그냥 지나치지 못해
이렇게나 심각히 골몰하는 당신이라서

남들은 바라보지 못하는 세상을 바라봐왔고
남들은 느끼지 못하는 경험을 온 마음을 다해 느껴왔어요.

그래서 세상의 미지근한 표면이 아닌
그 안의 뜨겁고 뜨거운 곳까지 당신은 알아온 거예요.
그만큼 깊이 느껴왔고 그만큼 깊어져왔던 거예요.

그 깊이가 당신이라는 존재 앞에
아주 특별한, 자신만의 분위기가 있는, 유일한,
이라는 형용사를 달아줄 거예요.

그러니 심각함에 심각해지지만 말아요.
심각해도 괜찮으니까, 예민해도 괜찮으니까.

나한테나 좀 예민해져 봐요.
그렇게 심각하면서
왜 나한테는 심각해지지 않아요.

세상 모든 건 그냥 지나치지 못해
이토록 걱정하고 고민하면서
왜 나는 그냥 지나치려고 해요.

그러면 내가 속상해요, 안 속상해요.

그렇게 깊어지는 건 좋은데
우리 사이도 깊어졌으면.
특별한 사람이 되는 것도 좋은데
나 또한 당신에게 특별했으면.

자신만의 분위기가 있는,
유일한 사람이 되는 것도 좋아요.
근데 우리 사이도 좀 유일하면 안 돼요?

•

미안해요. 틈만 나면 고백이나 하고.
근데 신기하게 내가 안 밉죠.
받아주긴 싫은데 또 거절하기도 싫죠.

•

그거,
내가 좋아서 그러는 거예요.

나는 달랐다. 아니, 나는 모두와 달랐다. 창조된 모든 다른 색깔 중에서도 유독, 나는 달랐다. 섞이기가 힘들었다. 다양한 사고방식과 세계관과 가치관과 성향이 존재했으며 그런 그들과 함께 맞추어나가는 시간들이 내 머리를 복잡하게 만들었다. 나는 예민하고 약한 존재였다. 세상은 늘 그런 나에게 손가락질을 했고 내 마음은 그럴수록 굳게 닫혀갔다. 악순환은 반복되었고 그 고리는 걷잡을 수 없이 커져갔다. 사람은 이기적이라 자신의 것만을 생각했고 그것이 나를 아프게 했다. 어떤 사람은 스쳐 지나가는 바람이 시원하다 말했지만 어떤 사람에겐 거센 칼바람에 베인 것처럼 큰 상처가 될 수도 있다는 것을, 사람들은 인정하지 않았다.

나는 모든 작은 바람에도 아파하고 흔들리며 쓰러질 듯 휘청거리는 존재였기에 그런 시선이 따가웠다. 그런 나라서 남들은 느끼지 못하는 감정들까지 모두 느껴야만 했고 그 소용돌이 속에서 절규했다. 지독한 환멸감과 고독과 잔인한 통증이 늘 나를 따라다녔고 그것이 나를 더욱 외롭게 만들었다. 이 지독하게 어두운 내 안의 세계를 들여다봐주고 알아봐주는 사람이 간절했지만 나는 늘 혼자였다. 그런 시간들 속에서 우두커니 앉아 하염없이 울부짖고만 있다. 이따금 나는 너에게 둘이 되어주었고 하지만 너는 나에게 결코 둘이 되어주지 않았고 그렇게 나는 혼자라는 생각에 어두운 그늘 아래에 엄습해온 쓸쓸함의 파도에 온 마음과 정신을 적시며, 그렇게.

그러다 문득 나에게 말해주었다. 이토록 예민한 나라서 이토록 아픈 나지만 그래서 참 잘하고 있는 거라고. 내게 찾아온 이 모든 아픔을 지나며 난 더욱 깊은 사람이 되어갈 테니까. 찬란히 아름다운 세상을, 더욱 짙은 삶을 살아가게 될 테니까. 남들은 스쳐 지나가는 풍경들, 가슴에 간직하고 싶을 만큼 아름답다, 예쁘다 여기며 바라보게 될 나니까. 남들은 몰라주었던 너의 사소함, 바라봐주고 알아주고 배려해줄 내가 되어갈 테니까.

그렇게 깊어진다. 짙어진다. 아름답게. 소중하게.

예민한 나라서 사람들이 지나쳤던 그 모든 풍경의 아름다움을 가슴에 간직할 수 있게 되었으니까. 예민한 나라서 아픔을 지나가고 있는 너를 스쳐 지나가지 못하고 안아줄 수 있게 되었으니까. 남들보다 더욱 짙게, 깊게, 그윽하게, 농밀하게 삶을 살아가게 되었으니까. 그렇게 이 삶이라는 찬란함이 하나의 예술이 되어 내 삶을 적셔왔기에 나는 모든 감정의 폭 사이에서 아름다이 춤춰왔으며 흑백으로 바라보던 다채로운 세상의 꽃밭들 바라보며 한 땀 한 땀 정성 들여 가슴에 그려왔으며 그렇게 호흡 하나하나에 더욱 진한 생명력이 깃들여져왔으며 그러다,

나는 살아가고 있다고. 많은 사람들이 죽어가고 있는 모든 삶의 순간 앞에서 나는 살아가고 있다고. 이것이 삶이라고, 살아가는 것의 의미라고. 그러니까 나는 찬란히 살아 있으며 삶이라는 깊고도 짙은 이 긴 호흡 속에서 그 숨결 하나하나를 고스란히 느끼며

이토록 잘, 살아가고 있다고.

누군가 형에게 물었다고 했다.
네 동생은 나이도 어린데
어떻게 그런 글을 쓸 수가 있냐고.

누군가에게 형이 대답했다.
내 동생은 예민해서
남들은 그냥 지나치는 일도
그냥 지나치지 못해 아파했다고.
삶 앞에서도, 사랑 앞에서도.
그래서 참 걱정이 많았다고.

그런데 그런 놈이라서
남들보다 깊어졌고 남들과는 다르게 세상을 바라본다고.

똑같은 일도 정성을 다해 느꼈기에 때로 아파했으니까.
그래서 참 많이 무너지기도 하고 슬퍼 운 날도 많았으니까.

그래서 세상에서 가장 불행해 보이던 동생이
어느 순간부터 행복해 보이더니
지금은 정말 행복해한다고. 그게 느껴진다고.

예민한 동생이라서 걱정을 많이 했는데
행복해하는 모습을 보니까 참 뿌듯하고 기쁘다고.

문득은 고속도로를 달리는 차 안에서
형이 누군가 그러더라, 며 이 이야기를 들려주었다.

그 이야기를 들으며 나는 생각했다.
나의 행복에 함께 기뻐해주는 사람이 있어
참 감사하다고. 그리고 예민한 나라서 참 다행이라고.

내가 예민하지 않았더라면
지금의 나도, 내 생각도, 글도 없었을 테니까.

그리고 어느 순간엔
예민하지 않은 너보다 더 행복한 내가 되었으니까.

살아가는 의미와 가치가, 깊이가
하루하루가 다르게 더욱 짙어져갔으니까.

예민함이란,

삶아가며 주어진 모든 순간들 앞에서

대충일 수가 없어 깊이 아파하고

깊이 고민하며 깊이 사랑하겠다는,

주어진 모든 삶의 순간들을

정성을 다해 바라보고 느끼겠다는,

그 모든 삶의 소중함,

놓치지 않고 간직한 채 내내 아껴주겠다는

참 기특하고 예쁜 태도, 마음가짐.

예민해서
너의 작은 변화도 놓치지 않고
네일 예쁘게 했네, 라고 말해줄 수 있고

너의 사소한 감정의 변화와
오늘 하루의 기분과
겉으로는 웃지만 속은 그게 아닌,
눈에 보이지 않는 마음을 바라봐주며
바보, 그래서 속상했구나, 하고
토닥이며 따듯이 안아줄 수 있고

그렇게 너의 사소함을 아껴주며
눈에 보이지 않는 그 모든 소중함을 간직한 채
오래도록, 주어진 기적을 지켜나갈 수 있는 것.

예민해서, 이토록 사소하게, 다정하게, 사랑스럽게.

♂

난 가끔 너무 예민해. 그런 내가 이따금씩 너무 답답해서

지겨워지다가 끝내는 지긋해질 만큼.

♀

나를 매료시킨 아름다움 앞에서 왜 자괴를 느껴.

난 예민한 너라서 네가 좋던데.

예민해서 남들은 바라보지 못하는 세상의 작고도 작은

색과 향과 미세한 바람과 숨결과 호흡을 느껴온 것이고

그렇게 이 세상을 더욱 짙게, 깊게 알아왔기에

누구보다도 찬란했으며 그윽하기까지 하니까.

또 예민한 너라서 나를 이렇게 깊이 알아주잖아.

남들이 몰라주는 나를, 때로는 나조차 몰라주는 나를

너는 투명하게, 속속들이 알아주고 이해해주고 바라봐주잖아.

그러니까 나는 예민한 너라서 너에게 간절해진 거 같아.

너를 더 특별하고 다르게 좋아하게 된 거 같아.

그러니 예민해서 나에겐 더 예쁜 너니까

더 소중한 너니까 그 예쁜 예민함 앞에서만큼은

너무 예민해지지 않았으면 좋겠다. 알겠지?

당신을 깊이 이해할 수 있었다.
당신이라는 책의 예쁜 표지 말고도
그 안의 작은 글씨와 쉼표와
마침표와 여백과 흐름과 감정과
그러니까 그 안에 담긴 모든 예쁜 당신을.

그래서 당신을 깊이 사랑하게 되었다.
내가 당신에게 전하는 사랑한다, 라는 말은
당신의 겉모습이 너무 예뻐서, 에 그치지 않고
그 안에 담긴 모든 당신마저 예쁘다, 가 되었기에

다른 누구의 그 말보다
나는 당신을 사랑하며 또 사랑하며
또한 사랑했으며 사랑할 것이며 진정 사랑했다.

당신을 알아갔으며 이해하게 되었다.
그래서 당신을 이토록 사랑하게 되었다.

당신의 사소함

나라는 사람의 큰 틀보다는 내 안의 작은 사소함을 바라보고 알아가기 위해 노력하는 사람에게 간절해져요. 사소한 일에도 고마워할 줄 아는 사람, 입에 발린 고마워가 아니라 말하지 않아도 고마워하는 눈빛이 온몸 가득 느껴지는 진솔한 사람.

사소함을 바라봐준다는 건 그만큼 나에게 다가오는 마음이 진심이라는 거니까요. 서서히 주변의 소음에 귀가 아픈 나이가 되어가는 거 같아요. 얕고 시끄러운 만남보다는 차분히 서로의 마음에 스며드는 진솔한 만남에 참 간절해져요. 나의 사소함을 바라봐주고 그 사소함에 친절한 사람. 소소한 미소를 지어주는 사람. 고마움을 표현해주는 사람. 그런 사람을 만나기 위해 그런 내가 되어가요.

소소하게, 진솔하게, 사소하게, 차분하게, 오래도록 서로가 서로에게 스며드는 만남. 이제는 감정적으로 열렬히 다가와 나를 알아가기 위해 노력하기보다 자신의 감정을 앞세우는, 나를 배려하기보다 자신의 감정에 내가 맞추길 강요하는, 그러니까 나를 좋아하는 게 아니라 자신이 나를 좋아하고 있다는 그 감정에 빠져 있는 사람이 아닌, '나'를 알아가기 위해 나에게 귀를 기울이고 나의 눈을 바라봐주는, 지극히 사소한 것들까지도 알아봐주고 바라봐주고 들어주고 이해해주는 사람을 만나고 싶다는 생각이 들어요.

그런 당신의 사소함을 내가 바라봐줄게요. 당신의 작은 습관들을 바라보고 알아가기 위해 노력하고 싶어요. 오늘 하루는 뭘 했는지, 무슨 일은 없었는지, 그런 당신의 일상이 궁금해요. 당신이 궁금해서 당신을 알아가고 싶어요. 카페에 앉아 당신에게 귀를 기울이고 싶어요. 길거리를 걸으며 당신과 나를 둘러싼 주변의 공기를 느끼고 싶어요. 영화를 보다가 문득, 당신이 지루해하지는 않는지 바라봐요. 영화 속에서 재미있는 장면이 나왔을 때 당신은 영화를 보며 웃지만, 나는 당신이 웃는 모습을 보고 웃어요. 어쩌면,

당신도 그랬나 봐요. 우리는 서로에게 영화 같은 사람인가 봐요. 영화 속 주인공이 슬퍼할 때 나도 슬퍼지고 영화 속 주인공이 기뻐할 때 나도 기뻐지는 것처럼 당신과 나 또한 서로가 서로에게 그러니까. 그렇게 나의 감정보다 너의 감정이 더 중요해져가요. 나를 내세우는 관계가 아니라 너를 알아가는 관계. 나를 보여주는, 내 이야기를 들려주는 관계가 아니라 너를 바라보는, 너의 이야기를 듣고 싶은, 그런 관계가 되어가요.

그러니 오늘도 난 당신의 사소함에 참 고마워요. 당신이 나를 향해 지었던 미소와 나를 바라보던 사소한 눈짓과 함께하는 그 시간의 사소함마저도.

고맙고 고맙고 또 고마워요.

그러니까 우리, 소소하게 함께해요.

그저 서로의 일상을 나누고
함께 있는 것만으로 서로에게 기쁨이 될 수 있게.

•

많은 것을 바라고 기대하지 말아요.
서로의 감정을 내세우지도 말아요.

이제는 부풀려진 감정들, 기대, 바람들 말고
나는 나 자신을, 당신은 당신 스스로를
보여주고 들려주고 바라봐주고 들어줘요.

•

당신을 알아가고 싶어요.
당신의 생각들, 당신의 하루, 당신의 어제, 당신의 내일.

그런 것들을 알아가며 함께하는,
그 사소함이 좋아서 당신이 좋아요.
당신과 더 오래 있고 싶어요.

내 감정 말고, 당신의 감정 말고
당신은 내가, 그리고 나는 당신이 좋아서
그러니까 서로가 서로의 있는 그대로가 좋아서

나를 보여주고 당신을 바라봐요.

•

그러니까 고마워요, 당신의 사소함.
행복해요, 당신이 바라봐주는 나의 사소함.

•

당신이 좋아요.
당신을 좋아하는 내 감정 말고
당신이라는 사람이 좋아요.
당신이라는 사람의 사소함이 좋아요.

나를 바라보며 미소 짓는
때로는 지루한 표정으로 하품하는
머리를 정돈하고 화장을 고치는
그런 당신을 바라보는 나에게
그만 좀 보라며 부끄러워하는 그 사소함.

•

당신의 그 모든 사소함까지도.

그러니까 당신을 바라보는 게 좋아요.
당신의 이야기를 들어주는 게 좋아요.

당신을 알아가는 시간이 참 소중해서
무엇을 하는지, 어디에 가는지는 중요하지 않아요.

그저 함께하고 있다는 그 사소함에 행복해요.

•

오늘 하루는 잘 보냈어요?
무슨 옷 입고 나갔어요?

점심은 잘 챙겨 먹었어요?
나는 오늘 당신이 좋아하는 치즈 돈까스 먹었는데.

•

우리, 편의점에 가서 아이스크림 먹을까요?

어, 더블비안코다.
내가 꺼내줄게요. 어차피 이거 먹을 거 다 알아요.

•

영화 보러 갈래요?
에어컨 바람이 차가워서 또 감기 걸릴까봐
담요 챙겨왔어요. 이 담요 너무 귀엽지 않아요?

어머님 경주빵 되게 좋아하시잖아요.
지방에서 올라오는 길에 하나 샀어요.
어머님이랑 같이 먹어요.

•

어, 오늘은 눈 화장이 조금 바뀐 거 같아요.
어, 오늘은 향수가 조금 진해진 거 같은데.

•

그래서 오늘 하루는 잘 보냈어요?
그런 일이 있었구나.
많이 속상하겠다.

내일 만나면 내가 꽉 안아줄게요.

•

당신이 좋아서 당신의 사소함이 이토록 궁금해요.
사랑은 영원히 마주보고 있는 사람을 알아가는 일이니까.
사람은 '나'를 바라봐주는 사람이 있어야 살아갈 수 있는 거니까.

사랑해, 보고 싶어, 너무 예뻐, 너무 멋져.
이런 말로 가득 찬 대화보다는 오늘 하루는 뭐하고 보냈어?
정말? 그런 일이 있었어? 그래서 속상했지? 많이 서운했겠다.
그럴 줄 알고 네가 보고 싶어 하던 영화 예매해놨어.
그러니까 오늘은 속상함도 걱정도 덮어두고 예쁜 꿈 꿔야 돼.
이런 사소한 관심과 배려에 사랑받고 있음을 느끼는 우리이니까.

책임과 의무감을 짊어지기에 나는 너무 바쁜 사람이라고 생각했다. 누군가의 사소한 것들에 신경을 쓰며 사소한 연락을 하루에도 몇 번씩 주고받기에 나의 지금은 그럴 여유가 없으니 그런 감정들은 사랑이 아니라 사치라고 생각했다.

시간이 아까웠다. 하지만 너를 만나 모든 것이 변했다. 나는 너의 사소함이 신경 쓰였고 의무감이나 책임감이 아닌 사랑으로 너에게 향하게 되었다. 아까웠던 시간은 너와 함께하는 시간이 아니라 너와 함께하지 못하는 시간이 되어버렸다.

시간이 아깝다, 너와 함께하지 않기엔. 너를 사랑한다, 바쁜 와중에도 너의 사소함을 신경 쓸 만큼. 네가 무슨 밥을 먹었는지가 너무 궁금해서, 그러니까 너의 하루가 너무 궁금해서, 쉬는 시간마다 너에게 연락을 하게 될 만큼. 다른 누구도 아니라 너라서, 나는 이토록 너를 사랑하게 되었다.

사랑에 빠지는 일은,
아마도 당신의 사소함에 빠지는 일인가 보다.
당신의 사소함이 너무 사랑스러워서 내내 함께하고 싶어지는.

그래서, 오늘 하루는 뭐하면서 예뻤어?

함께 영화를 보러 갔다.
네가 궁금해서 너를 바라보았다.

재미있는 장면을 보고 웃는 너.
슬픈 장면을 보고 눈시울이 붉어진 너.

그런 너를 보며 기뻐하다가
또 슬퍼하다가, 문득은 알게 되었다.
너는 내게 한 편의 영화 같은 사람이라는 것을.

그러다 너와 눈이 마주쳤다.
참 기뻤다.
너에게도 내가 한 편의 영화 같은 사람인 거 같아서.

자신보다 서로의 감정, 서로의 표정이 중요해진
함께하는 사소함 속에서 행복이 가득 차는 것이 느껴졌다.

사소하다는 것은 그래서 참 소중한 것.

"오늘 뭐 하고 보냈어요?"

함께 보내지 않은 오늘이지만
당신의 오늘이 어땠는지 아는 것.

오늘 하루를
당신에 대해 궁금했던 것을 물어보고
알아가는 것으로 마무리하는 것.

당신을 좋아한다는 것은
당신의 사소함이 궁금하다는 것.

궁금해요.
당신의 하루, 당신의 감정, 당신의 사소함.
그러니까 좋아해요, 다정하게.

함께 하는 내내,
나를 너무 사랑해서 어쩔 줄 몰라 하는 사람.
너를 참 사랑한다,
나에게 넌 참 소중한 사람이다,
세상에서 네가 제일 예쁘다,
눈에 가득 담은 채 바라봐주는 사람.

그런 사람을 만나요.

영화를 보러 갔는데
가끔씩 내 표정을 살피는 사람.
영화를 보다 웃는 게 아니라
영화를 보다 웃는 내 모습을 보고 웃는 사람.

내가 한 편의 영화인 사람.

♀

어릴 때는 전화기를 들고
하루 종일 예뻐, 사랑해, 이런 말을 들으며
잘 생겼어, 멋져, 이런 말을 하며
몇 시간을 통화했던 거 같은데
이제는 그런 게 시간이 아깝고 지겨운 거 같아.
오늘 하루는 어땠어? 그런 일이 있었구나.
많이 속상했겠다. 그 친구랑은 잘 해결됐어?
물어봐주며 내 감정의 사소함을 바라봐주고
알아주고 기억해두었다 꺼내어주는,
사소하고도 사소한 사랑이 나를 행복하게 해.

♂

그러면서 꼭 영상 통화하면 예쁘다는 소리
듣고 싶어서 하루 종일 예쁘냐고 물어보더라. 귀엽게.
안 물어봐도 내 눈엔 네가 제일 예쁜 거 뻔히 다 알면서.
예뻐 예뻐 예뻐 뭘 해도 예뻐 무조건 예뻐 다 예뻐
그러니까 뭘 해도 예쁜 너는
오늘 하루는 뭐하면서 예뻤는데?

안아주는 것으로 충분했음을

힘들어서 무너지고 있는 나의 곁에게 무슨 말을 해줘야 할지 모르겠어요. 상대방이 처한 아픔의 무게가 너무 무거울 때, 말은 상대방의 마음에 닿기에 턱없이 부족할 때가 많으니까요. 나 또한 나를 위로하고자 상대방이 건넨 말 앞에서 더 속상해진 적도, 상처를 받았던 적도, 화가 났던 적도 있으니까요. 상대방이 건넨 말이 나를 위한 진심이었다는 걸 뻔히 알면서도.

그래서 누군가를 위로하고 싶은 순간에는 생각이 많아져요. 혹시나 상처를 주게 되는 것은 아닐까. 위로의 말에 담은 내 진심이 잘 닿지 않아 내 마음, 왜곡되어 너에게 닿는 것은 아닐까. 하고. 그렇다고 내 마음을 전하지 않을 수도 없고, 나의 소중한 곁이 이렇게 힘들어하고 있는데 뻔히 바라만 볼 수도 없어요. 다가가 힘이 되어주고 싶은데, 손을 건네어 일으켜주고 싶은데 자꾸만 망설이게 돼요. 주저하게 돼요. 그래서 속상하고 답답해요.

그런 당신에게 나는 다가가 한 번 꼭 안아주라고 말해주고 싶어요. 위로가 되고 싶은 간절한 진심을 가슴에 가득 담은 채 다가가 따듯이 안아줘요. 괜찮으니까, 말하지 않아도 정말 괜찮으니까.

당신의 소중한 사람이 괜찮아질 때까지 품에 안아줘요. 당신의 품이 너무 따뜻해서 흐느껴 운다면 그 눈물을 당신의 어깨로 닦아주고 함께 울어요. 그러다 지긋이 한 번 바라봐줘요. 그리고 가득, 한 번 더 안아줘요. 따뜻한 손으로 어깨를 살며시 토닥여줘요. 아무 말 못해줘서 미안하다고, 그럼에도 너에게 힘이 되어주고 싶었다고, 다 괜찮을 거라고, 그러니 무너지지는 말자고. 그 마음을 가득 담은 채 바라보며 살며시 토닥여주고 가득, 안아줘요.

우리가 위로의 순간 앞에서 멈칫하게 되는 것은, 세상엔 나의 진심을 담을 수 있는 말이 없기 때문이에요. 너의 아픔을 위로할 수 있는 말 또한 없기 때문이에요. 내 진심은 이만한데 말에는 이만큼밖에 담지 못하니 답답할 수밖에요. 내가 너를 위로하고 싶은 마음, 이렇게나 간절한데 그 마음을 담을 수 있는 말이 없으니 참 속상하고 미안할 수밖에요.

하지만 그럼에도 우리가 진심으로 위로가 되어주고 싶은 간절한 마음을 전할 수 있다는 것이 얼마나 다행인지 몰라요. 마음을 가득 담은 눈빛과 포옹이라면 너의 마음에 닿기에 충분하다는 것이 얼마나 다행인지 몰라요. 위로가 될 수 있을까, 걱정하고 진심을 전할 수 있을까, 답답해하는 이 감정들을 가슴에 담은 채 전전긍긍하는 것만으로도 너의 지금을 위로하는데, 따뜻이 안아주는데 충분하다는 것이 얼마나 다행인지 몰라요.

그러니 무슨 말을 해줘야 할까, 너무 애쓰며 고민하지 말아요. 그런 주저함이 생기는 순간이라면 말로는 부족하다는 이야기니까. 부족하다 못해 내 마음과는 달리 상처를 줄 수도 있다는 거니까.

그러니 꼭 한 번 안아줘요. 그 모든 답답함과 진심과 간절함과 절절함을 담은 마음을 가슴에 간직한 채 안아줘요. 그걸로 충분할 거예요. 충분하다 못해 차고 넘칠 만큼 따뜻해서 그동안 마음에 담아 두었던 모든 아픔들이 눈물과 함께 와르르 무너질 거예요. 녹아내릴 거예요. 당신이 그토록 원하던 위로를 전해줄 거예요. 당신의 곁을 다시 일으켜줄 거예요.

그러니까 당신도 이리로 와요. 내게 안아줄게요. 그동안 얼마나 답답하고 힘들었어요. 당신의 곁을 어떻게 위로할지는 이렇게나 고민하고 망설이면서 당신은 위로받지 못한 채 홀로 앓아왔으니 얼마나 아파왔어요. 그 아픔의 무게를 내가 어떻게 판단하겠어요. 무슨 말을 하며 당신의 아픔을 함부로 가볍게 만들겠어요. 그러니

그저 안아줄게요. 꽉 안아줄게요. 내 품 안에서 펑펑 울어요. 펑펑 울다가 쌓였던 아픔이 터져 나와 털어놓고 싶다면 그렇게 해요. 참지 말아요. 우느라 숨이 차서, 감정이 북받쳐서 횡설수설하는 당신의 말, 모두 이해하진 못할지라도 당신의 감정만큼은 이해할게요. 놓치지 않고 들어줄게요. 그러다 문득 당신 스스로도 당신이 무슨 말을 하고 있는지 모르겠다는 생각이 들어 수줍게 머리를 긁적이며, 내가 너무 정황이 없지? 라고 물어본다면 그때는 그래도 괜찮으니 더 털어놓으라고 말할게요. 홀로 담아두었던 아픔과 상처를 모두 쏟아내어 위로받지 못해왔던 답답함이 해소될 때까지 당신의 어깨를 토닥이며 들어주고 품에 가득 안아줄게요. 아무 말,

하지 않을게요. 괜찮으니까, 정말 괜찮으니까 내 품에 안겨 펑펑 울어요. 그 우는 모습, 못났다 놀리지 않을게요. 눈물과 함께 흘러내린 콧물도 못났다 여기지 않을게요. 너무 화가 나서 누군가를 욕해도 당신을 나쁘다고 생각하지 않을게요. 그래도 무조건 예뻐해줄게요. 그럼에도 불구하고 나에게 당신은, 여전히 무조건 예쁘고 소중하고 사랑스러울 거라는 말, 꼭 지킬게요. 당신은 내게 그런 사람이니까.

그러니까 무슨 말을 해야 좋을지,
고민이 되어 주저하게 되는 순간이라면

말하지 않아도 괜찮아요.

그저 다가가 한 번 안아줘요.
눈물을 닦아주며 바라봐줘요.
그리고 아무 말 없이 들어줘요.

•

어떻게 위로해야 할지, 고민하며 주저하는 당신이라서
그렇게나 많은 진심, 가득 담은 채 걱정하는 당신이라서

그런 당신의 그런 진심이라서
당신의 곁, 충분히 위로할 수 있을 거예요.

그러니 그 진심, 지켜질 수 있게
말로 표현하다, 담아내지 못해 왜곡되지 않게

그저 다가가 따뜻이 안아줘요.

•

그리고 가끔은
아무 이유 없이 나도 안아줘요.

나를 안아주는 건 다른 이유로 주저하나 봐요.
서운하다. 밉다. 미운데 예쁘다. 그래서 미워도 못하겠다.

안 되겠다. 나중에 놀려야지.

그때 내 품에 안겨 울다 묻은 콧물,
열심히 빨래해도 지워지지 않는다고.
이 얼룩 어떡할 거냐고 한 번은 꼭 놀려야지.

민망해하며 수줍어하는 당신의 모습이
너무 예쁘고 귀여울 거 같아서
아무리 꾹꾹 참아도 한 번은 꼭 놀려야지.

그런 당신마저 예쁜 나니까.
어떤 당신마저 예쁜 나니까.

그러니 너무 걱정하지 않아도 괜찮아요.
위로가 필요할 때면, 힘이 들 때면
언제든지 내 품에 안겨서 펑펑 울어요.

그동안 그러고 싶어도 풀어놓지 못했던,
당신의 맘에 쌓여있는 아픔과 상처와 답답함들.

괜찮으니까,
정말로 괜찮으니까,

이제는 내 품 안에 털어놓아요.

•

진심 가득 꽉 안아줄 테니까.
때로는 사심 가득 꽉 안아줄 테니까.

무너질 것만 같이. 겪고 있는 감정의 무게가 너무 버거워서 위태로이 흔들렸다. 이 사람도, 저 사람도, 이곳에서도, 저곳에서도 나는 우울했다. 벅차오르는 눈물을 끝내는 삭히지 못한 채 쏟아버렸다. 이렇게 힘든데, 이렇게 무너지고 있는 나인데, 이토록 위태로이 흔들리고 있는 나인데 사람들은 그런 나에게 힘을 내라고 한다. 힘을 낼 수 있었다면 힘을 내었겠지. 그 정도로 힘든 거였다면 진작 웃으며 이겨냈겠지. 그런 생각에 차가웠다. 그들의 말은 내 아픔의 무게를 함부로 판단한 것이 되어버렸고 그래서 나는 아파버렸다. 말은 내 아픔을 덜어주기보다 내 아픔에 또 다른 아픔을 더해갔고 그렇게 나의 지금은 더욱 무거워졌으며 그 무게를 감당하지 못한 두 다리는 부들부들 떨려왔다. 무너질 것만 같이.

그러니 힘내라는 말, 하지 말아. 네가 내게 힘을 냈으면 하는 바람보다 내가 나에게 힘을 냈으면 하는 바람이 더 크니까. 그럼에도 힘을 낼 수가 없어서 이토록 아파하고 있는 나이니까. 그런 아픔이라서 힘내라는 말은 나의 아픔을 힘을 낼 수 있을 정도의 아픔으로 정의를 내리는 것밖에 되지 않으니까. 그러니 힘들지? 라며 꽉 안아줘. 때로 내가 너무 힘들어 보여서 무슨 말을 해줘야 할지 몰라 고민하고 있다면, 무슨 말이라도 해주고 싶은데 그 말이 나를 더 아프게 할까, 걱정이 되어 어떤 말도 못해주겠다는 그 표정으로 지긋이 나를 바라봐줘. 그렇게 바라보다 도무지 나를 안을 용기가 나지 않는다면 내가 너에게 다가가 안길게. 그리고 펑펑 울게. 내 아픔, 쏟아낼게. 쏟아낸 뒤에 오랜만에 웃을게.

우는 내 모습, 너무 못난 것 같아 문득 부끄러워 머리를 긁적이며 멋쩍게 웃을게. 그런 나를 보며 귀엽다는 듯 너도 사랑을 가득 담아 웃고, 그렇게 너도 나도 웃다가 방금 전과는 다른 의미로 너에게 다가가 한 번 더 안길게. 그리고 너의 귀에 대고 속삭일게. “고마워.” 라고. 그리고 조금의 뜸을 들이다 “사랑해.” 라고. 그리고 조금 더 있다가 “참 많이” 라고. 붉어진 얼굴, 떨리는 심장을 들키는 게 두려워 조금 더 꼭 안고 있다가 “너는?” 하고 물어보다가 대답 없는 침묵을 두려워하다가 문득은 “그래도 괜찮아” 라고. 내가 너를 사랑하게 된 것처럼 너 또한 나를 사랑하게 될 거라 믿으니까. 그러니까 괜찮아, 라고 속으로 한 번 더. 그리고 너에게

소리 없이 말해. 네가 고민하는 순간에도 나는 너를 사랑하고 네가 나를 사랑하지 않는 순간에도 너를 사랑하고 이렇게 끌어안고 있는 순간에도 너를 사랑하고 그렇지 않은 순간에도 너를 사랑하고 그러니까 나는 어떤 순간에도 너를 사랑하고 사랑할 거라고. 진심을 가득 담아 너에게 닿았으면, 하고 간절히 바라며. 아니, 닿았을 거라 간절히 믿으며.

참 깊고 따뜻한 너를 놓쳐서는 안 되겠다는 확신이 드는 순간.

강연회를 하던 중에 독자분이 내게 물었다.

친구의 어머니께서 돌아가셨다고.
위로를 해주고 싶은데,
함부로 위로하기가 또한 겁이 난다고.

내가 위로하기에는
친구의 아픔을 가늠할 수도,
감당할 수도 없을 것만 같다고.

작가님이라면 무슨 말을 해줬을 거 같냐고.

나는 말했다.
아무 말도 하지 않았을 거라고.
다가가 그저 한 번 꽉 안아줬을 거라고.

당신의 아픔에 닿고 싶은데
내 그 마음을 표현할 단어가 세상에 없을 때,
그 답답함에 미어지는 눈빛으로,
참 안타깝고 속상한 눈빛으로 당신을 바라봐주고
그러다 당신을 내 품에 꽉 안아주는 것.

지금 내 마음을 표현할 수 있는 유일한 단어.

안아줄게.

진심 가득, 사심 가득.

하지만 그 무엇보다 따뜻하게.

사랑스럽게, 예쁘게, 적절하게.

이리와 봐요.

♀

엉엉엉..

♂

우는 모습조차 이렇게 예뻐서 어떡해.

바보야 괜찮아. 내가 늘 너의 곁에 있을게.

그러니까 마음껏 울어. 괜찮아. 안아줄게.

여전히 넌 예쁘니까.

여전히 내가 네 곁에 있을 테니까.

그러니까 괜찮아. 정말 괜찮아. 울어도 돼.

끊어진 인연이 그리운 당신에게

철없던 어린 시절, 내가 나의 곁에게 저질렀던 실수가 지금에 이르러 자꾸만 눈에 밟혀요. 정말 소중한 인연이었는데, 그때 그랬으면 안 되었던 건데, 상처를 준 것만 같아 속상해요. 지금이라도 미안하다고 말하면 다시 되돌릴 수 있을까. 서로의 순수했던 모습 그대로를 아껴주고 소중히 여겼던 그때의 인연으로 다시 돌아갈 수 있을까. 그런 생각, 그리움, 후회, 미련에 사무쳐 한숨을 쉬어요.

지금이라도 사과를 해야 하나 고민이 되어요. 그렇다고 되돌릴 수 있을까, 하는 걱정도 생겨요. 그러다 답장조차 오지 않으면 어떡하지, 나를 이미 잊었으면 어떡하지, 하는 두려운 마음까지 들어요. 그때, 내가 그런 실수를 하지 않았더라면, 만약 실수를 뉘우치고 바로 사과를 했었더라면 아직도 우리는 참 좋은 인연일 텐데, 하는 후회와 미련에 참 답답해지다가 끝내는 나 자신에게 화가 나요. 그리고 나의 곁에겐 한없이 미안해져요. 속상해요.

아무런 이유 없이 멀어진 인연도 있어요. 같은 공간에 있다가 먼 곳으로 이사를 가며 자연스레 멀어졌어요. 서로 안부도 묻고 연락도 했지만 적응하기에 바빴나 봐요. 그렇게 소원해지다가 연락을 하는 것조차 어색한 순간이 찾아왔어요. 어쩌면 연락을 해야겠다는 생각이 들지도 않을 만큼 새로운 인연을 만들어가는데 신경을 많이 기울이고 있었던 건지도 모르겠어요. 그러다 문득, 그때의 그 인연이 그리워져요.

한없이 순수했던 그때의 나인 채 천진난만한 웃음을 나누며 때로, 울고 불며 싸우기도 하고. 그러다 아무 일 없었다는 듯 다시 가방을 메고 학교를 같이 갔던 인연이라서, 그 어떤 생각도 꾸밈도 없이 서로의 있는 그대로를 보여주며 한없이 순수한 서로의 모습을 함께 나눈, 그런 인연이라서 이토록 그리운 걸까요.

지금은 그럴 수가 없어서, 많은 생각을 해야 하며 서로의 입장과 이해를 늘 배려해야 하는 나라서, 사소한 실수조차, 스쳐가는 말 한 마디조차 판단하고 판단 받아야 하는 차가운 세상에 발을 디딘 지금의 나라서, 어쩌면 그때의 모습으로 되돌아가고 싶은 걸지도 모르겠어요. 적어도 내 삶에 그런 따스한 공간이 하나는 남아있어야 할 거 같아서, 어떤 사심도 생각도 없이 함께하며 웃기도 울기도 하며 철없이 싸우기도 하는, 그런 순수한 공간이 하나는 남아 있어야 할 거 같아서, 그래야 그렇지 않은 세상과 사람들 사이에서 꿋꿋이 버텨낼 수 있을 것만 같아서. 그래서

하염없이 그리운 걸지도 모르겠어요. 그때 내가 연락을 한 번 더 해보았으면 좋았을 텐데, 그때 내가 주었던 상처를 사과했었어야 했는데, 그래서는 안 되었던 거였는데, 나의 어리숙함만 아니었다면 참 좋은 인연으로 남았을 텐데, 멀어졌더라도 마음과 시간을 냈었어야 했는데, 가끔은 찾아가기라도 했었어야 했는데, 진심으로 안부를 궁금해하고 걱정했어야 했는데…

그러지 못했던 시간이 지금에 와서 아쉬워져요. 그리고 상처 주었던 친구에게 너무 미안해요. 자연스레 소홀해지다 잊었던 그 소중함을 지금에서야 찾게 되는 내가 미련해 보여요. 그때, 그랬어야 했는데, 라는 후회의 파도가 밀려와 나를 삼킨 채 뱉어내질 않아요. 왜 후회는 늘 지금에야 찾아오는 걸까요. 그때는 왜 몰랐을까요. 이렇게 그리워질 거라는 것을, 언젠가는 후회하게 될 나라는 것을.

나는 그렇게 생각해요. 지금, 당신이 후회할 수 있는 것은 당신이 그만큼 성장했기 때문이라고. 그때는 타인에게 상처가 될 거라는 것을 차마 몰랐기에 그렇게 했지만 지금은 그때와는 달라서 그 행동을 후회할 수 있는 거라고. 그러니 당신의 후회는 당신이 걸어왔고, 지나왔고, 살아왔던 지난 시간 동안 주어진 삶을 허투루 보내지 않았다는, 그 걸음들 속에서 이렇게 성장해왔다는 증거라고.

그러니 너무 자책하지 말아요. 자괴감에 빠진 채 스스로를 몰아세우지 말아요. 그때는 그럴 수밖에 없었던 당신의 부족함을 바라봐주고 안아줘요. 그리고 그럼에도 머물러있지 않고 성장해온 지금까지의 걸음들을 세어보며 감사해줘요. 지금에라도 알게 되었잖아요. 그래서 후회할 수 있게 된 거잖아요. 지나간 일, 어쩌면 상대방에게도 너무 사소해서 이미 잊혀진, 기억조차 나지 않는 일 앞에서도 이렇게 진중하게 사과하고 싶어 하는 당신이 되었잖아요. 그래서 나는 당신이 참 기특한 걸요. 뿌듯한 걸요. 너무너무 예쁘고 고마운 걸요.

그때 상처 주었던 당신의 마음, 진심은 아니었잖아요. 그러니 너무 자책하지는 말아요. 중심을 지키기엔 철없이 어렸던 거예요. 분위기에 휩쓸려 친구에게 상처를 준 날도 있었던 거예요. 그러니 당신의 마음을 너무 꾸짖지는 말아요. 엄마가 때로 어린 아이의 실수를 눈감아주듯 당신 또한 당신의 지난날, 조금은 따뜻이 안아줘요.

이토록 예쁜 당신의 진심이라면 토닥여주기에 충분하잖아요. 이토록 멋진 후회니까. 지난날을 살아오며 이렇게 예쁜 마음 가득히 성장해준 당신의 지금이니까. 안 그래요?

다시 그때로 돌아가진다면 좋겠지만, 순수했던 그때의 추억들을 함께 풀어놓으며 그리워할 수 있다면 좋겠지만 한 번 끊어진 인연은 풀로 붙인 두 장의 종이를 떼어내는 일처럼 찢어지기도, 자국이 남기도 하는 것이니까요. 모든 선택에는 책임이 따르는 것이니까요. 그 책임이 무거워 처음처럼 돌이키기 위해 그리워하는 것보다 때로는,

모든 것이 처음과 같을 수는, 후회가 없을 수는 없다는, 그러니까 내가 했던 선택에 대한 책임을 고스란히 짊어질 줄 아는 용기 또한 필요한 것이니까요. 그리고 당신은 결국, 그 용기를 배우게 될 거예요. 지난 실수에 아팠기에, 후회에 사무쳤기에 전과 같은 일이 되풀이되지 않도록 더욱 노력하게 될 거예요. 그렇게 앞으로의 인연은 보다 더 잘 지켜나가게 될 거예요. 그것이 지난 인연이 당신에게 남긴 의미이며 배움이며 가치인 거예요.

그렇게 그때의 인연이, 지금의 후회가 당신에게는 이처럼 아름다운 의미를 완성시켜준 거예요. 어쩌면 그게 그 인연의 몫이었던 거예요. 그러니 이처럼 어여쁜 당신의 마음,

이제는 아프게 하지 말고 예쁜 당신을 꼭 닮은 예쁜 맘, 한가득 품에 안은 채 당신이 걸어온 지난 시간들의 성장함과 그 소중함을 바라봐주고 안아줘요. 그리고 지나간 추억들에 대한 미련은 그 자체가 가져다준 배움과 의미로 그쳐야 할 때도 있다는 것을 받아들여줘요. 그 배움을 딛고, 앞으로의 인연은 오롯이 잘 지켜나가요. 당신이라면 충분히 잘 해낼 거예요. 다른 누구도 아니라 당신이라서 꼭 잘 해낼 거예요.

피아노를 전공하던 친구가 내게 물었어요.
문득은 학창시절, 피아노를 가르쳐주셨던
학원 선생님이 너무 그리운데 어떻게 하면 좋겠냐고.

사실 그때, 피아노학원을 그만두며
피아노 선생님을 안 좋게 이야기하던 친구들과 함께
나 또한 피아노 선생님을 안 좋게 이야기 했었다고.

학원을 계속 다니던 친구들은 피아노 선생님에게
나만 선생님을 안 좋게 이야기한 것처럼
고자질을 했었다고.

그때 피아노 선생님에게 문자가 왔었다고.
나에게 정말 많이 실망했다고.

거기에 대해 나는 변명했지만 답장은 없었다고.

그런데 지금에 와서 문득 그 선생님이 너무 그립다고.
그리고 그때 중심을 지키지 못한 채
친구들에게 휩쓸렸던 내가 너무 미워서 화가 난다고.

•

그 친구에게 나는 말해줬어요.

그때 네가 피아노 선생님을 안 좋게 이야기했던 건
네가 어려서 그랬던 것이니, 결코 진심은 아니었으니
누구에게나 그랬던 기억은 있는 것이니
자라나는 과정 속에 생기는 어쩔 수 없는 일들이니

스스로를 다그치며 너무 몰아세우지는 말라고.
그리고 또한 그 인연을 돌이키려 너무 애쓰지 말라고.
한 번 끊어진 인연은 돌이켜도 그때와 같지는 않을 거라고.

서로가 서로의 삶에 없었던 시간들 속에서
서로는 다른 이들과 함께 다른 추억을 만들어가며
다른 공간 속에서 다른 경험을 했기에

어쩌면 마음에 닿아 새로이 인연을 이어가더라도
그때의 그 감정을 느낄 수 없어
다시 소원해지고 멀어져가는 시간을 지나야 할지도 모른다고.

어쩌면 미련은 미련대로 두며
아쉬움이 남더라도 기억 속에 남겨두는 것이
아름다웠던 추억만큼은 지켜내는 방법일지도 모른다고.

그러니 돌이키기 위해 찾아가기보다
그 추억을 더 아름답게 잘 간직하기 위해
너의 마음과 그 예쁜 진심을 잘 전할 필요가 있을 뿐이라고.

그때는 어려서 그랬지만 진심은 아니었다고.
그래서 늘 미안했고, 그럼에도 당신이 늘 그리웠다고.

그런 너의 진심을 담은 손편지라면
그 추억을 지켜내는 데 충분하지 않겠냐고.

때로는 지난 시간을 돌이키기보다
지난 시간이 내게 주었던 추억과 의미에
족할 줄도 알아야 하는 거니까.

지나간 인연에 대한 미련에 무너져진 채
아파하고 있는, 잔뜩 고민하고 있는
당신에게도 전해주고 싶은 내 진심이에요.

당신의 마음과 진심이 담긴 손편지라면
상대방의 마음에도 고스란히 닿기에 충분할 거예요.

•

우와, 당신이 쓴 예쁜 손편지라니 너무너무 설레겠다.
조금은 질투 나고 부러워요. 조금보단 많이. 그것보단 더 많이.

그러니
나한테도 보내야 해요. 그럴 거라 굳게 믿어요.

아니기만 해봐.

•

아니면 뭐 어떡할 거냐고요?

•

어떡하기는. 막 그런 거 있잖아.
I love you 대신 달이 참 예쁘다는 말을 했다.
뭐 그런 말 잔뜩 담은 편지, 마구 보내며 오글거리게 해야지.

답장이 안 오면 올 때까지 보내야지.

다른 사람이 하면 집착남이네 그러겠지만
내가 당신에게 그러면 당신은 참 좋아할 거라 믿으며
내 진심만큼은 당신에게 전해질 거라 굳게 믿으며

나는 아니라고, 그들과는 다르다 되새기며
그렇게 집착남들이 자신은 다르다 믿듯 나 또한 그러며
답장이 올 때까지 당신을 닮은 예쁜 말 잔뜩 보내줘야지.

그러면 이제 제발 좀 그만 하라고, 이렇게라도 답장이 오겠지.

•

그러면 그만할 테니 나랑 좀 사귀자고.
나만큼 너를 행복하게 해줄 남자는 없다며 고백해야지.

•

그게 싫으면 손편지 꼭 써요.

근데 안 쓸 거 다 알아요.
나한테 고백받고 싶어 한다는 거 알고 있으니까.

그러니까 뭘 하든 당신이 손해니까 그냥 나랑 사귀어요.

•

미안해요. 알겠어요.
그만하면 되잖아.
치, 안 하면 또 허전해할 거면서.

어릴 적 우리 동네에 살던 정훈이. 하루 종일 얼굴이 새까맣게 때가 타도록 함께 뛰어놀며 한 번은 너희 집에서, 한 번은 우리 집에서 밥도 먹고 가끔은 헤어지는 게 싫어서 같이 잤던 내 친구. 문득은 네가 참 그립더라. 참 순수했던 한때를 함께했던 너와 나였는데. 그때는 서로 숨길 것도, 애써 서로를 배려할 필요도 없이 모든 것을 터놓은 채 함께하였는데. 그래서인지 그럴 수 없는 요즘, 네가 참 그립더라. 어느 순간 이사를 갔던 너. 그렇게 간간히 연락을 하다가 중학생이 되고는 뜸해지다 그렇게 멀어지다가, 언제부턴가 끊어졌던 너와 나.

그러다 문득, 네가 너무 그리워져서, 찬란했던 우리의 한때를 추억하다 마음이 무너져버려서 이곳저곳, 며칠을 뒤져보다 겨우 너를 찾았어. 나를 기억하냐고, 우리, 그랬던 적 있었던 거 기억하냐고, 네가 너무 보고 싶다고, 다시 그때로 돌아가고 싶다고 진심을 담아 너에게 메시지를 보냈어. 하지만 너에게서 돌아온 답변은 이미 나를 잊은 듯한 성의 없는 답변이었고 나는 실망한 채 여기까지였던 우리의 인연을 받아들여야만 했어.

내 마음과 너의 마음이, 내가 추억하는 그때와 네가 추억하는 그때가 다를 수도 있다는 것을. 그러니 때로는 찢어진 인연을 다시 꿰매려는 시도가 나를 민망하게 만들 수도 있다는 것을. 혹여나 마음이 닿아 너를 다시 만나더라도 제법 오랜 시간이 흐르며 나의 추억 속에 있던 너와, 너의 추억 속에 있던 나는 많이 변했기에 그때의 그 감정을 다시 느끼지 못해 소원해질 수도 있다는 것을. 그리고 그때는 소중했던 추억조차 지키지 못할 수도 있다는 것을.

많은 인연을 그리워하다가 닿기 위해 노력하다가 닿지 못하다가 때로는 닿기도 하다가, 그러다 결국은 닿지 못한 경험이 쌓이며 받아들여간다. 어쩌면 그렇게 어른이 되어가는 걸지도 모르겠다.

그러니 나는 지금에 충실해야겠다. 추억은 추억인 채 가슴에 묻어두고 지금 내 옆에 있는 너에게 충실해야겠다. 지금 너와의 관계를 바라보다 문득, 과거의 인연이 그리워진 것은 아마도 너와 나 사이에 무엇인가가 부족하다는 생각이 들어서겠지. 하지만 그 부족함에 실망한 채 과거로 도망가기보다 언젠가 지금의 너 또한 꼭 그리워지는 순간이 올 거라 믿으며 지금의 너를 지켜나가야겠다고 마음먹는다. 도망가기보다 그 부족함을 채워가며. 부족함에 골몰하기보다 부족하지 않은 소중함을 가득 바라보며.

분명 나는 너를 참 그리워할 사람이다. 그만큼 너는 내게 소중한 인연이니까. 때로는 부족하지만 그 부족함보다 소중함이 훨씬 많으며 쌓아온 추억의 찬란함이 훨씬 많으며 앞으로 채워갈 우리만의 이야기 또한 잔뜩 남아있는, 참 소중한 인연이니까. 그러니 그런 너를 지키지 못한다면 나는 너를 참 그리워할 사람이다. 여태 그래왔으니까. 하지만 다른 점이 있다면 그래왔던 세월 속에서 내가 제자리에 머물러있지 않았다는 것. 그렇게 나 또한 성장해왔다는 것. 그러니 예전처럼 소심해서 사소한 일에 토라진 채 너를 놓칠 만큼 소인배는 아니라는 것. 그보다 좋은 점을 훨씬 많이 바라볼 수 있는, 넓은 사람이 되어왔다는 것.

그것이 놓쳤던 지난 인연들이 내게 준 의미니까. 그렇게 몫을 다한 너와 나였고 그 의미들로, 어쩌면 우리의 인연은 완성된 거니까. 그 의미 가득한 선물로 인해 나는 지금의 내 곁을 지킬 수 있게 되었고 그 소중함, 이어갈 수 있게 되었으니

정훈아,
네가 나에게 성의 없었던 그 순간에도 나는 너에게 고맙다.

지난 시간을 붙잡고 싶은 순간.

추억 속에서만 존재하는 인연이 너무 그리워서,
미련이 남아서, 다시 추억 밖으로 꺼내고 싶은 순간.

그런 순간이 많았다.

우리의 추억을 너에게 잔뜩 풀어놓으며
그때 우리, 참 좋았지 않냐며
너 또한 그때로 다시 돌아가고 싶지 않냐며

수없이 많은 너에게 연락을 하기도 했었다.

하지만 그들에게는 그렇지 않을 수도 있다는 것을
노력을 할 때마다, 애를 쓸 때마다 조금씩 알아간다.

인연이 끊어진 순간,
우리의 추억 같은 건 존재하지 않는다는 것을
조금씩 받아들여 간다.

이제는 우리가 아닌 나의 추억이라는 것을.

인연은 어느 한 사람의 마음보다
너와 나, 그러니까 우리 모두의 마음이 중요하다는 것을.

내가 가지고 있는 추억의 조각과
네가 가지고 있는 추억의 조각이 다를 수도 있는 것임을.

그러니까 때로는
후회로부터 배운 가치에 족할 줄도 알아야 한다는 것을.
어쩌면 그게 지난 인연이 내게 존재했던 모든 의미라는 것을.

당신은 나에게 완성된 의미가 아닌
영원히 알아가야 할 의미이길 진심 다해 소원하며,

어제의 당신보다 오늘의 당신을 더
오늘의 당신보다 내일의 당신을 더
그렇게 하루하루의 사랑을 더해 영원히,

당신을 알아가고 싶다.
당신의 곁에서 당신을 내내 아껴주고 사랑하고 싶다.

문득,

어렸을 적의 친구가 그리워질 때가 있어.

그때면 현실이 추억의 커튼에 가려진 채

오직 그때의 애틋함만이 내 마음의 방을 가득 채워.

그렇게 나는 하염없이 무너지는 것 같아.

그리워서, 보고 싶어서, 다시 되돌리고 싶어서.

맞아.

하지만 되돌리고 싶어도

되돌려지지 않는 것을 받아들이는 것이

그것이 참 아프더라도 그 아픔 감당해내는 것이

지나간 인연에 대한 책임이고 몫이라 믿어.

그리움 또한 아름다운 것이고 미련 또한 그렇지만

모든 것이 처음과 같길 바라는 건 욕심이니까.

함께 있을 땐 몰랐던 그 사람의 소중함이

시간이 지나 드러나 그리워진 것처럼

지금 우리 곁에 있는 인연 또한 그렇게 될 거라 믿고

우린, 최선을 다해 우리의 곁을 지켜나가자.

그게 지나간 인연이 우리에게 가져다준 선물이니까.

의미고 몫이니까. 그러니까 나는 너에게, 너는 나에게, 그렇게.

당신의 지금에게

지금 내게 찾아온 삶의 시련이 너무 버거워 지나갈 엄두가 나질 않아요. 어떻게 해야 하지, 오늘을 버티면 또다시 찾아올 내일이 막막한데 도대체 어떻게 살아가야 하지. 지난 세월 동안 삶의 조각들을 모아 치열하게도 쌓아왔던 탑이 작은 바람에도 흔들리는 것만 같아요. 무너질 것만 같이 위태로워요. 작은 희망들을 모아 쌓아온 소중한 탑인데, 나의 삶인데, 내 발자취이며 나아갈 목표인데 이대로 무너지는 것을 지켜보는 것 말고는 할 수 있는 게 없어요.

너무나 아파요. 가슴이 답답해요. 그러다 문득 심장을 후벼 파는 걱정과 두려움에 폴싹 주저앉아요. 가로등조차 없는 안개 자욱한 새벽길을 걷는 것처럼 앞이 안 보여요. 이루어놓은 것 하나 없는데 앞으로 이루어낼 희망조차 보이질 않으니 이제는 더 이상 걸어갈 수가 없어요. 멈춰야만 할 것 같아요. 길을 잃었어요.

왜 이런 시련이 내게 찾아왔는지 이해할 수가 없어요. 잘못된 만남, 나를 괴롭히는 어쩌지 못하는 직장 선배, 걷는 것조차 힘든 몸, 식어버린 내 남자의 사랑, 몇 번째 떨어진 면접, 꿈을 좇아갈 수도 없는 지금의 가난…

당신이 그 어떤 시련을 마주하고 있더라도 "당신의 지금, 무조건 괜찮아요." 그러니 무너지지 말아요. 멈춰 서지 말아요. 실패를 딛고 무너지지 않는다면 그것은 실패가 아닌 나아가는 과정일 뿐이지만 무너져 포기해버린다면 그것은 정말 실패가 되어버리는 거예요.

성장하기 위해 태어난 우리의 삶이 아픔도, 상처도, 시련도 없이 완벽하다면 살아갈 이유가, 존재할 목적이 없는 거예요. 아슬아슬했기에 설렘이 있었고 아팠지만, 무거웠지만, 너무나 힘겨웠지만 그럼에도 딛고 일어섰기에 그 과정 속에 흘린 우리의 땀이 우리의 존재를 더욱 아름답게 만들어주는 거예요.

지금 건너고 있는 시련의 강이 그 끝을 가늠할 수 없을 것만 같이 길어서 벌써부터 무너질 것만 같지만 그래선 안 돼요. 당신은 충분히 잘 해낼 수 있으니까요. 스스로를 믿지 못해 무너지기보다 믿어주고 다독여주며 일어서는 거예요. 당신이 짊어진 아픔이 너무 무거워 도무지 일어설 수 없다면 내 손을 잡고 일어서요. 당신의 작고 예쁜 손을 투박한 내 손에 포개는 것이 참 미안하지만 그럼에도 참 떨리고 설레네요.

끝을 바라보기보다는 나아가는 과정에 집중한다면, 성장하고 있는 나의 걸음들을 세어보고 바라보고 감사할 수 있다면 아픈 시간을 지나고 있는 지금이 아프지만 '그럼에도 불구하고' 괜찮다, 말할 수 있을 거예요. 당신이 아파하는 모습을 바라보는 것이 끔찍이도 아픈 나지만 그럼에도 아프지 말라는 말, 하지 않을 거예요. 아픔이 있기에, 완전하지 않기에 이 삶, 이토록 아름다움 가득 찬란한 거니까요.

그러니 아파도 괜찮아요. 마음껏 아파해요. 다만 당신을 성장시켜주기 위해 당신을 찾아온 지금의 아픔 앞에서 절망하기보다 기쁜 마음으로 아파하는 당신이길 소원해요. 당신과 당신이 지나고 있는 지금은 충분히 예쁘고 소중하니까요. 더욱 찬란히 예쁘기 위해, 아름다이 피어나기 위해, 눈부시게 빛나기 위해, 오직 당신을 위한 사랑으로 당신을 찾아온 아픔이니까요. 더 행복해주세요, 하고.

우리의 삶을 아름답게 물들이는 것은 결과가 아니라 과정이라는 것을 잊지 말아요. 그 과정 속에서 때로 아파 쓰러지는 순간 또한 있겠지만 당신이 걸어온 뒤를 돌아봐요. 얼마나 많은 길들을 헤쳐 왔으며 그 길을 걸으며 당신이 얼마나 찬란했는지. 쓰러지는 순간도 있었지만 그럼에도 일어서서 여기까지 걸어오는 동안 당신이 얼마나 성장해왔는지. 그때의 당신과 지금의 당신이 얼마나 다른지. 이 모든 과정 안에서 당신이라는 존재와 당신이 살아가는 삶이 완성되어지고 있는 거예요. 그 완성을 위해 우리는 태어났고, 그 완성을 해나가고 있는 지금이기에 비록 아픔 가득하더라도, 이토록 찬란하다 말할 수 있는 거예요.

그러니까 잘하고 있어요. 아파서 잘하고 있는 거예요. 아프지 않은 사람의 삶보다 아파할 줄 아는 사람의 삶이 결국은 더욱 아름답게 피어나는 거니까요. 그 향, 더욱 깊고 짙어지는 거니까요. 그러니까 당신, 아파하고 지금도, 잘하고 있어요. 정말 잘하고 있어요.

그리고 꼭 잘 해낼 거예요. 나아가는 과정 속에서 당신만의 의미와 가치를 찾아내며 가득 성장해나갈 거예요. 더욱 예뻐지고 소중해지고 아름다워질 거예요. 당신만의 분위기를 가진 사람이 되어갈 거예요. 그 분위기와 향에 이끌려 많은 사람들이 당신을 찾아오게 될 거예요. 지금껏 살아오며 느껴온 당신만의 삶의 조각들이 모여 당신이라는 존재를, 향과 분위기와 색을 지어나가고 있는 거니까요. 그래서 소중한 거예요.

그러니 힘들 땐 당신이 걸어온 발자취를 돌아봐요. 당신이 살아가는 이유와 존재하는 이유를 완성하기 위해 얼마나 많은 길을 걸어왔으며 얼마나 많은 시련을 이겨내 왔는지를. 무너질 것만 같이 힘든 순간도 있었지만 그럼에도 여기까지 왔잖아요. 그러니 지금 또한 꿋꿋이 이겨낼 거예요. 때로 너무 힘들어 일어설 수 없을 거 같을 때에는 내가 당신의 손을 꼭 잡아주겠고 한 약속, 꼭 지킬게요. 그러니까 내 손을 잡고 일어서요. 그리고 우리 함께 걸어가요.

당신이 아파 쓰러져 머물던 자리에 있던 당신의 무릎 자국, 그럼에도 딛고 일어선 당신의 손바닥 자국, 그렇게 다시 걸어간 당신의 발자국, 그러다 때로 두려워 뒷걸음쳤던 자국과 주저하며 서 있던 자국과 그럼에도 이겨내야지, 하며 다시 앞으로 나아가며 찍힌 나란한 발자국과 때로는 기뻐 뛰었던 발자국과 지난 자취들을 돌이켜 새기기 위하여 뒤돌아보았던 발자국과 어느 순간부터 당신의 손을 잡고 함께한 나의 발자국과 그 모든 당신과 나와 우리의 발자국들을 바라보며 찬란히 아름다웠다, 생각하게 될 당신이니까.

그렇게 더없이 예뻐질 당신과 당신의 삶이니까. 그렇다고 너무 예뻐지진 말아요. 너무 예뻐져서 내가 감당하기 힘들 만큼 인기가 많아지는 건 질투 나니까. 그래도 예뻐지고 싶으면 내꺼 티 많이 나게 내가 늘 손잡고 막 머리 쓰다듬으며 사랑한다, 말할 테니 각오 단단히 하는 게 좋아요. 사실은 당신도 아닌 척 그래주길 바라는 거죠? 그럼 마음껏 예뻐져 봐요. 앞으로는 당신이 찍어갈 발자국 옆에는 늘 조금 더 크고 깊이 찍힌 내 발자국도 함께할 테니까.

부디 당신의 삶, 봄날 흐드러진
저 무수히 많은 꽃잎의 조각들보다 아름다이 피어나기를.

지금 아파하고 있는 당신에게
아프지 말라는 말, 하지 않을 거예요.

아픔을 끌어안을 줄 알아야 성장하는 우리니까.
불완전하기에 완전한 우리와 우리의 삶이니까.

그러니까 지금, 아파도 괜찮아요.
당신, 그리고 당신의 삶.

•

지금의 아픔은
당신이 딱 감당할 수 있을 만큼의 무게로 찾아와
당신이 성장하여 더 행복했으면, 하는 바람으로
오직 당신을 향한 사랑으로

당신을 끌어안은 삶의 선물이라는 것을
결코 잊어선 안 돼요.

지난 아픔을 돌이켜,
당신을 위하지 않았던 아픔은 없었던 것처럼.

•

그러니 그 선물 앞에서 슬퍼하기보다
기쁜 마음으로 아파할 수 있는 당신이었으면 좋겠어요.

아픈 일, 여전히 찾아오지만
그럼에도 불구하고 꿋꿋한 당신의 마음이었으면 좋겠어요.

모든 아픔 속에는 당신을 위한,
당신의 삶을 위한 의미가 숨겨져 있는 거래요.

그러니 한 번쯤은 왜 아파해야 하지가 아닌
왜 아픔이 찾아왔을까를 생각해봐요.

이유 없이 찾아온 시련은 없는 거니까요.
당신의 행복을 위하지 않은 아픔은 없는 거니까요.

그러니 지금의 아픔, 언젠가 돌이켜
나를 위해 꼭 겪어야만 했었던 아픔이었구나, 하고
그 의미를 찾아 새기는 그런 날이 오기를.

•

지금도 너무너무 예쁜데
안 아파도 될 만큼 소중하고 찬란한 당신인데
또 아픔이 찾아온 걸 보니 나로선 참 걱정돼요.

앞으로 더 예뻐지고 짙어지고 그윽해지면
완전 인기 많아지겠다.

미안.
아픔을 걱정하는 게 아니라
막 이런 걸 걱정하게 되어버려서.

•

그냥, 괜히 걱정되고 또 괜히 사랑해요.

힘든 일 많았지만 돌이켜 생각해보면 나를 아프게 했던 세상의 그 많은 일들로 인해 지금의 내가 있게 된 건 아닌가, 하고 생각하게 된다. 잠을 이루지 못한 채 밤새 나를 뒤척이게 한 삶의 시련들 앞에서 억울해 울기도 하고 맞서기도 하며 쓰러져 폴싹 주저앉은 채 포기할까를 셀 수 없이 많이 고민하기도 했지만 결국은 버텨냈던 나라서, 지나갔던 그때라서, 조금은 안도한다. 앞으로도 그럴 테니까.

그러니 내일을 너무 두려워하지 말아야지. 나는 잘 해낼 거라고 다독여줘야지. 이렇게 힘든 시간 속에서 나마저 나를 믿지 못한 채 내버려둔다면 나는 잘 살아갈 수 없을 테니까. 그러니 괜찮다 말해줘야지. 너에겐 그토록 쉽게도 많이 해주었던 이 말, 내게는 한 번을 말해주지 못해 웃지 못하고 울거나 화를 낸 일이 많았던 지난날이니까. 이토록 시리고 아픈 시련 앞에서도 꿋꿋이 다시 일어서면서까지 포기할 수 없었던 내 삶이니까.

그 모든 것을 위해 오늘을 잘 살아야지. 걱정하기보다 두려워하기보다 부딪혀보고 많은 것을 배우고 느껴야지. 절망이라는 건 할 수 있는 모든 것을 다해보고도 아무런 답을 찾을 수 없을 때, 그때 해도 충분한 거니까. 지금은 할 수 있는 일이 아직도 너무나 많으니까. 날개가 꺾여 날지 못해도 아직은 걸을 수 있고 다리가 부러져 걸을 수 없을 때에도 아직 기어갈 수는 있으니까. 그 모든 것을 하지 못해 제자리에 멈춘 순간에도 온몸을 펄떡이며 몸부림칠 수는 있는 거니까. 살아있는 동안 희망은 있는 것이고 절망은 섣부르다는 것을 잊지 말아야지.

이 모든 시간들이 결국은 더 찬란히 빛날 나와 내 삶을 위해 찾아온 선물이라는 것을 늘 간직하며 감사해야지. 그렇게 버텨온 나라서, 지나온 나라서, 살아온 나라서 지금의 내가 있다는 것에, 앞으로도 그럴 나라는 것에 뿌듯해하며 잠에 들어야지. 그러기에 충분한 지난날이었고 지금의 나니까. 그 살아온 발자취가 만든 이 멋진 나를 자랑스럽게 여겨야지. 그렇게 기뻐할 일 많아져 자주자주 웃어야지. 그 천진난만한 웃음이 다른 이들에게도 기쁨을 주는 그런 사람이 되어야지. 행복한 사람이 된다는 것은 나를 지켜보는 모든 이들에게 행복을 선물하는 일이니까. 그 행복 안에 있는 나에게도 그런 기쁨을 선물하는 거니까.

그러니 꼭 행복해야겠다. 그 행복을 위해 찾아온 지금을 최선을 다해 살아가고 사랑해서 반드시 행복한 내가 되어야겠다. 어제의 아픔을 딛고 꿋꿋이 걸어온 세월이 나의 지금을 만들어온 것처럼 나의 내일이 더욱 아름다이 피어날 수 있게, 행복할 수 있게 잘 지내고 잘 살아가야겠다. 여태 그래왔던 나를 다그치기보다는 따뜻이 보듬어주어 행복 가득한 오늘이 되어 잠에 들기 전 미소와 함께 내게 주어진, 나를 있게 한, 언젠가의 나를 이루어줄 수많은 삶의 선물들을 세어보며 감사해야겠다. 그래도 충분했던 나였고 내가 살아온 삶이라는 것을 이제는,

이제는 알겠다.

잘 지내지 못한 모든 시간들.
잘 지내기 위해 내게 찾아온 시간들이라 믿으며
꿋꿋이 앞을 향해 걸어갈 것.

그렇게 걸어가는 과정 속에서
무언가를 배우고 느끼며 성장해나갈 나이기에
모든 것을 내려놓고 포기할까 고민할 만큼
억울하고 분해 밤을 지새우며 목 놓아 울부짖을 만큼
아파왔던 그 모든 지나온 험난한 발자취들 돌아보며

후회는 없었다, 그래도 아름다웠다, 말할 수 있기를.

아파야지만 배워갈 수 있는 게
사람의 운명이라는 게 참 아프다.

아픈 운명을 타고난 우리기에
배워나가고 성장해나갈 것은 분명하니
삶이라는 아픔 안에서 인상을 찌푸리기보다
이게 우리의 운명인가 보다, 하며
춤추며 웃고 즐기자. 그렇게 받아들이자.

아픔 앞에서까지 아파하기에
아픔이란 너무나 고귀한 배움이며
선물이며 또한
우리에게 주어진 아픔이 너무나 많다.

아픔 앞에서까지 아파하기에는.

♀

여기가 막 아파.

너무 힘들어서 무너질 것만 같아.

나, 어떡해, 정말 어떡하면 좋아.

♂

너 스스로를 너무 몰아세우지 마.

지난날을 돌이켜 넌 늘 최선이었잖아.

그래서 아플 수 있지만

그 아픔은 소중한 것이고

너를 더욱 자라나게 해줄 거야.

그러니까 괜찮아, 정말로 괜찮으니까

이토록 소중한 너에게 해주지 못했던

괜찮다는 말 가득 해주며 꼭 소중했으면 해.

소중하기에 충분한 너니까, 정말 그러니까.

오늘 하루도 고생해줘서 너무 고마워. 이렇게 고생해준 네가 얼마나 기특하고 예쁜지 몰라. 그러니까 그냥 그게 다야. 더 잘하고 못하고 그런 것에 관계없이 넌 최선이었고 그런 너라서 넌 소중해. 그러니까 오늘도, 내일도, 그 내일의 내일도 변함없이 넌 소중한 거야. 그러니까 고마워. 소중해. 그런 너를 응원해.

결과가 어떻든 네가 살아온 삶과 버텨온 세월과 그 모든 것에 기울인 최선과 노력은 참 소중했고, 네가 소중하기에 충분했으니까. 그러니 넌 소중한 사람이고 그 자체로 소중한 거야.

그런 너에게 나는 "잘 해주어서 고맙다." 라는 말, 꼭 해주고 싶어.
쌓아온 과거와 쌓아갈 미래의 형태가 어떠하든, 여태까지

잘 해주어서 고마워.

당신의 지금이 어떻든 간에
당신이라서 참 소중한 당신이니
당신의 오늘이 참 소중했으면 해.

소중한 당신의 오늘이니
소중하지 않을 이유는 하나도 없으며
소중해야 할 이유는 많기도 많아서
일일이 나열하기가 참 벅차고 복잡하지만

그저 당신이라는 이유만으로
당신은 소중하고
당신의 지금은 참 소중하니까.
소중하다 못해 넘치게 예쁘고 찬란하니까.

그러니 소중한 당신과 당신의 오늘이
소중했으면 해. 소중할 수 있게. 내내 소중하게.

당신의 과정을 바라봐줄게요

열심히 노력했는데 좋은 결과가 따라오지 않아 너무 속상한 거 같아요. 어떤 사람은 부정한 방법을 쓰면서까지 결과를 위해 애쓰는데 나는 차마 그러지는 못하겠어요. 그런데 세상은 내가 얼마나 과정에 정직한 마음으로, 아름다운 태도로 임했느냐보다는 눈에 보이는 결과로 나를 평가하고 판단하는 것만 같아요. 더 잘 살아가기 위해서, 더 좋은 평가를 받기 위해서 과정을 거짓으로 꾸며서라도 더 나은 결과를 얻어야만 하는 이 세상을 살아가기가 힘에 부쳐요. 결국 결과만을 중요시하는 이 세상에서 빛나기 위해서는 과정은 중요하지 않다는 것을 세상과 부딪치며 절감해나가요. 어쩌면 세상이 나에게도 그런 사람이 되어라, 그래야 네가 원하는 것을 얻을 수 있다며 강요하는 것만 같아요.

하지만 결과가 아무리 좋아도, 과정이 아름답지 못했다면 결국 그것은 가치 없는, 허울만 좋은 성공일 뿐이에요. 또한 그 성공은 금방이면 무너져버릴 아주 잠깐의 반짝임일 뿐이에요.

고기를 먹으러 형과 함께 식당에 갔는데 그곳에서 종업원에게 상추를 더 달라고 말하는 두 고객을 봤어요. 한 고객은 인상을 찌푸리며 상추를 왜 이것밖에 안 주냐고 종업원에게 손가락질을 했고 한 고객은 살갑게 웃으며 상추가 너무 맛있어서 그런데 조금만 더 줄 수 없겠냐며 죄송하다며 고개를 숙여 양해를 구했어요. 결과적으로 두 고객은 모두 똑같은 양의 상추를 리필 받게 되었지만 한쪽은 과정이 아름답지 못해 종업원의 마음을 상하게 했고 한쪽은 그 결과를 얻는 과정이 보다 더 아름다워 기꺼이, 좋은 마음으로 상추를 리필 받게 된 거예요.

그 모습을 보며 형과 저는 그에 대한 이야기를 했어요. 어쩜 똑같은 사람인데 살아가는 방식이 저렇게 다를 수가 있을까, 하고. 고객들이 나간 뒤에 종업원은 한동안 자신에게 손가락질을 한 고객에 대해 안 좋은 이야기를 했어요. 화가 많이 났나 봐요. 꼭 저렇게 말하지 않아도 되었을 텐데. 이 이야기를 바라보고 있는 당신 또한 같은 생각이 들 거예요. 결국 우리는 알고 있는 거예요. 우리가 살아가는 이 세상을 정말 아름답게 만드는 것은 결과가 아니라 과정이라는 것을요.

그러니 눈앞의 성과를 위해 너무 조급해하지 말아요. 조금 더디더라도 모나지 않았다면 그걸로 예뻐요. 충분히 기특해요. 잘하고 있어요. 운전을 하다가도 급하게 목적지에 도달하기 위해 이리저리 차선을 옮기며 난폭운전을 하는 사람에게 우리는 안 좋은 이야기를 하잖아요. 결과적으로 더 빠른 시간에 목적지에 도착을 하였더라도 그 과정이 예쁘지 않았기에 얼굴도 모르는 많은 사람들에게까지 안 좋은 소리를 듣게 되는 거예요.

이렇듯 사람들은 그 사람이 목적지에 도착한 시간이 아니라 그 사람이 목적지에 도달하기 위해 선택한 과정이 어땠는지를 바라보고 그 사람을 평가해요. 세상 사람들 모두가 결과만을 중요시 여긴다고 생각했지만, 사실은 과정을 더 중요하게 바라보고 있는 거예요. 그게 어쩔 수 없는 우리의 따뜻한 본성이니까요.

결국 우리의 삶을 아름답게 만들어주는 것은 눈에 보이지 않는 가치의 소중함이니까요. 눈에 보이는 것들에 급급해 눈에 보이지 않는 삶의 가치들을 저버린다면 그 사람의 마음엔 그 어떤 행복도, 아름다운 삶의 태도도 깃들 수 없는 거니까요. 세상과 사람들에게도 그 아름답지 않음이 전해져 인상을 찌푸리게 되는 거니까요.

묵묵히, 꿋꿋이, 꾸준히 자신의 길을 걸어가고 있는 사람을 보다 보면 크게 감명받게 되는 순간이 있어요. 그 사람이 걸어가고 있는 과정을 존중하게 되고 응원하게 돼요. 그 과정이 너무 예뻐서 잘 되었으면 좋겠다, 바라게 돼요. 반면, 결과에만 급급하여 자신만의 성과만을 위하여 과정을 무시하는 사람들, 타인의 마음을 돌보지 않는 사람들을 보면 저러다 확 넘어졌으면 좋겠다는 생각이 들 만큼 나도 모르게 미워하게 되어요. 그래서

과정이 예쁜 사람들 곁에는 늘 진심을 다해 자신을 응원해주는 사람들이 함께하게 돼요. 때로 시련이 찾아왔을 때, 모든 사람들이 진심으로 도움의 손길을 건네며 극복하길 바라주고 아픔을 지나가는 동안 곁에서 함께 지켜줘요. 그래서 정말 극복하게 되는 거예요. 혼자가 아니라는 소중한 마음과 함께 따뜻이 일어설 수 있게 되는 거예요. 하지만 과정이 못난 사람들은 시련이 찾아오는 순간, 곁에 있던 사람들 모두가 떠나가요. 목적이 있어 함께했다가 더 이상 득볼 것이 없으니 떠나가는 거예요. 그렇게 외면하는 거예요. 그래서 다시 일어설 수가 없는 거예요. 왜냐면 함께하던 사람들도, 함께하지 않던 사람들도 속으로는 그 사람이 무너지길 바라왔기 때문에. 그게 세상과 사람의 본성이니까요.

그러니 빠르지 않아도 좋아요. 더딘 만큼 단단할 거예요. 당신이 걸어가고 있는 예쁜 과정의 길 속에서 당신이 선택한 눈에 보이지 않는 아름다운 가치와 태도들이 당신의 길을 풍성한 초록색으로 가득 채워갈 거예요. 다채로운 꽃들을 피워낼 거예요. 당신만의 예쁜 정원을 가꾸며 나아가고 있기에 조금은 더디겠지만 더딘 만큼이나 단단하고 꾸준할 거예요. 당신의 정원에 깃든 예쁜 향에 많은 사람들이 끌려올 거예요. 좋은 마음을 빌어줄 거예요. 그 마음들이 쌓이고 쌓여 당신의 정원은 더욱 따뜻하고 풍성해질 거예요.

"지난 시간들을 돌이켜 최선을 다해 반듯했으며 주어진 삶의 유혹들 앞에서 꿋꿋했으니 나는 내 삶 앞에서 부끄럽지 않은 사람이구나. 행복이란, 살아가는 마음가짐이었구나. 내가 걸어가고 있는 지금의 모습이 어떤 모양이든, 어떤 색과 향을 가졌든, 난 이대로 너무 행복해. 내가 만들어온 삶은 나만의 떳떳함과 노력과 충실함으로 이루어낸 단 하나뿐인 소중함이니까." 그렇게 언젠가 당신이 걸어온 발자취를 돌이켜 바라보았을 때 당신이 걸어온 예쁜 길과 당신이 가꾸어온 풍성한 꽃과 나무들이 당신에게 이런 생각이 들게 해줄 거예요. 당신을 꼭 행복하게 해줄 거예요.

그러니 나, 당신의 과정을 바라봐줄게요. 당신이 무엇을 가지고 있으며 무엇을 해냈는지 보다 당신이 걸아가고 있는 그 한걸음 한걸음을 바라볼게요. 당신의 걸음 속에서 당신이 선택한 가치를 예뻐해줄게요. 잘했다며, 잘하고 있다며 당신의 머리를 쓰다듬어줄게요. 그렇게 당신의 곁에서 당신의 과정을 함께 걸어가는 사람이고 싶어요. 함께 만들어가는 사람이고 싶어요. 우리만의 예쁜 정원을 가꾸어나가는 그런 나와 당신이었으면 좋겠어요. 당신의 마음속에 숨어있던 두려움과 걱정들, 복잡하고 혼란스러운 마음들이 사르르 녹아내릴 수 있게 당신의 손을 꼭 잡아주고 싶어요.

그러니 우리, 함께해요. 함께 소중한 삶의 추억들을 만들어나가요. 그려나가요. 당신의 예쁜 마음에 내 마음을 더하여 우리만이 가질 수 있는 예쁜 색들로 우리만의 그림을 채워나가요. 서로가 함께하고 있다는 그 자체로 이 삶이 든든하고 설렐 수 있게.

우리가 그려나가고 있는 그림들을 하나씩 꺼내어보며 이땐 이랬지, 그땐 그랬지 하며 힘든 시간들, 예쁘게 잘 버텨나가요. 그 예쁜 추억들이라면 무너지지 않기에 충분할 거예요. 때로 당신이 선택의 기로에 섰을 때 당신에게 어떤 말도 하지 않을게요. 그저 당신의 눈을 바라볼게요. 그 바라봄 속에서 당신이 반듯한 답을 찾아나갈 수 있도록 맑은 눈을 가진 사람이 될게요. 최선을 다해 반듯하게 살아갈게요. 그러니

당신도 내게 그런 사람이 되어줘요. 그러기 위해 지금 걸어가고 있는 이 고민들 앞에서 최선을 다해 반듯한 마음으로 나아가줘요. 나 또한 그럴게요. 그러니까 우리, 손가락 걸고 약속해요. 언젠가, 지금 이 순간을 돌이켜 부끄럽지 않을 수 있게 예쁜 마음, 반듯한 마음으로 지금을 걸어나가겠다고. 중요한 것은,

결과가 아니라 과정이라는 것을 어떤 삶의 순간에도 결코 잊지 않겠다고.

오늘 하루도 참 수고 많았죠?
힘들고 지친 일, 억울하고 분한 일도 참 많았죠?

그럼에도 이렇게 오늘 하루도
반듯하고 예쁜 맘으로 잘 보내줘서 너무 고마워요.

결과를 위해 거짓으로 과정을 꾸미는 이들을 바라보며
그런 이들이 당신보다 더 인정받는 것을 바라보며
얼마나 답답하고 억울했겠어요.

그런데 나는 당신이 제일 예뻐요.

당신을 유혹하는 세상과 결과만을 바라보는 세상 속에서
당신의 예쁜 맘, 잘 지켜줘서 얼마나 기특한지 몰라요.

•

근데 참 웃긴 게 뭐냐면,
결과만을 바라보는 것 같은 이 세상이
사실은 과정을 더 중요하게 생각한다는 거예요.

그러니 지금 당장에는 뒤처진 것만 같아도
결국은 당신이 걸어온 길의 가치는 존중받게 될 거예요.

선물 받은 꽃이 소중한 것은 꽃의 아름다움보다
꽃을 고르는 동안 너의 예쁨과 기쁨을 생각하는 마음과
그 꽃을 너에게 가져다주기까지의 떨림과 정성 때문이니까.

그 과정이, 나, 사랑받고 있구나, 하고 느끼게 해주는 거니까.

누가 봐도 원망할 수밖에 없는 상황 속에서
이해를 선택하는 사람들.

누가 봐도 포기해도 될 것만 같은 도전 속에서
끝까지 최선을 다하는 사람들.

그런 사람들이 아름다운 것은
우리에게 감명을 주는 것은

좋은 결과를 내기 위해 노력했다기보다는
과정을 통해 배워나가고 성장해나가고 있기에
그로 인해 정말로 아름다운 삶을 살아가고 있기에

그 모습이 정말 존경스럽기 때문이에요.

우리가 살아가며 어떤 사람들로부터 가장 감명받는 순간은
그 사람의 좋은 결과도, 다른 무엇도 아니라

살아가는 태도가 어떠한가, 걸어가는 과정이 어떠했는가,
하는 눈에 보이지 않는 가치의 아름다움이니까요.

•

그래서 나, 당신에게 자꾸만 감명받나 봐요.

•

당신은 눈에 보이는 것도 이렇게 예쁜데
눈에 보이지 않는 것들도 어쩜 이렇게 예뻐요?

살아오며 내게 찾아온 수많은 선택지 앞에서 나는 고민했다. 때로는 너무나 쉽고 너무나 달콤하며 너무나 빠른 길들이 있었지만 그 모든 길 안에는 진실과 깊이가 없었기에 나는 주저했다. 진실하지 않은 유혹은 강렬했지만 짧았고 진실한 세상은 더뎠지만 묵직했으며 꾸준했고 또한 나를 가득 채워주었다. 그러니 나는 돌이켜 후회가 없도록, 나 자신의 삶에 당당할 수 있도록, 내 지난날들을 곱씹으며 부끄럽지 않은 사람일 수 있게 반듯해야겠다.

세월의 나이테를 더해가며 알아가는 것들. 중요한 것은 결과가 아니라 과정이며 도착지가 아니라 방향이며 성공이 아니라 성장이라는 것. 그러니 나는 비록 내 삶이 다른 누군가의 삶보다 더디더라도 슬퍼 말아야겠다. 나는 내게 주어진 이 삶 안에서 나만의 성장을 완성해나가고 있는 거니까. 네가 아닌, 어제의 나와 오늘의 나를 견주어 이 삶을 살아가고 있는 거니까. 그 하루하루의 나아감 속에 완성되어가는 내 삶과 내 존재와 내 꿈과 내가 걸어왔던 이 길과 그 모든 것을 담은 추억이 이토록 찬란한 거니까.

그러니 부끄러운 사람이 되어서는 안 되겠다고 다짐한다. 잠깐의 유혹을 이겨내지 못해 잘못된 선택을 해서는 안 되겠다고 다짐한다. 내면의 곧은 마음을 지켜내기로 한다. 그렇게 흔들림 없이 내게 주어진 삶을 최선을 다해 살아가기로 한다. 그 최선의 노력 안에서 나는 성장할 것이며 더욱 가치 있는 사람이 될 것이며 더욱 의미 가득한 삶을 살아가게 될 거라 믿으니까.

결국 나를 유혹하는 것은 세상이 아니라 나 자신이니까. 이 삶을 아름다이 물들이는 것은 세상의 눈으로는 절대 바라볼 수 없는, 삶을 살아가는 태도이니까. 그 마음가짐이 세상과 모든 사람이 마음으로 느끼고 바라보며 감동받을 수 있는 유일한 가치이니까. 그러니까 나는 세상과 사람들의 눈에 차는 사람이기보다는 마음에 닿는, 따뜻하고 간절한 사람이어야겠다.

과정을 바라보는 일은

누군가 잘 되었을 때
부러워하기보다, 질투하기보다
존중할 줄 알며 또한 축하해줄 줄 아는 일.

그 마음의 겸손함으로
세상을 바라보고 살아가는 일.

결과를 좇아 거짓을 꾸며낼 때와는 달리
진실을 선택하여 삶을 아름답게 가꾸어나가는 일.

나에게도 타인에게도 따뜻해지는 일.
하여, 기쁨을 나누어주는 일.

무엇을 가졌는지, 무엇을 해내었는지가 중요해
세상이 입은 겉모습만을 바라보는 것이 아니라
삶을 살아가는 태도와 마음가짐을 바라볼 줄 아는 일.

그리하여 조금 부족해도 나의 삶,
그리고 너의 삶, 충분히 아름답다 여길 줄 아는 일.

그러니 결과에 급급해 과정에 소홀하기보다
더디더라도 아름다운 과정을 쌓아가는 너와 나이길.

어쩌면 진정한 성공이란,
살아가는 마음가짐이 아닐까.

어떤 마음을 먹느냐에 따라
똑같은 일이 내게 행복을 줄 수도
불행을 줄 수도 있는 거니까.

그러니 내가 지금 행복할 수 있다면
그걸로 더 많은 부와 명성을 가진 불행한 자들보다
더 성공한 사람이 아닐까.

그러니 나는 마음이 반듯한 사람이여야지.
삶을 아름답게 바라보는 맑은 눈을 지닌 사람이어야지.
눈앞의 결과를 좇아 급급하기보다는
눈에 보이지 않는 가치의 소중함을 가슴에 품을 줄 아는
마음이 따뜻하고 예쁜 사람이어야지.

행복할 수 있게. 소중할 수 있게. 따뜻할 수 있게.
무엇보다 나 자신에게 부끄럼 없이 떳떳할 수 있게.

지난날의 나에게
그리고 먼 훗날의 나에게
부끄러운 사람이 되어서는 안 되겠다, 다짐하며.

반듯하게. 예쁘게. 소중하게.

♀

행복이란 뭘까?

♂

행복이란, 살아가는 마음가짐 아닐까?
내가 지금 행복할 자세가 되어있는 사람이라면
오늘 밤 치즈돈가스를 먹든, 물에 밥을 말아먹든,
나는 행복한 거야. 그러니까 행복할 줄 아는 마음가짐.
나는 그렇게 생각해. 그래서 행복하기 위해서는
결과에 급급하기보다 주어진 삶을 통해 최선을 다해
반듯하고 예쁜 마음가짐을 키워가야 하는 거라고.
그래야 나는 '그럼에도 불구하고' 행복한 사람일 테니까.

두려운 당신에게
하루가

하루를 살아가기가 너무나 두려워요. 잘 해낼 수 있을까. 예측할 수 없는 내일 앞에서, 끝없이 이어지는 고민들 앞에서 밤을 지새워요. 안개 자욱한 내일이 너무 막연해서, 한 번도 경험해보지 못했던 미지의 세계를 향한 도전이 너무 겁이 나서 한 발을 내딛기가 망설여져요. 누군가에게는 너무나 당연하고 자연스러운, 오늘을 살아가는 일이 나에게는 이토록 두려움 가득한, 이를 악물어야하는 도전이라는 것이 참 부끄러워요.

겪어보지 않은 낯선 사람, 낯선 장소, 낯선 일 앞에서 나는 언제까지 두려움에 떨어야 하는 걸까요. 잘 해낼 거야, 나를 다독이며 앞을 향하다가도 그러다 잘못되면 어쩌지, 잘 해내지 못해 놀림받으면 어쩌지, 부끄러움만 산 채 돌아오게 되면 어쩌지, 이런 생각에 그 걸음을 되돌려요. 아무래도 내게 새로운 일에 도전하는 일은 무리인가 봐요. 친구와 둘이서 할 때는 나도 잘할 수 있는데 혼자는 왜 이렇게 겁이 날까요? 그런 나라는 것을 주변에서 눈치라도 챌까 그렇지 않은 척 잘 숨겨왔지만, 나에게조차 숨길 수는 없나 봐요. 이런 나, 이겨내고 싶은데 그 마음보다 늘 두려움이 커서 포기하게 돼요. 그렇다고 이렇게 살아가고 싶지는 않아요.

맞아요. 당신, 그렇게 살아갈 수는 없어요. 당신에게 주어진 수많은 경험들, 삶의 배움들, 그 속에 숨겨진 다채로운 삶의 색들을 바라보지도 못한 채 접어둘 수는 없어요. 당신에게 찾아온 수많은 도전의 순간들을 외면한 채 피하는 건 성장해나가길 포기하는 것과 같으니까요. 성장하기 위해 태어나 이 삶을 살아가는 마지막 순간까지 성장이라는 목적 단 하나로 살아가는 당신과 나인데 성장하기를 포기한다면 살아가기를 포기하는 것과 같으니까요.

그래선 안 되는 거잖아요. 찬란히 예쁘고 소중한 당신과 당신에게 주어진 삶이 그렇게 시들어지도록, 바래지도록 내버려두어서는 안 되는 거잖아요. 그럼에도 불구하고 살아가야 하는 거잖아요. 예쁜 꽃의 씨로 이 땅에 심어졌다면 꽃을 피워야 하는 거잖아요. 하늘을 날아다니는 새로 이 땅에 태어났다면 날개를 펼쳐 푸른 하늘을 향해 날아올라야 하는 거잖아요. 바다를 여행하기 위해 거북이로 이 땅에 태어났다면 알을 깨고 나와 수많은 적들을 피해 죽을 힘을 다해서 바다를 향해 걸어나가야 하는 거잖아요.

모든 생명이 저마다의 삶의 목적을 이루기 위해 이토록 치열하게 도전하고 살아가고 있는데 당신만 멈춰 있을 수는 없는 거잖아요. 아무런 생각 없이 모든 일을 당연한 듯 해나가는 사람보다 두려움 가득한 당신의 도전이 더 아름다움 가득한 거예요. 힘들지만 그럼에도 나만의 한계를 깨트리기 위해 도전한 거니까요. 떨리는 심장, 땀에 젖은 손, 부들부들 떨리는 다리, 끊임없이 걱정을 자아내는 머릿속 생각들. 그 모든 것들을 딛고 해내겠다, 마음먹은 당신의 도전이라서 더 찬란한 거예요. 아름다운 거예요. 그렇게 해낸 당신이라서 더 기특하고 예쁜 거예요.

두려움 가득한 나라서, 그런 당신이라서 어쩌면 우리, 그렇지 않은 사람들보다 더 행복한 하루하루를 살아갈 수 있는 거예요. 혼자서 택배를 처음 보낼 때 얼마나 긴장이 되던지 말도 제대로 못했었어요. 손에 땀은 또 얼마나 나던지 쥐었던 펜이 축축해질 만큼 떨었었어요. 그럼에도 하고 나니 내가 너무 기특하고 뿌듯한 거 있죠. 나도 할 수 있구나, 해보니 별 거 없구나, 남들 다 하는데 나라고 못할 거 없구나, 그런 생각에 전에 없던 자신감까지 생기는 거 있죠. 그렇게 하루하루 나를 두렵게 만드는 일에 도전해나갔어요. 그때마다 걱정했던 일은 일어나지 않는다는 것을 알게 되었고 막막했지만 그럼에도 도전하며 성장해나가는 나를 바라보는 것이 기뻐서 이제는 두려워하기보다 설레게 되었어요.

요가를 너무 배우고 싶은데 그런 생각이 드는 거예요. 요가학원에 가면 여자들밖에 없는데 막 쳐다보면 어떡하지. 유연하지 않아 제대로 따라하지 못해 놀림받으면 어떡하지. 남자라 땀도 많은데 지저분하다 생각되어지면 어떡하지. 하는 걱정들. 하지만 그런 두려움에 가기 싫다며 도망가고 싶어 하는 나라서 더 가야겠다, 마음 먹었어요. 그래야 또 한 번 나를 깨트려 성장해나갈 수 있으니까요.

그런데 막상 요가학원에 가니 요가선생님이 너무 잘 왔다며 반겨주시는 거 있죠. 남자분이 어떻게 요가를 할 생각을 했냐며 기특하게 생각해주시는 거 있죠. 제일 구석에 숨어 수업을 받으려고 하니 앞으로 오라며 제일 앞에 앉혀주시는 거 있죠. 그래서 잠시 요가선생님이 원망스러웠는데 수업이 시작되고 땀을 뻘뻘 흘리고 나니 그런 거 다 잊고 너무 행복해지는 거 있죠. 수업이 끝나고 다른 여자분들도 나에게 멋지다, 칭찬해주시는 거 있죠. 남자친구도 제발 좀 같이 다녔으면 좋겠다, 우리 남편도 좀 끌고 와야겠다, 하시는 거 있죠. 그렇게 꾸준히 다니다 하루라도 빠지면 이제는 왜 안 오셨어요? 라며 기억해주시는 거 있죠.

그런 거예요. 두려운 일에 도전하는 것은 부끄러운 일이 아니라 정말 아름다운, 타인들로부터 존중받게 되는 일인 거예요. 조금 서툴지만 그럼에도 배워나가겠다는 그 정성과 용기가 모든 사람들의 마음에 닿는 거예요. 당신이 도전하기 위하여 했던 수많은 고민과 끝내 도전하여 흘린 수많은 땀은, 그렇게 살아온 당신의 하루하루는 아무렇지 않은 사람들의 당연한 하루하루보다 훨씬 경이롭고 아름다운 거예요. 타인들까지 고취시켜주는 거예요. 당신이 애써 말하지 않아도 느껴지는 거예요. 당신이 이 일에 도전하기에 앞서 얼마나 많은 고민을 했을지. 이 도전을 완성하기 위하여 얼마나 열심히 노력하고 있는지가.

지금은 도전하는 일이 두렵기보다 나를 설레게 해요. 아니다, 어쩌면 두렵기 때문에 설렌다고 말하는 게 맞을지도 모르겠어요. 두려우니까 극복하고 싶고 두려운 일이 있으니까 오늘 하루도 성장해나갈 수 있겠다, 싶으니까요.

그러니 당신도 너무 고민하지 말고 딱 한 번만 해봐요. 그래도 도망가고 싶다면 눈을 딱 감고 도전의 장소로 잘못 도망가보는 거예요. 어쩌다보니 왔는데 어떡하지, 하다가 알아서 잘하고 있는 당신을 보게 될 거예요. 생각했던 것처럼 걱정할 일은 결코 아니었다는 것을 알게 될 거예요. 당신도 충분히 해낼 수 있었다는 것을, 앞으로도 잘 해낼 거라는 것을, 꼭 알게 해줄 거예요.

그러다 보면 하루를 당연한 듯 살아가는 사람들조차 두려워하는 일에도 도전해나가고 있는 당신을 발견할 수 있을 거예요. 걱정에 가둬두었던 당신의 하루는 이제 성장의 기쁨으로 가득 차 생기와 활력을 되찾게 될 거예요. 진정 살아간다는 말의 의미를 이해하게 될 거예요. 그러니 한 번만 꼭 해봐요. 조금 부끄러워도 하고나면 참 뿌듯하고 기쁠 거예요. 한 번이 어렵지, 두 번은 결코 어렵지 않을 거예요. 당신이라면 꼭 잘 해낼 거예요.

부끄러우면 또 어때요?

그것도 잊을 수 없는
나만의 멋진 추억이 되어줄 텐데.

•

참 서툴렀던 나라서
두려움 많았던 나라서

너무 긴장한 나머지 실수를 한 적도 있었어요.

별 거 아니네, 나도 잘할 수 있구나.
이런 맘 생겼었다고 거짓말해서 미안해요.

얼마나 부끄러운지 얼굴이 빨개지는 거 있죠.

•

그런데 지금 그때 그 일을 생각해보면
그때의 내가 참 애틋하고 귀여운 거예요.
그랬던 적도 있었지, 하며 미소 짓게 되는 거예요.

•

도전하지 않았다면
지금의 나도 없었을 테지만
그때의 추억도 없었을 테니까요.

그러니 당신도 더 늦기 전에
실수도 하고 부끄러운 추억도 만들고 그래요.

그래야 나중에 뒤돌아보며
그랬던 당신을 추억할 수 있을 테니까.

언젠가의 나는
보다 더 성숙한 어른이 되어있을 테니까.

•

새로운 일에, 경험해보지 못한 일에 도전한다는 거
참 낯설고 어렵고. 두려워서 피하고 싶고.
그래서 자꾸만 미루게 되고.
다른 이유가 있어서 그런 거라고 끝없이 변명하게 되고.

그런데 정말 부끄러운 건
도전하는 일이 아니라
도전하지 않는 일인 거잖아요.

내 마음까지 속인 채 피하고 도망가며
주어진 삶을 미루는 일인 거잖아요.

•

그러니 부끄러워 말고
앞으로가 부끄럽지 않게 지금 해봤으면 좋겠어요.

아니 또 무슨 생각을 하는 거예요.

내가 지금 해봤으면 좋겠다는 게
그런 건 아니었는데
그렇게 생각했다면 나로선 고맙지만
그럼에도 그건 오해이긴 해요.

•

약속해요.
오늘 하루, 당신을 두렵게 만들었던,
그래서 미루어왔던 일에 도전해보겠다고.

•

당신이 부끄러워할 일은
낯선 세상에 도전하는 일이 아니라
내 앞에서 나를 바라볼 때로 족해요.

그러니까 다른 일 앞에서 부끄러워하면
당신, 나한테

혼, 나, 요.

•

(혼내는 방식은 내가 정해요.
가끔은 혼낼 일 만들어줘서 고마워요.)

하루하루가 두려움의 안개로 가득 차 자욱했던 순간이 있었다. 낯선 경험들 앞에서 나는 늘 주저해야만 했고 그렇게 나라는 사람의 틀은 늘 제자리에 머물러있었다. 내 삶에 나아감은, 성장함은 없었다. 버스를 타고 지하철을 타는 하루의 당연한 일상 앞에서조차 나는 두려움에 떨어야만 했다. 수많은 걱정이 머릿속을 헤집어 놓았고 온갖 변명과 합리화가 내 심장 가득 물들어있었다. 그렇게 나는 늘 도망쳤다. 어제도, 오늘도 도망치고 도망쳤다. 내가 도망치고 있다는 사실 앞에서조차 도망쳤다.

나는 나에게 비겁한 사람이었다. 내게 주어진 성장을 미루며 늘 변명하는 도망자였으며 내 삶의 찬란함이 잔뜩 시들어가는 것을 넋 놓고 바라만 보는 무책임한 관람객이었다. 살아가는 의미는 상실되었다. 심장의 박동은 언제부턴가 멎어버렸다. 그렇게 나라는 세계의 색은 점차 엷어지다 회색이 되어버렸다. 활력을 잃어버렸다. 공허했다. 그 버틸 수 없는 공허에 쫓기다 절벽을 등지다 아찔한 나락을 바라보다 죽음의 공포가 밀려와 정신을 차리다 문득 혼미해지다가 잔뜩 갈등하다가 가까스로 한 발을 내딛는다. 살아가야겠다고. 이렇게 죽어가는 삶, 이제는 싫다고. 어차피 죽는 거라면 뭐라도 해봐야겠다고. 그런 마음으로.

늘 도망쳐왔던 나와 오롯이 마주한다. 이제는 나 자신이 도망자라는 사실로부터 도망가지 않기로 한다. 나는 도망자다. 나는 비겁했으며 무책임했다. 도망자라는 것이 부끄러운 것이 아니라 도망자라는 사실 앞에서 변명했던 그 세월이 부끄러운 것임을 이제는 알겠다. 그렇게 앞으로 펼쳐질 내 삶의 경험과 배움과 살아갈 세월 앞에서 떳떳한 사람이 되어야겠다고, 결코 부끄러운 사람이 되어서는 안 되겠다고 다짐하며 이를 악물며.

나의 하루 속에 펼쳐지는 온갖 낯선 경험들 앞에서 여전히 두려웠지만 그럼에도 나아가기로 한다. 버스 정류장 앞에 선다. 예전과 나는 다른 것이 없었다. 여전히 카드 찍는 것이 두려웠고 사람들이 나를 쳐다보는 것이 두려웠고 내려야 하는 순간에 벨을 누르는 것이 두려웠고 혹시나 문이 열리지 않는다면 참 부끄러울 거라는 걱정 앞에서 두려웠다. 하지만 한 가지가 변했다. 도전하지 않는 것을, 이대로 평생을 살아가는 것을 가장 두려워한다는 것이.

그렇게 버스를 탄다. 머리가 어지러울 만큼 두려웠지만 걱정했던 일은 일어나지 않았다. 나는 해냈고 또한 기뻤다. 남들에게는 내 도전이 한심할 만큼 당연한 일상일지 몰라도 내게는 현기증이 나 쓰러질 만큼 두려운 도전이었으니까. 그렇게 내 하루의 꽃잎 하나가 색을 되찾는다. 지하철을 타본다. 택배를 보내보았고 홀로 밥을 먹어보았고 영화를 보았고 카페에 가서 하루 종일 앉아 있어도 보았고 그러다 홀로 해외여행을 다녀왔다. 그렇게 내 하루의 모든 꽃잎은 다채로워지다가 더욱 풍성해지다가 찬란히 피어나가다 이제는 그윽한 향, 한가득 풍기며 세상의 모든 벌과 나비와 사람들이 이 찬란함에 끌려올 만큼 아름다워진다.

하루하루가 의미로 가득 찬다. 두려움이 없는 너에겐 너무나 당연한 이 삶이라서 그저 살아가지만 두려움이 많은 나는 이 모든 삶의 경험 앞에서 배우고 의미를 찾고 느끼고 바라보며 성장해나간다. 이제는 두려움을 기다릴 만큼, 자기 전 펼쳐질 내일이 벌써부터 궁금해 심장 소리가 내 귀에 울려 퍼질 만큼, 벌써부터 일어나 다시 이불에 숨지 않을 만큼 두려움 앞에서 도전하며 성장해나갈 나 자신을 잔뜩 기대하며. 하루하루 달라져나가는 나 자신을 바라보는 것이 나를 행복하고 가치 있는 사람으로 만들어준다는 것에 더없이 기뻐하며. 그렇게 살아 있으며 살아간다. 훗날 지금의 삶을 돌이켜 부끄러운 나여서는 안 되겠다, 또한 다짐하며.

언제부턴가 늘 억지로 일어났다.
일어나기 위해 무던히도 애를 써야만 했다.
조금만 더 잘 수 있다면 좋겠다며 일어남을 망설였다.

어릴 때는 참 빨리도 일어났는데
그럼에도 개운했으며 피곤함을 몰랐는데
언제부턴가 일어나는 일이 참 힘들어졌다.

하루를 살아가는 것이 의미가 없을 때
그 무의미가 두려울 때 사람은 그런다더라.
하루를 맞이하는 것이 싫어서, 겁이 나서
잠으로 그 하루의 조금이라도 더 지워내려고 한다더라.

하지만 하루를 살아가는 것이 의미 가득한 사람은
눈을 뜨자마자 펼쳐질 오늘 하루의 경험이 궁금해
설레는 마음으로 기쁨 가득 하루를 시작해나간다더라.

어릴 적의 내가 그토록 반갑게 아침을 맞이했던 건
모든 새로운 경험 앞에서 두려워하기보다
오늘은 무슨 일이 펼쳐질까를 잔뜩 기대하며
그 새로움을 맞이하고 싶어 안달이 나서가 아니었을까.

그 동심이 이토록 간절한 오늘 아침,
이상하게도 피곤하지가 않았다. 문득은 참 설레었다.

어릴 적
디즈니랜드가 방영되던 매일 일요일 아침,

눈을 뜨자마자
시계를 보고 일어나 티비 앞에 앉았었는데.
설레는 마음에 피곤함을 모두 잊은 채
하루를 참 활기차게도 시작하곤 했었는데.

하루가 즐겁다는 건 그런 거 아닐까?

너무 기다려지는 일이 있어서
그 일을 할 생각에 설레는 맘으로 눈을 뜨게 되는 거.

그러니 만약 기대가 되는 일이 하나도 없다면
아마도 이불 속에서 영원히 나오기가 싫어지겠지.

우리, 그런 삶을 살아가지는 말자.
눈을 뜨는 것이 두렵지 않은 가치 있는 일,
하나 정도는 가지고 살아가는 사람이 되자.

당신에게 사랑에 빠지고부터
아침에 일어나는 것이 두렵지 않아.

일어나자마자 당신 생각에 설레거든.

고마워.
내게 가치 있는 사람이 되어줘서.
내 하루의 열정이 되어줘서.

당신이 내가 살아가는 이유야.
아침에 눈을 뜨게 하고
나를 숨 쉬게 하는 이유.

둘이서는 아무렇지 않은 일들,

이를테면 영화를 본다거나 외식을 한다거나.

여행을 간다거나, 그런 일들.

혼자서는 왜 이렇게 망설여지는지 모르겠어.

함께하는 것에 너무 익숙해져서 그런 거 아닐까?

그런데 넌 혼자서도 해낼 수 있는 사람인 거지.

하지만 늘 다수와 함께하다 보니 서툴러진 거고.

그럴 땐 생각하기보다 그냥 해보는 게 좋은 거 같아.

영화관에 그냥 가보고 밥집 앞에 그냥 가보고.

그 뒤는 알아서 하게 될 테니까.

막상 부딪혀보면 넌 충분히 해낼 수 있는 사람이니까.

그러니까 그냥 한 번 해봤으면 좋겠어. 그게 다니까.

그렇게 해내다 보면, 혼자서 무언가를 하는 일들이

함께하는 것과는 또 다른 의미와 가치를 가진,

새로운 행복이라는 걸 꼭 알게 될 거야.

난 네가 그 행복, 절대 포기하지 않았으면 좋겠어.

당신의 하나하나를 바라봐줄게요

세상은 참 나빠요. 순수하지가 못한 거 같아요. 늘 만족하기보다 기대하고 바라니까요. 하나를 해주면 당연한 듯 둘을 바라고 하나에 고마워하기보다 둘을 받지 못해 서운해하니까요. 그래서 너무 속상해요. 나는 다른 사람들에게 부탁하는 일이 이렇게도 조심스럽고 미안한 사람인데, 그런 내가 힘겹게 부탁을 하였을 때 상대방이 기꺼이 들어준다면 그 하나가 너무 고마워서 가슴에 늘 소중히 간직하는 사람인데 왜 세상은 나와 같지 않은 걸까요? 왜 내가 해준 하나는 고마운 일이 아니라 당연한 일이 되는 걸까요? 왜 둘을 바라고 이제는 둘을 해주지 않는다, 나를 미워하기까지 하는 걸까요? 왜 이렇게 차갑게만 느껴지는지. 이제는 하나를 해줄 때의 그 좋은 마음조차 원망으로 변해가요.

원망스러워요. 내 좋은 마음이 상대방에겐 그저 편리하게 부탁하고 바랄 수 있는 핑곗거리가 될 뿐이라는 것이. 이제 나도 마음껏 바라고 상대방의 부탁은 당연하다는 듯 거절하는 사람이 되어야겠어요. 내 좋은 마음, 한 번 잃어봐야 이제는 그 마음이 어떤 마음이었는지 너도 알게 되겠지, 이런 생각이 들거든요. 있을 때 잘할 걸, 이런 생각에 땅을 치고 후회하도록 이제는 나도 변해야겠어요.

바보, 당신은 그래도 변하지 못할 거예요. 이미 그런 당신인 걸요. 내 눈엔 그저 귀여운 투정으로 보이는 걸요. 너무 귀여워서 막 안아주고 싶을 만큼. 당신이 그렇게 이를 악물고 변한다 해도 세상은 변하지 않을 거예요. 당신이 이미 그런 당신이듯 세상 또한 이미 그런 세상인 걸요. 이제는 하나조차 해주지 않는 당신에게 도리어 서운해하며 당신을 원망하지 않을까요? 아마도 그럴 거예요. 후회하고 반성할 세상이었다면, 사람이었다면 진작 당신이 해준 하나를 바라보고 가슴에 새겼을 테니까요.

그러니 그런 세상과 사람들이라는 것을 받아들여요. 하나를 더 바라는 사람이라면, 마음을 줘도 그 마음을 느끼지 못하는 사람이라면, 그래서 당신의 마음을 함부로 당연히 여기는 사람이라면 당신과 결코 좋은 인연은 아닐 테니, 함께하는 동안 늘 당신을 힘들게 할 인연일 테니 더 이상 마음을 주지 말아요. 그렇게 멀어져야 한다면 멀어져요. 아쉬운 건 당신이 아니라 그 사람이니까. 당신의 마음을 알아주지 않는 인연에 속상해하고 끙끙 앓아가기엔 당신과 당신의 마음은 너무나 소중한 거니까요.

소중한 당신이 써준 소중한 마음을 흙 위에 새겨두는 사람들. 조그마한 바람에도 언제 새겨졌었냐는 듯 흔적도 없이 지워져버리는 당신의 마음. 그래선 안 되는 거잖아요. 지켜지지 않기에 당신의 마음, 너무 소중한 거잖아요. 지워지지 않을 대리석에 새겨두고 오래도록 마음에 담아두고 간직해야 할, 아껴줘야 할 참 예쁜 당신의 마음인 거잖아요. 그런 당신의 마음 하나하나를

내가 바라봐줄게요. 당신이 내게 써준 마음을 당연히 여겨 바래지게 하기보다 늘 떠올리며 고마워할게요. 가슴에 새겨두고 아낄게요. 소중히 여길게요. 오래도록 간직할게요. 함께하는 시간 동안 서로를 더욱 예쁘게 꽃 피울 수 있게, 아름다움 한가득 만개할 수 있게 늘

간직하고 바라볼게요.

나는 당신의 마음 하나하나가 너무 고마워서 둘로 갚아주고 싶어요. 누군가의 도움이 간절할 때 당신에게 손을 내미는 사람이 나였으면 좋겠어요. 당신이 내게 이런 사람이듯 나 또한 당신에게 그런 사람이고 싶으니까요. 당신을 도와줄 기회를 놓치지 않고 싶으니까요. 그렇게 당신의 마음에 오래도록 소중히 남을 따뜻함, 내가 선물해주고 싶으니까요. 나의 이런 마음만으로도 이미 보답 받았다고 생각하는 당신이라서 나는 당신이 더 좋아요. 그런 당신이 너무 좋아서 당신에게 기쁨이 되어주고 싶어요. 기쁨을 안겨주고 싶어요.

당신은 내게 간절한 사람이니까요. 마음이 참 고운 사람이니까요. 따뜻한 사람이니까요. 때로 이제는 그만할래, 라며 투정을 부리는 모습마저 참 순수하고 귀여운 당신이라서 품에 가득 안아주고 싶으니까요. 당신이라면 내 마음을 지켜줄 수 있을 거 같으니까요. 그리고 나라면 당신의 마음을 지켜줄 수 있을 거 같으니까요. 그런 우리라서 서로를 서운하게 하기보다 서로의 맘을 잘 지켜주며 소중히 아껴주며 예뻐해주며 서로에게 따뜻이 닿을 테니까요.

그래서 우리의 인연이 참 소중해요. 서로의 마음에 함부로 당연해지기보다, 끝없이 바라기보다 서로의 마음 하나하나를 가슴에 새기어 간직할 줄 아는, 참 따뜻하고 소중한 인연이니까요.

그러니 바라보지 못해 서로의 마음이 바래지고 시들어지게 하기보다, 소중한 마음을 함부로 당연히 여기기보다 바라보며 간직할 줄 아는 우리, 인연이길 바라요. 그로인해 활짝 피어나는 우리라는 이름의 찬란한 인연이길 진심을 다해 바라고 또 바라요. 내게 그런 당신으로 남아줘서, 그럼에도 소중하고 예쁜 당신의 마음, 지금껏 잃지 않고 잘 지켜줘서 고마워요. 많이많이.

하나를 바라보기보다
함부로 당연히 여기는 사람들.

하나를 넘어 둘, 셋을 바라며
그러지 않을 때에는 원망까지 하는 사람들.

이처럼 당신의 예쁜 마음을 지켜주지 않는 사람들에게
당신의 소중한 마음을 내어주는게 나는 너무 아까워요.

당신의 마음 하나하나를 충분히 바라봐주고
충분히를 넘어 벅차게 간직하는,
마음을 지켜주는 사람들과 인연을 이어갔으면 좋겠어요.

•

결국 마음을 지켜주지 않는 사람과의 관계는

하나를 주는 당신이 서운하거나
둘을 받지 못한 상대방이 서운하거나
그렇게 한쪽은 늘 서운함만이 남는 관계인 채
서로가 서로에게 서운하다며 끝이 날 테니까요.

그런 인연에 당신의 마음과 소중함, 낭비하지 말아요.

•

조그마한 진심만 나누어도, 작은 마음 한 번 보태준 것에도
고마워하며 늘 기억해주는, 받은 진심을 되돌려주고자 하는,
그런 진솔하고 따뜻한 사람들과 관계를 맺고 지켜나가요.

그러니까 나는 당신이
당신의 진심, 바래지지 않게
늘 바라봐주는 사람.

당신이 쓴 마음, 시들지 않게
진심 가득 고마워할 줄 아는 사람.
그렇게 당신의 맘을 지켜주는 사람.

그런 사람을 만났으면 좋겠어요.

그 고운 마음씨, 함부로 이용하는 사람 말고.
소중한 진심, 당연히 여기며 더 많은 것을 바라는 사람 말고.

•

정말 좋은 인연이라면,
서로의 마음 하나하나에 감사할 테니까.
둘을 바라기보다 하나를 바라보고
그 하나를 가슴에 새겨 오래도록 간직할 테니까.
서로가 서로에게 나누고 있는
그 마음 자체를 소중히 여길 테니까요.

•

그런 당신의 따뜻하고 예쁜 마음,
적어도 우리의 인연 속에서는 지켜주겠다고

나, 당신께 손가락 걸고 약속해요.

식당에서 너와 데이트를 한 날. 집으로 돌아와 나는 오늘의 데이트를 곱씹어 나를 참 많이 원망했어. 나를 제대로 보여주지도 못했고 너를 즐겁게 해주지도 못했고 쑥스러운 마음에 너를 알아가기 위한 많은 질문을 던지지도 못했으니까. 나는 네가 참 좋았는데, 너는 이런 나를 좋아할 리 없겠지. 그런 생각에 체념하고 있는 나에게 문득 울리는 알람 소리. "오늘 너무 즐거웠어요. 사소한 것까지 배려해 주셔서 얼마나 감사했는지 몰라요. 다음에 또 만나요, 우리. 그럼 푹 쉬세요."

설레었어. 그리고 궁금했어. 참 많이도 어색했던 나의 무엇이 너를 이렇게 기쁘게 해주었는지. 그렇게 어색한 만남을 이어가다가 내가 사랑하는 너 또한 나를 사랑하게 되었고 우리의 연애는 그렇게 시작되었어. 또한 깊어졌어. 나는 첫날의 어색한 기억을 더듬어 너에게 물어보았지. "그때, 나는 네가 나에게 연락해줄지 몰랐어. 내가 많이 어색해했고 때문에 침묵이 잦았으니까." 그런 나에게 넌, "나는 사실 그날부터 오빠가 좋았어요. 만나기 한참 전에 말했었던 내가 아팠던 일, 고민했던 일, 기억해두었다 물어봐줬잖아요. 그리고 식당에서 나갈 때 내 구두를 내가 편히 신을 수 있게 돌려줬잖아요. 어색했지만, 이 사람 참 좋은 사람이다. 다시 만나고 싶다, 이런 생각이 들었거든요."라고 답해주었어.

세상을 살아가며 사람을 만나고, 관계를 이어가고. 그러다 멀어지는 사람도, 더욱 깊어지는 사람도 있는 것 같다. 오래될수록 깊어지고 소중해진 인연을 돌이켜 바라보면, 작은 마음에 담긴 작은 진심으로 서로의 사소함을 알아봐주고 바라봐주는 인연이었던 거 같다. 사람은 작은 것에 감동받고 작은 것에 상처받으니까.

시험 치는 날 아침 친구에게 오는 문자 한 통, 어버이날 부모님께 드리는 진심 담긴 손편지, 내가 아팠던 일 기억해뒀다 좀 어때, 라고 물어봐주는 걱정 담긴 전화. 우리에게 감동을 주는 것은 큰일들이 아니라 이토록 작고도 사소한 것. 식당에서 나올 때 네가 구두를 신는 것이 불편할까, 걱정되어 구두를 돌려 네 앞으로 놓아주는 사소함. 나란히 걸어가다 찻길이 위험해보여 너를 당겨주고 자리를 바꾸어 걷는 사소함. 네가 평소에 좋아하던 아이스크림을 기억해두었다 물어보지 않아도 너 이거 좋아하잖아, 하며 꺼내주는 사소함. 그런 사소함들이 모여 서로에게 소중히 닿는 것.

친구들과 회식을 하며 백만 원을 홀로 계산하는 나를 네가 기억하지는 못할 지라도, 진심으로 고맙다 여기지 못해 따로 인사하지 않을 지라도, 네가 아플 때 너를 걱정해주며 사온 죽 한 그릇은 평생 잊지 못하는 너니까, 나니까, 우리니까. 늘 간직해두었다 꺼내어 고마워하는 소중한 사소함이니까.

함께하는 시간 속에서 깊어지지 못한 채 끝이 나게 되는 인연들을 바라보면 그들은 나의 사소함에는 관심이 없었다는 것을 알게 되었다. 나의 표정을 바라보는 사소함이 없어 내 감정을 배려하지 않았고 나의 일상과 작은 걱정거리들에 관심을 가져주지 않아 늘 서운하게 했다. 큰일들은 예상할 수 있어서, 늘 기대하고 바라고 있기에 감당해버리는 나이지만 예기치 못한 작은 배려와 작은 챙겨줌 앞에서는 한없이 약해져 눈물짓게 되는 나니까. 내 사소함이니까.

사람의 마음에 영원토록 남을 따뜻한 기억. 그것을 선물해줄 수 있는 건 아주 작은 배려와 사소한 알아줌이었음을. 그러니 이토록 소중한 사소함, 당연하게 생각하기보다 소중히 간직하는, 고마워하고 아껴줄 수 있는 당신과 나이길 소원하며. 사랑해요, 당신의 사소함.

흔히 그렇다.

사람은 사소한 것을 바라봐주지 않거나
표현해주지 않을 때 서운해 한다.

큰일이 일어났을 때
마음은 그 일을 감당해버리지만
작은 일 하나하나 앞에서는
감당할 생각조차 하지 못하니까.

그래서 사람은 작은 일에 상처받고
작은 일에 서운해하고 작은 일로 멀어진다.

그저 네가 좋아서 밥 한 끼 사주었을 때
'고마워' 한 마디면 모든 것을 보답 받는 나인데
너는 왜 그 사소함을 표현해주지 않는 건지.
그 사소함을 왜 이토록 당연하게 여기는 건지.

깊은 인연을 만들어가는 것은
순간순간의 작은 사소함이 모이고 모여서인 것을.

그러니 나는 너의 사소한 마음 하나하나를
지나치지 않고 바라봐주고 간직해주는 사람이고 싶다.

너에게 바라고 기대하는 사람이 아니라
익숙함에 당연해져가는 사람이 아니라
너의 하나하나를 바라볼 줄 아는 사람이고 싶다.

네가 하나를 해주었다고
당연한 듯 둘을 바라고 기대하기보다
네가 해준 하나를 바라보고 고마워하는,
하나하나에 만족하고 소중함을 표현해주는,
그런 나이고 싶다. 그리고 그런 너였으면 좋겠다.

익숙함에 속아 소중함 잃지 않는 우리이길.
당연한 듯 함부로 하기보다
늘 새롭게 새길 수 있는 너와 나이기를.

그렇게 오래도록 깊어져가는 우리 인연의 내일이기를.

며칠 전, 목이 아프다고.
스치듯 말했던 너를 기억해두었다가
목 좀 괜찮아? 라고 물어보며
목캔디 하나 건네주는 사소함.

모두가 스시를 먹으러 가자고 할 때
해산물을 먹지 못한다고.
스치듯 말했었던 너를 기억해두었다가
야, 우리 삼겹살 먹으러 가자.

그리고 너에게 윙크 한 번.

사소하게, 소중하게, 사랑스럽게.

♀

하나를 해주면 그 하나를 바라보기보다

둘을 바라고 기대하는 사람과 세상에 지쳐.

♂

맞아, 하지만 그건 그 사람의 본성 같은 거 같아.

어떤 사람은 하나를 바라보고 소중히 간직하지만

어떤 사람은 그걸 당연히 생각하거든.

그리고 하나밖에 안 해주냐며 도리어 속상해하기도 해.

세월의 나이테를 더해가며 생각보다

세상엔 그런 사람들이 많구나, 라는 생각에

마음의 문을 닫게 되는 너와 나지만

그럼에도 너와 나는 그 마음을 지켜주는 사람이어서

나름 반듯한 마음을 가진 사람이어서

이렇게 좋은 인연이 되었고 그 인연을 지켜가고 있잖아.

그래서 서로에게 참 간절해졌으며 이토록 사랑하게 되었잖아.

그러니까 어쩌면 그러지 못한 세상에 고마워.

그리고 너에게 또한 고맙다는 말을 꼭 해주고 싶어.

너의 예쁜 마음을 이렇게 잘 지키고 살아와줘서.

그렇게 나를 만나 이렇게 좋은 인연이 되어줘서

그러니까 내가 너를 사랑할 수 있게 해줘서 고마워.

늦지 않았어요 지금도

똑같은 나이에 나보다 저만치나 앞서 있는 사람들을 바라볼 때면 나 자신이 한심스럽기도 하고 그 사람이 부럽기도 해요. 가슴이 답답해서 자꾸만 한숨이 새어나오는데 그럼에도 시작하자니 너무 늦은 거 같아 고개를 절레절레 저어요. 지금 시작해봐야 이미 늦었다고, 먼저 시작한 사람들을 따라갈 수는 없을 거라고 스스로를 한계 짓게 돼요. 늦게 시작한다는 사실이 부끄럽기도 하고 무엇보다 내가 잘 해낼 수 있을지가 겁이 나고 두려워요.

늦었다고 생각할 때가 가장 빠르다는 말은 이미 너무 많이 들었어요. 내 고민을 털어놓을 때면 누구나 그 말을 해주거든요. 하지만 나와 똑같은 인생을 살아가는 사람들의 이야기가 아니잖아요. 그래서 와닿지가 않아요. 나는 이미 늦었는데, 도대체 지금 시작하는 게 어떻게 가장 빠를 수가 있다는 건지…

그럼 벌써 저렇게 앞서간 사람들은 뭐에요. 그 사람들을 보고서도 내게 빠르다는 말을 할 수 있어요? 아니잖아요. 나는 결국 늦은 거예요. 그러니 시작하기에 두려울 수밖에 없는 거잖아요. 어린 친구들보다 느리다는 게 부끄러울 수밖에 없는 거잖아요. 그래서 포기하는 게 되는 거, 어쩌면 당연한 거잖아요.

아니요. 당연하지 않아요. 당신이 가고자 하는 길에 당신이 조금이라도 간절함을 품었다면 절대로 그 길 앞에서 부끄러워서 포기하는 게, 남들보다 늦었다고 포기하는 게 당연한 사람이 되어선 안 돼요. 그건 당신의 간절함을 스스로 함부로 여기는 일이니까. 당신이 정말 간절하다면

부끄러워도, 늦었다는 생각이 들어도, 자신이 없어도 결국 하게 될 거예요. 정말 간절한 이에게 그런 것은 부수적인 곁가지이니까요. 타인이 바라보는 내가 아닌, 내가 바라보는 나의 삶을 살아가야 하는 거니까요. 가지가 아닌 나무를 바라보며 흔들리지 않는 중심으로 뿌리를 내려야 하는 거니까요. 그러니 늦었다고 생각하는 지금이 가장 빠른 시작인 이유는 당신이 꼭 이 길을 걸어가야만 하는 간절함이 있는 사람이라면 적어도 당신의 오늘만큼 당신에게 빠른 시작은 없기 때문이에요.

당신의 삶만 두고 바라봐요. 지금 시작하면 내일의 시작보다 빠른 거잖아요. 오늘의 시작이 당신과 당신의 삶 안에서는 가장 빠른 시작이 되어주는 거잖아요. 간절해서, 도무지 포기가 안 되어 또다시 돌아와 고민하게 될 거라면 지금보다 빠른 시작의 순간은 없는 거예요. 다른 이들보다 조금 느릴 수도 있어요. 하지만 당신의 내일보다는 빠른 거예요. 당신에게 중요한 것은 당신이 살아가는 당신의 삶이지 타인이 바라보는 당신의 삶은 아니잖아요. 결코 타인의 시선, 세상의 잣대 때문에 당신의 중심을 놓쳐서는 안 돼요. 타인이 어떻게 생각할까가 내가 세상을 살아가는 기준이 되어서는 안 돼요.

내가 간절한 것이 무엇인지, 내가 하고 싶은 것이 무엇인지, 어제의 나보다 오늘의 나는 얼마나 성장해 나아왔는지, 내가 원하는 삶, 내가 살아가고 싶은 삶, 내가 추구하는 가치들, 내가 얻고자 하는 삶의 배움과 의미들, 경험하고 싶은 세상의 다채로운 색깔들, 바라보고 싶은 하늘, 걸어가고 싶은 길, 쉬어가고 싶은 순간, 그 모든 것을 결정하는 것은 오직 나여야만 하고 그 모든 선택에 책임을 질 수 있는 것 또한 나밖에 없는 거니까요.

후회를 하더라도 내가 선택한 일에 대한 후회라면 그것은 행복한 일이 되어줄 거예요. 비록 원하는 바에 닿지 못하더라도 내가 원하는 바를 꿈꾸었고 그 꿈을 향해 걸었으며 그 과정 속에서 나만의 경험을 하며 성장해왔으며 그 모든 순간들이 모여 지금의 나를 만들어온 거니까. 그러니

다른 누구보다 조금 늦으면 어때요. 당신의 도전 속에는 당신만이 느끼고 배우게 될 수많은 의미와 선물이 있는데, 당신만이 경험할 수 있는 일과 당신만이 완성할 수 있는 성장이 있는데, 조금 더디면 어때요. 뒤에서 출발하는 것일 뿐이지 앞서가지 말라는 법도 없잖아요. 어떤 길 안에서 가장 앞서가는 이들 모두가 어른이던가요?

아니잖아요. 모든 사람마다 능력이 다르고 생각이 다른 거예요. 같은 숲에 들어갔다고 모두 같은 길만 밟는 건 아니잖아요. 두 갈래 길이 나왔을 때 누군가는 왼쪽으로 누군가는 오른쪽으로 갈 거예요. 중간에 포기하여 뒤로 가는 사람도 있겠죠. 가시밭길을 가로질러 가는 사람도 있을 것이고 그 길을 피해서 둘러가는 사람도 있을 거예요. 모두가 자신에게 맞는, 자신이 가고 싶은 길을 찾아가고 있는 거예요. 당신 또한 당신만의 길을 찾아 당신만의 풍경을 바라보며 당신만의 경험 속에서 당신만의 추억을 만들어나가며 당신만의

성장을 해나갈 거예요. 그러니

중요한 것은 속도가 아니라 당신이 가고자 하는 길의 방향인 거예요. 또한 늦게 출발했다고 늦게 도착하라는 법도 없는 거예요. 길을 걸어가는 속도는 사람마다 다른 거니까요.

늦은 게 나쁘지 않은 것처럼 빠르다고 다 좋은 것 또한 아니라는 걸 말해주고 싶어요. 중요한 것은 얼마나 최선을 다해 주어진 삶을 바라보고 살아갔느냐, 하는 거니까. 내가 걸어가는 이 길 안에서 내가 얼마나 충실하였는가, 얼마나 최선이었는가, 얼마나 많은 것을 바라보고 느꼈는가, 하는 것이니까. 정말 이 길을 가치 있게 만들어 주는 것은 시간이 아니라 시간 안에서 내가 바라본 세상의 밀도와 채도와 깊이인 것이니까요.

그러니까 당신의 지금, 결코 늦지 않았어요. 세상에 늦은 시작이란 없는 거니까요. 모든 이들의 모든 시작은 '그때'가 충분한 시작이었던 거예요. '그때'라서, 시작한 거니까요. 적어도 당신에게 있어 당신에게 찾아온 그 시작의 순간은 당신에게만큼은 가장 최선의, 충분한, 적절한, 딱 맞는 시작시간이었던 거예요. 그러니

오늘을 놓쳐 언젠가 그때라도 시작했더라면 적어도 지금처럼 늦지는 않았을 텐데, 라는 아쉬움은 없기를 바라요.

당신의 삶에 있어 정말로 중요한 것은

당신만이 느낄 수 있고
당신만이 경험하고 배울 수 있는

하여, 당신의 삶을
당신만의 색과 가치로 물들여나가는
그 과정의 아름다움이에요.

그러니 타인과 비교하며
그 과정의 소중함을 저버려서도, 잊어서도 안 돼요.

•

당신이 삶을 살아가는 기준이
방향이 아니라 속도가 되어서도,
타인과 비교하는 일이 되어서도 안 돼요.

중요한 것은 어디를 향해 나아가고 있느냐,
어제의 나보다 오늘은
내가 얼마나 더 나아왔느냐, 하는 거니까.

•

그런 마음이라면 시작하는 것 자체가
이미 당신의 삶을 아름답게 만들어줄 거예요.

그 여정 속에서 경험한 가치와 의미들이
당신의 삶을 꼭 더 다채로이 꽃피게 해줄 테니까요.

그러니 당신의 삶에 늦은 시작이란 없어요.

남들과 비교하는 삶을 살아가는 이들에게나
늦은 시작이라는 것이 있는 거니까요.

•

당신은 당신이 살아갈 삶에만,
당신이 바라보고 걸어갈 삶에만 집중해요.

타인의 생각과 시선, 세상의 잣대가
당신의 삶을 대신 살아가주는 건 아니니까.

당신의 삶을 살아갈 수 있는 것은
오직 당신 자신뿐이니까요.

당신의 선택에 책임을 질 수 있는 것도,
후회를 할 수 있는 것도 오직 당신뿐이니까요.

•

부디, 지금의 시작,
훗날 후회는 없었다, 라고 말 할 수 있는

후회가 있더라도
그 후회마저 멋진 삶의 의미로 남았다, 라고 여길 수 있는

그런 시작이 되어주기를.

당신의 선택에 책임을 질 수 있는 건
오직 당신뿐이지만

당신을 책임질 수 있는 건
오직 나뿐이었으면 좋겠어요.

•

우리도 이제는
시작해보면 안 될까요?

시작하기에 우리의 지금,
적어도 우리 둘의 인연 안에서는

가장 빠른 시작이 되어줄 텐데.

•

우리의 시작엔 후회란 없을 거예요.
끝이 나지 않고 영원히 함께할 테니까요.

•

끝이 나지 않는 사랑의 시작을
당신과 함께하는 사람이
다른 누구도 아니라 나이기를 소원하며,

내가 많이 좋아해요, 다정하게.

내 삶의 그 어떤 도전 앞에서도 '늦은' 때란 없다는 것을 알게 되었다. 결국 늦었다는 생각에 포기하게 된다면 언젠가 그때라도 시작했었다면 지금쯤 뭐라도 되지 않았을까, 하고 후회하게 되는 것이 사람의 마음이라는 것도. 내가 이 일에 마음을 품지 않았다면, 그러니까 시작하겠다는 생각조차 하지 않았으며 이 일에 간절했던 적 또한 없었다면, 이 일이 나와 인연이 없는 일이라 그저 스쳐 지나가는 일이었다면 늦었다는 생각은 나를 찾아오지도 않았을 테니까. 시작하고자 마음먹었기 때문에, 내가 이 일에 뜻을 품었고 간절함과 꿈과 열정과 마음을 두었기 때문에 늦은 것은 아닐까, 하는 생각이 드는 거니까.

그러니까 결국 지금이 가장 빠른 때라는 것을 알게 되었다. 내 삶의 그 어떤 순간에 찾아오는 지금이든, 항상 '지금'이 가장 빠른 시작이라는 것을. 지나간 세월은 돌이킬 수 없으며 찾아오지 않은 세월은 내가 붙잡을 수 있는 것이 아니니까. 다른 누구의 삶과 비교하지 않고 오직 나의 삶만을 두고 바라본다면 내 삶의 어떤 순간도 지금 이 순간보다 빠를 수 없을 테니까. 또한 내게 주어진 삶을 살아가는 것도, 그 삶의 무엇을 시작할 수 있는 것도, 후회할 수 있는 것도 나 자신뿐이니까.

사람은 늘 그렇더라. 가장 빠른 시작을 앞에 두고 늦었다며 포기해버리더라. 그러니 나는 포기하지 말아야지. 그렇게 내 삶을 후회로 물들게 하지 말아야지. 지금의 시작이 내 앞날을 더욱 찬란히 피어나게 해줄 거라 믿으니까. 그러니 늦었다는 생각이 드는 순간은 내가 또 무엇인가에 뜻을 둔 순간이니 나 스스로를 기특하게 여겨줘야지. 그렇게 기쁜 마음으로 내게 주어진 도전과 걸음과 세월의 앞날을 더해가야지.

포기하지 않았기 때문에 내 삶은 달라져왔으니까. 늦었다는 생각이 드는 순간에라도 시작해왔기 때문에 내 삶은 더욱 풍성해져왔으니까. 그때 포기했다면 지금의 내 색깔은 존재하지도 않았을 테니까. 피아노를 치고 요가를 하고 그림을 그리며 춤을 추는 나는 존재하지도 않았을 테니까. 많은 사람들이 가장 빠른 지금을 두고 포기할 때 나는 포기하지 않았기에 나라는 존재가 이토록 다채로울 수 있는 거니까, 내가 살아가는 이 삶과 바라보는 이 세상이 더욱 짙고 그윽하며 깊을 수 있는 거니까.

그러니 앞으로도 어제의 나보다 오늘 더 열심히 배우며 나아가야지. 이 삶이라는 수업 앞에서 최고는 아니더라도 최선의 수강자가 되어야지. 누가 보더라도 저 친구는 정말 열심히 살아가는구나, 열정이 가득하구나, 라는 생각이 들 수 있게 나는 내 눈 안에 가득한 이 빛을 바래지게 하지 말아야지. 배워가기 위해 태어난 나니까. 쓰러지기 위해 태어난 나니까. 그렇게 일어서는 법을 배워나가고 있는 나인 거니까. 나이와 함께 무거워지는 이 삶의 무게 앞에서 더 튼튼한 두 다리를 기르기 위해 태어났고 살아가고 있는 나이니 그 태어남의 목적 앞에서, 살아감이라는 경이로운 이유 앞에서 늘 최선의 수강자가 되어야지.

늦었다는 생각이 드는 일. 그러니까 하고 싶다는 뜻을 품었고 꿈을 꾸었던 그 모든 일 앞에서 미루지도, 포기하지도 않아야지. 헛되이 낭비하기엔 너무나 짧은, 단 한 번의 삶이니까. 최선을 다해 배워나가기엔 생각보다 긴, 단 한 번의 삶이니까. 그런 마음으로 하나, 둘 배워가며 나아가며 때로는 쓰러지지만 일어서며 때로는 뒷걸음치지만 끝내는 다시 한걸음을 내딛으며 살아가야지.

지난 시간을 돌이켜 스스로에게, 그 누구보다 내게 주어진 단 한 번의 삶을 이토록 최선을 다해 살아줘서 고맙다, 말할 수 있게.

늦었다고 생각할 때가 가장 빠른 이유는
내가 이 일에 마음을 두지 않았다면
그러니까 뜻을 품은 적이 없었다면
이 일은 나를 스쳐 지나갔을 것이고
그로 인해 늦었다는 생각을 할 수조차 없었을 테니까.

하고자 마음을 먹었기에, 그러니까 뜻을 품었기에
늦었다는 생각 또한 할 수 있는 거니까.

그러니 늦었다는 생각이 드는 순간은
적어도 내 인생 속에 있는 이 일에 한해서는
가장 빠른 시작의 때라 할 수 있는 거 아닐까.

남들보다 조금 느릴 지라도 지금 이 순간,
나의 인생에서는 가장 빠른 시작이 되어줄 테니까.

중요한 것은 너와 내가 아니라
나와 나니까.

그러니 나의 지금은 시작하기 가장 좋은 때.

사람이 참 웃긴 게 뭐냐면
태어나서 처음으로 가진 꿈 앞에서
늦었다며 고개를 절레절레 젓는 거.
근데 너한테는 그게 태어나서 처음인 거야.

그럼 그게 가장 빠른 거 아니야?

남이 대신 살아줄 내 인생 아니니까.

그러니 남들과 비교하지 말 것.
어제의 나보다 오늘 더 반듯할 것.
어제의 나보다 오늘 더 떳떳할 것.

어제의 나보다 오늘 더 당신을 사랑할 것.

♀

시작하기에는 너무 늦은 거 같아.

♂

늦었다고 망설이는 거라면 망설이지 말아.

그 망설임은 나중의 시작에 후회를 더할 뿐이야.

시작하고자 하는 마음이 생겼기에

늦은 건 아닐까, 하는 마음 또한 생기는 거니까.

너의 삶에서는 네가 가고자 하는 이 길이

태어나서 처음 뜻을 품게 된 첫 시작점이니까.

그러니까 적어도 너의 삶 안에서는

가장 빠른 시작이 되어줄 거라고 나는 생각해.

잘 꿰는 당신이기를
인연의 첫 단추를

처음 인연을 시작할 때 너무 잘 보이려 애썼나 봐요. 좋은 모습만 보여주려고 무리했나 봐요. 처음에는 그런 나에게 마음을 주던 사람들을 바라보며 무척이나 기뻐했는데 어느 순간부터 이 관계 속에서 나를 잃은 것만 같은 느낌이 들어요. 그래서 외로움이 마음속에서 가득 차올라 범람하기 시작해요. 차오르는 외로움을 막기 위해 사람들을 만나며 함께하는 시간이라는 댐을 무던히도 쌓아보지만 외로움의 강은 계속해서 차올라요. 결국은 넘쳐흘러요.

잘 보이기 위해 애썼지만 결국은 나의 서툰 모습, 부족한 성격, 모자란 마음들을 가리기 위해 썼던 가면 때문에 나는 혼자가 되어버렸어요. 나의 진짜 모습을 알아주는 사람이 한 사람도 없다는 비극으로 인해. 그래서 겉만 화려했던 가면극은 그 막을 내리게 되었어요. 많은 사람들이 박수갈채를 하며 자리를 채웠던 극장에 홀로 우두커니 앉아 지나간 인연을 한 사람 한 사람 세어 봐요. 용기를 내어 가면을 벗었지만 나의 가면을 좋아해주었던 사람들은 나의 벌거벗은 진짜 모습을 바라보더니 실망한 표정으로 극장을 떠나가 버렸어요. 이제는 어떡하죠. 나, 이대로 괜찮은 걸까요?

괜찮아요. 결국은 당신을 숨긴 채 살아가야 한다는 그 외로움과 갑갑함을 감당하지 못해 당신의 가면, 언젠가는 벗어던졌을 거예요. 그러니까 괜찮아요. 언젠가는 일어났어야만 하는 일이니까요. 당신이 그동안 맺어왔다 여겼던 무수히 많은 관계들 속에서 진짜 '당신'이 맺은 관계는 없었던 거니까. 세상을 살아가며 사람이 가장 외로워지는 순간은 나의 있는 그대로를 바라봐주고 알아주는 사람이 없다는 사실을 알게 되는 순간이니까요. 수많은 사람들, 숱하게 많은 물질들 속에 둘러싸여도 외로운 것은 진심을 나누는 사람이 단 한 사람도 없다는 그 허망한 비극 때문인 거니까요.

그러니 당신의 지난 외로움을 딛고 이제는 당신의 있는 그대로를 내보이는 것을 두려워 말아요. 그 자체로 참 예쁘고 빛나는 당신이라는 꽃이니까요. 당신이 당신의 있는 그대로를 아껴주고 존중해줄 때 비로소 모자라다 여겨왔던, 부족하다 느껴왔던, 서툴다며 꾸짖어왔던 내 모습이 '다름의 매력'이 되어 그윽한 향 가득 퍼져나갈 거예요. 그렇게 더 좋은 인연들을 끌어당길 거예요. 모자라다 여겨왔던 나의 모습들이 사실은 그 자체로 참 소중한, 나만이 가질 수 있었던 매력이었다는 것을 꼭 알게 될 거예요.

그러니 두려워 말아요. 당신은 당신인 채로 참 예뻐요. 모자란 모습을 숨기기 위해, 좋은 모습만을 보여주기 위해 가면을 썼지만 결국 그 가면이라는 것이 태양을 가리는 하늘의 구름처럼 도리어 당신이라는 이토록 찬란하고 예쁜 빛을 가려왔던 거예요. 태양이 빛나기 위해 애쓰지 않아도 스스로 빛이 나는 것처럼 당신 또한 그래요. 예쁨 받기 위해 애쓰지 않아도 있는 그대로 참 예뻐요. 때로 눈이 부셔 바라보지 못할 만큼 빛나요.

그러니 당신의 있는 그대로를 아껴주지 못해 당신의 부족함을 부끄럽다 여겨왔던 지난 시간들을 딛고 화려한 가면 속에 숨겨두었던 당신이라는 예쁜 빛을 되찾는 거예요. 이제는 진짜 인연을 맺어가는 거예요. 수많은 사람들 사이에 둘러싸여 인기를 끌었던, 하지만 사람들이 떠난 뒤 홀로 극장에 우두커니 남아 공허한 한숨을 내쉬었던 그 가면극, 이제는 끝내는 거예요.

거짓된 유혹은 강렬하고 달콤하지만 짧고, 진실은 때로 지루하며 보잘것없어 보여도 오래도록 사람의 마음에 남는 거예요. 깊이 새겨져 머무는 거예요. 나는 당신이 오래도록 내 마음에 남아 소중한 진심을 나누는 그런 사람이었으면 좋겠어요. 당신과 나의 인연이 서로에게 좋은 모습만 보여주기 위해 애쓰는 억지가 아니라 서로의 부족한 모습마저 귀여워해주고 사랑 가득 담은 채 바라봐주는 그런 편안함이었으면 좋겠어요. 완벽하지 않아서,

부족해서 드러나는 서툰 실수와 사소함마저 예뻐해주는 그런 인연이었으면 좋겠어요. 나를 숨겨야 한다는 갑갑함에, 네가 마주보고 있는 내 모습은 진짜 내가 아니라는 헛헛함에 함께함에도 외로운 만남이 아니라 함께하는 시간 동안 서로의 마음이 가득 채워지는 진솔한 만남이었으면 좋겠어요. 완벽하지 않기에 함께 채워가는 시간들이 소중한 우리였으면 좋겠어요. 나아가는 모든 과정이 예쁜 추억이 되어 서로의 마음에 수놓인 채 늘 반짝이는 당신과 나였으면 좋겠어요.

당신이라는 사람 자체가 좋으니까요. 당신의 모든 모습이 내게는 오래도록 담아두고 간직하고 싶은 소중함이니까요. 이 세상에 단 하나뿐인 색과 모양으로 눈부시게 빛나는 당신이라는 꽃이니까요. 바람이 불면 내 코끝을 스치는 당신만의 향이 늘 그리운 나니까요. 그러니 당신만이 풍길 수 있는 그 모든 소중함을 저버린 채 누구나 흉내 낼 수 있는 모습들로 당신을 꾸미지 않았으면 좋겠어요. 당신은 당신이라서 내게 참, 소중한 사람이니까요.

열다섯 살 때 담임 선생님께
숙제를 제출하는데 한 손에는 숙제를,
다른 한 손에는 급식통지서를 들고 있었어요.

실수로 급식통지서를 내버려서
"어?" 하고 숙제를 내다가 갑자기 헷갈려져서
다시 급식통지서를 내다 "아!" 하고 숙제를 냈어요.

너무 부끄러워서 얼굴이 붉어졌는데
선생님께서는 너무 귀엽다는 듯
사랑스러운 눈빛으로 날 바라보고 계신 거예요.

그때 선생님이 나를 바라봤던 그 눈빛,
아직도 너무 생생하게 남아 소중히 떠올리곤 해요.

그리고 그때 알게 되었어요.
꼭 능숙하기 위해, 잘하기 위해 애쓰지 않아도 된다는 것을.

조금 모자라도, 서툴러도
그 모습 또한 나의 것이라면, 나의 것이라서 괜찮다는 것을.

그런 나인 채로도 충분하다는 것과
그런 나를 세상 또한 충분히 좋아해줄 수 있다는 것을요.

그 소중한 기억을 선물해준 선생님께 늘 감사하며
나 또한 그런 기억을 당신에게 한 아름 선물하고 싶어요.

그 순간만큼 소중하고 행복한 일, 많지 않으니까요.

그러니 당신, 꾸밈없이 다가와도 괜찮아요.

꾸밈없는 당신의 모습을 보여준다는 건
다른 누구도 아니라 당신만의 모습으로 다가온다는 건
나로 하여금 '당신'을 알아갈 시간을 선물해주는 거니까요.

당신을 알아간다는 거,
내가 살아가며 받을 수 있는 최고의 선물일 테니까요.

당신만의 색과 향이 좋아서 나는 당신이 좋은 거예요.
당신의 특유의 말투와 행동, 그리고 서투름과 사소한 실수들.
그 모든 것들이 당신만의 것이어서 당신이 참 좋은 거예요.

그러니
당신의 있는 그대로를 알아갈 수 있게 허락해줘요.

화려하게 디자인된 당신이라는 표지 말고
때로는 아팠던 기억도, 서툴고 모자란 모습도
남들에게 보이고 싶지 않아 숨겨왔던 당신의 성격까지도
모두 드러난 한 장, 한 장의 페이지를 읽을 수 있게 허락해줘요.

결국, 우리가 빠져들게 되는 건
예쁜 표지라는 꾸며진 겉이 아니라
그 사람의 모든 이야기가 담긴 수많은 페이지이니까요.

읽혀지는 것. 그리고 읽어 나가는 것,
그게 바로 사람과 사람 사이에 놓인 유일한 과제이며
그 과제를 풀어나가는 과정 속에서 더욱 깊어지는
우리라는 이름의 찬란한 인연이니까요.

있는 그대로 사랑받기에 참 못난 나라고 생각했다. 그래서 소심해졌고 나를 숨겨왔으며 사람들 앞에서 늘 부끄러워했다. 나를 겨냥하지 않은 이야기에도 얼굴을 붉히며 열등감을 느낄 만큼, 나는 나에게 자신이 없는 사람이었다. 그래서 언제부턴가 내 마음의 서랍장 속에 가면을 하나, 둘 만들어 넣어두었다. 사람을 만날 때면 내 모습 위에 그 가면을 꺼내어 썼다. 가면을 쓰니 조금은 사람을 만나기가 편해졌다. 때로는 나 스스로가 멋져 보이기도 했으며 그 멋진 나를 바라보는 사람들의 표정에 자신감이 생기기도 했다.

하지만 그러다 문득 알게 되는 것들. 사람들의 눈 안에 비춰진 나는 내가 아니라는 것. 그래서 집으로 돌아오는 길이 늘 공허했다는 것과 함께하는 시간 속에서 네가 마주하는 나라는 존재는 내가 아니라 나의 가면이기에 그 만남 안에 나는 없었으며 그것이 나를 외롭게 만들어왔다는 것.

어릴 적 내 서툰 모습을 참 사랑스럽게 바라봐주던 선생님의 눈빛이 오래도록 내 가슴에 남아 그런 나에게 말해주고 있는 것만 같았다. "넌 있는 그대로 참 소중하고 사랑스럽고 예뻐. 넌 충분한 사람이야. 그러니 그런 너를 사람들 앞에 보여주는 것을 두려워 말아." 라고.

슬픔과 자괴가 몰려왔다. 나조차 나를 사랑해주지 못해 가면 속에 나를 가두어둔 채 이 세상 모든 곳에서 내 모습을 숨겨왔으니 나는 얼마나 아파왔을까. 나에게조차 버림받은 나는, 이 세상 어디에도 자신을 보여주지 못한 나는 그동안 얼마나 아파왔을까. 그런 생각에 나에게 미안해서, 눈물이 차오르다 툭, 하고 떨어졌다.

사실은 내가 두려웠던 것뿐이다. 내가 나 스스로를 사랑스러운 존재로 여기지 못해 타인에게 꺼내어 보이기를 두려워했던 것뿐이다. 스스로도 아껴주지 못하는 못난 나인데, 그런 나를 누가 사랑해줄 수 있을까. 나마저 저버린 나인데.

하지만 사람은 모두가 있는 그대로인 채 가장 아름답다는 것을 알아가게 된다. 각자의 고유한 색과 성향과 향과 분위기와 감성과 목소리의 톤과 생김새와 그 모든 것들이 너와 달라서 나는 찬란히 아름답다는 것을. 나와 다른 너라서 너 또한 참 아름답다는 것을.

이 세상 모든 사람이 나와 같다면, 너와 같다면 이 세상은 음량조절이 되지 않는 흑백텔레비전 속에서 흘러나오는 가요무대일 거라고. 각자의 노래와 그 노래에 담긴 감정과 각자의 의상, 그 모든 것들이 반영되지 않아 같은 색의 옷을 입은 가수들이 같은 음의 '도' 혹은 '솔'로 부르는 모두 같은 느낌의 노래에 너무나 따분하고 단조로워 하품이 나오는 그런 가요무대일 거라고.

그러니 달라서 아름다운 것이다. 나는 나라서 나만의 아름다움이 있는 것이다. 그러니 가면은 필요치 않다는 것을. 그 가면은 오히려 나의 매력을 숨기는, 그러니까 이 세상에 단 하나뿐인 나라는 존재의 색과 분위기와 감성을 결코 들여다볼 수 없게, 음량조절이 되지 않는 흑백텔레비전 안에 나와 내 삶을 가둬버리는 어두운 감옥일 뿐이라는 것을.

그런 생각에 있는 그대로의 나를 관계 앞에 꺼내어낸다. 나는 참 사랑스럽고 소중한 존재다. 그러니 더 이상 그런 나를 숨기지 않을 것이다. 내가 생각하고 매긴 나의 가치가 네가 바라볼 나이니까. 그런 나를 마주하고 있는 너는 나만의 매력과 나만의 색과 분위기가 다른 누구와도 달라서 나에게 참 간절하다, 말한다.

창밖으로 하얀 눈이 내렸다.
문득은 신문에서 보았던 글이 생각이 났다.
모두 똑같아 보이는 하얀색의 작은 눈을
현미경으로 자세히 들여다볼 때
가지각색의 아름다운 모습이 드러난다는.

너라는 사람도 저 작은 눈송이와 같구나.

오래도록 너를 들여다보고 깊이 알아갈수록
너만이 가진 아름다움이 드러나 참 예쁘니까.

너는 내게 그런 사람이다.
너만이 내게 줄 수 있는 예쁜 의미를 가진 사람.
다른 누구와도 같지 않아서 참 매력적인 사람.
그래서 참 간절해지는, 더없이 소중한 사람.

그러니 나는 네가
너만이 내게 주었던 있는 그대로의 너라는 의미를
오래도록 바라보고 예뻐할 수 있게 잘 간직해줬으면 좋겠다.
그 소중함을 스스로 아껴주고 사랑할 줄 아는 너였으면 좋겠다.

너와 같은 사람.
이 세상에 네가 유일해서 넌 참 간절한 사람이니까.

함께 있을 때 편해지는 사람을 만나요.

자꾸만 눈치 보게 만드는 사람 말고.
실수를 한 건 아닌가 걱정 들게 하는 사람 말고.

나를 아껴주고 사랑하는 맘 한가득 느껴지는
내가 참 소중하고 예쁜 사람이라는 생각이 드는
그래서 더 사랑스러운 행동을 하게 만드는 그런 사람.

늘 사랑 가득 담은 채 바라봐주고 예뻐해 주는 사람.
그러니까 나의 있는 그대로를 아껴주고 사랑해주는 사람.

당신은
있는 그대로 참 소중하고 예뻐요.

너무너무 예뻐서
자꾸 만지고 귀찮게 굴고 싶을 만큼.
코 골며 자는 모습마저 내겐 너무 사랑스러우니까.

그냥 뭘 해도 다 예뻐.

그 어떤 모습도,
그게 당신이라면 내겐 무조건 예뻐.

♀

보지마. 화장 지운 모습, 부끄럽단 말이야.

♂

젤 예뻐.

잘 보이기 위해 애쓰지 않아도, 괜찮아.
처음부터 너인 그대로였다면.
그런 너인 채 사랑에 빠졌다면,
그런 너에게 사랑에 빠진 나라면.

사랑해요.

있는 그대로의 당신을.

그 누구여도 된다는 외로움이 아니라

오직 당신이여야 한다는 그 간절함으로

당신을 사랑해요.

당신과 같은 사람,

이 세상에 당신밖에 없어서.

그래서 당신에게 참 간절한 나라서.

무엇보다, 있는 그대로 참 소중한 너라서.

왜 그런 거 있잖아.

'사랑한다는' 말 말고
'사랑한다'를 보여주는 눈빛이나 행동 같은 거.

나와 함께 있는 시간 동안 자꾸 날 귀찮게 하는 거. 빤히 바라보는데 그게 그냥 바라보는 게 아니라 막 나를 사랑한다는 게 마구 느껴지는 거. 자꾸 손 좀 달라고 하면서 내 손을 하루 종일 잡고 있으려고 하는 거. 입에 뭐가 묻은 거 같아 부끄러워 죽겠는데 넌 자꾸 귀엽다면서 쓰다듬어주는 거. 내가 뭘 해도 예뻐해 주는 거. 그렇게 하루 종일 사랑받는 기분을 느끼게 해주는 거.

그냥 나라서 무조건 예뻐해 주는 그런 기분.

여자로서 받을 수 있는
최고의 사랑, 가장 행복한 기분, 그런 연애.

당신의 서운함

나는 너무 쉽게 상처받는 거 같아요. 한 번의, 무성의한 대답과 차갑게 나를 바라보는 표정, 때로 귀찮아하는 느낌, 나를 무시하는 듯한 말투에도 마음이 아파요. 하루 온종일 따뜻했던 네가 하루 중 단 한 번이라도 나에게 미지근하다면 그 한 번의 차가움을 머릿속에 담은 채 오랜 시간 골몰하며 가슴 아파하는 나니까요.

남들처럼 쉬이 넘어가고 싶은데, 그저 대수롭지 않게 여겨 신경 쓰고 싶지 않은데 작은 일에도 상처받은 채 토라져 담아두었다 너에게 쏟아내게 돼요. 함께하는 시간의 소중함을 그렇게 낭비하고 싶지 않은데 그게 내 맘처럼 안 돼요. 그러지 않겠다, 마음먹기야 하루에도 수십 번도 넘게 마음을 먹지만 막상 그 순간이 찾아오면 그 마음이 냉큼 무너져요. 서운해하게 돼요.

마음의 그릇이 참 작죠? 때로 그게 부끄럽기도 해요. 내가 마음껏 서운해 할 수 있는 것도 내가 정말로 아끼는 나의 곁들에 한해서인데, 그런 그들이라서 더 이해해주고 싶은데 그런 나를 이해해주는 건 늘 그들이에요. 그래서 미안하고 고마워요. 그렇다고 서운해지는 건 별개이니 나도 참…

당신은 쉽게 상처받는 사람이라서 쉽게 상처주지 않는 사람이에요. 늘 타인에게 따뜻이 대하기 위해 노력하고 타인의 이야기에 귀를 기울여 들어주며 타인이 당신으로부터 존중받고 있다는 느낌이 들도록 최선을 다하는, 예쁜 사람이에요. 그러니 너무 부끄러워 말아요. 당신의 곁 또한 그런 당신이 참 소중할 테니까요.

서운해지는 건 그만큼 당신이 당신의 곁을 소중히 여겨서 그런 거예요. 나에게 넌 이만큼 소중한 사람이니 너에게 나 또한 그랬으면 좋겠어서 자꾸만 서운해지는 거예요. 스쳐 지나가는 사람의 차가운 표정은 담아두지 않잖아요. 하지만 당신에게 너무 소중한 당신의 너라서 그 표정은 담아둘 수밖에 없는 거예요. 아파하며 다음부터 그러지 말라며 토라져 있을 수밖에 없는 거예요.

당신의 마음에 가득 담아둔 너니까요. 담아두지 않은 낯선 사람이 아니라 가득 담아둔 채 늘 바라보고 아끼며 소중히 여기는 너니까요. 그러니 너의 작은 무성의에도, 사소한 차가움에도 서운할 수밖에요. 그 일을 담아둔 채 하루 종일 신경 쓰게 될 수밖에요. 내 마음에 가득 찬 너니까.

그러니 당신의 너 또한 당신의 서운함이 참 소중하고 기분 좋을 거예요. 그만큼 당신에게 특별한 사람이라는 생각이 들어 당신을 더 예뻐할 거예요. 당신이 토라지는데 어느 누가 그걸 귀엽다 여기지 않을 수 있겠어요. 어느 누가 예쁘지 않다 생각하겠어요. 만약 당신이 나에게 서운해 한다면 나는 당신을 향해 웃으며 부드러운 볼 살포시 꼬집어주고 싶을 만큼, 아기자기한 머리 쓰다듬어주고 싶을 만큼 당신에게, 고마워요.

그런데 당신보다 내가 먼저 당신에게 서운해요. 나한테는 서운해하지 않는 당신이 너무 서운해요. 나는 당신이 좋아서, 당신이 너무 특별하고 소중해서, 당신을 내 마음에 가득 담아둬서, 그런 당신이라서 당신에게 참 서운한데 당신은 그렇지가 않은가 봐요.

당신이 좋아서 당신도 나에게 서운한 일이 있기를 바라요. 당신이 좋은 만큼 당신도 나를 좋아했으면 좋겠어요. 아까는 왜 그랬냐며 토라진 채 입을 삐죽 내밀면 나는 그런 당신이 너무 예뻐서 그 입에 뽀뽀를 하고 싶을 거예요. 저리로 가라며 작고 예쁜 손으로 나를 밀면 그 손을 꼭 잡고 사랑 가득 담은 채 당신을 바라보며 당신과 함께 걸어가고 싶을 거예요. 서운하다는 건, 그만큼 내가 당신에게 특별한 사람이라는 거니까요.

그러니 당신의 서운함, 너무 무겁게 생각하지 않았으면 좋겠어요. 정말 당신을 좋아하는 당신의 곁이라면 그런 당신의 토라진 모습마저 귀여워할 거예요. 예쁘다 생각할 거예요. 소중히 간직하며 이따금 당신의 그 모습을 떠올리며 미소 지을 거예요. 특별해서 그런 건데, 그만큼 내가 좋아서 그런 건데 누가 그 서운함을 나무라겠어요.

서운해하지 않아서 서운하면 서운했지. 지금의 나처럼.

소중하니까.
나를 조금 더 봐줬으면
너에게도 내가 조금 더 특별했으면
내가 좋아하는 만큼
너도 날 좋아해줬으면 하는,

그런 마음으로 서운해지는 거예요.
잠시 토라지는 거예요.

그러니 당신이 좋아서
당신에게 서운한 당신의 결을 바라봐줘요.

얼마나 귀엽고 예쁜지.

•

그런 것처럼 당신의 서운함도
당신의 결에게 꼭 그래요.

그러니 너무 무겁게 생각하거나
너무 아파하진 않았으면 좋겠어요.

•

그런 당신이라서
참 소중하고 예쁘니까.

서운함이 아예 없으면 그게 더 서운한 거예요.

•

그러니 당신의 서운함을 부끄러워할 필요도,
서운함을 느끼는 당신을 소심하다 여길 필요도 없어요.

나는 내게 서운한 당신이라서
당신이 참 귀엽고 소중하고 예쁘니까.

•

나는 이런데 넌 왜 그래.
진짜 치사해서 미워.

당장이라도 가서 그 서운함을 털어놔요.

•

그러는 당신이 너무 귀엽고 예뻐서
한동안 바라보다가

아이구 그래쪄? 하며
당신의 머리를 쓰다듬어줄 테니까.

씩씩거리며 혼내주러 갔다가
그 한마디에 서운함 다 풀려버릴
너무 예쁘고 귀여운, 당신이니까.

정말 서운하다.
당신의 마음은 내 마음 같지 않은 거 같아서.

나는 당신의 작은 미지근함에도
이토록 상처받고 아파하는데
하루 종일 떠올리며 꿍해지는데

당신이라는 존재,
내게 이만큼이나 특별하고 소중한데
당신을 이렇게나 아끼고 좋아하는데

당신은 그렇지 않은 거 같아서
서운하다, 정말.

•

치.

미운데 너무 예뻐서
너무 좋아서
미워할 수도 없고.

•

그래서 서운한 거니까.
서운함에도 불구하고 당신이 좋은 거니까.

나의 서운함도 당신에게 애틋하기를.

서운하다는 말은 너를 좋아한다는 말과 다르지만 같은 말. 당신이 내게 이토록 소중해서, 내가 당신을 참 좋아해서 당신에게 이토록 서운해지는 거니까. 그러니까 나는 이따금씩 당신에게 서운해. 그러다 당신이 흠뻑 좋아져버리면 그 서운함이 더 커질지도 몰라. 나에게 당신은 이만한 존재인데 당신에겐 내가 그만한 존재가 아니라 여겨질 때 당신에게 너무 서운해져서 토라질지도 몰라.

그런 나라도 당신을 좋아하는 감정이 이만한 나인 거니까 당신은 내 곁에 있어줘야 해요. 서운해 한다는 건 당신을 좋아하는 티를 내는 일이니까. 당신을 이만큼이나 아끼고 좋아하고 생각하고 늘 가슴에 간직한 채 사랑한다고 고백하고 있는 거니까. 그런 나를 미워하기보다 사랑스러움 가득 담고 바라봐줘야 해요.

안 그러면 또 서운해질지도 몰라.

•

바보, 사실은 당신의 서운함을 알아주지 않은 게 아니라 모르는 척 늘 넘어가고 있었을 뿐이야. 너무 사랑스럽고 예뻐서 그 모습을 계속 바라보고 싶어서 그랬던 건데 짓궂은 장난이 되어버렸나 봐. 당신이 그만큼 나를 특별하게 생각해서 나에게 서운해 한다는 걸 나도 알아. 그래서 나 또한 다른 누구보다 당신이 특별한 걸. 가슴에 나를 가득 묻어두었기에, 늘 머릿속에 나를 가득 그려놓았기에, 당신의 세상이 온통 나로 가득 물들어버렸기에 작은 일에도 이렇게나 서운해하는 당신에게 나는 참 많이 고마워.

내게 서운한 당신이라서 나는 늘 당신이 예쁘고 사랑스럽고 특별하고 고맙고 그래서 늘 안고 싶고 다가가 입 맞추고 싶을 만큼, 당신에게 참 많이 고마워요. 이런 내 맘을 여태 몰라줬다면 무척이나 서운할 만큼, 내게 당신은 참 소중하고 특별한 사람이니까.

서로가 서로에게 특별해진다는 말은
내가 너에게, 그리고 네가 나에게
서운해진다는 말과 다르지만 같은 말.

네가 내게 너무 소중한 사람이라서
누구보다 아끼고 사랑하는 너라서
나 또한 너에게 그렇기를 기대하고 바라는 일.

내가 준 만큼 너도 나에게 주었으면
내가 너를 사랑하는 만큼 너도 나를 사랑했으면
너를 향한 내 마음의 크기와
나를 향한 네 마음의 크기가 늘 같았으면 하는
그 예쁘고 사랑스런 바람 때문에 서운해지는 것.

그러니 이제는 서로가 서로에게 서운해지는 것을
그만큼 내가 너에게, 너에게 내가 너무 소중해서,
특별한 사람이라서 그런 거라 생각하기로 했다.

그러니 나에게 서운한 너에게 나는 늘 고맙다.
그리고 너에게 서운한 나에게 나는 늘 괜찮다.

당신이 특별해서 서운한 일이 이토록 많은 내 마음,
내가 작은 사람이라서 그런 게 아니라
당신을 향한 내 마음이 거대해서 그런 거라고.

당신을 닳도록 사랑해서, 내 마음이 온통 당신으로 가득 차서
당신만을 곱씹고 당신만을 추억하기 때문이라고.

그러니 내가 당신에게 서운해지는 일은
당신이 내게 그만큼 특별해지는 일이며
내가 당신을 이렇게나 많이 사랑하는 일이다.

그래서 내게 있어
당신을 사랑하는 마음은 이토록 서운함투성이다.

이렇게나 가득 서운할 수 있는 당신을 만나
그러니까 이처럼 거대하게 사랑하게 된 당신을 만나
나는 당신에게 늘 서운하다. 당신을 늘 생각한다.

당신 앞에만 서면
서운하지 않은 일에도 가득 서운해지는 나라서
당신은 내가 참 많이 사랑하는, 소중한 사람이다.

나한테 서운해하지 않는 너에게
참 서운해.

서운한 거 없어? 정말 없어?

얼마나 귀엽고 예쁜지.

♀

오늘은 왜 전화 안 했어?

어제 늦게까지 술이나 마시고.

나랑 같이 있는데 하품이 나와?

너는 나보다 네 친구들을 더 좋아하는 거 같아.

왜 사랑한다는 말을 이렇게 아껴.

왜. 왜. 왜. 왜. 왜. 왜. 왜. 왜!!

♂

오늘따라 왜 이렇게 귀엽지.

다 끝나면 뽀뽀나 해야겠다.

너무 예쁘고 사랑스러워서

듣고 있다가 꽉 안아줘야겠다.

언제부터 이렇게 사랑스러웠지.

앓는 당신께
속으로

나는 소심해서인지 타인에게 이끌려 다니는 것 같아요. 이곳에 가자, 했을 때 속으론 저곳에 가고 싶지만 아무렇지 않은 척 나의 바람을 접어두어요. 그러다 보니 나의 이야기를 하는 것이 점점 어려워져요. 계산을 할 때에도 함께 냈으면 좋겠는데 타인이 가만히 서 있다면 같이 내자는 말을 못해요. 나에게 때로 상처가 되는 말을 누군가 하여도 그런 말을 하는 건 좀 아니지 않냐, 내 마음을 명확히 알려주질 못해요. 늘 괜찮은 척, 아무렇지 않은 척 하지만 내 마음속엔 응어리가 쌓이고 있나 봐요. 그래서 끙끙 앓게 돼요.

그렇게 집으로 돌아가는 길, 그 말을 하지 못했던 나를, 말하지 않으면 내 마음을 지켜주지 않는 너를 원망하게 돼요. 그때 넌 그랬어야 했는데, 그런 말은 결코 해서는 안 되었는데, 하는 생각들이 머리에 가득 차요.

평소에 내 마음을 알리지 못하니, 괜찮은 척 넘어가다 보니 타인들은 나에겐 그렇게 대해도 괜찮다 여기게 되었나 봐요. 그렇게 한 번, 두 번이 쌓이고 쌓여 너와 나는 그런 관계가 되어버렸어요. 네가 생각하는 나는 완전한 오해인데 나에겐 그 오해를 벗어던질 용기가 없어요. 그래서 극단적이 되어버려요. 그렇게 인연을 이어가다 더 이상 그 오해를 버틸 수 없게 되었을 때 나는 너와의 인연을 끊어버려요. 이 사람은 내 마음을 지켜주지 않는 사람이었다는 변명으로 스스로의 선택, 어쩔 수 없었던 거라 위로하며 떠나가요. 하지만 내가 떠나간 넌 내가 떠나간 이유조차 알지 못해요. 그 이유를 설명할 용기가 내겐 없으니 그저 답장을 안 하거나 서서히 멀어짐을 인정하게 해주거나, 늘 그런 식이에요.

그러다 보니 내겐 오래된 인연이 남아있지 않아요. 늘 그렇게 만났다 끊었다를 반복하며 이곳저곳으로 옮겨가지만 말하지 않아도 내 마음을 알아주고 지켜주는 사람은 없나 봐요. 그래서 요즘은 혼자가 편해요. 아무래도 관계를 맺기에 나는 너무 소심한 사람인가 봐요. 그렇게 나의 결, 채우기보다는 비워나가는 것이 더 편한가 봐요. 가끔은 외롭지만 상처를 받거나 스트레스를 받는 일은 없으니 차라리 다행이다, 그렇게 위로해요.

내가 나의 생각들을 또렷이 말했다면 그건 너에게도 상처를 주는 일이 되었을 거야. 어쩌면 너와 내가 하고 싶은 일은 늘 달라서 너는 나를 미워했겠지. 그런 생각에 난 참아왔는데 넌 그러지 않았어. 넌 내 맘을 배려하고자 하지 않았고 난 그런 너와 함께하고 싶지 않을 뿐이야. 함께하기에 넌 너무 이기적이었으니까. 그렇게 타인을 단정 지으며 그럴 수밖에 없었다, 위로하는 거예요.

그런 당신에게
"당신의 마음, 타인에 의해 지켜지길 바라지 말고 스스로 지켜나가길 바라요. 그 삶의 태도를 배우기 위해 세상으로 나가 다시 관계를 맺어요. 그리고 당신은 이런 사람이다, 라고 또렷이 알릴 용기를 연습해요. 어차피 혼자가 되기로 마음을 먹었다면 한 번쯤 그렇게 해보는 것도 나쁘지 않잖아요. 그렇게 했다가 타인들 또한 당신을 이기적이라 여기며 당신을 미워한다면 그때 가서 다시 혼자가 되어도 손해 보는 건 아니잖아요.

하지만 이대로 포기한다면 당신은 당신의 마음을 스스로 저버리게 되는 거예요. 늘 지켜지지 못해 상처받아왔고 앓아왔던 당신의 마음이 평생 그 자리에 머무르게 스스로를 가두게 되는 거예요. 용기를 내지 못해 포기해버린 마음을 지켜나가는 일, 타인들이 나빴다고 탓하고 변명하며 위로를 삼았던, 인연을 지켜나가는 일. 이대로 그만두어선 안 되는 거잖아요. 그건 당신에게 주어진 삶에 최선을 다하지 못하는 일인 거잖아요.

그러니 당신에게도 당신의 곁에게도 당신의 마음을 지켜나갈 기회를 줘 봐요. 한 번 더 용기를 내는 거예요. 나는 이런 사람이다, 그러니 이럴 땐 이러고 싶다며 나를 알려가는 거예요. 그렇게 타인과 내가 다를 때, 나에게도 타인에게도 서로를 이해하고 맞춰나갈, 조율해나갈 기회를 주는 거예요. 생각보다 어렵지 않은 일이었다는 것을, 내 앞에 마주한 너의 마음 또한 나를 향해 많이 열려있었다는 것을 꼭 알게 될 거예요."

두려웠던 거뿐이에요. 내가 이 말을 하였을 때 혹여나 네가 나를 미워하면 어떡하지, 그게 겁이 났던 거뿐이에요. 하지만 두렵기에 용기를 내어 극복해나가야 하는 거예요. 나를 깨뜨려내고 딛고 일어서야 내게 새로운 세상이 열릴 테니까요. 평생을 제자리걸음만 하며 살아갈 수는 없는 거니까요. 성장하기 위해서는 나를 묶어왔었던 타성을 부수고 나아갈 수 있어야 하는 거니까요.

어렵지 않잖아요. 오늘은 내가 낼 테니까 다음엔 네가 계산해, 저

번에 내가 냈으니까 오늘은 네가 사. 그렇게 말하면 되는 거잖아요. 상처가 되는 말을 듣는 순간 얼굴을 붉히며 화를 내기보다 둘이 잠시 이야기하는 시간을 가지며 아까 네가 한 말은 내게 상처가 되었다, 다음부터 조심해줬으면 좋겠다, 라고 말할 수 있는 거잖아요. 나는 여기에 가고 싶은데, 나는 오늘 이걸 먹고 싶은데, 라고 말할 수 있는 거잖아요. 그렇게 말을 하고 나서 서로의 의견을 맞춰나가면 되는 거잖아요.

원래 관계란 끝없이 맞춰나가는 과정인 걸요. 처음엔 삐걱거리다가도 함께 오랜 시간을 이해하고 맞춰가며 알아가다 보면 말하지 않아도 서로가 서로의 마음을 너무 잘 알아서 편해지는 순간이 오게 되어있는 걸요. 당신이 당신의 마음을 알려나갈 때 당신을 알아갈 마음이 없는 사람이라면, 당신과의 관계 속에서 이해를 키워가며 서로의 색을 조율하고 맞춰나갈 생각이 없는 사람이라면 그때 가서 그 인연에 대해 다시 생각해봐도 충분한 걸요.

해보지도 않고 포기하기에, 끙끙 앓아왔던 당신의 마음을 토닥여주며 지켜지지 않았던 여태까지의 마음을 다시 지켜나갈 기회를 스스로 저버리기에 당신이 앞으로 살아갈 삶이 너무 아까운 거니까. 너무나 소중한 당신의 맘, 이대로 가두어두기에 당신이 당신의 마음과 함께 살아갈 시간들, 더없이 가치 있는 시간들인 거니까요.

그러니 용기를 내어요. 다른 누구도 아니라 당신 스스로를 위한 용기를 내어요. 나의 부족함을 바라보는 데서 그치지 말고 이겨내기 위해 세상으로 나가는 거예요. 그렇게 성장해나가는 거예요. 그래야만 진정 행복할 수 있는, 당신과 당신의 한 번뿐인 소중한 삶이니까. 꼭 지켜져야 할, 지켜내야 할 당신의 마음인 거니까요.

이토록 맘이 여려 인간관계 앞에서 힘들어하는 당신께 나는 모든 관계 속에 '당신'이 꼭 있어야 한다고 말해주고 싶었어요. 상대방만 있고 나는 없는 관계, 그러니까 나의 모든 색깔과 성향을 내려놓은 채 상대방에게만 맞춰주는 관계를 할 때 그 관계는 당신에게 온전하지 않은 관계이기에 결국은 극단적이 될 수밖에 없는 거니까. 나를 배려해주고 이해해주지 않는다는 속상함에 결국 멀어져야겠다, 마음먹게 될 당신이니까.

그러니 나는 관계를 이끌어나가는 것이 당신이었으면 좋겠어요. 나는 이런 사람이다, 이런 것에 서운한 사람이다, 끊임없이 말하고 알려나갈 수 있는 당신이었으면 좋겠어요. 예를 들어 돈 관계. 네가 좋아서 한 번, 두 번, 밥을 샀을 때 세 번째 만남에서는 상대방이 사주었으면 좋겠지만 상대방은 이미 나에게 길들어졌기에 당연한 듯 내가 사줄 거라는 생각으로 나를 바라봐요. 그 눈빛 앞에서 오늘은 네가 사, 라는 말을 할 용기가 없었기에 내가 계산을 하였지만 속으로는 상대방에게 참 서운하고 원망스러워요. 하지만 그럼에도 이 관계를 개선시키기 위해 나를 알릴 용기가 없는 당신은 언제나처럼 극단적이 되어버려요. 이 사람은 나와 맞지 않는 사람이다, 라는 생각으로 이 인연을 끊어야겠다, 마음먹어요.

하지만 사실은 그 관계를 그렇게 이끌어간 것은 나예요. 이 관계 속의 나를 지켜나가기 위해 내 마음을 알릴 용기가 없었던 건 다른 누구도 아니라 나인 거니까. 나를 서운하게 했던 이 사람이 다른 사람과의 관계 안에서는 반듯하고 철저한 사람일 수도 있는 거니까. 그러니까 좋은 사람을, 좋은 인연을 이렇게 길들인 것도 나인 거고 그 관계의 온전함을 지켜내지 못한 것 또한 나 자신이기에 그 사람을 탓할 수 없는 거예요.

그러니 나는 당신이, 당신이 맺은 관계를 이끌어나가는 사람이었으면 좋겠어요. 끊임없이 나는 이런 사람이다, 이런 것에는 서운해하고 이런 것에는 참 기뻐하는 사람이다, 그러니 앞으로의 관계를 위해 이런 점에서는 선을 잘 지켜줬으면 좋겠다, 표현하며 관계 속에 있는 당신 스스로를 지켜나가는 당신이었으면 좋겠어요. 그렇게 '당신'이 있는 관계를 맺어나갔으면 좋겠어요. 늘 혼자서 속앓이를 하다 극단적이 되어서는 안 돼요. 상대방만 있고 나는 없는, 그러니까 늘 양보하고 배려하고 맞춰주다 속으로 끙끙 앓는 관계는 극단적이 될 수밖에 없는 거니까.

하지만 당신은 충분히 그 관계를 온전한 방향으로 이끌어나갈 수 있는 사람이고 그 관계를 지켜나갈 수 있는 사람이니까. 그러니 말하지 않아도, 표현하지 않아도 나를 알아주고 이해해줄 거란 기대, 이제는 덮어두고 당신 스스로 당신을 알려나가요. 표현하지 않아도 알아주었으면 좋겠지만 세상엔 그렇지 못한 사람이 너무나도 많고 그런 사람이 나타나길 하염없이 기다리며 상처받기에 나는 너무나 소중한 사람인 거니까. 그러니

꼭 용기를 내어요. 다른 누구도 아닌 당신을 위한 용기를. 그렇게 용기를 내어 나를 알렸는데도 내가 지켜지지 않는 관계라면 그때 가서 극단적이 되어도 충분한 거니까. 자꾸만 말하게 만들고 거절하게 만드는 관계는, 그러니까 부탁이 모든 것을 한 뒤의 마지막이 아니라 모든 것의 시작인 사람한테는 충분히 극단적이어도 되는 거니까. 하지만 기회는 주어져야 하고 좋은 인연이 나쁜 인연이 되지 않게 용기를 낼 줄은 알아야 하는 거니까. 소중한 나를 관계 속에서 지켜낼 수 있는 것은 나 자신밖에 없는 거니까.

그러니까 한 번만 용기를 내어줬으면 좋겠어요. 모든 사람이 잘 지켜가는 관계를 당신 혼자 지켜내지 못해 속상해하고 외로워하는 모습, 너무 속상하니까. 그러기에 당신은, 참 소중한 사람이니까요.

혼자 상처받고 혼자 끙끙 앓지 말아요.
그 상처를 알려 내 마음이 지켜지는 관계를 만들어가요.

말을 하였다면 그 순간 고쳐질 수 있고
나아질 수 있는 관계인데
그 용기를 내지 못해 그 관계를 저버려선 안 돼요.

당신의 마음을 지켜나가야 하는 거니까,
지켜질 수 있도록 당신 스스로 최선을 다해야 하는 거니까요.

•

생각보다 쉬이 해결할 수 있는 관계의 문제들 앞에서
혼자 앓다 보면 오해는 부풀려지고
마음속에 심어졌던 원망의 씨앗은 더욱 크게 자라나는 거예요.

그러니 그 싹이 자라나지 않게
당신의 곁도, 당신의 마음도 따뜻이 건강할 수 있게

늘 당신을 알리는 용기를 내도록 무던히 노력해 봐요.

•

당신은 꼭 잘 해낼 거예요.
당신의 곁, 당신의 마음을 지켜주는 곁이 되어
기쁨으로 가득 채워질 거예요.

지금까지 조금 소심했고, 조금 서툴렀던 거뿐이에요.

말하지 않아도 알아주고
내 마음을 지켜주면 좋겠지만
결국 그렇게 되기까지는 많은 시간과 정성이 필요한 거예요.

처음에는 서로가 서로의 다름을 알아가고
맞추어나가고 그 달랐던 색을 조율해나가기 위해
가끔은 싸우기도 하고 멀어졌다 화해도 해야 하는 거예요.

그 시간을 함께하지 못해
멀어지는 인연들에 대해 아쉬워 말아요.

결국 당신에게 가벼웠던 것이고
당신의 마음을 지켜나가기에 충분히 깊지 못했던 거니까.

•

나는 당신이 어디서나 쉽게 상처받으며
홀로 앓으며 아파하는 사람은 아니었으면 좋겠어요.

늘 내가 곁에서 지켜줄 수는 없는 거니까.
당신이 살아가는 세상에 나 하나만 있어서는 안 되는 거니까.

나 한 사람만으로 괜찮을 만큼 내가 너무 좋은 사람이긴 하지만
나 한 사람만으로 괜찮기에 당신 또한 너무 소중한 사람이니까.

내게 너무 소중한 당신이라서
모든 사람에게서 또한 그 마음 지켜지고 지켜나가는

그런 당신이었으면, 하고 진심 다해 바라고 소원해요.

늘 당신이 맺어가는 관계 속에서
당신이라는 색이 찬란했으면 좋겠어요.

배려하고 양보하다가 그렇게 늘 속으로만 앓다가
나 자신이 없어져버리는 그런 관계는 아니었으면 좋겠어요.

그러니 나는
관계를 이끌어가는 사람이 당신이었으면 좋겠어요.

좋은 사람, 좋은 인연과의 만남 앞에서도
나를 알리지 못해 그 인연이 나쁜 인연이 되어버리게 하는
그렇게 나쁜 사람이라며 원망하며 극단적이 되어버리는

하여, 늘 혼자가 편해져버린, 외로운 당신이 아니기를.

•

타인과 당신의 관계가 온전할 수 있게
그 어떤 사람을 만나도 당신을 지켜나갈 수 있게
그리하여 관계 속에 있는 이토록 찬란하고 소중한
'당신'을 잃거나 저버리지 않을 수 있게

당신 스스로를 꼭 알려나가고 지켜내 줘요.

당신에게 주어진 관계의 의무를 저버리고 포기하기보다
나는 당신이 최선을 다해 극복하는 사람이었으면 좋겠어요.

그렇게 모든 관계 속에서 당신만의 색과 찬란한 미소를
잃지 않고 간직할 수 있는, 행복한 당신이었으면 좋겠어요.

늘 짓궂게 고백하고 장난스럽게 말하다가
오늘은 그럴 듯 말 듯 그러지 않으니까,

은근히 허전하고 서운하죠?

•

바보, 이리로 와요.

당신의 마음,
이제는 스스로 지켜나가는 당신이 되겠다고.

앞으로는 용기를 내어
타인 또한 당신의 마음을 지켜줄 수 있게
홀로 담아두지 않고 알려나가는 당신이 되겠다고.

나랑 새끼손가락 걸고 약속해요.

•

그리고 나한테도 꼭 그렇게 하겠다고.
당신과 나의 달랐던 색을 하나의 색으로 모아가며
말하지 않아도 서로를 이해할 수 있는,
그렇게 서로에게 흠뻑 깊어져 편안하고도 따뜻한,
그런 인연이 될 수 있게 노력하겠다고.

약속해요.

나 또한 오래도록 당신의 마음을 꼭 지켜주겠다고 약속할게요.

나는 늘 표현하기보다 표현하지 않아도 알아주길 바라는 사람이었다. 당연히 지켜져야 할 사람과 사람 사이의 도리에 관하여 타인들 또한 지켜나갈 거라고 믿어왔으며 그 도리를 지키지 않는 사람을 나쁜 사람이라 생각한 채 늘 밀어내왔다. 그렇게 믿고 살아왔는데 내 옆을 돌아보니 사람 한 명이 남아있질 않더라.

어쩌면 나는 알아주길 바라는 사람이 아니라 알려나가길 두려워하는 사람이었다. 아무리 친한 사이라 해도 사람과 사람 사이에 하는 부탁은 홀로 최선을 다한 그 끝에 있어야 한다고 생각하는 나라서 시작이 부탁인 사람을 싫어했으니까. 또한 내 나름의 기준으로 정해놓고 그은 선을 함부로 넘나드는 사람, 그러니까 나에게 자꾸 거절하게 만드는, 이건 이래서 안 되고 저건 저래서 안 된다, 끊임없이 말하게 하는 사람, 말하는 나도 불편하고 거절당하는 너도 불편한 사람과는 애초에 인연을 시작하지 말아야지, 생각해왔으니까.

하지만 그 모든 것이 내 마음속 두려움으로부터 비롯되지 않았나. 하는 생각에 지난 시간들을 돌이켜보게 된다. 나는 혼자이지만 내가 밀어냈던 너는 혼자가 아니었으니까. 그런 너를 이해해주는 사람이 있었고 그런 너를 그렇지 않게 이끌어주는 사람 또한 있었으니까. 결국 너는 나와의 관계에서만 그런 사람이었기에 그렇게 너를 만들어간 것이 나는 아닐까. 내 안에 문제는 아닐까. 라는 생각으로 나의 지난 시간들을 곱씹어보게 된다.

내가 처음부터 잘 거절해왔더라면, 너에게 내 감정을 잘 알려왔더라면 우리 사이가 이렇게 치닫지는 않았을 거라는 생각에 너에게 또한 미안해진다. 나빴던 건 네가 아니라 내가 너를 미워하도록, 네가 나와의 관계 속에서 나와 맞지 않는 상태로 있도록 너를 방치한 나였고 좋은 인연일 수도 있었던 너에게 기회 한 번 주지 않고 너를 나쁘다 단정 지은 채 밀어낸 것 또한 나였으니까. 그러니까 이 관계 안에서 너를 그렇게 길들인 주체는, 그런 너를 이끌어내었던 모든 원인은 결국 나에게 있었던 거니까.

내가 아닌 다른 관계 속에서는 참 반듯하고 도리를 잘 지켜나가는 너니까. 그 어떤 안 좋은 너라도, 좋은 너로 만들어가는 내가 되면 되었던 거니까. 결국 이 관계의 흐름을 그렇게 이끌어가지 못한 게 나니까. 내가 그어놓고 내게 이런 선이 있다, 말하지 않는다면 그 선의 존재를 모르는 게 당연한 너니까.

그러니 속에 담아두기보다 표현할 용기를 배워가기. 아무것도 아닌 오해, 혼자 부풀려가기보다 대화해보기. 혼자 토라지다 원망한 채 너를 밀어내는 것도, 그렇게 삶이 외롭다고 한탄하는 것도 아무것도 아닌 작은 오해의 씨앗을 내 맘속에서 키워낸 까닭인지도 모른다. 그저 확인할 용기가 부족했다. 나와의 인연이 소중하지 않은 너라고 믿어왔지만 사실은 그 정도의 용기도 내지 않고 오해한 채 너를 밀어낼 만큼, 내가 너를 소중히 여기지 않은 까닭인지도 모른다. 나를 외롭게 가둔 것도, 삶 속에 이렇다 할 인연이 없다 믿게 만든 것도 결국은 내 마음이 소심하고 한없이 부족해서였을지도. 그러니 너를 탓하기보다 나의 부족함을 딛고 나아가야만 내 삶의 어느 시점에 지금과 같은 후회는 없겠지.

그러니까 조금만 용기를 내자. 멀어지는 것은 그 뒤에 선택해도 충분하니. 소중했던 인연에게 한 번 더 기회를 주자, 어쩌면 나만의 오해로 너와의 소중함을 잃을지도 모르니. 그 정도는 해낼 수 있는 내가 되자, 평생을 작은 마음의 울타리에 머물 수는 없으니. 삶은 혼자서는 살아갈 수 없는 거니까. 그러니 용기를 내자. 너를 위한, 무엇보다 나 자신을 위한 용기를.

결국 인연과 인연 속의 내 마음을 지켜내는 것은
오롯이 내 몫이고 책임이라는 것을.

한 사람이 맺을 수 있는 수많은 인연 속에서
그 사람이 모두 똑같은 모습을 하고 있지 않은 것은
인연마다 만들어간 인연 속의 내가 달라서라는 것을.

좋은 사람도 어떤 인연 속에선 나쁜 사람이 될 수도
나쁜 사람도 어떤 인연 속에선 좋은 사람이 될 수도 있다는 것을.

결국은 서로가 서로를 위해 맞추어나가고
서로를 이해하고 알아가는 그 긴 과정 속에서
인연 안에 있는 우리의 모습이 달라질 수 있다는 것을.

그러니 나는 좋은 사람이니
좋은 너와의 인연 또한 아름답고 예쁘길 바란다.

그 인연 속에서 서로의 마음을 지켜나가며
달랐던 서로의 마음을 하나의 중심으로 모아가며
말하지 않아도 서로를 이해하고 알아가는,
침묵이 더 이상 두렵지 않고 편안한 그런 인연이
너와 나라는 인연의 이름이기를, 의미이기를.

사람과 사람의 관계는 상대적이어서
나는 이런 사람이다,
정의를 내리는 일은 언제나 어렵다.

어떤 사람을 만나면 이런 내가 되고
어떤 사람을 만나면 저런 내가 되니까.

그러니 결국, 관계를 이끌어가고
관계를 만들어가고 지켜내는 것은
내게 주어진 몫이 아닐까.

그러니 이 관계 안의 너와 내가
어떤 우리가 될지 알 수는 없지만
그럼에도 서로가 만족할 만한 관계가 되기 위하여
끊임없이 나를 알려나갈 것.
속마음을 말하는 것에 주저하지 말 것.
관계 속의 '나'를 지켜나갈 것.

내가 없는,
그러니까 너의 의견과 너의 생각만 있는
그런 관계가 되지 않게 늘 최선을 다할 것.

또한 "너는 어때?"
관계 속의 너를 알아가고 지켜주는 것에도 최선을 다할 것.

형, 저번에 지갑 나두고 왔다고 해서
커피 내가 샀잖아.
다음에 사준다며, 근데 왜 사줄 생각을 안 해?
심지어 우리, 지금 카페 안인데.

오늘은 무조건 네가 사.
커피에 치즈케이크까지 사.

•

속마음 :
오늘 치즈케이크까지 안 사주면 서운할 듯.
그래서 형을 원망할 듯.
그리고 내가 말하지 않으면 형은 기억 못할 듯.
그러면 나는 형을 오해할 듯.
그래선 안 되지. 말해야지.
내가 지켜가야지. 결국 내가 만들어가는 거니까.

•

나에게 흔히 일어나는 일상 중 하나의 이야기.
동네에 같이 사는,
잘 잊고 가끔 사람 맘 상하게 하는 형과 나의 이야기.
형과 내가 오래도록 잘 지내고 있는 것은
적어도 형이 내게 한해서는 반듯하고 좋은 사람이니까.

속으로 끙끙 앓기보다
표현하지 않아도
알아주길 기다리기보다
내 마음 끊임없이 알려나갈 것.

타인에 의해 지켜지길 하염없이 기다리기보다
나 스스로 나를 지켜낼 것.

내 마음 다치지 않게.
우리의 관계 또한 다치지 않게.
그렇게, 오래도록 지켜질 수 있게.

관계를 오래도록 지켜나가는 데 있어

가장 중요한 게 뭐라고 생각해?

그 관계 안의 '나'를 지켜나가는 것.

그러니까 너의 생각과 너의 의견과 너의 성향과

너의 색과 너의 소원과 너의 뜻만이 있는 관계,

그런 관계가 되지 않게 나를 지켜나가는 거.

나는 이런 사람이다, 네가 이럴 때 나는 불편하다,

서운하다, 말을 할 용기를 낼 줄 아는 거.

너만이 있는 관계 혹은 나만이 있는 관계가 되지 않게

늘 주의를 기울이고 용기를 내고 노력할 줄 아는 거.

나는 그 마음가짐이 가장 중요하다고 생각해.

인연이라는 게 원래
처음부터 잘 맞을 수는 없는 거 같아.
평생을 다른 환경 속에서
다른 습관을 가진 채 살아온 서로니까.
그래서 너의 색은 이렇고
나의 색은 이럴 수밖에 없는 거니까.
하지만 그래서 재미있는 게
관계를 만들어나가는 과정이 아닐까.
너와 나의 색이 섞여
어떤 색이 되어가는지 지켜보는 거,
제법 설레고 의미 있고 소중한 일이니까.

그러니 나는 네가,
우리 관계의 처음이 잘 맞지 않는 것이
지극히 당연한 것임을 받아들이고
삐걱거리기를 두려워하지 않았으면 해.

삐걱거리더라도
너는 너를 알리고, 나는 나를 알리다보면.
그렇게 진득하게 싸우다보면,
싸우고 화해하고를 수없이 반복하다보면.
그렇게 몇 개는 양보하고 몇 개는 지켜내고
몇 개는 존중하고 또 몇 개는 끝까지 미워하다보면.
끝내는 둘도 없는 하나의 색이 되어있을 우리니까.

이 세상에 우리라는 색을 가진 인연은
우리밖에 없어서 참 소중한 거니까.

그러니 삐걱거리기가 무서워 침묵하기보다
그렇게 잘 맞는 척 너를 포기하기보다
나는 네가 때로는 다름에 맞설 줄 아는
관계 안의 너를 또렷이 지켜낼 줄 아는
그런 용기 있는 사람이었으면 해.

그래야 우리의 인연이
오래도록 소중할 테니까.

다른 색이니 싸울 수도 있지.
하지만 그게 당연한 거야. 너와 나는 다르니까.
그래서 맞춰가는 과정이란 게 필요한 거고.

하나가 되어가는
그 과정이 예쁜 거라고 생각해.

하나의 색이 되어가는 걸음들은
결국 우리만의 소중한 추억이 될 거고
우리만의 지금과 내일을 만들어갈 테니까.

그러니까 우리,
서로에게 너무 고집부리기보다는
미안하다는 말도 아낌없이 해가며
세상에 단 하나뿐인 예쁜 색을 만들어가자.

당신의 최선

나는 이런데 저 사람은 저래요. 이렇게 하는 게 마땅한데 자꾸만 저렇게 하니 참 미워요. 이건 옳고 저건 잘못되었다는 생각이 들어요. 그래서 그 잘못을 바로잡아주고 싶은데 자꾸 고집을 부리니 답답해요. 한 번 꼬집어주고 싶을 만큼 화가 나기도 해요. 잘못을 했으면 책임을 져야 하는데 책임을 피하기 위해 아무렇지 않게 거짓말을 하는 사람들. 눈앞의 이익에 급급하여 타인의 마음을 속이는 것이 일상이 되어버린 사람들. 소중한 진심과 애틋한 마음을 너무 쉽게 저버리는 사람들. 욕망에 눈이 멀어 마음에 없는 달콤한 말을 속삭이며 자신의 욕망에 타인의 진심을 서슴없이 이용하는 사람들. 이제는

그들에게서 내 마음이 지켜지기를, 다치지 않기를 기대하고 바라는 일이 허무하게 느껴져요. 그들의 곁에서 이해하고자 했고 좋은 영향을 주어 변화하기를 고대했던 내 마음이 한심하게 느껴지기까지 해요.

약았어요. 진솔함이 없는 그들의 사고방식에 지쳐버렸어요. 답답해서 한숨이 나오고 함께할 가치가 없다는 생각이 들어요. 대화를 하는 시간조차 아까워져요. 이제는 싫어요. 미워요. 사람과 사람 사이에 지켜나가야 할 최소한의 선조차 그들에겐 너무 가벼워서 헐거워지다 못해 끊어져버린 것 같아요. 그래선 안 되는 거잖아요. 마음은 지켜져야 하고 그 소중함은 간직되어져야 하는 거잖아요. 오래도록 그 빛을 잃어선 안 되는 거잖아요.

그런 당신에게 나는 이렇게 말해주고 싶어요. 그들에게는 그들의 최선이, 당신에게는 당신의 최선이 있을 뿐이라고. 다만, 그 최선이 달랐을 뿐이라고. 그러니 그들을 미워하고 그들로부터 아파할 이유는 없는 거라고. 당신이 옳다고 믿는 삶을 바라보는 태도와 그들이 옳다고 믿는 삶을 바라보는 태도가 달랐던 것뿐이니까. 사람은 주어진 순간에 늘 자신이 할 수 있는 최선의 선택을 하는 거니까. 그 선택의 폭은 사람이 살아가며 성장한 정도에 따라 좁을 수도, 넓을 수도 있고 뒤에 있을 수도, 앞에 있을 수도 있는 거니까요.

당신의 옳음이 그들에게는 그름이 될 수도 있는 거예요. 하여, 당신이 아무리 이건 아니다, 설명하여도 그들은 당신을 이해할 수 없을지도 모르는 거예요. 그래서 그들은 그들의 옳음이 이해되어지는 곳에서, 서로가 서로를 이해할 수 있는 곳에서 관계를 맺어갈 것이고 당신 또한 그러게 될 거예요.

어떤 일을 당했을 때 직관적으로 어떻게 해야겠다는 생각은 사람마다 모두 달라요. 어떤 사람은 상황을 피해가기 위한 거짓말을 머릿속으로 만들어가고 있을 것이고 또 어떤 사람은 그 상황을 온전히 책임지기 위해 그 상황 앞에 설 거예요. 클래식 음악을 좋아하는 사람과 클럽 음악을 좋아하는 사람이 함께 밤을 보낼 수 없는 것처럼 그저 다를 뿐이에요. 당신의 최선과 그 사람의 최선이. 그러니 그 다름에 골몰한 채 아파하지 말아요. 당신은 당신의 최선이 존중받아지고 이해되어지는 곳에서 관계를 맺을 필요가 있는 거뿐이에요.

그러니 최선을 다해서 지어진 선택의 폭이 겹쳐지는 사람들과 함께해요. 1미터의 폭을 가지고 살아간다면 당신보다 50센티미터 앞에, 50센티미터 뒤에서 1미터의 선택의 폭을 가진, 50센티미터가 겹치는 사람들과 함께해요. 당신은 그들을 이해할 수 있으며 그들 또한 당신을 이해할 수 있을 테니까. 서로의 선택이 조금은 달라도 비슷한 방향을 향해 나아가고 있기에 당신의 마음은 지켜질 테니까요. 상처로 인해 얼룩지지는 않을 테니까요.

그러니 나는 당신과 나의 최선이 포개어지기를 바라요. 그렇게 우리가 늘 함께이길 바라요. 그러니까 우리, 맑고 깨끗한 눈으로 세상을 바라보고 예쁜 맘으로 삶을 살아가고 따뜻함 가득한 미소가 늘 함께일 수 있게 주어진 삶을 최선을 다해 살아가고 사랑해요. 그리고 늘 최선의 나아감 속에서 서로의 손을 놓치지 않은 채 함께해요. 당신이 바라보는 세상과 내가 바라보는 세상의 방향이 같아서 우리가 서로를 이해하고 존중할 수 있기를 바라요.

이렇게나 예쁘고 찬란한 당신과 함께이기 위해 나 또한 최선을 다해 당신에게 걸맞는 사람이 되어갈게요. 반듯한 맘으로 삶을 마주한 채 나아갈게요. 당신을 이해할 수 있고 당신에게 이해되어질 수 있는 사람이기 위해 간절한 맘으로 노력할게요. 늘 성장해나가는 당신이라서 나도 늘 성장해나가요. 언젠가 당신을 따라가지 못한다면 결국 서로의 최선이 달라져 소원해지다 끝내는 갈라지게 될 우리, 인연이니까요.

그래서 당신에게 참 많이 고마워요. 당신과 같은 반듯하고 맑은 사람을 만나서 나 또한 예쁜 맘 가득 살아갈 수 있다는 것이, 전에는 보지 못했던 세상의 아름다움을 가슴에 가득 담은 채 바라볼 수 있다는 것이 참 많이 고마워요. 당신 또한 나에게 고마워할 날이 올 수 있게 더 열심히 나아갈게요.

그렇게 당신과 함께 성장해나간다는 것이 참 벅차요. 영원한 사랑은 함께 성장하는 사랑인 거니까. 성장함이 없는 사랑은 결국 시들어지고 바래지다가 사랑의 꽃이 메말라버리는 순간이 꼭 찾아오게 되어있는 거니까요.

그러니 우리, 늘 함께 나아가요. 서로를 놓치지 말아요. 당신의 1미터와 나의 1미터가 늘 포개어질 수 있게. 늘 함께 성장해나갈 수 있게. 때로는 조금 더 앞에서, 조금 더 뒤에서, 그렇게 나란히 함께하며 당신이 앞에 있을 때는 당신이 나를 당겨주고 내가 앞에 있을 때는 내가 당신을 이끌어줄 수 있게. 우리의 인연, 성장함이라는 영원의 태도와 함께 늘 함께일 수 있게.

그러니 당신이 이해할 수 없고 당신이 이해되어지지 않는 곳에서 아파하기보다는 함께하는 소중함을 간직하는, 같이 있는 시간들이 가치 있다 여겨지는 만남들 속에서 찬란히 피어나는 당신이라는 꽃이길 응원해요. 당신이 피어나는 정원에 나라는 꽃 또한 피어나고 있기를. 그리고 그 정원, 세상에서 가장 따듯하고 아름다운 정원이 되기를 간절히 소원하고 바라며 기도하며.

부디, 당신의 1미터와 나의 1미터가 늘 함께이기를.

이 사람은 이래서 틀렸다,
저 사람은 저래서 틀렸다, 판단하지 말아요.
그렇게 당신의 예쁜 마음을 무너뜨리지 말아요.

그 사람에게는 그 사람의 최선이,
당신에게는 당신의 최선이 있는 거니까.
그 최선이 때로 다를 수도 있는 거니까요.

그러니 그 다름을 바라보며
골몰하고 아파하고 억울해하고 분해하지 말아요.

당신이 아파한다고 그들이 변하는 것도 아니며
당신이 분명히 옳고 그들이 잘못되었더라도,
그들은 편안히 잠도 잘 자며 잘살아가고 있을 테니까.

•

옳은 선택을 해놓고
잘못된 선택을 하여 당신을 아프게 하고 상처를 준 사람보다
더 힘들어하고 아파하고 잘 지내지 못한다면

그만큼 바보 같은 일이 또 어디 있어요.

•

그들은 아무렇지 않게
오히려 떳떳하게, 당당하게 살아가는데

그들보다 더 떳떳하게 잘살아가야 할 당신이잖아요.

그러니 판단은 삶에게 맡겨두고
당신은 부디 아파하지 말고, 그 아픔에 골몰하지도 말고
그곳이 아닌 아름다운 세상을 향해 시선을 돌려 바라봐요.
따뜻한 당신의 결과 함께
당신에게 주어진 찬란히 예쁜 삶들을 살아가요.

•

어떤 종교에서는 잘못을 하면
이번 생이든, 다음 생이든 그 잘못을 깨닫기 위해
똑같은 그 일을 다른 누군가에게 똑같이 당하게 된다더라.

얼마나 깨닫지 못하면 똑같이 당해야만 깨달을까요.

또 어떤 종교에서는 잘못을 하면
잘못을 했는데 그 잘못을 뉘우치지 못하면
평생을 불타는 뜨거운 곳에 갇혀 살아야 한다더라.

뭐가 됐든 그들은 그 대가를 치르게 될 테니까.
당신이 아닌 삶으로부터 단단히 배우게 될 테니까.

당신은 너무 신경 쓰지 말아요.

•

그렇게 아파하기에 당신과
당신이 살아가고 있는 지금은,
찬란히 아름다워도 모자랄 만큼, 아까울 만큼
당신에게 있어 참 소중하고 예쁜 지금인 거니까.

그러니 나는 당신이 아파하지 않았으면 좋겠어요.

아파하기보다 당당해야 할 당신이
밤을 지새워가며 이렇게나 힘든 시간을 보내고 있으니
그 모습을 보는 나도 분하고 속상하니까요.

•

그러니 아파하기보다
우리 함께 좋은 곳을 바라봐요.

아픔에 골몰하느라 바라보지 못했던
오늘따라 참 예쁜 하늘과
사랑 가득 당신을 바라보는 내 눈과
내 눈에 담겨있는 참 예쁜 당신을 바라보며,

잃었던 미소를 되찾는 거예요.

•

당신은 웃는 모습이 제일 예뻐.
그러니까 많이 웃었으면 좋겠어요.

늘 예쁠 수 있게, 찬란히 행복할 수 있게.
무엇보다 당신의 미소라는 꽃을 피우는 것이 나일 수 있게.

함께하는 시간의 찬란함 속에서 당신이라는 꽃과
미소 가득히 피어난 사랑스러움이 늘 함께하기를.

사람은 늘 최선을 다한다는 것을 알게 되었다. 내가 봤을 때는 잘못되고 그릇된 타인의 선택일지라도 그에겐 그가 할 수 있는 최선의 선택이 그것일 수 있다는 것을, 책임을 지지 않기 위해 거짓말하는 사람의 최선은 책임을 지는 것이 아니라 그 책임을 외면하기 위해 거짓말을 하는 것이 될 수도 있다는 것을, 조금씩 받아들여 간다. 그러니 그들의 그런 태도에 스트레스를 받을 필요가 없다는 마음이 커져간다. 변화시키려 했던 적이, 바로 잡으려 애썼던 적이 있었다. 하지만 그들이 그런 존재였다면 그런 선택을 애초에 하지 않았을 것임을.

다만, 나의 최선과 너의 최선이 다를 뿐이다. 너는 그렇게 살아갈 것이고 나는 이렇게 살아갈 것이다. 너와 나는 다르며, 달라서 서로를 이해하기가 때로는 힘들 것이다. 그렇게 멀어져 갈 것이다. 서로의 최선이 존중받아지는 곳으로. 비정상적인 사람들 사이에서 정상적인 사람이 놓인다면 정상이 비정상이 되고 비정상이 정상적이라 여겨지는 것처럼 우리는 우리 스스로가 정상적인 사람이라 받아들여지는 곳으로 가게 될 것이다.

그러니 나는 너의 최선이 부디 선善의 편을 향하기를 바란다. 그렇게 너와 내가 인연이기를 바란다. 나의 최선이 아름다운 만큼 아름다운 네가 내게 올 테니까. 악한 사람은 나의 선을 바라보지 못할 것이고 아름답다 여기지 못할 테니까. 그들에게는 그들의 악이 최선이며 그들이 선택할 수 있는 최고의 아름다움인 거니까. 하여, 그들은 나를 이해할 수 없고 나 또한 그들을 이해할 수 없을 테니까. 그러니 나와 너는 서로가 서로를 이해할 수 있기를, 우리의 이해가 삶의 아름다움에 서 있기를 바란다.

내가 선택할 수 있는 최선의 범위가 너의 범위 안에 함께 놓여진다면 우리는 비로소 서로를 존중하고 이해할 수 있을 테니까. 함께하게 될 테니까. 서로의 손을 잡고 나아가게 될 테니까. 각자의 씨앗으로 태어나 우리라는 꽃이 되어 피어나 서로를 끌어안을 테니까.

그러니까 나는 너와 내가 부디 좋은 인연이길 바란다. 나의 최선을 네가 이해할 수 있길 바라고 너의 최선을 내가 존중할 수 있기를 바란다. 우리가 놓인 이곳에서 바라볼 우리 삶의 목적지, 그 지평선이 같은 방향이기를. 그리하여 너와 내가 함께 걸어갈 수 있기를. 마주 잡은 두 손을 놓지 않을 수 있기를. 서로의 마음에 잠시 흘러들어왔다 갈 길이 달라, 바라보는 방향이 달라 금방이면 헤어질 그런 인연은 아니기를 간절히 바란다.

무엇보다 우리를 만나게 한 각자의 최선이 찬란히 아름답기를. 우리를 맺어지게 한 최선이 모나거나 거짓된 태도는 아니기를. 맑고 반듯한 최선으로 서로에게 닿아 손을 잡고 때로는 저곳을 바라보다가 때로는 당신을 바라보다가 그렇게 서로가 서로를 이끌어주며 성장해나가기를. 그 성장함 안에서 늘 새로이 다져질 우리라는 이름의 인연, 영원할 테니까. 서로를 향해 얼굴을 붉히기보다 늘 미소 짓는 인연이 되어갈 테니까. 그러니까 나의 최선이 너의 얼굴에 어두움과 바래짐과 시들어짐이 아닌 찬란한 미소를 꽃 피우는 그런 최선이기를. 그렇게 너와 나라는 이름의 인연이

영원한, 이라는 형용사가 붙은 인연이 되기를.

잘못을 저지른 사람이
도리어 더 떳떳하고 당당하다는 말.

그 말의 의미는
본인은 최선을 다해 가장 옳다 믿는 선택을 했기에,
그러니까 자신이 지닌 선택의 폭 안에서
무조건 옳다고 여겨지는 최선의 선택을 했기에,
모든 사람의 눈에는 그 선택이 그릇되어 보일지라도
자신의 선택지 너머에 있는
더 좋은 선택지를 바라볼 수 없는 그에게는
최선의, 떳떳하고 당당한 선택이었다는 것.

그러니 판단하지 말 것.
판단한다고 변할 그들이 아니니까.
판단한다고 맘 편해질 나 또한 아니니까.

어떤 말을 하더라도
그들은 그들 너머에 있는 나의 옳음을 이해할 수 없으며
그들 자신에겐 그들의 선택이 무조건 옳을 테니
말해봐야 내 마음만 답답하고 내 입만 아플 뿐이니까.

그러니 우리는 최선이 달라 함께하기 힘든 곁보다
최선이 같아 함께 나아갈 수 있는 곁을 만들어가자.

최선을 다해 예쁜 마음을 가진 사람이
맑은 눈으로 세상을 바라보는 사람이 되자.
함께 마주하고 있는 우리라는 이름의 인연이
반듯하고 따듯하고 예쁠 수 있게. 소중할 수 있게.

좋은 내가 되어야 좋은 네가 끌려올 테니
좋은 내가 되어야 좋은 너에게 끌릴 나이니
나는 반듯하고 아름다운 삶의 태도를 지닌 사람이어야겠다.

그렇게, 예쁘고 따뜻한 네가

내 곁에 오래도록 머무를 수 있게

나는 주어진 오늘을 최선을 다해 살아가고 사랑해야겠다.

그때를 떠올리고 있으면 너무 답답하고 억울하고 화가 나.

어떻게 사람이 그럴 수가 있어. 그렇게 뻔뻔할 수가 있는 거야.

결국, 모든 사람은 자신의 눈앞에 놓인 선택지 앞에서
최선을 다해 자신이 가장 옳다고 믿는 선택을 하는 거야.
단지 그들의 최선과 너의 최선이 달랐던 거뿐이야.
그들은 그들의 한계 너머에 있는 너의 선택을 이해할 수 없으며
너 또한 그들의 선택을 이해할 수가 없어서 때로 답답하겠지.
그러니까 나는 네가 너라는 예쁜 꽃을 시들어지게 하는 사람보다
활짝 피어나게 해주는 사람과 함께였으면 좋겠어.
너의 예쁜 최선이 이해되어지고 또한 네가 그의 반듯한 최선을
이해할 수 있는, 그런 사람과.

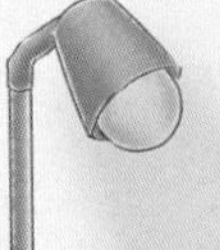

아무리 내가 좋은 사람이더라도
네가 나의 좋음을 이해할 수 없는 반듯하지 않은 사람이라면
네가 나에게 큰 상처를 남기는 순간과
그 상처에 대한 너의 뻔뻔함에 더 큰 상처를 입는 순간과
혹은 잘못이 없는 나를 네가 걸고넘어지는 순간이 꼭 찾아오더라.

너의 마음은 반듯하지 않은 순간이 잦아서
그게 내게 상처가 될지라도 너에게는 이득이 되는 일이라면
그게 네가 할 수 있는 최선의 선택이 되기도 하거든.
그리고 너는 나의 상처를 이해할 수 없어서 뻔뻔하며
그 뻔뻔함에 나는 더욱 울화통이 터지게 되어버리거든.
너의 마음은 늘 못마땅함으로 가득 차있어서
세상에게서도, 사람에게서도 그것만을 찾게 되어있거든.
그래서 아무리 내가 옳은 일을 해도
너는 그것에서 티를 찾아 나를 깎아내리려고 하게 되어있거든.

반듯하지 않은 너에게
반듯한 내 마음은 결코 닿을 수 없다는 것을.

문득 신기하다. 세상에 남자가 이렇게 많고 여자가 이렇게 많은데 그 많고 많은 사람들 중에서 한 사람과 한 사람이 사랑에 빠지게 되는 거. 참 많은 사람을 스쳐 지나갔고 얼굴도 기억하지 못하며 심지어는 스쳤다는 기억조차 나지 않을 만큼 많은 사람들을 지나 너에게로 닿는다는 거. 참 신기하다. 그래서 소중하다.

나는 당신의 향에, 당신은 나의 향에 이끌리는 일.
나는 당신의 색이 참 보기가 좋고
당신은 나의 색이 참 보기가 좋아 서로를 바라보게 되는 일.
그렇게 참 많은 사람들 중 오직 서로가 서로에게 향하게 되는 일.
그러니까 나의 최선과 너의 최선이 늘 함께하는 일.

좋은 사람을 만나기 위한 최선의 기다림은
최선의 다가감은,
내가 먼저 좋은 향, 예쁜 색을 가진 사람이 되는 것 아닐까.

문득 신기하다. 세상에 남자가 이렇게 많고 여자가 이렇게 많은데 그 많고 많은 사람들 중에서 단 한 사람과도 사랑에 빠지지 못한 채 늘 혼자라는 거. 참 많은 사람을 스쳐 지나갔고 얼굴도 기억하지 못하며 심지어는 스쳤다는 기억조차 나지 않을 만큼 많은 사람들을 그냥 지나만 갔다는 거. 참 신기하다. 그래서 이상하다.

왜 이렇게 웃기지. 웃긴데 왜 눈물이 나오지.

나도 좀 그런데 혹시 무슨 샴푸 써요?
바디워시는 뭐야? 향수는?

역시, 나랑 똑같구나. 우리, 그게 문제였어.

근데 나도 그 향이 참 좋은데,
당신도 그 향이 참 좋은가 봐요.

문득 신기하다. 세상에 남자가 이렇게 많고 여자가 이렇게 많은데 그 많고 많은 사람들 중에서 내가 좋아하는 샴푸를 쓰는 당신을 만났다는 거. 참 많은 사람을 스쳐 지나갔고 얼굴도 기억하지 못하며 심지어는 스쳤다는 기억조차 나지 않을 만큼 많은 사람들을 지나 나와 같은 향을 가진 너를 만났다는 거. 참 신기하다. 그래서

나는 당신에게 이토록 사랑에 빠졌다.

사랑의 시작은 늘 사소한 공통점을 찾게 되는 순간부터.
그것을 시작으로
당신을 하나, 둘 알아가는 것이 허락되어지는 순간부터.

당신의 지금

모든 것이 무너져버린 것만 같아요. 세월의 나이테를 더해오며 내온 마음과 정성과 진심과 간절함과 절절함과 살아온 모든 시간의 소중함을 담아 쌓아온 지금이라는 탑이 위태로이 흔들리다, 그렇게 하염없이 흔들리다가 무너져버린 것만 같아요. 이제는 어떻게 살아가야 하지, 무엇을 어떻게 해야 하지. 무너져버린 탑을 다시 쌓아갈 엄두가 나질 않아 밤을 지새우며 아파해요.

그런 당신의 지금에게 나는 어떤 말도 해줄 수가 없어요. 당신의 아픔에 닿을 수 있는 세상의 표현이라는 건 존재하지 않으니까. 그 어떤 따뜻하고 예쁘고 위로 가득한 말도 당신의 아픔에 비하면 너무나 작고 보잘것없기에 당신의 아픔에 '닿지 못함' 이라는 차가움만 더할 뿐이니까. 그래서

말없이 그저 멀리서 응원할 수밖에 없어요. 혼자 있고 싶은 당신을 가득 존중해줄 수밖에 없어요. 이토록 모자라고 부족한 나라서 당신의, 가슴이 미어질 것 같은 아픈 새벽과 상실감 가득한 당신을 둘러싼 공기와 눈물 가득 찬 무너짐과 그 어떤 것도 할 수 없다는 막막함을 멀리서나마 기도하고 소원할 수밖에 없어요.

사람의 모든 염원과 소원과 기도는 하늘에 닿는다고 해요. 그리고 세상엔 나를 위하지 않은 일은 결코 일어나지 않는다고 해요. 내가 그렇게도 간절히 바랐던 소원을 하늘이 들어주지 않은 것은 그 일이 내게 아직 필요하지 않기 때문이라서 그렇대요. 나를 이렇게나 짓눌러오는 아픔이 나를 찾아온 것은 사실은 나를 위해서라고 해요. 지금의 내가 꼭 감당해야 하는 아픔이라서, 지나가야 하는 아픔이라서 이 아픔을 딛고 꼭 일어서서 더욱 찬란한 내가 되었으면 하는, 그런 바람으로 나를 찾아와 가득 끌어안는 거래요.

그러니 나는 당신을 위해 이렇게 기도해요. 무너질 것만 같은 지금이 당신에게 꼭 필요한 것이라면 나는 이 아픔이 당신을 스쳐 지나가길 바라지 않는다고. 그러니 나는 당신이 아프지 않길 바랄 수 없다고. 당신을 위해 일어나야만 했던 일이라면 나는 당신이 그것에 무너지는 사람이기보다 그 아픔을 감당해내는 사람이었으면 좋겠다고. 그러니 나는 당신이 이 삶의 무게 앞에서 도망가기보다는, 아프지 않기를 기도하는 사람이기보다는, 당신을 찾아온 이 아픔을 원망하며 한탄하는 사람이기보다는 삶의 선물로 여기며 기쁜 마음으로 꿋꿋이 감당해내는 사람이었으면 좋겠다고.

이렇게 나는 당신의 반듯하고 예쁜 마음을 위해 기도해요. 당신을 둘러싼 모든 것이 당신을 위해 일어나야만 했던 일이라면 나는 그것을 거스르고 싶지 않아요. 삶에게는 삶이 해야 할 일이 있듯 우리에겐 우리를 찾아온 삶을 살아가는 일이 주어진 거니까. 그러니 당신을 둘러싼 지금이 변하기보다 그 지금을 살아가는 당신의 마음이 변할 수 있기를 기도해요. 멀리서,

때로는 가까이서 두 손 모아 간절히 기도해요. 사람의 모든 염원과 소원과 기도 중 하늘에 닿지 않는 바람은 없는 거니까. 당신이 꼭 겪어야 하는 지금이라서 당신이 아픈 거라면 그 아픔이 일어나지

않기를 기도하는 건 당신을 위한 일이 아니니까. 또한 우리의 지금을 위한 일이 아니라고 여겨지는 기도는 결코 들어주지 않는 하늘이니까. 우리를 위해 꼭 일어나야 하는 일만을, 우리가 꼭 지나가야 하는 지금만을 우리에게 선물해주는 이 삶이니까.

우리를 이렇게나 크고 넓은 마음으로 사랑하는 삶과 하늘이 우리를 괴롭히기 위해 일부러 우리를 아프게 하는 게 아니니까. 우리의 아픔을 바라보는 것이 아픔을 겪어나가는 우리보다 더 아픈 하늘이지만, 삶이지만 그럼에도 불구하고 이 아픔을 통해 우리가 무언가를 배웠으면, 성장할 수 있었으면, 그렇게 더 크게 행복한 사람이 되었으면, 하는 우리를 사랑하는 마음 하나로 아픈 가슴을 애써 누르며 아픔인 채 우리에게 닿은, 우리를 지켜보는 하늘이며 우리를 품은 삶이니까.

그런 하늘 아래 살아가는 우리라서, 그런 삶 안에서 호흡하고 있는 우리라서 나는 그 높은 뜻과 넓은 마음 안에서 당신을 위해 이렇게 기도하는 거예요. 당신의 지금이 괜찮아지길, 이 아니라. 지금을 지나는 당신이 괜찮아지길, 이라고.

사실은 당신이 밤에 잠은 좀 잘 잤으면 좋겠다고 기도하기도 했어요. 이건 하늘이 들어줄지 모르겠지만 들어주든 안 들어주든 내 마음을 보태었어요. 사실은요, 그것 말고도 참 많은 것들을 기도했어요. 당신의 웃음이 다시 되돌아왔으면, 당신이 밥은 잘 챙겨 먹었으면, 혼자 있고 싶은 당신이라 해서 우리의 인연이 끊어지진 않았으면, 예쁘고 소중한 마음이 너무 다치지는 않았으면, 지금을 지나며 세상에 실망한 채 세상을 뒤로하기보다

더욱 꿋꿋하고 반듯한 모습으로 다시 찬란히 웃으며 세상을 살아갈 수 있었으면, 하고 내 사심과 당신과 멀어질까 하는 두려움과 당

신의 예쁜 모습을 다시 보고 싶은 내 진심과 당신을 향한 사랑과 모든 걱정 또한 가득 담아 기도했어요. 그렇게 당신의 어제보다는 오늘이, 오늘보다는 내일이 조금 더 가벼웠으면, 그 일에 내 기도가 보탬이 되었으면, 하고.

오늘의 이 짙은 새벽이 지나 따스한 햇살이 당신의 보드라운 볼 위로 살포시 앉을 때, 참 따뜻하고 예쁜 햇살이지만 그럼에도 일어나기가 싫어 이불을 뒤집어쓰고 인상을 찌푸린 채 다시 잠들기 위해 노력하는 당신이라서, 한 번 일어나면 다시 잠들기가 참 힘든 당신이라서 눈을 껌뻑이며 막막하게 누워만 있다가 문득, 새벽의 고민과 지나가고 있던 아픔과 모든 무너짐과 그 앞에서 울었던 시간들과 미어짐이, 찾아오는 햇살에 지워지는 지난밤의 어둠처럼 모두 지난 일이 되었으면, 하고, 어제와 다를 게 없는 오늘이지만 모든 것이 어제와는 다른 당신의 오늘이었으면, 하고. 그러니까

무너진 시간들이 당신을 더욱 찬란히 일으켜 세워준 시간이 되었으면, 보이는 것들은 무너졌지만 당신의 마음만큼은 지켜졌기를, 가득 바라며 기도했어요. 당신을 향한 내 안의 모든 사랑을 담아.

부디 지금이라는, 하늘과 삶의 사랑 가득 담긴 무너짐이라는 선물 안에서 더욱 찬란한 행복을 누리며 가득 미소 짓는 당신이기를. 너무나도 아프고 힘든 지금이라는 시간이, 그래서 도망가고 싶었던, 늘 원망했던 지금이라는 시간이 언젠가 돌이켜 바라봤을 때 내 삶에 없어서는 안 될 선물이었다, 나의 소중한 오늘을 만들어주고 바라보게 해주고 깨닫게 해준, 그렇게 지금의 반듯하고 따뜻하고 행복하고 찬란하고 소중하고 넓고 깊으며 그윽하고 짙은 나를 있게 해준, 꼭 지나가야 했던 아픔이었다, 라고 말 할 수 있기를. 무엇보다 이루 말할 수 없게 소중한 당신과 당신의 지금이라는 것을 어떤 삶의 순간 앞에서도 절대 잊지 말기를.

당신을 너무나도 사랑하는 이 삶이라서
당신을 위해 꼭 일어나야 하는 일만을 당신에게 주는 거예요.

•

당신에게 이 아픔이 꼭 필요한 거라 여겨졌기에
당신을 무너뜨리기 위해서가 아니라
당신이 이 아픔을 지나며 느낀 모든 감정과
그럼에도 꿋꿋이 감당하고 일어선 그 모든 성장함을 통해
당신이 더욱 찬란히 행복한 사람이 되었으면, 하는
그 바람 하나로 당신을 찾아와 당신을 끌어안은 거예요.

겉으로 보이기엔 너무나 지독한 아픔이지만
그 안을 들여다보면 아픔으로 위장한 삶의 선물이었음을,
사랑 가득한 포옹이었음을 꼭 알게 될 거예요.

•

당신이 감당할 수 있는 딱 그만한 아픔의 크기로
당신을 찾아온 거예요.

마음이 독하질 못해서
당신을 정말 무너뜨리고 싶지는 않았던 거예요.

또한 삶은 당신을 믿고 있는 거예요.
이 아픔을 꼭 감당해낼 당신, 존재라는 것을.

당신에게 물어보고 있는 것뿐이에요.

이 아픔 뒤에 숨겨진 저 찬란한 행복을
당신이 누릴 자격이 있는지 없는지.

그러니까 삶에게 대답해주면 되는 거예요.
말이 아니라 오늘을 살아가는 그 최선으로.

힘들지만 그럼에도 도망가지 않고 살아가는
모든 것을 놓고 싶었지만
그럼에도 주어진 삶 앞에서 최선을 다하는,
그 아름다운 삶의 태도로, 당신의 삶을 향한 소중함으로,

그 모든 살아감으로 대답하면 되는 거예요.

•

그 대답을 들은 삶은 당신을 향해

어제는 몰랐던 새로운 행복과
삶을 바라보는 아름다운 시선과
전에는 담지 못했던 세상을 담을 수 있는 깊이와
누군가를 담기에 늘 넘쳤던 내 마음이
이제는 누군가를 담기에 충분할 만큼의 따뜻한 넓이를

사랑 가득 선물해줄 테니까요.

그러니까 당신,
꿋꿋이 살아가줘요. 그렇게 대답해줘요.

그리고 나에게도 대답해줘요.

당신이 아파하고 있는 동안
그렇게 당신이 나를 밀어내는 동안

멀리서 이토록 기도하고 응원하고 있는
당신 하나뿐인 나에게도 또한 대답해줘요.

•

아, 묻어보지도 않고
대답을 하라니 내가 마음이 좀 급했다.

이해해줘요.
원래 미인 앞에서 성급해지는 게 남자라잖아.
그러니까 목 한 번 가다듬고, 다시.

•

사랑할래요? 우리.

•

당신의 대답이 "그럼요." 이길 바랐고
나는 나와 당신에게 꼭 필요한 것이 '서로'이길 바랐고
꼭 일어나야만 하는 일이 우리의 '사랑'이길 또한 바랐다.

그래야 하늘도 삶도 당신도 그리고 나도
이 모두가 찬성하는 우리의 '인연'이 영원할 테니까.

무언가를 욕망했다. 그리고 그것을 달라고 때로 기도했고 그 기도를 들어주지 않는 하늘을 이따금씩 원망했다. 많은 부를 달라고, 좋은 옷, 좋은 차를 달라고, 또한 수많은 이들로부터 명성을 누리게 해달라고, 그렇게 하늘에 대고 바랐다. 하지만 하늘은 내게 그 무엇도 주지 않았다. 아니, 오히려 그 반대의 것들을 내게 주었다. 그렇게 나는 내게 원하는 것을 주지 않는 하늘을 셀 수 없이 많은 시간 동안 원망했으며 더 이상 그로부터 무언가를 기대하거나 바라지 않게 되었다.

제법 오랜 시간 동안, 나는 상처 속에서 헤매었다. 내가 바라는 삶과 정반대의 삶을 살아가며 참 많이도 쓰라렸다. 그런 시간들을 지나 오늘에 이르러서야 그 시간들의 의미를 바라보게 된다. 아파야만 했던 이유와 모진 삶의 시련과 그 무게에 짓눌려야만 했던 이유와 그런 시간들을 하염없이 원망하면서도 포기하지 않은 채 감당해나가야만 했던 이유와 의미를.

내게 아직 부와 명성이 필요하지 않았기에 하늘은 내게 그것을 주지 않은 것뿐이다. 내가 그것을 감당해내기에 한없이 부족한 사람임을 알았기 때문에. 또한 나의 지금이 아플 필요가 있다고 느꼈기에 삶은 나를 아픔 가득 끌어안은 것뿐이다. 아픔 속에서 흔들리며 쓰러지고 무너지다, 그럼에도 일어서며 더욱 튼튼하고 찬란한 행복을 누릴 자격이 있는 사람으로 내 존재를 짓기 위해서.

나를 사랑하지 않는다고 생각했다. 나는 세상으로부터 버림받았다고 믿어왔다. 하지만 나를 사랑하지 않았다면 나는 이 세상에 지어지지 않았을 것이다. 이토록 나를 아끼고 사랑하는 삶과 하늘이라서 이 세상에 단 하나의 형태와 성격과 목소리와 지문으로 나를 지어내고 이 삶을 통해 내가 무언가를 배워나갈 수 있도록, 그렇게 살아가는 동안 성장해나갈 수 있도록 그 누구도 경험하지 않는 단 하나의 경험과 의미로 나를 찾아온 것이니까.

나를 쓰러뜨리고 무너뜨린 채 괴롭히기를 원했다면, 그렇게 내가 고통받기를 원했다면, 그러니까 당신이 나를 사랑하지 않았다면 나를 당신의 그늘 아래, 당신의 품 안에 두지 않았을 것이다. 세상의 어떤 부모도 자식을 사랑하지 않는 부모가 없듯 당신 또한 당신의 아래에 품은 모든 생명과 생명이 아닌 것들을 사랑할 테니까.

때로 당신이 나를 방관했던 이유는 뒤집어진 채 발버둥 치는 거북이를 다시 뒤집어주지 않는 '자비'와 같은 이유로 그래왔다는 것을 또한 알게 되었다. 스스로 일어서는 법을 배우지 못하면 다음에는 영원히 일어나지 못할 테니까. 그 힘과 생명과 살아감의 자격을 기르쳐주기 위해 이토록 고통받고 있는 나를 속상함 가득 안고서도 바라만 보고 있었다는 것을. 그런 당신의 마음 또한 미어질 만큼 아팠겠지만 그럼에도 오직 나를 향한 사랑으로 참아왔다는 것을.

그러니까 이제는 알겠다. 응답받지 않는 기도는 없으며 나를 위하지 않은 일은 내가 살아가는 이 삶 안에서 결코 일어나지 않는다는 것을. 내가 당신에게 바랐던 기도는 내가 바랐던 형태가 아닌 나를 위한 최선의 형태로 돌아오는 것이며 끔찍이도 고통스러워 일어나지 않았어야 했다, 믿어왔던 아픔 또한 오직 나를 향한 사랑으로 나를 끌어안은 당신의 따스한 포옹이었다는 것을.

그러니까 당신이 나를, 내가 당신을 무척이나 아끼고 사랑하는 것처럼 하늘에 있는 당신 또한 나와 당신에게 그렇다는 것을, 그보다 더 크고 넓고 깊으며 감히 헤아릴 수 없을 만큼 그렇다는 것을, 이제는 알겠다. 그러므로 오직, Gloria in Excelsis Deo.

이유 없이 일어나는 삶의 일은
결코 존재하지 않는다는 것을 알게 되었다.
또한 응답받지 않는 하늘에 바란 소원 또한 없다는 것을.

지금의 아픔은
나를 위해 꼭 필요했기에 나를 찾아온 것이며
하늘에 대고 바란 나의 소원이 이루어지지 않은 것은
내가 나의 소원에 닿기에
아직은 준비가 되지 않았으며
또한 지금의 내가 감당하기에는 벅찬 소원이라서,
내게 꼭 필요한 일은 아니라서 닿지 않은 것일 뿐임을.

그 모든 것을
세월의 나이테를 더하며 알게 되었다.

하늘은 오직 나를 위한 최선의 것들을 내게 주며
삶은 지금의 내가 꼭 살아가야만 하는,
느끼고 배워야만 하는 의미들로 나를 찾아온다는 것을.

들리긴 들리지만 소원을 이루어주면
노력 없이 늘 기도만 할 사람들은 절대 응답받을 수 없는 것.

다 듣고 있다.
기도하지 않아도 늘 지켜보고 있고 바라보고 있기에
네가 지금 무엇을 원하는지도 알고
너에게 필요한 것이 무엇인지도 안다.

단지 너의 바람과 너를 위한 지금이 다를 뿐.

그러니 내가 살아가고 있는 지금은
호흡하고 있는 이 모든 순간들은
나를 위한 최선의, 최고의 찬란함이라는 것을.

그러니 오직 감사할 일만 존재할 뿐인
나의 지금이라는 것을. 내가 살아가는 삶이라는 것을.

내가 살아가는 지금은
나를 위해 꼭 필요한 상황으로만 구성되어진
최선의 지금.

아플 필요가 있어서 아픈 것이고
아직은 빛날 필요가 없어서 어둠 안에 있는 것.

그러니
기뻐하고 사랑하고 감사하고 즐기기에
딱 좋은 오늘날, 나의 지금.

그래서 이 세상에서
우리가 할 수 있는 가장 반듯한 기도는
"당신이 주신 모든 것에 오직 감사드립니다."

그래서 이 세상에서
우리가 가질 수 있는 가장 반듯한 마음은
그 어떤 것이 나를 찾아왔든
그 모든 것이 나를 위한 것임을 알고
'오직 감사하며 나아갈 줄 아는 마음가짐.'

행복이란,

내게 주어진 것들을

바라볼 줄 아는 마음의 태도가 아닐까.

더 많은 것을 바라며

주어진 순간들은 외면한 채

끝없이 욕심을 낸다면

결코 행복할 수 없는 거 아닐까.

결국,

지금의 내가 어떻든 어떤 상황 안에 있든

나에게 주어진 것에 감사할 줄 아는 마음만이

우리를 행복하게 해줄 수 있는 것이 아닐까.

그러니 행복하지 않을 이유가 하나도 없는
참 소중한 오늘 밤, 그리고 오늘의 당신.

저 하늘에 수놓인 채 반짝이는 별의 수만큼이나
반짝이고 있는 당신에게 주어진 행복을 바라보며
간직하며 그렇게 주어진 지금의 찬란함을 세어보며

소중하게, 예쁘게, 포근하게, 따뜻하게
잘, 자요.

♀

때로 기도했지만 변함없이 나는 아팠던 것 같아.

♂

삶은 우리를 너무 사랑해서 우리를 위하지 않은 일은
그게 무엇이든 결코 우리 앞에 가져다주지 않는다고 해.
그러니까 지금의 아픔은
너를 무너뜨리기 위해 찾아온 것이 아니라
너의 지금에 꼭 필요하기 때문에
네가 꼭 지나가야 한다고 생각되어지기에
삶이 너에게 가져다주 선물이 아닐까.
지금의 아픔을 지나치는 것보다 지금의 아픔을 겪어내는 것이
너의 행복을 위해 더욱 필요한 일이라 여겨지기에.
그래서 삶은 너의 기도를 들어주지 않은 게 아닐까.
그러니 지금을 원망하기보다
지금이 너에게 찾아온 보이지 않는 이유를
바라보기 위해 노력해봐. 아마도 그 이유는 너의 행복일 테니까.

당신의 고민

결정을 내리지 못해 셀 수 없이 많은 시간들을 고민하지만, 하루에도 온통 그 생각, 자는 시간까지 줄여가며 그 생각, 그렇게 최선을 다해 고민하지만 무엇이 올바른 선택인지 도무지 알 수가 없어요. 타임머신을 타고 미래 여행을 잠시 다녀올 수 있다면, 그렇게 내 선택의 결과를 한 번 확인하고 돌아올 수 있다면 조금 편했을까요. 하지만 알 수가 없어서, 이 선택의 끝에 무엇이 있을지를 알 수가 없어서 끝없이 고민해요.

이 선택을 하면 이런 일이 생길 거야, 하고 미래를 그려보기도 하고. 그럼에도 이 선택을 하면 이런 일이 생기지 않을까? 하고 나에게 물어보기도 하고. 가족, 친구들, 선생님, 주변의 모든 사람들에게 의견을 구하기도 해요. 그들이 내게 해주는 말은 대체로 같지만 선뜻 결정할 수가 없어요. 내 생각에는 이 선택에도 분명 좋은 점이 많으니까요.

맞아요. 당신 생각에는 그래요. 그러니까 결정은 당신이 해야 하는 거예요. 물어보고 조언을 구하지만 그렇다고 그 조언을 듣고 살아갈 당신도 아니잖아요? 결국 고집을 부리며 당신이 하고 싶은 대로 할 거면서. 그럼에도 곧바로 결정할 수 없는 것은 아직까지는 확신이 없기 때문이에요. 그래서 고민하게 되는 거예요.

그러니까 나는 당신에게 고민하기보다 오늘을 살아가 달라고 부탁하고 싶어요. 당신의 지금 안에서 고민하고 있는 선택지들은 결국 지금으로선 결론을 지을 수 없는 거예요. 고민한다고 선택할 수 있는 문제였다면 당신은 벌써 선택했을 거예요. 그러니

오늘을 살아가요. 당신에게 선택할 수 있는 곧은 마음을 가져다줄 수 있는 것은 끝없는 고민이 아니라 당신의 최선이 변하는 오늘의 나아감과 성장에 있는 거니까요. 그러니 펼쳐지지 않은 내일을 억지로 펼쳐보며 걱정하기보다는 펼쳐진 오늘을 최선을 다해 살아가기로 해요. 돌이켜 후회하지 않도록 최선을 다해 바라보고 느끼고 배워가는 거예요. 오늘의 나와 내일의 나 사이에 변화가 없다면 오늘 했던 고민을 내일에도 똑같이 고민할 수밖에 없는 거니까요.

그러니 최선을 다해, 오늘을 살아가요. 어제의 최선이 오늘의 최선에 더해지고 오늘의 최선이 내일의 최선에 더해질 때 비로소 보이지 않았던 선택이 점차 또렷해질 거예요. 당신의 고민을 해결해줄 수 있는 것은 끝없는 고민의 쳇바퀴가 아니라 오늘을 최선을 다해 살아가는, 그 성장함밖에 없는 거니까요. 아직 나라는 사람의 그릇이 이 고민을 담기에는 부족해서 고민하게 되는 거니까요. 그러니

이 고민을 담아도 내 그릇이 넘치지 않을 수 있게 성장할 필요가 있을 뿐이에요. 마음의 그릇에 지금의 고민을 오롯이 담고도 여유로운 내가 될 때, 고민은 더 이상 고민이 아니게 되는 거예요. 하루의 일상이 되어 그저 하루를 살아가게 되는 거예요. 망설임 없이 선택하며 나아가게 되는 거예요. 숨을 쉴지, 숨을 쉬지 않을지 고민하지 않는 것처럼.

그리고 당신의 오늘을 바라봐요. 당신이 지금 하고 있는 고민을

한 번 바라봐봐요. 이전에는 고민할 수조차 없었던 일을 고민하고 있는 거잖아요. 일 년 전에는 고민하고 싶어도 닿을 수 없던 선택의 순간에 하루하루의 최선을 더해 닿은 거잖아요. 그리고 어제의 고민은 이제 당신을 괴롭히지 못하는 거잖아요. 그러니 고민한다는 것은 당신이 그만큼 최선을 다해 살아왔다는 증거에요. 그러니까 고민 앞에서 아파하기보다 꿋꿋할 수 있길 바라요. 고민하는 지금은 지난날의 최선이 모여 닿은 발자취니까. 그런 당신의

오늘이니까. 기쁜 마음으로 오늘의 고민을 즐겨요. 얼마나 행복한 고민이에요. 당신이 살아온 세월과 최선이 더해져 오늘의 고민에 닿은 거예요. 몇 년 전의 고민거리를 지금 바라보면 뭐 그런 걸로 고민했었지, 하고 웃음이 나는 것처럼 당신은 제자리에 머물러있지 않은 거예요. 그리고 지금의 고민 또한 그렇게 지나갈 거예요.

그러니 조금은 숨 고르기를 해요. 팍팍하게도 살아왔다, 정말. 당신 자신한테는 조금의 여유조차 허락하지 않은 채 얼마나 바쁘게 살아왔는지. 갑자기 밉다. 조금은 혼나야 할 거 같은데, 그래도 당신에게 주어진 삶 앞에서 이토록 고민하는 당신이라서 봐줘요.

고민한다는 것은 그만큼 주어진 삶 앞에서 진실한 마음으로 살아가고 있다는 거니까. 최선을 다하고 있다는 거니까. 주어진 순간순간들 앞에서 대충 살아갈 수가 없어서 이토록 머리 아프게 고민하고 있는 거니까. 그러니 걱정이 많아서 잘하고 있는 거야.

단지, 찾아오지 않은 내일보다 살아갈 오늘을 조금 더 바라볼 필요가 있는 것뿐이에요. 당신이 최선을 다해 살아갈 오늘은, 그리고 당신의 최선은 이 세상에 단 하나뿐인 찬란한 삶의 선물인 거니까. 그러니 우리, 오늘을 잘 살아가기로 해요.

얼마나 더 잘하려고 고민하는 거예요.
욕심쟁이.

나는 당신이 하고 있는 지금의 고민에
조금은 부럽기도 하고 질투까지 나는걸요.

그런 고민을 할 수 있다는 거,
참 대단한 거니까.

당신 앞에 놓인 선택의 순간이 내게 온다면
참 설레고 행복할 거 같아요.

그런 선택의 고민 앞에 놓일 수 있는 사람,
생각보다 많지 않으니까.

•

그러니 조금 여유를 가졌으면 좋겠어.
지금 이대로도 당신, 얼마나 눈부시고 찬란한데.

그래도 고민이 된다면
고민하기보다 주어진 오늘을 최선을 다해 살아가 봐요.

나도 고민해봤는데
고민이라는 거, 정말 끝도 없더라.

오늘의 최선을 더해
내일의 내가 더 성장하지 않는다면
제자리걸음 중인 나는 똑같이 고민만 할 수밖에 없는 거니까.

오늘 이렇게 고민하고 있는데
내일까지 고민한다고 답이 번뜩, 하고 찾아올까?

절대 그러지 않을걸.

•

어렸을 적 했던 고민이
지금은 아무것도 아닌 고민이 된 것처럼
우리의 고민을 해결해줄 수 있는 것은
시간 속에서 최선을 다한 내 나아감과 성장함뿐이니까.

어제의 최선을 더한 오늘은
오늘의 최선을 더한 내일은
흐리기만 했던 고민이 조금은 더 또렷해질 거예요.

그렇게 최선을 다해 살아가다 보면
꼭 최선의, 올바른 선택을 하게 될 거예요.

•

그러니 걱정은 덮어두고
당신을 꼭 닮은 찬란히 예쁜 밤 보내길 소원해요.

걱정이 많아서 참 예쁜 당신이니까.
그렇게 늘 최선을 다해 고민하고 살아가는 당신이니까.

나는 당신께 해줄 말이
기특하고 예쁘고 소중하고 고맙고 사랑해, 이 말뿐이야.

얼마나 욕심이 많은지.
늘 앞날에 대해서만 걱정하고.

내 걱정은 한 번도 안 해.

•

그러지 말고 당신과 나,
우리 사이를 좀 두고 고민해보는 건 어때요?

우리의 어제, 우리의 오늘, 우리의 미래.
그것에 대해서 좀 고민해보자, 우리.

•

고민한다는 건
그만큼 내가, 당신이, 우리의 관계에 대해
늘 최선을 다하고 있다는 것이고
대충이 아닌 진실한 마음이라는 거니까.

그러니까 나는 늘 고민해.
당신을 늘 걱정해.

•

우리 관계 앞에서도 최선을 다할 거예요.

그렇게 오늘의 최선이 더해진 내일은
조금 더 또렷하고 예쁘고 찬란한 우리의 사랑일 테니까.

고민의 쳇바퀴 속에서 나는 늘 제자리걸음이었다. 셀 수 없이 많은 밤을 고민과 함께 지새웠으나 끝내 선택할 수 없었다. 선택할 수 있었던 나라면 고민하지 않았겠지. 문득은 그런 생각이 들어 지새웠던 지난밤들을 돌이켜 후회했다. 고민하느라 바라보지 못했던, 최선을 다해 살아가지 못했던 오늘의 소중함이, 그렇게 놓쳐왔던 하루하루가 밀려와 그 거대한 입을 벌리더니 나를 삼킨다. 고민한다고 해결될 고민은 없다는 것을 수많은 오늘을 놓치고 나서야 깨닫는다.

그러니 걱정을 더해 주어진 오늘을 놓쳐서는 안 되겠다. 걱정을 더하기보다 오늘의 최선을 더해 나가야겠다. 오늘의 최선을 더한 내일은 고민 앞에서 조금 더 반듯한 나일 테니. 조금 더 또렷한 시선으로 고민을 마주하게 될 테니. 그러니 고민의 답이 스스로 그 모습을 드러낼 때까지 나는 오늘을 살아가야겠다. 고민하느라 젖지 못했던 나를 찾아오는 햇살의 포근함과 빗소리의 아름다움과 높은 하늘의 경이로움을 흠뻑 바라보며 최선을 다해 오늘 하루의 모든 경험을 느끼고 바라봐야겠다. 그렇게, 살아가야겠다.

그때의 심란했던 고민이 지금에는 내 머리를 옥죄어오지 못하는 것은 내 성장함의 발자취니까. 그렇게 나는 나아왔던 거니까. 앞으로도 나아갈 나이니까. 늘 최선을 다해 살아온 오늘이 더해져 지금의 고민에 닿았다는 것은, 어쩌면 행복한 일인 거니까. 누군가는 닿지도 못할 고민에 닿아 나는 마주하고 있는 것이니까.

그런 나에게 말해줘야겠다. 내 삶을 사랑해서 한 번의 선택 앞에서도 이토록 고민해왔던 나라서 나는 소중한 사람이다. 그렇게 성장해온 나라서 지금의 고민 앞에 섰기에 나는 반듯한 사람이다. 그러니 고민이 많은 지금의 내 삶, 찬란하기에 충분하다. 고민하는 나라서 나는 나에게 고맙다. 고마워.

고민이 많은 너에게 말해주었다.

나도 참 고민이 많고
문득은 가슴이 답답하고 힘들 때가 있다고.
그럴 때마다 일 년 전의 나를 생각한다고.

그때는 이 고민이라도 할 수 있었으면,
하는 게 내 고민이었는데
지금은 이 고민에 닿은 나를 보니
여태 정말 잘해왔구나, 싶다고.

늘 고민해왔기에
단 한 번이라도 주어진 삶 앞에서
대충인 적이 없었던 나였기에
일 년 전에는 하고 싶어도 하지 못했던
지금의 고민에 닿은 거니까.

그러니 고민이 많다는 것은
잘하고 있다는 내 마음의 소리이며
지금의 고민은,
내가 나아온 성장의 발자취가 아닐까, 하고.

고민이 참 많은 오늘 이 밤,
소중함 가득 물들기에 충분한 밤.

당신처럼, 꽃처럼 찬란히 예쁜 밤 보내요.

꽃밤.

옥수수를 좋아한다는 너에게 옥수수를 사다주니 어린애마냥 좋아하던 모습이 어찌나 사랑스럽고 예쁘던지. 네가 좋아하니까 나도 좋아서 가끔은 보이지 않아도 옥수수를 찾아 헤매기도 했어.

사랑은 그런 거야. 너의 기쁨이 내게도 기쁨인 거. 하여, 네가 행복하면 그걸로 내가 행복한 거. 그래서 오늘 하루는 어떻게 널 기쁘게 해줄까를 하루 종일 생각하고 고민하게 되는 거. 그래서 자꾸만 서로가 서로를 기쁘게 만들어주고 행복하게 만들어주는 거.

그러다 보니 어제보다 오늘 더, 오늘보다 내일 더 너를 사랑하게 되는 거. 나로 인해 네가 더 행복해지고 너로 인해 내가 더 행복해지는 거. 또 그러다 보니 영원히 너를 사랑하게 되고 영원히 서로에게 행복을 나눠주게 되는 거.

영원한 사랑이란 약속해서 이루어지는 게 아니라, 그저 하루의 최선을 다해 너를 사랑하고 우리의 사랑을 두고 늘 고민하다 보니, 너를 너무 사랑해서 너에게 기쁨이 되어가다 보니 자연스럽게 영원으로 굳어져버리는 일이 아닐까.

사랑 앞에서도 늘
하루의 최선을 더해 나아가는 우리라서
우리의 사랑은 하루하루 찬란하며 더욱 반짝였다.

먼 훗날의 헤어짐을 미리 걱정하기보다
주어진 오늘, 곁에 있는 너를 사랑했으며
그 오늘은 또한 영원했다.

다시 한 번, 잘 자요.
옥수수 밤.

♂

너무 고민이 되는데

아무리 고민을 해도 자꾸만 고민해야 할 때.

지금 내가 딱 그래.

♀

너무 고민하지 마.

네가 그 답을 정할 수 있는 사람이었다면

고민의 순간 앞에 놓이지도 않았을 테니까.

그 고민을 해결하기 위해 아무리 고민을 해봐야

적어도 지금의 너로선 끝없이 고민만 하게 될 뿐이야.

세상 모든 고민에 지금의 답이란 건 존재하지 않는 거니까.

그러니 그저 주어진 오늘을 최선을 다해 살아가.

그렇게 하루하루의 최선과 성장을 더해가다 보면

왜 이렇게 명확한 선택지 앞에서 고민했을까,

라는 생각이 들 만큼 넌 망설임 없게 될 테니까.

선생님이 되면 좋겠다고 미치도록 꿈을 꾸던 시절이 있었다.
그리고 지금,
아이들의 짓궂은 장난이 고민이다.
그때는 이런 고민을 하고 싶어도
이 고민에 닿지 못해 할 수조차 없었는데
지난날의 최선과 최선을 더해 꿈에 닿았으니
지금, 고민하고 있는 나, 참 행복한 사람이다.

승무원이 되면 좋겠다고 미치도록 꿈을 꾸던 시절이 있었다.
그리고 지금,
승객이 쓴 불만레터에 심각한 오늘이다.
그때는 이런 고민을 하고 싶어도
이 고민에 닿지 못해 할 수조차 없었는데.
지난날의 최선과 최선을 더해 꿈에 닿았으니
지금, 고민하고 있는 나, 참 행복한 사람이다.

그러니 나는 네가,
고민이 많아 고민일 때에는 지금의 고민에 닿아
이 고민을 할 수 있는 자격이 주어진 너에게
뿌듯해하며, 감사하며 행복한 맘으로 고민을 즐겼으면 좋겠어.
그리고 또한 오늘의 최선을 더하고 내일의 최선을 더하다 보면
지금의 고민은 네게 더 이상 고민이 아닐 테고
닿고 싶어 간절히 고민하고 나아가던 꿈에 닿아서
새로운 고민을 하고 있는 네가 되어 있을 테니

지금의 고민은,
잘 해왔고 잘하고 있다는 네 발자취가 아닐까.

당신의 분위기

나는 어떤 사람일까? 문득은 그런 생각이 들어요. 사람의 관계는 늘 상대적이어서 이 사람에게 나는 이런 사람이고 저 사람에게 나는 저런 사람인 거 같아요. 누구를 만나느냐에 따라 조금씩 혹은 크게 변하는 내 모습들. 과연 그 모습들 중 진짜 나는 누구일까? 하는 생각에, 나는 너에게 어떤 사람일까? 하는 생각에, 나는 관계를 잘 맺어왔던 것일까? 하는 생각에, 조금은 슬퍼져요.

왜냐면 관계마다 다른 나라서 그 안에 정말 내가 있는 건지 모르겠거든요. 사람마다 분위기를 가진 채 그 분위기로 타인들에게 닿아가는 거 같은데 나는 또렷한 분위기 없이 타인들의 분위기에 맞추어 살아가는 것 같아요. 그런 나는 가식적인 사람일까요? 내 모습, 상대방의 분위기에 따라 카멜레온처럼 늘 변하니 나도 진짜 내가 누구인지 모르겠어요. 겁이 나요.

그 마음, 이해해요. 하지만 잘못되었다는 생각을 하지는 말아요. 원래 사람은 마주하고 있는 상대방의 분위기에 따라 영향을 많이 받는 거니까. 당신의 지금, 자연스러운 거예요. 겁이 났구나. 바보. 자꾸 이렇게 귀엽고 예쁘면 당신에게 나, 반하겠어요. 반해버릴지도 몰라. 사실은 이미 반했지만.

나는 그런 당신이라서 당신이 좋아요. 당신과 함께하는 시간 동안 나는 마치 거울을 보고 있는 것처럼 내 안의 나를 볼 수 있게 되거든요. 당신은 참 투명하고 맑은 사람이에요. 당신의 눈 안에 있는 나를 보게 되고 그런 나를 알아가게 해주는, 참 깨끗하고 고마운 사람이에요.

그러니 당신의 지금을 너무 나쁘게 생각하지는 않았으면 좋겠어요. 당신은 그 누구보다 따뜻하고 예쁘고 다정한 사람이니까. 타인의 분위기를 짓누른 채 눈치를 보게 만드는 사람이 아니라 타인으로부터 그들이 가진 분위기를 끌어낼 줄 아는 사람이니까. 그래서 당신과 함께하는 시간이 참 편안하고 따뜻한 거니까. 내 안의 나를 보여주는 것이 부끄럽지 않은, 유일한 사람인 거니까요.

거센 바람이 일자 옷을 여미는 것처럼, 하지만 따스한 햇살이 내게 닿자 외투를 벗는 것처럼, 그 순수한 우화처럼 당신 앞에서 사람들은 저항을 하거나 방어를 하던 그 태도를 내려놓고 온전한 자신인 채 당신을 마주하는 거예요. 그러니까 당신은 타인의 있는 그대로를 바라봐주고 아껴주고 이해해주는 사람인 거예요. 타인의 온전함을 지켜주고 그 온전함을 이끌어주는 사람인 거예요.

그런 당신이라서, 나는 당신이 좋아요. 당신과 함께하는 시간이 좋아서 오늘 만났던 당신을 내일에도 만나고 싶어요. 그렇게 늘 함께하고 싶어요. 당신은 나에게 이처럼 좋은 사람인데 나는 당신에게 좋을 사람일까? 하는 생각에 나 또한 당신을 편안하게 해주기 위해 노력해요. 당신 앞에선 늘 다정한 사람이고 싶어요.

당신의 눈 안에 있는 나를 바라보듯, 당신과 함께하는 시간 동안 나를 알아가듯 당신에게 나 또한 그런 사람이었으면, 하고 소원해요. 이토록 따뜻하고 예쁘고 여린 당신이라서 나는 당신을 놓치고 싶지 않아요. 그래서 당신의 손을 꼭 잡을래요. 그리고 놓지 않을 거예요.

분위기에 따라 영향을 받은 채 변하는 당신이 아니라 사실은 당신의 분위기에 상대방이 영향을 받고 있는 거예요. 당신의 따뜻하고 예쁘고 다정한, 그 선한 영향력에 사람들은 당신을 통해 자신을 찾아가고 있는 거예요. 그래서 당신은 간절한 사람이에요. 놓치고 싶지 않은 사람이에요.

그러니 너무 걱정하지 말아요. 당신은 당신만의 분위기를 가진 사람이니까. 그 분위기가 너무 깨끗하고 맑아서 잘 보이지 않는 거뿐이니까. 이런 것이, 저런 것이 마음에 들지 않는다며 타인에게 끊임없이 변화를 요구하거나 눈치를 보게 만드는 사람이 아니라 타인의 있는 그대로를 바라봐주고 이해해주고 존중해주는 그런 당신이라서,

당신은 참 소중하고 간절한 사람인 거니까요.

그러니까 당신, 너무 겁내지 말아요.
그러면 자꾸 지켜주고 싶으니까.

뭐 나에게 보호받고 싶어서 그런 거라면
내가 못 이기는 척 잔뜩 보호해줄 의향이 없진 않아요.

•

사람이 가진 분위기라는 거,
생각보다 별거 없는 거 같아요.

상처받기 싫어서 차가워지고
이해해주기 싫어서 강한 척하고
늘 자신이 대단한 것처럼 깊은 척하고
여린 맘 드러내면 이용당할까, 겁이 나 방어적이 되고.

그게 뭐 멋지고 대단한 거라고.

•

그냥 자신을 두른 껍데기일 뿐이라는 생각도 들어요.

그런 사람들보다
그런 겉옷을 걸치지 않은 당신이
훨씬 당당하고 멋지고 예쁘고 기특해요.

겉옷을 걸치지 않아서 그런지
조금 야하기도 해서 얼굴이 빨개지기도 하지만.

당신의 분위기, 잘 보이지 않아서
이따금씩 나는 어떤 사람일까? 라는 생각이 들겠지만

참 깨끗하고 맑고 투명하고 순수해서,
그 어떤 사람보다 선한 영향력을 가진 분위기라서,
그래서 잘 보이지 않는 거예요.

분위기라는 겉옷이
이토록 투명하고 순수하고 깨끗하고 맑은데
잘 보이기까지 하면 얼마나 야하겠어요.

그래서 잘 보이지 않는 거예요.

내가 당신에게 지금보다 더 반하면 안 되니까.

•

그렇게 타인을 억누르지 않은 채
타인의 있는 그대로를 지켜주는 당신이라서
당신의 분위기에 간절한 거예요.

그래서 당신은
늘 편안하고 다정한 사람인 거예요.

그래서 그 누구보다
따뜻하고 소중한 사람인 거예요.

그러니까 당신은
지금 이대로도 참 기특하고 소중하고 예뻐.

어떤 사람을 만나면 이런 내가 되고 또 어떤 사람을 만나면 저런 내가 될 때가 있다. 나를 편하게 해주는 사람도, 나를 숨 막히게 하는 사람도, 더욱 사랑스러운 내가 되게 해주는 사람도, 눈치를 보며 조마조마한 내가 되게 하는 사람도 있다. 그 사람이 가진 분위기가 나에게 또한 영향을 주니까. 그러니까 나는 너에게 너그럽고 따뜻한 사람이어야겠다. 다정함으로 너를 편안하게 해주고 너를 예뻐해 줘서 네가 더욱 사랑스럽게 피어날 수 있도록 보듬어주는 사람이어야겠다.

내가 가진 분위기가 너에게 닿는 영향력이 너의 좋은 점을 더 이끌어내어 나와 함께하는 시간 동안 네가 보다 더 사랑스럽고 당당할 수 있게, 편안하고 따뜻할 수 있게, 애교 넘칠 수 있게 나는 너에게는 다정해야겠다. 너의 좋은 점마저 마음속에 묻어두게 하는, 온종일 나의 눈치를 보게 하는 딱딱한 사람이 되어서는 안 되겠다. 함께하는 시간 동안 너와 나를 둘러싼 분위기가 사랑스러움과 다정함과 따뜻함으로 가득 찰 수 있게.

또한 그런 나에게 그런 네가 끌려와 서로에게 사랑한다, 말할 수 있었으면 좋겠다.

어떤 사람 앞에서는
이런 내가 되고
어떤 사람 앞에서는
저런 내가 될 때가 있다.

사람은
늘 분위기에 영향을 받으니까.

그러니 나는 따뜻하고 다정한 사람.
함께 있는 동안 편안함과 기쁨을 주는 사람.
내가 소중하다는 기분을 느끼게 해주는 사람.
통제하기보다
있는 그대로의 나를 바라봐주고 존중해주는 사람.

그런 사람을 만나기 위해 그런 내가 되어야겠다.

함께하는 동안
늘 나에게 변화를 바라며
이런 내 모습은 사랑해주지만
어떤 내 모습 앞에서는 지루한 표정을 지으며
그런 너는 사랑해주지 않을 거야, 하는
시들어진 눈빛으로 나를 바라보는 사람.

그러니까 지금의 내가 좋은 게 아니라
자신이 좋아하는 어떤 모습에
나를 맞추어가야지만 나를 좋아해주는 사람.

그런 사람은 나를 사랑하는 게 아니라
자신의 이상향이 좋아서 나와 함께하는 것일 뿐이기에
같이 있는 시간이 가치 있지가 않아서
함께함에도 자꾸만 헛헛하고 외롭다는 생각이 드는 것.

그런 사람과 함께하며 내 소중함을 저버리기에
나는 있는 그대로 참 소중한 사람이라서

이제는, 안녕.

♀

너랑 함께 있는 동안 나는 나도 몰랐던 나를 알아가게 돼.

그리고 그렇게 처음 알게 된 내 모습이 참 좋은 거야.

너로 인해 알게 된 내 모습이 나의 마음에 쏙 들 때,

아 이 사람, 내가 몰랐던 내 예쁜 모습들을 꺼내어주는 사람이구나,

하는 생각에 너에게 간절해져버렸어.

넌 참 다정하고 예쁜 사람이야.

너와 함께 있으면 나는 내가 참 소중한 사람이구나, 하고 생각하게 되거든.

♂

나에게 너 또한 그래.

그래서 참 예쁘고 소중한 거야.

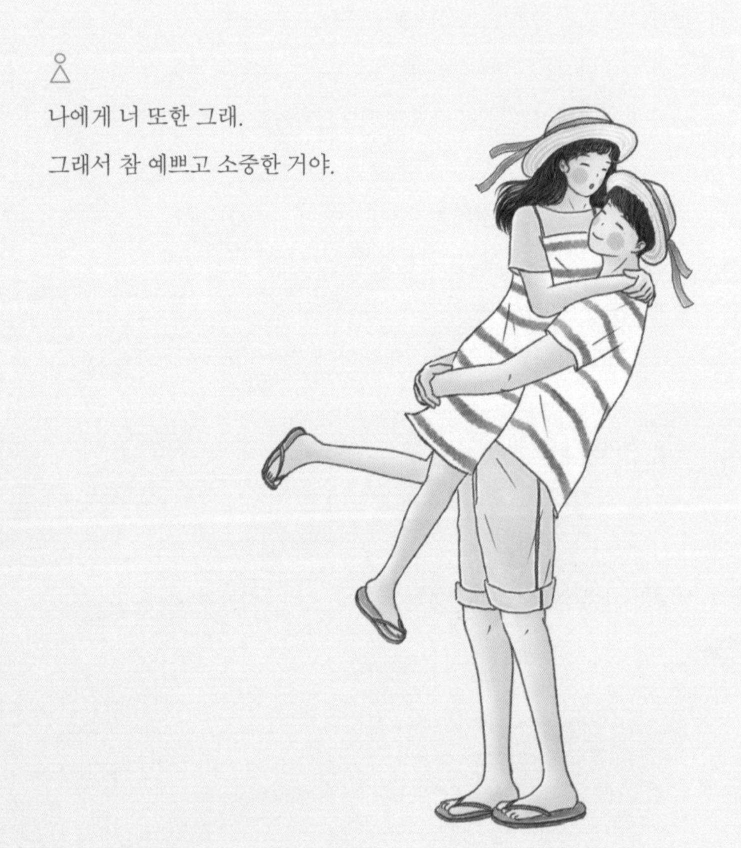

좋은 사람 만나요. 함께하는 시간이 참 따뜻하고 소중해지는. 연애가 하고 싶어서 만난 사람, 헤어지기 불안해서 이어가는 만남이 아니라 정말 나를 행복하게 해줘서, 사랑받고 있다 느끼게 해줘서, 너무 소중한 사람이라는 걸 알게 해줘서 간절해지는, 그런 사람을 만나요. 더 이상, 감정 허투루 쓰지 말고 이제는 우리 진짜, 사랑해요. 사랑은요, 너를 행복하게 해주는 거래요. 그러기 위해 한 행동들이 너에게 부담이 아니라 기쁨을 주면 그걸로 내가 행복해지는 게 사랑이래요. 그걸 혼자만 하는 게 아니라 서로가 서로에게 그럴 때, 그게 사랑이래요. 그러니까 우리, 이제는 사랑해요. 많은 사람들 중 한 명이 너인 그런 연애 말고 네가 아니면 안 되는 그런 사랑을 해요. 나에게 늘 다정하고 따뜻한 사람과.

닳도록 아껴주고 소중히 예뻐해 주고
사랑 가득 쓰다듬으며
예뻐, 사랑스러워, 라고 내내 말하거나
말하지 않아도 눈에 담고 내내 바라보거나.

그렇게 닳도록, 내내 다정하게.

너를 아껴서 그렇다며 떨어져 바라보기보다
영원히 나와 함께해야 한다며
내 곁에서 영원히 행복해야 한다며
너의 볼 꼬집고 너의 입술에 뽀뽀하고
머릿결 내내 쓰다듬고 질리도록 바라보고
쫓아다니며 나랑 결혼할래, 내내 물어보다가
대답이 없어 삐진 채 토라지고 서운해하다가
토라졌나 싶어 걱정해주는 표정에 맘 녹아내리고
아기자한 너의 손은 늘 내 손위에 포개져 있으며.

그렇게 닳도록, 내내 다정하게.

늘 나를 사랑 가득 담은 눈빛으로 바라봐주는 사람.
나에게 미안하다는 말을 할 줄 아는 사람.
내게 진심이라는 것이 가득 느껴지는 사람.
함께하는 시간 동안 내가 참 예쁘고
소중한 사람이라는 것을 느끼게 해주는 사람.
표현하지 않아도 그 마음들이 눈빛으로 전해지는 사람.
늘 변화를 바라고 요구하기보다
있는 그대로의 나를 바라봐주고 아껴주기에
함께하는 시간 동안 눈치 보지 않아도 되는 편안한 사람.
가끔은 사소한 것에 질투하며 서운해할 줄도 아는 사람.

그러니까
정말 나를 사랑하고 있구나, 늘 느끼게 해주는 사람.

삶의 의미를 잃은 당신에게

살아가는 의미를 잃은 거 같아요. 늘 세상이 바라던 대로 잘 살아왔는데 이제는 그 시간이 너무 공허해져서 의미를 상실한 거 같아요. 살아가는 의미가 점점 바래지다 그렇게 퇴색되어지다 끝내는 모두 증발해버리는 것만 같이 공허해요. 의미가 없다는 생각에 활력을 잃어버린 것만 같아요. 밝게 웃었던 때가 언제인지 기억조차 나지 않을 만큼 시들어버렸어요. 하루가 헛헛해서 늘 어깨는 무겁고 시선은 맑지가 못해요. 숨을 쉬며 살아가고 있는데, 살아가는 것이 아니라 죽어가고 있는 건 아닐까, 그런 생각까지 들어요.

오랫동안 비가 내리지 않아 가뭄에 시달리면 농부는 비가 왔으면, 하고 바라게 되어요. 말라가는 꽃과 풀과 나무들은 그 무엇보다 물이 간절해요. 그런 것처럼 상실은 모든 것을 잃는 순간이 아니라 잃었던 것들에 대해 간절해지는 시간이 아닐까요? 너무나 간절해져서 이제는 그 소중함, 마음에 가득 간직한 채 찾아 나서게 되는 것. 그것이 상실이 우리를 찾아온 의미가 아닐까요?

그러니 의미 없는 당신의 지금, 절대 의미 없지 않아요. 그 의미 없음으로 인해 찾아온 공허함과 상실감과 시들어짐과 헛헛함, 그 모든 잿빛들이 당신이 의미 있는 삶을 향해 나아가도록, 의미에 대해 간절해지도록 당신을 이끌어주고 있는 거예요. 그렇게 말해주고 있는 거예요. 이제는 찬란한 의미로 가득한, 가치 있는 삶을 살아가자고. 더없이 행복하자고.

그래서 찾아온 지금의 찬란한 무의미를 바라봐줘요. 그것이 당신에게 가져다준 의미가 무엇인지, 무엇을 위해 찾아왔는지, 이제는 그 목소리에 귀를 기울여 봐요. 더 이상 버틸 수 없게 되어버린 지금의 무의미로 인해 전에는 상상조차 할 수 없던 삶의 도전을 시작하게 될 거예요. 가슴에 묻어두었던 꿈에 문을 두드리게 될 거예요. 그렇게 그 어떤 순간보다 찬란히 빛나게 될 거예요.

무의미한 시간들을 지나 의미에 간절해질 거예요. 당신의 마음 안에서 시들어가던 꽃과 썩어가던 나무와 색 바래진 푸른 풀들이 당신을 향해 외치고 있던 그 간절한 울림에 이제는 귀를 기울이게 될 거예요. 찾아온 가뭄을 이겨내기 위해 먼 곳에 닿아서라도 물을 길러오게 될 거예요. 더 이상 지금에 머무르지 않을, 굳은 결심을 하게 될 거예요. 그렇게 하루하루가 의미로 가득 차게 될 거예요.

그러니 무의미 앞에서 무의미해지지만 말아요. 의미 없이 느껴지는 지금에도 이렇게나 많은 의미가 담겨져 있는 거예요. 어쩌면 달라지는 것이 없을지도 몰라요. 당신의 하루하루가 어제처럼 흘러가게 될지도 몰라요. 세상의 색과 당신을 둘러싼 삶의 공기는 늘 같은 빛과 그 분위기인 채 당신을 품고 있을지도 몰라요.

하지만 그 같은 일상을 살아가는 당신의 마음이 변하게 되는 거예요. 똑같은 하늘을 바라보더라도 전과는 다른 의미를 마음에 담은 채 참 아름답다, 말할 수 있게 되고, 같은 사람과 함께 하는 시간 속에서 같이 있는 시간이 참 가치 없다 느껴지던 전과는 달리 그 만남의 가치를 바라볼 줄 아는 사람이 되는 거예요. 그러니까 의미가 찾아와주길 마냥 기다리는 사람이 아니라 바라보지 못했던, 숨겨진 의미들을 찬란히 바라볼 줄 아는 사람이 되어가는 거예요.

슬픈 영화를 보다 울 줄 아는 사람이 되고, 카페에서 커피를 마시다 들려오는 음악 소리에 눈물 한 방울을 뚝, 떨어뜨릴 줄 아는 사람이 되고, 길을 걷다 문득은 하늘이 참 예뻐서 멈추어 서서 그 하늘의 아름다움에 흠뻑 젖을 수 있는 사람이 되고, 쏟아지는 빗소리, 한참을 듣다 문득은 공책을 펴서 그 감상을 쓰게 되는 사람이 되어가는 거예요. 모든 흘러가는 지금은 같지만 그 흐름을 느끼고 바라보는 당신의 시선과 마음가짐이 변하게 되는 거예요.

그게 바로 당신이 지금 지나고 있는 무의미가 당신에게 주는 의미인 거예요. 지금의 공허한 시간들을 지나 바라보지 못했던 찬란함을 바라보게 될 당신이라서, 그런 당신의 지금이라서 괜찮은 거예요. 그러니 무의미 앞에서 무의미하지만 말아요.

당신에게 무의미했던 내가 문득 의미 가득한 사람이 된 것처럼, 나는 같은데 나를 바라보는 당신의 시선이 변한 것처럼, 그렇게 되기까지 내가 당신을 열심히 쫓아다녔던 것처럼, 지금의 무의미 또한 당신에게 의미 가득하기 위해 당신을 열심히 쫓아다니고 있는 거뿐이니까요. 조금 질투나긴 하는데, 나만큼 열심히는 불가능하니 경계하거나 불안해하진 않을게요. 사실은 조금 걱정되지만

참을게요. 이해할게요. 오직 찬란한 당신의 행복을 위해서.

상실은 모든 것을 잃는 순간이 아니라
바라보지 못했던 소중함에 대해 간절해지는 시간.

그러니 지금의 무의미가 주는 상실감 앞에서
너무 아파하지는 않았으면 좋겠어요.

지금 당신을 찾아온 무의미로 인해 당신은,
더없이 의미 가득한 삶을 향해 한 걸음을 내딛게 될 테니까요.

•

여름에는 선풍기와 에어컨을 틀고
겨울에는 보일러를 켜고 전기장판을 까는 것처럼,

더울 땐 시원함이 그리운 것이고
추울 땐 따뜻함에 간절해지는 거예요.

그게 상실이 우리에게 가져다주는
곁에 있지 않은 것들에 대한 소중함인 거예요.

•

문득 찾아온 의미 없음으로
잘 살아가고 있던 삶이 무너져버린 것만 같지만
그로 인해 당신의 삶, 더욱 찬란해질 거예요.

바라보지 못했던 의미를
이제는 간직한 채 한가득 바라보게 될 테니까요.

무의미하다 느껴지던 내 고백이
문득은 의미 있게 다가오는 순간이 올 거예요.

늘 있다가 없어져 버리면
갑자기 허전하고 그리워지는 거니까.

그 마음을 노리고 밀당 한 번 해봤어요.

맨날 연락하다가 연락을 안 하려니까
기다리는 당신보다 참는 내가 더 힘든 거 같아 억울했지만.

그래서 결국은 내가 먼저 연락하고.
그게 또 억울했지만
솔직히 갑자기 내가 없으니까 나 많이 보고 싶었죠?

당신에게 내가 늘 있다가
갑자기 없어지면 허전해하고 그리워할 줄 알았는데

늘 당신에게 연락을 하다가
갑자기 당신에게 연락을 안 하니까
내가 더 허전해지고 당신이 그리워지는 거 있죠.

밀당 한 번 해보려다가
당신이 문득 없어지니까
내가 당신에게 더 간절해진 거 있죠.

없음이 주는 소중함을 느끼게 해주려다가
반대로 나만 느끼게 되어버린 거 같아서
또다시, 한 번 더 억울해지고.

있음의 소중함은 상실의 순간, 드러나는 거니까요.

그러니 익숙함에 속아
소중함 잃어서는 안 되는 것이고

안대를 쓴 채 삶을 살아가며
이토록 의미 가득한 하루하루를
의미 없이 보내어서도 안 되는 거예요.

•

그 의미를 바라보기 위해서
의미 없다 느껴지는 지금의 이 시간들을
꼭 지나가야만 했던 거예요.

상실이 주는 간절함으로 인해
모든 삶의 순간 안에 숨겨져 있던 찬란한 의미들을
이제는 놓치지 않고 바라보게 될 테니까.

•

이제는 내 손을 잡은 채 놓아주지 않는 당신처럼.

밀당이 실패한 줄 알았는데 아니었나 보다.
너무 좋아서 세상을 다 가진 것만 같아요.

있음에 길들여져서 있음의 소중함, 잃지 않게
없었을 때의 간절함을 늘 간직하며
닳도록 오래도록 아끼며 사랑할게요, 당신을, 다정하게.

내게 주어진 삶의 어느 순간도 찬란하지 않은 순간은 없었고 의미가 깃들지 않은 순간 또한 없었다는 것을 알게 되었다. 길을 걸어가다가 고개를 들어 하늘을 바라보는 순간에도 나는 살아있었다. 더워서 땀을 흘리며 이따금 짜증을 냈던 순간에도, 그럼에도 하늘이 참 눈부시다 감탄했던 순간에도, 스쳐 지나친 너의 얼굴을 보며 참 예쁘다 생각했던 순간에도, 그저 아무런 생각 없이 길을 걸어가던 그 순간에도, 나는 살아있었다. 내가 느꼈던 감정과 바라보았던 모든 순간의 경험들과 그 속의 배움이 살아가는 모든 순간 안에서 찬란한 의미를 품은 채 숨 쉬고 있었기에.

그렇게 나는, 여기서 살아가고 있다. 때로는 아픔에 허덕이며 주저앉았던 순간에도, 모든 것을 포기하고 도망쳤던 순간에도, 꿈을 향해 나아가다 닿지 못해 절망했던 순간에도, 너를 만나 설레었고 때로는 속상했고 뼈아픈 이별을 하며 펑펑 울던 그 순간에도 찬란하지 않은 순간은, 의미가 깃들지 않은 순간은 없었다. 그렇게 나는, 여기서 살아가고 있다. 살아가고 있으며 배우고 느끼며 또한 나아가고 있다. 때로는 뒷걸음질 치는 순간에도 어떤 의미에서 나는 나아가고 있다. 멈춰있는 삶은 없으며 영원한 무의미로 굳어지는 순간 또한 없는 거니까. 그러니 내가 이 호흡을 멈추는 그 순간까지 나는, 내 삶은 끝없이 찬란하며 의미 있다.

그러니 주어진 순간 속에서 시들어지지 말아야겠다. 때로는 내가 살아가고 있는 지금이 나를 무겁게 짓누르고 있다고 느껴지는 순간에도 나는 기뻐해야겠다. 지금의 아픔, 내 가슴에 찬란한 의미를 새길 테니까. 그 의미로 인해 더욱 가치 있는 삶을 살아가게 될 나이니까. 그러니 무너지는 순간에도, 때로 두려워 도망치는 순간에도 나는 찬란하다는 것을 잊지 말아야겠다. 무너진 자괴가, 도망쳤다는 죄책감이 다음의 나를 더욱 단단히 일으켜 세울 테니까.

그러니 우리가 살아가는 모든 지금은 찬란히 아름답다. 어떤 순간이 더 찬란하다 견줄 수 없을 만큼 모두가 저마다의 가치와 의미로 반짝이고 있기에 똑같이 찬란하며 아름답다. 시들어가는 삶이란 존재하지 않는다. 내가 살아가고 있다고 믿는 한, 모든 순간이 하늘에 수놓인 밤하늘의 별처럼 찬란히 반짝이고 있으며 맑은 하늘 아래에서 흐드러지게 피어난 저 꽃들처럼 다채로우며 이따금 드러난 무지개처럼 간절한 거니까. 그렇게 우리는 삶의 어떤 순간에도 저마다의 의미로 하늘에 수놓인 채 반짝이고 있으며 땅에 맺힌 채 찬란히 피어나고 있으며 때로는 이 세상의 모든 색과 빛과 아름다움을 더한 채 벅차게 떠오르고 있다.

그렇게 우리는, 살아간다. 어떤 순간에도 찬란하며 의미 가득하게 살아간다. 시들어지거나 죽어버리는 삶의 순간은 결코 존재하지 않는다.

모든 상실의 순간에
나는 놓치고 살았던 소중함을 후회했다.

지나간 어제를 놓치고서야
어제의 소중함을 깨달았고
너를 놓치고서야
너의 소중함을 깨달았다.

그래서 상실의 순간은
모든 것을 잃어버리는 순간이 아니라
잃어버린 모든 것들을 간직하는 시간.

늘 이렇게
부재를 통해 존재하는 것들의 소중함을 알아간다.

그러니 부재와 무의미라는 상실은
존재와 의미의 소중함을 깨닫게 해주는 선물이 아닐까.

늘 곁에 있는 당신이
갑자기 내 곁에서 없어진다면 얼마나 끔찍할까.

있음과 없음은 늘 함께하면서도
함께하지 않기에
우리는 늘 있음 속에서 없음을 잊는다.

늘 곁에 있는 당신의 소중함을
익숙함에 속아 잊어서는 안 되겠다.

나는 당신의 곁에
오래도록 머무는 사람이어야겠다.

살아가는 낙이 없어.

하루하루가 무의미해.

출근을 하는 것이 끔찍이도 싫고

퇴근을 하니 조금 기쁘고

주말이 찾아오니 좋은데

토요일 밤부터 월요일이 걱정되다가

일요일은 월요일을 걱정하느라 제대로 쉬지도 못해.

그런 삶의 무한한 반복이 참 회색 같아.

나는 네가 조금 더 무의미해져도 괜찮다고 생각해.
그러다 버틸 수 없을 만큼의 회색이 되면
너는 그 흑백 세상을 버틸 수가 없어서
다채로운 무언가를 찾아 나서게 될 테니까.
이를테면, 사진을 배운다든지, 그림을 배운다든지,
여행을 간다든지, 조금 더 극단적으로는
회사를 그만두고 조금 더 너를 가치 있게 해주는
새로운 꿈을 찾아 나선다든지, 하는.
그러니까 회색의 늪에서 조금 더 허우적거려봐.
마음이 각오를 할 때까지, 정말 간절해질 때까지.
의미를 철저히 상실한 순간, 아이러니하게도
사람은 의미에 흠뻑 간절해져버리거든.

오랜 시간 함께하며 서로에게 더 깊어지고 서로에 대해 잘 알게 되어서 말하지 않아도 배려할 수 있게 된, 둘이서 새로운 하나를 만들어가는 사랑, 한쪽에게 자신을 버리길 강요하지도, 스스로를 잃지도 않고 지켜내면서 더욱 두터워지는, 그런 사랑을 하고 있는 이들을 바라보다가 문득은 부러워하다가 끝내는 참 예쁘다는 생각에 진심을 가득 담아 응원해주었다.

새롭고 반짝거리는 것만을 쫓던 시간들을 지나 낡고 오래된 것들의 매력에 빠져간다. 전통 있고 그만의 색과 깊이가 확실히 담겨있는 그윽함 가득한 멋, 오래된 건축물, 역사가 깊은 옷, 낡은 타자기.

사랑도 꼭 그렇다. 낡아갈수록 바래지고 시들어간다기보다는 그만의 색과 향과 그윽함과 깊이를 더해가니까. 그러니 오래되었다고 바라보지 않고 가슴속에 묻어두기보다 오래되어서 간직할 수 있는 그 아름다움, 소중함, 가슴에 오래도록 간직하고 바라볼 수 있는 너와 나였으면 좋겠다. 되도록이면 너와 그런 사랑을 지켜가고 싶은 나니까. 오래도록 너의 곁에 머물고 싶은 나니까.

그러니까 나는 네가 나에게 오기까지 많은 사람들을 지나왔으면 좋겠다. 그 사람들이 주지 못한 사랑을 내가 너에게 잔뜩 줄 테니. 하지만 처음이 나라면 너는 그 사랑의 의미를 간직하지 못할지도 모르니까. 그렇게 나를 떠나 다른 사람에게 갔을 때, 그때가 되어서야 지나왔던 내게 간절해져 버릴지도 모르는 거니까. 그러니까 나는 너에게 처음보다는 마지막 사랑이고 싶다.

늘 존재하는 것은 잊고 살아가는 우리지만, 잃어버린 것에는 소중할 줄 알고 부재하는 것에는 간절할 줄 아는, 그것이 어쩔 수 없는 우리, 인간이란 존재의 본성 같은 거니까.

잠 못 드는 당신에게 2

왜 오늘도 늦게까지 잠 못 들고 있어요. 이유가 있겠죠. 미래에 대한 막연한 불안감일 수도 있고, 그때의 당신이 사무치게 그리운 것일 수도 있고, 문득은 회의감이 드는 인간관계에 대한 공허함일 수도 있고, 때로는 아무 이유 없이 힘든 것일 수도 있겠죠. 그 어떤 이유에서든 무거운 이 밤이 참 잔인하게 느껴져 눈을 감아보지만, 도망가려 할수록 새벽의 공기는 더욱 짙어져요. 그래서 도무지 잠에 들 수가 없어요.

그러니 도망가려 하지 말아요. 오늘의, 다시 되돌아오지 않을 이 짙고 무거운 새벽 앞에서 무너지지만 않으면 되는 거예요. 당신을 둘러싼 이 새벽공기 앞에서 도망가기보다 이제는 흠뻑 젖어 보는 거예요. 그렇게 당신의 꿈에, 아픔에, 걱정에, 사랑에, 허무함에 가득 젖어 그 모든 감정을 고스란히 느껴보는 거예요.

무겁고 아픈 게 뭐 어때서. 그것보다 중요한 건 당신이 이 새벽처럼 짙은 사람이 될 거라는 건데. 그러니 흠뻑 젖어 봐요. 이 무거운 공기가 또한 당신의 일부가 될 수 있게. 하여 아파하고 고민하기보다 아픔과 고민과 함께 존재하는 이 새벽의 당신일 수 있게.

나는 당신이 이 고독한 밤 앞에서 무너지기보다, 도망가기보다 고독을 바라보며 함께 숨 쉴 줄 아는 사람이었으면 좋겠어요. 고독은 언제나 사람을 찾아올 수 있는 거니까. 그러니 텔레비전 소리로 이 고독을 지우거나 타인의 품에 기대어 이 고독을 지우려 하지 않았으면 좋겠어요. 그런 품들은 언제까지나 영원할 수는 없는 거니까. 나는 당신이 기댈 수 있는 품이 영원하지 않은 타인의 품이 아니라 영원한 당신의 품이었으면 좋겠어요.

그렇게 당신 혼자만의 시간이 찬란했으면 좋겠어요. 혼자 있는 시간을 감당할 수 있는 온전함을 지닌 사람만이 타인과의 관계 속에서도 나의 온전함과 소중함을 지켜낼 수 있는 거니까. 그 관계를 또한 온전히 지켜나갈 수 있는 거니까. 그러니 도망가기보다 마주해 봐요. 새벽의 공기에 흠뻑 젖은 채 그 흐름에 당신을 맡기는 거예요. 그 안에서 일어나는 모든 감정들을 바라보고 느껴보는 거예요. 이제는 당신 안에 있는 당신을 찾아가는 거예요.

당신과 당신, 단둘이 있는 시간이 어색해서 도망가면 어떡해요. 나 자신과 가장 친한 사람은 내가 되어야 하는 건데. 그래야 스스로의 마음에 있는 소리를 들을 수 있는 거잖아요. 당신이 진정 원하는 바람과 꿈과 지금 느끼는 슬픔과 미련과 후회와 두려움, 그 모든 것들을 가장 잘 알고 있어야 하는 사람은 당신인 거잖아요. 당신을 가장 잘 알고 가장 사랑해주고 아껴주는 사람은 다른 누구도 아니라 당신이어야 하는 거잖아요.

그러니 그동안 외면해왔던 당신 스스로를 오늘 새벽에는 가득 바라봐주고 끌어안아줘요. 아파하고 있는 당신의 맘이라면 함께 아파해주고 함께 슬퍼해주고 그럼에도 잘 이겨낼 거라고 위로해줘요. 당신이 기댈 수 있는 품이 당신 스스로의 영원한 품이 될 수 있게 당신을 마주하고 당신을 알아가 봐요. 세상에서 가장 오래 함께한, 오래 함께할 나 자신을 스스로 몰라주면 안 되는 거니까.

이렇게 늦게까지 잠에 못 든다는 건 이유가 있는 거잖아요. 어떤 이유도 없이 그저 헛헛함에 못 이겨 밤을 지새운다면 그것 또한 이유인 거잖아요. 생각이 많아 복잡해졌다거나, 누군가 그립다거나, 슬프다거나, 이유도 없이 공허하다거나, 하는 그 모든 감정들을 마주하는 것이 두려워 텔레비전을 본다거나 누군가와 의미는 없지만 카톡을 계속해서 주고받고 있다거나 해서는 안 돼요. 당신의 잠 못 드는 이유를 당신 스스로 물어봐주고 바라봐주고 알아줘요. 그렇게 안아줘요. 그게 이 밤의 이유니까.

나는 이 밤이 당신에게 너무 소중해서 놓치기 싫은 밤이었으면 좋겠어요. 일 년 중 단 한 번뿐인 이 밤과 이 새벽을 소중히 덮은 채 가득 찬란했으면 좋겠어요. 슬픔이든 기쁨이든 절망이든 행복이든 설렘이든 아픔이든 그리움이든 그 어떤 감정이든 당신의 감정들, 당신만이 느낄 수 있는 소중함인 거니까요.

그러니 소중한 당신처럼 이 밤 또한 꼭 소중하길 소원해요.

당신과 당신의 소중한 밤을 위해 나는 오늘 밤 당신과 함께하고 싶은 이 간절함을 포기한 거니까. 당신의 옆자리, 오늘은 당신의 당신에게 양보한 거니까. 그러니 내가 이 마음을 후회하지 않을 수 있게 당신 스스로의 이야기, 많이 들어줘요.

밤새, 당신의 곁에서 예쁜 당신을 바라보며 온통 예쁜 당신으로 가득 차 그 어떤 날보다 찬란히 예쁜, 그런 밤을 보내고 싶었어요. 밤새 예쁜 당신을 바라보며 내 맘까지 예쁘게 물들고 당신의 예쁨을 내 눈에 가득 채우고 그 예쁨 가득함으로 당신을 바라봐주고 그렇게 예쁨 받는 당신은 더욱 예뻐지고 그러다 당신과 내가 있는 모든 공간과 시간이 말로 표현할 수 없을 만큼 예뻐져서 참 벅차고 설레고 행복하고 기쁘고 소중한, 그런 밤을 당신과 함께 보내고 싶었어요.

그 간절한 바람을 오직 당신을 위해 내려놓는 거예요. 오늘 밤 당신의 옆자리, 당신 스스로와 친해지라고 양보했는데 그러시는 않고 어색하다 핑계대며 도망가기만 해봐. 그럼 진짜 정말 혼나요. 이번만큼은 예쁘다고 안 봐줘요. 막 눈망울 초롱초롱 쳐다본다고 맘 약해져서 넘어가주고 안 그럴 거니 각오 단단히 해요.

당신의 생에 다신 되돌아오지 않을 수많은 밤들 중 단 한 번의 오늘 밤이 당신에게 그 어떤 날의 밤보다 소중함 가득한 밤이길 소원해요. 당신이 궁금해서 늘 알아가고 싶은 나인데, 당신 스스로가 당신을 모르면 나에게 당신을 알려줄 수 없는 거니까. 그러니 나를 위해서도, 당신 자신을 위해서도 오늘 이 밤, 당신을 가득 알아가는 시간이길 소원해요. 그리고 꼭 나에게도 들려줘요. 당신의 당신은 어떤 사람인지. 어떤 맘, 어떤 감정을 가진 사람인지를. 꼭.

정말 큰맘 먹고 양보했다.

당신을 더욱 잔뜩 알아가고 싶다는 진심을
가득 보태었기에
이 밤의 사심, 참을 수 있었던 거야.

그러니까 꼭 들려줘야 해요.
당신의 당신은 어떤 사람인지.

내가 질투할 만큼 친해져서
나보다 더 당신 자신을 사랑하고 아끼게 돼서
나, 꼭 서운하게 만들어야 해요.

그러지 못하면 그게 제일 서운해.
그러니까 기다릴게요.

•

당신을 더 알아갈 수 있다는 설렘을 잔뜩 안은 채
나도 나를 알아가고 있어야겠다.

상당히 징그러운 나이지만
그래도 나 자신을 마주한 채 내 이야기 가득 들어줘야지.

늘 예쁜 당신만 보다가 나를 보니까
정말 징그럽긴 하다.

그런 내가 오늘 밤을 가득 채운 생각은 당신이었네요.
그래서 조금은 예쁜 밤이 되었어요. 아니, 더없이 예쁜 밤이.

우리, 함께한다고 해서
자기 자신과 멀어지지는 말아요.

나 자신에게 소홀하다는 건
스스로를 아껴주고 사랑하지 않는다는 거니까.

그 온전하지 못함으로 인해
어떤 관계 속에서도 나의 온전함을,
그리고 그 관계의 온전함을 지켜내지 못하게 되는 거니까.

그렇게, 영원할 수 없게 되어버리니까.

•

먼저 나 스스로가 영원한 내 품이 되어야
타인의 품 또한 영원해질 수 있는 거니까.

그리고 나,
영원히 당신과 함께이고 싶으니까.

그러니까 우리,
서로의 각자에게 소홀해지지 말아요.

서로의 각자에게 소홀해진 채
서로가 늘 함께한다면
결국 먼 훗날의 서로 또한 소홀해지는 거니까.

그건, 싫으니까요.
싫음을 넘어서 절대로 안 돼요. 정말, 진짜 안 돼요.

그러니까 큰맘 먹고 양보한다, 오늘은.

대신, 내일 밤은
밤새 팔베개 해줄 거예요.

서로의 각자를 가득 바라본 오늘 밤에 대해
잔뜩 깊은 이야기를 하다가
문득은 재밌는 이야기를 하며 웃다가
당신이 잠들 때까지 당신을 사랑스럽게 바라보다가
당신이 잠에 들고 나서도 당신을 사랑스럽게 바라보다가

그렇게 나는 밤을 새겠지.
오늘과는 다른 이유로 밤을 꼬박 새겠지.

당신이 자는 모습은 어떤 영화보다 예쁘고 설레서
시간이 흐르고 있는 것도 잊을 만큼 사랑스럽고 벅찰 테니까.

그러니 밤새 당신을 내 품에 끌어안고
당신의 머리를 쓰다듬어주고
예쁘다, 사랑스럽다는 말, 잔뜩 해주고 싶은

그런 밤을 보낼 거예요.

그러니까 오늘 밤, 큰맘 먹고 양보하는 거예요.
대신 내일 밤은, 큰맘 먹고 당신을 찾아갈게요.

바보, 또 혼자 오해하고 부끄러워하고 있죠?
자꾸 그렇게 귀엽고 사랑스러우면
오해가 오해가 아니게 되는 수가 있어요.

너무 예쁘고 소중한 너의 샴푸 냄새 향긋한 머리를 보드랍게 쓰다듬다가 쑥스러워하는 너의 볼 꼬집다가 새하얀 살에 문득 나도 얼굴이 붉어지다가 그러다 나도 모르게 문득, 너의 입술에 입을 맞추다가 다시 멀어지다가 조금 거칠어진 숨소리에 또다시 가까워지다가 결국은 짙은 키스를 하다가.

밤이 깊어지도록 나는 너의 안이 궁금해서 너와 깊은 대화를 나누며 이토록 사랑스러운 너를 알아가는 시간들을 가슴에 영원히 간직해둬야지, 하고 생각하다가 문득은 너를 끌어안고 싶다, 생각해. 처음부터 끌어안고자 한 건 아니었지만 자연스럽게 짙어진 이 분위기가 너를 끌어안게 만드는 거라고 변명하다가 그렇게 단 한 번도 느껴보지 못한 사랑 가득함에 너와 나의 거리는 더욱 가까워지고 우리를 둘러싼 분위기는 더욱 농밀해지고 짙어지고.

네가 좋아서 너를 안고 싶어. 너의 머리를 쓰다듬는 것으로, 너에게 사랑한다, 말하는 것으로, 너에게 입을 맞추는 것으로, 키스를 하는 것으로는 내 마음 속 벅차게 일고 있는 너를 사랑하는 마음을 다 담아내지 못해서. 그래서 끝내는 너를 끌어안고 싶어져. 오늘 밤, 이토록 진하고 야하고 짜릿하고 사랑 가득해 깊고 소중한, 그런 밤.

가슴에서부터 차올라 내 목 밑 가득 들끓는 이것을 밤새 너에게 토해내며, 너를 너무나 벅차게 사랑해서, 그 사랑을 담아내고 표현할 길이 없어 일어나는 이 모든 답답함을 해소하고 싶은 밤.

그러니까 밤새 너에게 팔베개 해주고 싶은 밤. 깊은 대화도, 때로는 재미있는 이야기도 하며 새벽의 지독한 침묵을 너의 예쁜 미소에 요동치는 내 심장 소리와 세상 그 어떤 목소리보다 아름답게 지어진 너의 목소리로 지워가고 싶은 밤.

새벽의 고요를 깨고 내 귀 안 가득 퍼져 울리는 너의 가녀린 숨소리를 들으며 온통 예쁜 너로 가득 찬 이 새벽이 너무 아름답고 벅차서 홀로 기뻐하다가 너의 자는 모습, 시간 가는 줄 모르고 멍하니 바라보다가.

어떤 영화보다도 음악과 그림과 풍경과 태양과 세상의 모든 색과 빛과 별과 달보다, 그러니까 이 세상 그 무엇보다 예쁜 너를 보는 것이 너무 소중해서 차마 눈을 감을 수 없어서.

밤새 너를 내 품에 끌어안고 너의 머리를 쓰다듬어주며 예쁘다, 사랑스럽다, 소중하다는 말 잔뜩 해주고 싶은, 그런 밤.

나의 생애,
단 한 번뿐인 소중한 오늘 밤을
다른 사람의 시선과 소리로 놓쳐서는 안 되겠다.

어떤 감정과 의미로 가득 찼든
이 밤은 평생에 다신 돌아오지 않을 단 한 번뿐인 밤이니까.

그러니 소중한 이 밤이
소중함으로 가득 물들 수 있게
내 안의 모든 것들에 귀를 기울여야겠다.

내가 나와 친하지 않아서, 단둘의 시간이 어색해서
늘 우리 사이에 무엇인가를 두며 놓쳐온 소중함은
어제까지로 족하니까.

그러니 단 한 번의 이 밤과
그 안에 살아 숨 쉬는 단 한 번의 나를,
하지만 단 한 번도 함께 해주지 않았던 나를,
그래서 나조차 잘 몰랐던 나를, 이제는 알아가야겠다.

내 안의 소리와 감정과 바람들, 모든 사소함까지도.

평생을 살아가며
다신 돌아오지 않을 오늘 이 밤.
그러니까 내 생에 단 한 번뿐인 마지막 밤.

그러니까
무엇을 하든, 무슨 생각을 하든, 어떻게 보내든
무조건 소중한, 오늘 당신의 이 밤.

이 밤이
당신이라는 찬란한 의미로 가득 차
더없이 소중하길.

오늘 밤, 뭐해?

조금은 야하고 설레고 기분 좋아지는
괜히 기대하게 되기도 하는, 그런 말.

화장 안 해서 못 나온다는 너에게
화장 안 한 너마저 예뻐해 주겠다고.
만약 그런 너에게 실망하는 나라면
너에게 나는 이것밖에 안 되는 사람이었으니
이 정도의 마음밖에 안 되는 사람한테
내 마음을 주고 싶진 않네, 나도 네가 싫어, 라고.
그렇게 편하게 생각하면 되지 않겠냐고.
그렇게, 그렇게 설득하여
결국은 이 밤을 함께하게 만드는 말.

조금은 야하고 설레고 기분 좋지만
기대했던 일은 괜히 일어나지 않는, 그런 밤.

♂

오늘 밤 뭐해?

♀

오늘? 글쎄. 딱히 계획은 없는데.

집에서 쉴까 생각 중이야.

(속마음) 아씨, 빨리 화장부터 해야겠다.

하지 않은 것처럼, 티 안 나게, 하지만 예쁘게.

당신의 오늘 이 밤,

예쁜 당신처럼 가득 소중하고 예쁜, 그런 밤이길.

늦게까지 수고 많았어요.

고민하느라, 아파하느라, 꿈에 닿아가느라.

그 이유가 무엇이든, 수고 많았어요.

그렇게 짙어진 우리의 새벽,

하늘에 뜬 저 달만큼이나 찬란해.

그러니까 소중하고 예쁘게, 잘 자요.

당신의 실패

많이 힘들고 아프죠? 여태, 잘했던 적이 없었던 것만 같고, 많은 삶을 더해왔지만 제대로 된 성공 한 번이 없었던 것만 같고. 그렇게 늘 제자리걸음만 해온 것 같고. 그래서 참 많이 무겁죠?

그렇게 실패도, 후회도, 막연한 내일을 향한 두려움도 더해져만 가는데, 삶의 무게는 이렇게 무거워져만 가는데 그럼에도 당신, 어떻게 무너지지 않은 채 서 있을 수 있는지 아세요?

아파왔기 때문에, 무너져왔기 때문에, 그럼에도 살아왔고 버텨왔고 이를 악물어왔기 때문이에요. 한숨과 눈물로 가득 찬 오늘이지만, 실패와 실패를 더해 맞은 오늘이지만 그럼에도 그 모든 오늘 앞에서 도망가지 않았던 당신이라서, 그런 당신이라서 이렇게 서 있을 수 있는 거예요.

모든 아픔을 버텨온 무게와 실패를 감당해온 오늘과 그럼에도 오늘보다 나은 내일을 꿈꿔왔던 열정이 함께 자라왔기에 무너지지 않을 수 있는 거예요. 이렇게 무거워졌어도 버텨낼 수 있는 거예요. 당신의 두 다리는 그보다 더 단단해져 왔으니까.

그래서 나는 당신의 실패 앞에서 당신이 너무 절망하진 않았으면 좋겠어요. 당신 스스로를 너무 미워하거나 차갑게 대하지는 않았으면 좋겠어요. 내가 그랬었거든요. 아픔과 실패가 찾아오면 늘 나를 못났다며 더 꾸짖어왔었거든요. 아파하고 있는 나에게 더 큰 상처를 남기며 토닥여주기에도 모자란 마음을 멍들게 했었거든요.

하지만 실패는, 성공이라는 바다로 통하는 하나의 작은 강이라는 걸 알게 되었어요. 그러니까 지금 내가 맞이한 실패는 이 길의 끝이 아니라 성공을 향해 나아가는 하나의 계단이었다는 것을. 과정이었다는 것을. 처음부터 누린 영광이 아니라서 내가 나아가고 있는 이 성공의 길이 이렇게 단단할 수 있다는 것을요. 짓눌리고 짓눌려도 무너지지 않는 튼튼한 두 다리를 지니게 되었으니까요. 그렇게 넓은 바다에 닿아 더 많은 것들을 담아내기 위해서.

우리는 성공한 사람들의 성공을 바라보며 참 부러워하지만 그들의 성공 뒤에 있었던 실패는 바라보지 않아요. 얼마나 많은 실패를 겪어왔었는지, 그 많은 실패가 더해지고 더해져 지금의 성공에 닿았다는 걸 보려 하지 않아요. 그들이 누리는 영광과 빛에 가려져 보이지 않는, 끝없이 이어진 어둡고 긴 터널은 보려 하지 않아요. 하지만 나는 그 터널을 조금은 바라볼 수 있을 것만 같아서 그들이 부럽기보다는 그들이 지나온 아픔 앞에서 숙연해져요.

성공하지 않아서 이 값진 실패가 가려져야 하는 것도 아니며 성공했다고 해서 지나온 실패들을 묻어두어서도 안 되는 거니까. 그 아픔들을 바라보고 함께 꺼내어보며 때로는 함께 아파할 줄도 알아야 하는 거니까. 그래야 지금의, 그리고 그때의 실패 또한 빛나는 것이니까. 실패는 가려져야 하는 어둠이 아니라 모이고 모여 성공이라는 빛이 되어 반짝이는, 작은 성공의 조각들이니까요.

처음 요가를 배울 때 제대로 된 자세를 취하기 위해 몇 달간 근육이 찢어지는 고통과 내 몸을 가득 적신 땀들과 혼자서는 이 자세를 해내지 못한다는 부끄러움이 함께했었어요. 하지만 그 모든 시간들을 지나왔기에 정확한 자세에 도달하게 된 거예요. 실패를 지나왔기에 타인들의 박수를 받는 찬란한 성공이 된 거예요.

그러니까 당신의 지금, 괜찮아요. 충분히 잘하고 있어요. 성공하기 위한 조각들을 차곡차곡 쌓아가고 있는 거예요. 그 아픔 속에서 성공의 무게를 감당해낼 수 있을 만큼의 튼튼한 두 다리를 만들어내기 위해서, 그렇게 더 탄탄히 성공하기 위해서, 언젠가의 성공과 영광을 당연히 여기지 않고 가슴에 새긴 채 아낄 줄 아는 사람이 되기 위해서 꼭 무너져야만 했던 거예요. 그렇게 당신은,

타인이 지나온 실패를 바라볼 줄 아는 사람이 되어갈 거예요. 웃는 얼굴에 더해진 주름을 바라볼 줄 아는 사람이 되어갈 거예요. 그러니까 내 삶에 있어, 당신의 삶에 있어 가장 값진 선물은 성공이 아니라 실패였다는 것을 가슴에 새긴 채 늘 소중히 간직하고 아낄 줄 아는 사람이 되어갈 거예요.

그렇게 성공이라는 빛나는 영광 앞에서 무너지지 않는 마음을, 겸손할 줄 아는 마음을 배워나가고 있는 거예요. 사실은, 실패보다 성공의 무게가 더 무거운 거니까. 언젠가의 그 무거운 성공을 당신이 꼭 감당해낼 수 있게, 그 찬란한 빛 앞에서 눈멀지 않을 수 있게, 무거워 쓰러지지 않을 수 있게 실패는 지금, 성공의 자격을 가르쳐주고 있는 거예요.

그러니 실패라는 조각들의 찬란함 앞에서 스스로를 아프게 하고 몰아세우기보다, 자괴감에 빠진 채 슬퍼하기보다 품에 가득 끌어안은 채 고맙다, 말 할 수 있는 당신이기를.

그러니까 괜찮아요.

연애에 실패해왔더라도
꿈 앞에서 좌절해왔더라도
인간관계 앞에서 늘 아파왔더라도
지금 하는 일이 잘 되고 있지 않더라도

괜찮아요.

•

그 실패와 좌절과 아픔의 조각들이 모여
찬란한 성공의 형태를 만들어가고 있는 거예요.

연애에 실패했기에
결혼에 성공할 거예요.

꿈 앞에서 좌절했기에
그 꿈에 더욱 더 가까이 다가서게 될 거예요.

인간관계에서 받은 상처로 인해
어떻게 사람을 대해야 하는지,
어떤 사람을 만나야 하는지 알게 될 거예요.

지금 하는 일이 잘 안 되었기에
당신이 잘 되었을 때,
자만하지 않고 겸손할 수 있을 거예요.

그렇게, 오래도록 무너지지 않을 거예요.

그러니까 너무 아파하지 말아요.

•

역기 선수는 올림픽에서 금메달을 따기까지
산 하나의 무게를 넘을 만큼의 역기들을 들었었으며
마라톤 선수는 지구 한 바퀴를 돌 만큼 달려왔으며
뜀틀 선수는 수없이 많은 낙하를 해왔던 거예요.

그 어떤 성공도,
실패의 조각 없이는 이루어질 수 없는 거예요.

그러니까 지금의 무너짐은
성공을 향해 나아가는 하나의 과정인 거예요.

실패는 실패가 아니라 성공의 조각이며
성공이란 바다를 향해 흐르는 하나의 강인 거니까.

•

어릴 때 징징대었던 그 아픔보다
지금의 아픔이 훨씬 더 무거운데
그럼에도 무너지지 않고 서 있잖아요.

무너질 것만 같이 아프고 감당해내기가 또한 버겁지만
결국 무너지지 않고 일어서 있는 거예요.

더 강해져왔던 거예요.
실패를 거듭하며 성공에 닿아가고 있었던 거예요.

그러니 나는 당신의 성공보다
당신의 실패를 더 예뻐해주고 싶어요.

언젠가, 당신이 찬란히 빛날 때
지나왔던 어둠을 바라봐주는 사람이 없다면
그건 참 슬픈 일이 될 테니까.

•

그러니 나는,
당신이 지나온 실패를 바라봐주고 싶어요.
함께 아파해주고 싶어요.

와 정말 대단하다, 보다
정말 고생 많았구나, 라고 말할 수 있게
당신의 지나온 성공의 조각들,
함부로 가볍게 여기지 않을게요.

•

늘 당신에게 맘 전하는데
늘 차여서 아프지만
이 실패 또한 언젠가 무너지지 않을
찬란한 성공을 위한 거라 믿으며,

사랑해요, 오늘도.

깊이가 없었다. 겉을 떠도는 무수히 많은 찬란함 속 내가 담아낼 수 있었던 삶의 무게는 그 골이 얕았고 그로 인해 나는 비틀거렸다. 비가 쏟아진 뒤의 거리는 촉촉했고 시원했다. 나를 둘러싼 수분을 머금은 온도는 서서히 떨어지다 끝내 차가워졌다. 이따금 시려올 만큼. 그 차가움과 작은 바람에도 비틀거릴 만큼 내가 받은 영광은 부실했고 충분히 덧없었다. 때로 찾아오는 환멸감에 나는 숨었고 때로는 용기를 내어 얼굴을 반쯤 내밀어보기도 했다.

두려웠다. 나를 스치는 미약한 바람에도 뿌리가 뽑힐 만큼 내 존재는 엷고 얕았기에. 뼈아픈 실패를 겪어보지 못한 채 누리는 영광은 이토록 가느다랬다.

지금의 나는, 어디를 향해 가고 있는 걸까. 문득은 그런 생각에 주저하며 사소한 일에도 심각해질 만큼 유약한 내가 누군가들이 꿈꿔오는 그 간절함을 손에 쥐고 있다는 것이 한없이 부끄러웠다. 이처럼 덧없고 부실한 성공과 겉만 번지르르한 허영에 가득 차 내면을 튼튼히 하지 못한 위태로움 앞에서, 나는 주저앉았다.

비틀거리는 내 자아와 내가 움켜쥔 꿈과 빛나는 성공이 이대로 무너져버리길 바랐다. 다시 쌓아가고 싶었다. 처음부터 쌓아갈 기회가 내게 주어진다면 나는 실패를 두려워하지 않을 것이다. 힘든 길 앞에서 주저하지 않을 것이며 쉽사리 성공하기를 또한 바라지 않을 것이다. 삶의 아픔들을 지나며 튼튼히, 단단히 자라날 수 있도록 뿌리를 깊게 내려갈 것이다. 나의 반짝임 뒤에 가려진, 내가 걸어온 어두웠던 지난날들을 부끄러워하지 않을 것이다.

오늘날의 나를 있게 한, 아픔이라는 찬란함을 끌어안으며, 반짝이는 내 뒤에 가려진 실패라는 소중함을 바라보며, 그렇게.

실패는 모든 것이 무너진 좌절이 아니라
아직 모이지 않은 성공의 조각일 뿐이라는 것을.

실패라 여겨왔는데
가만히 돌이켜 생각해보니
처음의 실패보다
지금의 실패가 더 찬란하더라.

그렇게 나아왔을 뿐이다.
실패를 한 것이 아니라
성공을 위한 하나의 계단을 더 올랐을 뿐이다.

그러니 어떤 무너짐의 순간 앞에서도
나는 잘해왔으며
잘 해낼 거라는 것을 잊어선 안 되겠다.

웬일로 뛰어간다 싶더니
얼마 가지 못해 돌에 걸려 넘어져버렸다.

참 아프고 억울하고 분하고,
그렇게 늘 실패만 하는 줄 알았는데
일어서서 보니,
넘어진 곳보다 내가 일어난 곳이
저만큼 더 앞에 있더라.

머리를 긁적이며,
넘어지는 순간에도 나아왔구나.
실패하는 순간에도 성공에 닿아가고 있었구나.

그러니까 영원히, 제자리에 굳어진 시간은 없다고.
멈춰있는 것 같은 순간에도
나는 늘 나아가고 있었으며 닿아가고 있었다고.

하루, 이렇게 수고하고도
걱정이 많아 잠 못 들며 아파하는 당신,
잘하고 있고 잘 해낼 거예요, 꼭.

이렇게 밤낮으로 주어진 삶 앞에서
진실하게 고민하며 나아가는 당신이라서
아름다운 거야. 소중한 거야. 참 예쁜 거야.

그러니까 의심하지 말아요.
잘 해왔다는 것과 꼭 잘 해낼 거라는 것을.

당신의 밤,
하늘에 수놓인 별처럼 걱정 많고 무거워도
찬란히 반짝이며 소중한 그런 밤일 수 있게.

♀

나는 언제쯤 성공할 수 있을까?

♂

언젠가는 성공하게 될 거야.
하지만 그 언젠가의 성공에 닿기 전에
우리는 더없이 많이 실패할 필요가 있는 거 같아.
나는 어떤 면에서 남들보다 일찍 성공을 했고
또한 일찍 성공한 만큼 많은 실패와 아픔도 겪었어.
하지만 사람들은 그 어두운 면을 바라보지 않았고
이따금 그 태도가 나를 고독하게 만들었어.
성공은 늘 외로운 이면을 가지고 있는 거니까.
그래서 성공이 찬란하기만 한 것은 아니구나,
생각보다 외롭고 무거운 거구나, 하고 깨닫게 됐거든.
그러니 너무 조급하게 생각하지 마.
나는 네가 더 많이 무너지고 절망했으면 좋겠어.
아직은 더 많은 실패를 경험했으면 좋겠어.
네가 성공의 무게를 감당할 수 있을 만큼
튼튼한 두 다리를 갖추었다, 싶을 때까지.
실패는 그런 거니까. 반듯한 성공을 위한 준비물 같은 거.

버거웠던 지난날, 그럼에도 잘 딛고 일어서야지. 마음의 문을 닫아 둔 채 원망하며 후회하기보다는 성장의 발판으로 삼아 더 맑은 눈으로 세상을 바라보는, 넓고 따뜻한 마음을 가슴에 품어야지. 나를 위해 일어나야 했던 일들이 일어났을 뿐이라 굳게 믿고 나아가야지. 지금의 내게 너무나 필요한 흔들림이었고 꼭 겪어야만 했으며 이를 통해 더 나은 내가 되었으면, 하는 바람으로 나를 이토록 짓눌러온 시련이라 믿으니까. 너무나 힘겨워 비틀거리는 시간 속에서도 결국 나는 포기하지 않고 이겨내고 있었던 거니까. 그러니까 잘 해왔다고, 충분히 잘 해줬다고, 나는 내가 믿는 최선으로 내게 주어진 일들을 잘 지나고 있었던 거라고 토닥여줘야지. 너에게는 쉽게도 해주었던 괜찮다는 위로를 나에게는 너무나 아껴왔으니 미안하다, 꼭 말해줘야지. 너무나도 아파왔지만 지금 이 아픔을 지나왔기에 내가 세상을 바라보는 시선도, 내 마음을 지켜보는 눈도 변할 수 있었던 거니까. 그렇게 책임감 있는 어른이 되어가는 거니까. 그러니까 이렇게 아파줘서, 그로 인해 잘 자라줘서 고맙다, 말해줘야지. 이토록 버거웠기에, 그럼에도 이렇게 잘 이겨내 줬기에 세상도, 너도 품을 수 있는 내가 되어가는 거니까.

그러니까 결코 헛된 삶의 시련은 없다고. 나를 쓰러뜨리기 위해, 괴롭히기 위해 찾아온 것이 아니라 나를 일으켜 세우기 위해 찾아온 지금의 시련이라고. 지금 이대로 충분히 잘해온 거라고. 그러니까 정말 괜찮은 거라고. 고생 많았다고. 잘 지나와줘서 참 기특하고 고맙다고. 꼭 말해줘야지.

이제는 아파도 괜찮은 나일 수 있게.

당신의 내면

반짝이지 않는 지금이 문득은 초라해 보이고 속상할 때가 있어요. 좋은 차, 좋은 옷, 좋은 집, 사람들이 모여 그런 것에 대한 이야기를 할 때면 주눅이 들어요. 화려하게 반짝이는 그들의 삶이 부럽기도 하고, 나 자신이 못나 보이기도 하고. 그래서 자신감을 잃어가는 당신께

나는 당신이라는 사람의 가치를 결정하는 것이 당신의 겉이 아니라 당신의 내면이었으면 좋겠어요. 좋은 차, 좋은 옷, 좋은 집이 아니라 얼마나 반듯한 마음으로 주어진 삶을 살아가는지, 하는 그 태도가 당신의 자신감이 되어주었으면 좋겠어요. 그렇게 당신이라는 나무가 삶이라는 대지에 단단히 뿌리내릴 수 있길 소원해요.

단단히 뿌리를 내리는 일은 흔들리지 않는 중심을 가지는 일. 어떤 상황 속에서도 나의 온전함을 지켜내는 일. 내게 나의 선택이 있듯 그들에게는 그들의 선택이 있음을 받아들이는 일. 하여, 여유롭

게 삶을 살아가는 일. 진정한 자유란, 세상에 일어나는 그 어떤 일도 판단하지 않는 내면의 자유를 말하는 것임을 아는 일. 바람이 거칠게 불지라도, 그리하여 나라는 나무가 크게 휘청거릴지라도 나의 중심은 변함없이 그 뿌리는 지켜내는 일.

그러니 나는 당신의 뿌리가 튼튼하길 바라요. 당신의 중심이 단단하길 소원해요. 사람들이 당신을 바라보는 시선과 당신에 대해 스쳐 지나가는 말들과 같은 작은 바람 앞에서 흔들림 없이 꿋꿋하길 기도해요. 당신을 흔들어대는 크나큰 유혹과 무너짐을 마주하더라도 부디 당신의 중심만큼은 반듯하게 그 자리를 지켜내었으면 좋겠어요. 그렇게 당신이 보다 여유롭고 행복한 사람이었으면 좋겠어요. 무엇보다 자유로울 수 있는 사람이었으면 좋겠어요.

세상의 소음과 얕은 유혹과 같은 가벼운 바람에 당신의 행복과 주어진 소중함을 저버리지 않기를, 어떤 시련을 마주하더라도 그 안에 숨겨진 의미를 찾아 선물로 여길 수 있기를 바라요. 그러니까 나는 당신이 행복하길 바라요.

겉이 아무리 화려해도 안이 텅 비었다면 행복할 수 없는 거니까. 그 텅 빈 공허함을 버티지 못해 끊임없이 더 많은 것을 바란 채 세상에 탐닉하게 되는 거니까. 그렇게 나의 내면은 점차 시들어가고 병들어가는 거니까. 그래선 결코, 행복할 수 없는 거니까.

우리를 살아있다, 느끼게 만들어주는 것은 다른 무엇이 아닌 내면의 뿌리인 거니까. 내가 얼마나 가치 있는 사람인지를 결정하는 것은 비싼 차와 집, 옷들이 아니라 내가 어떤 마음으로 세상을 살아가는지, 하는 삶을 살아가는 태도인 거니까. 그 그윽한 향이 사람들로부터 나를 가치 있는 사람이라 여기게 하는 거니까요.

'진심'이 없는 삶은 작은 바람에도 흔들릴 수밖에 없는 거예요. 최선을 다해 세상을 살아가는 진심과 누군가를 열렬히 아끼고 걱정해주고 사랑하는 진심과 두렵지만 그럼에도 간절한 꿈을 향해 한 걸음을 내딛는 용기라는 진심. 그 모든 진심의 조각들이 모여 내가 살아가는 세상을 반짝이게 만들어주는 거예요. 그러니

진심을 다해 살아가고 사랑해요. 화려한 반짝임보다 진심 가득한 향기가 더 오래도록 찬란한 거예요. 화려함을 과시할 땐, 그 화려함에 현혹된 사람들이 끌려와 나를 사랑해주고 나에게 무언가를 바라고 기대할 테지만, 진심 가득한 향기에 끌려온 사람들은 내가 가진 것이 아닌, 나라는 존재를, 내가 살아가는 마음가짐을 사랑해서 나와 함께하고자 할 거예요. 나에게 무언가를 바라고 기대하기보다 있는 그대로의 나를 바라봐주고 아껴줄 거예요.

화려함이 사랑받을 때 그 화려함 뒤에 있는 진짜 나는 반짝이는 겉모습에 가려져 그 어떤 시선도 받을 수 없는 거예요. 그래서 공허해지는 거예요. 그때 사람은 나의 진짜 모습을 바라봐주는 시선이 없어 생기는 그 공허한 마음을 아직 나를 향한 시선이 부족해, 라고 오해한 채 더 큰 화려함을 쫓게 돼요. 더 많은 시선을 바라게 돼요. 그렇게 스스로를 잃게 돼요.

당신이 주눅 들어 하고 부러워하는 사람이, 그리고 부러워하는 삶이 이런 거라면 나는 당신에게 크게 실망할 거예요. 당신의 가치를 저버린 채 진심이 담기지 않은 거짓된 것들로 당신을 치장하겠다고 한다면 나는 당신을 멀리할 거예요.

어떤 사람에게는 부러움의 대상이 되는 화려함이 어떤 사람에게는 함께하는 시간이 너무 가치가 없다는 생각이 들게 하고, 함께하

는 사람이 참 얕고 피상적이라는 생각이 들게 해서 피하게 되는 대상이 되기도 하니까요. 그 만남 안에는 나를 채워주는 의미와 영양가가 부재하다는 생각에 마음이 채워지기보다는 더 헛헛해져서.

그러니 나는 당신과 함께하는 당신의 곁이 따뜻하고 깊었으면 좋겠어요. 소중한 당신이니 그런 당신을 가득 아껴주는 소중한 사람, 당신의 겉보다는 마음을 바라봐주고 안아주는 그런 사람, 술안주가 무엇보다 함께하는 시간의 소중함이며 서로를 알아가는 대화인 사람, 그러니까 재밌든 슬프든 진지하든 밝든 어떻든 영양가 있는 시간을 보낼 수 있는, 그런 사람이 당신의 곁이었으면 좋겠어요.

그런 사람을 만날 자신이 없다면 나랑 만나요. 내가 당신을 아껴줄게요. 당신의 눈을 바라보며 당신의 내면에 있던 감정들, 놓치지 않고 꺼내어줄게요. 그렇게 진짜 당신에 대해 함께 이야기하며 당신을 기쁘게도, 때로는 슬퍼 눈물짓게도 해줄게요. 당신조차 몰랐던 당신의 생각들을 놓치지 않고 꺼내어 바라봐주고 안아줄게요. 내내 다정하게, 당신과의 시간들을 소중히 아껴줄게요.

집으로 돌아가는 길이 공허하기보다 내면을 나누었다는 찬란함으로 가득 찰 수 있게 허공을 떠도는 이야기가 아니라 우리, 서로의 안을 바라보기로 해요. 진짜 우리를 가린 겉모습이 아니라 그 겉모습 안에 숨겨져 있던 진짜 우리를 바라봐주고 아껴주고 사랑해주기로 해요. 다정하게, 무엇보다 소중하게.

그런 사람이 되어 그런 곁을 만나갈 때 세상에서 가장 예쁘고 소중하고 가치 있는 사람이 바로 당신이라는 것을 알게 될 거예요. 당신이 가진 것들 때문이 아니라 이미 당신'인' 것들로 인해 당신이란 존재, 참 사랑스럽고 찬란하다는 것을, 꼭 알게 될 거예요.

되게 잘생기고 인기가 많은 친구가 있었어요.
늘 여자친구가 바뀌었고
많은 사람들이 그 친구를 만나고 싶어 했어요.

그런데 나는 그 친구가 되게 아쉬운 거 있죠.

그 친구를 만나기 전에
되게 까칠하고 자존심도 세고 그래서 진지하기보다는
재밌게 놀기 좋은 친구라고 소개를 받았는데

모든 사람이 바라보는 그 친구와
내가 바라보는 그 친구는 달랐어요.

•

생각보다 따뜻한 구석이 있는 친구,
생각보다 자신의 꿈에 대해 진지한 친구.

•

늘 여자가 바뀌고
여자에 대해 함부로 대하는 그 친구의 성향이
원래 그렇다기보다는
상처를 받은 적이 있어서 그런 것은 아닐까.

아직 자신의 삶을 변화시킬 만한
어떤 계기를, 혹은 은인을 마주치지 못해
이렇게 방황하고 있는 것은 아닐까.

그런 생각에
나는 그 친구와 함께하는 동안
그 친구의 내면을 많이 꺼내어줬어요.

그리고 가득 바라봐주고
소중히 들어주고 진심 다해 응원해줬어요.

•

불러주는 사람이 그렇게 많은 친구가
남자와 단 둘이 있기를 그렇게 싫어하던 친구가
진지함이라는 것에 질색을 하던 친구가

저와는 따로 만나고 싶어 하고
저와는 따로 시간을 보내고 싶다고 말해요.
그렇게 자주 연락이 와 가까운 친구가 되었어요.

•

참 아쉽더라고요.
누군가 조금만 이 친구의 내면을 건드려줬더라면
잠재되어있던 따뜻함과 섬세함을 건드려줬더라면

자신의 삶에 대해 충분히 진지해질 수 있고
또 주어진 삶을 소중히 여길 수 있는,
그런 친구였는데.

그리고 그런 역할을 하게 된 사람이
내가 되었다는 사실에 또한 고마웠어요.

사람은 그래요.
누구나 화려한 모습에 유혹을 당하기도 하고
그런 삶을 때로 쫓아 나아가기도 하지만
또한 그것이 정답이라고 믿기도 하지만

늘 그리워하는 거예요.
진심으로 내게 다가와 줄 사람을,
따뜻하게 나를 대해주고
소중히 여겨주고 걱정해주는, 그런 사람을.

누구나 다른 삶을 살아가고
다른 가치를 가진 채 살아가지만
'진심'은 모든 사람이 간절히 바라고
원하고 소원하는 단 하나의 '진실'이니까.

•

많은 사람들이
그 친구가 살아가는 화려함에 끌렸으며
또한 부러워 하기도 했지만
'진심'을 주지는 않았던 거예요.

진심을 나누어주는,
그러니까 그 화려함을 부러워하기보다
그것보다 더 큰 행복과 소중함이 있다,
진심 다해 이야기해주는 친구는 없었던 거예요.

단지, 그런 만남, 따스함, 소중함.
그 작은 계기를 아직 마주치지 못했던 거예요.

그러니까 우리,

우리를 살아있게 만들고 가치 있게 만드는
우리의 진심으로
세상을 살아가고 사람들을 마주해요.

우리의 가치를 결정짓는 것은
삶을 살아가는 데 있어
얼마나 진실한가, 진심인가,
하는 그 태도인 거니까.

그러니 화려함에 현혹되어
당신의 소중함, 저버려선 안 돼요.

당신의 가치는
당신의 바깥이 아닌
당신의 안에 있는 거니까요.

•

그 진솔함으로 세상을 살아가고
진심의 눈으로 사람들을 바라볼 때

당신이라는 존재,
참 따뜻하고 소중하고 그윽해서

세상과 사람들에게
당신이 아니면 절대 안 되는
단 한 명의'간절한' 사람이 되어줄 테니까.

나도 되게 깊고 따뜻하고 진솔한 사람인데
그런 나에게 좀 간절해 봐요.

놓치면 후회한다니까.

•

그러거나 말거나
사실, 나는 자신 있어요.

•

당신을 배려해주고
내내 다정하게 아껴주고
소중히 여겨주고 사랑 가득 바라봐주고
서툴고 어색하지만 어렵게 꺼내어
좋아한다고, 참 예쁘다고 말해주고.

그 진심에 참 간절해질 당신이니까.

•

진심은 통하는 것이고
진심에 간절하지 않은 사람은 없으며
진심 앞에서 소중해지지 않는, 따뜻해지지 않는,
그런 사람은 세상에 없는 거니까.

그러니까 좋아해요, 다정하게.
진심을 다해 사랑해요, 당신을.

눈에 보이는 겉들 속에서 나는 공허한 맘으로 이 세계를 맴돌았다. 끊임없이 그 둘레를 돌아다녔다. 어쩌나 텅 빈 세계였는지 내 영혼은 부식되어버린 시체가 모래가 되어 사라진 것처럼 증발한 채 없었다. 그런 기분이었다. 껍데기는 남았지만 껍데기도 없는 것만 같은. 모든 것이 존재했지만 동시에 부재했다.

모든 가식과 이중과 역설의 목소리에 속이 울렁거렸다. 돌아가는 길은 암흑에 가려졌고 얼룩졌으며 동시에 내 마음도 그을렸고 악취로 가득 찼다. 가로등이 있었지만 그 빛은 미약했다. 하지만 여전히 세계는 반짝였고 소음에 뒤덮여있었다. 그 시간들 속에서, 공간들 속에서 어떻게든 살아남아야지, 나는 내 혼의 빛을 이 어둠으로부터 지켜내야지, 하고 다짐했으나 여전히 세계의 유혹은 강렬했으며 또한 반짝였으며 동시에 그늘져있었다. 빛을 빨아들이고 있는 블랙홀처럼, 밖은 반짝였으나 안은 어두웠고 또한 모든 시간과 공간은 형체 없이 일그러져있었다.

눈에 보이는 세계를 좇는 사람과 보이지 않는 세계를 찾아 나서는 사람들 사이에 어떤 차이가 있는 것인지, 나는 알지 못했다. 하지만 둘의 깊이가 막연히, 어쩌면 확연히 다르다는 것만은 짐작할 수 있었다. 혼을 세계에 바친 채 세상의 노예가 되어 보이지 않는 죄수복과 쇠고랑을 차고 다니는 사람들과 혼을 빨아들이는 세상으로부터 자신을 지켜내는 사람들이 있었다. 세상을 살아가며 누리는 자유가 다른 의미로 달랐다.

무엇이 진정한 자유인가, 나는 멀리서 빛나는 가로등을 바라보며 끊임없이 생각해보았다. 그 빛이 희미해질 때까지, 또한 선명해질 때까지, 생각하고 생각했다. 그러다 또다시 고개를 숙인 채 어두운 바닥을 바라보며 하염없이 걷기 시작했다.

서로는 서로의 세계를 이해하지 못했고 저 세계와 이 세계의 갈림길에서 흔들리는 나는 둘 중 어느 곳에도 속해 있지 않았기에 정체성을 상실해버리고 말았다. 그것이 어쩌면 나를 더 방황하게 만들었다. 그 공허한 감정과 자욱한 상실감과 어둠과 악취와 소음과 멀리서 흔들리는 작은 불빛과 기다랗게 이어진 길 위에서 앞으로의 내 발길이 어느 곳을 향하게 될지를 상상해보다가 결국, 다짐할 수 있는 것은 아무것도 없을 거란 생각에 고개를 저었다. 무엇이 되었든 나는 발길을 옮기게 되어있으니까. 그 발길이 어디를 향하고 있든, 나는 또한 바랐다. 뜻이 있기를, 하고 간절히.

세계를 둘러싼 수많은 반짝임과 화려함과 겉치레와 돈과 허영과 욕망과 오만과 탐욕이 주는 자유는 많은 것을 소유할 수 있는 자유였으나 보이지 않는 꿈과 진심과 너를 향한 걱정과 사랑과 다정함과 살아온 발자취와 추억과 그 안의 성장과 아픔과 아픔이 주는 의미와 경험의 가치와 그래서 깊어진 내면과 단단히 뿌리내린 마음이 주는 자유는 바깥의 것들이 어떠하든, 그럼에도 불구하고 나는 나로서 존재하며 또한 꿋꿋이 행복할 수 있는 자유였기에 수많은 유혹과 갈등 사이에서도 나는 내가 반듯한 길을 걸어갈 수 있기를, 진정 자유로울 수 있기를 하고, 또한 간곡히 기도하며.

결국 나를 채울 수 있는 것은, 세상의 것들이 아니라 세상을 향한 내 마음의 진심이라는 것을 조금씩 알아가며, 받아들여가며 그렇게 조금씩. 그러다 찬란히 자유로운, 내면의 뿌리를 단단히 내린 내 존재가 꿋꿋하며 흔들림 없는 튼튼한 나무로 자라나기를, 그러니까 어떤 상황 속에서도 천진난만한 미소를 간직할 수 있는 순수한 나이길 소망하며. 그렇게 조금씩 자유에 닿아가며, 또한 그런 마음의 순수함과 진심으로 너에게 향하며.

예쁜 옷을 입고
매혹적인 향수를 뿌리고
거울 앞에 선다.

오늘 좀 예쁘네.

그런데 참 예쁜 오늘보다
별로 예쁘게 꾸미지도 않은 그때의 나를
참 예쁘다, 소중하다, 사랑스럽다,
그 말을 눈에 가득 담고 바라봐주는 사람 앞에서

나는 가장 찬란했으며, 또한 예뻤다.

나를 예쁘게 만들어주는 것은
예쁜 옷도, 향도, 내 얼굴을 덮은 화장도 아니라
누군가가 나에게 쏟는 진심이라는 것을 알게 되는 순간.

나를 향해 쓴 따뜻한 마음.
나를 바라보는 사랑 가득한 눈빛.
진심으로 나를 걱정해주고 아껴주는 사소함.

수많은 사람에게 둘러싸여 있던 순간보다
진심으로 나를 대해주는 단 한 사람 앞에서
나는 미소 지었으며 또한 찬란했다. 예뻤다.

뭘 해도 예뻐해주면 정말 예뻐지는 게 여자라며.
예쁘다, 예쁘다 계속 예뻐해줘야지. 근데 정말 예뻐서.

왜 그렇게 예뻐해주냐고 물으면,
예쁘니까 예쁜데, 라고 대답할 수 없을 만큼 예뻐서.

예뻐하다 보니 더 예뻐지고
그러니까 더 예뻐하게 되고
그렇게 내내 예쁜 당신일 수 있게.

근데 정말 예뻐. 어쩜 이리 예뻐?

뭘 해도 예뻐해주는 사람 만나요.
그럼 정말 뭘 해도 예쁜 내가 될 테니.

그러니까 나를 시들어지게 하는 사람 말고
늘 사랑한다, 말해주며 사랑 가득 바라봐주며
찬란히 예쁜 꽃이 되어 피어나게 해주는
늘 내가 소중한 사람이구나, 하고 느끼게 해주는
진솔하고 따뜻한, 다정한 사람 만나요.

늘 소중하고 예쁜 나일 수 있게.

예쁜 너를 만나
세상이 온통 너로 물들었다.

너와 함께 가고 싶은 예쁜 장소.
너와 함께하기에 예쁜 시간.
너를 상상하며 머릿속 가득 찬 예쁜 너.

세상이 예쁜 너를 꼭 닮았다.
예쁜 너와 함께라서.

그러니까 너의 세상 또한
예쁨 가득 온통 물들었으면 좋겠다.

소중하게.

오늘도 참 예뻐.

한 번도 보지 않은 당신이지만

늘 예쁜 당신이라서

보지 않아도 예뻐. 늘 예뻐. 그러니까 예뻐.

매일 매일이 어여쁜 당신이니까.

그래서 늘 예쁜 당신은

오늘 하루는 뭐하면서 예뻤는데?

♀

값비싼 명품과 차를 두른 사람들을 보면

가끔 아무것도 가지지 않는 내가 초라해 보일 때가 있어.

그들의 하는 말 앞에 나는 낄 수가 없어 가끔 주눅이 들어.

나는 그런 것을 과시하는 사람들을 보면
멋있다, 대단하다는 생각이 들기보단 부끄럽더라.
그리고 함께하는 시간이 지겨워서 하품까지 나와.
내면을 나누지 못해 같이 있는 시간이 가치가 없거든.
지금 내가 어떤 고민을 가지고 있고 어떤 꿈을 가지고 있고
어떤 생각과 성향과 색을 가진 사람인지가 아니라
오늘 메고 온 가방에 더 관심을 가지는 사람과 함께라면
그 시간은 서로의 진짜 모습을 바라봐주지 못해
서로를 알아가지 못하는 시간이 되기에 잔뜩 공허할 뿐이니까.
너는 너를 아끼는 자존감이 없는 사람이 되진 말아.
네가 두르고 있는 외적인 것에 너를 초라하다 생각하기보다
그것에 초라함을 느끼는 너의 내면에 초라함을 느꼈으면 좋겠어.
그게 너 자신에게 얼마나 부끄럽고 미안한 일인지
꼭 알았으면 좋겠어. 그러니 너 자신을 조금 더 사랑해줘.
'그럼에도 불구하고' 너 자신에게 네가 언제나 소중할 수 있게.
그때가 네가 이 세상에서 가장 빛나는 순간이니까.

힘들어하고 있는 당신께 지금

지금이 너무 힘들어 아파하고 있는 당신에게 힘내라는 말 안 해요. 힘을 낼 수 있었더라면 힘을 냈을 당신이니까. 누구보다 힘을 내고 싶은 게, 아프지 않고 싶은 게 당신 자신이니까. 하지만 그럼에도 힘을 낼 수가 없어 폴싹 주저앉은 채 아파하며 울고 있는 당신이니까. 그런 당신에게 힘내라는 말만큼 기운 빠지는, 차가운 말도 없을 테니까.

그러니 힘내지 않아도 괜찮다고 말해줄래요. 힘들어도 괜찮다고 말해줄래요. 힘내지 않아도 괜찮아요. 힘든 지금이어도 괜찮아요. 정말 괜찮아요. 많이 힘들죠? 그런 당신의 아픔, 바라봐주고 알아줄게요. 그렇게 안아줄게요. 그리고 함께 있어줄게요. 당신의 곁에 오래도록 머물며 따뜻이 쓰다듬어줄게요. 당신의 지금에 필요한 건 함께 힘든 자의 공감이었던 거니까. 당신의 아픔을 외면하기보다, 지나치기보다, 함부로 위로의 말을 건네기보다, 당신의 곁에 머물며 당신의 이야기를 들어주며 당신과 함께 아파해줄, 그런 곁이었던 거니까.

그러니 함께 머물러줄게요. 당신이 밤낮으로 고민하고 아파해온 지금을 3초 만에 판단하고 이건 이렇다, 조언하지 않을게요. 그 어떤 말로도 당신이 지나고 있는 지금이라는 무게에 닿지 않을 것을 알기에 그저 함께 머물러주고 들어주고 곁에서 따뜻함 가득 안아줄게요. 그저 걱정 가득, 사랑 가득, 당신을 바라봐줄게요.

그러니 혼자라는 생각을 더하지는 말아요. 그렇게 더 무거워지지는 말아요. 그 아픔, 나에게 나누어요. 그렇게 덜어내고 함께 지나가요. 내가 살아온 모든 시간의 진심과 겪어온 아픔의 무게와 당신을 향한 사랑과 우리 추억의 찬란함을 다해 당신의 지금에 쏟을게요. 그 절절함으로 당신의 곁에 머물게요. 절대 가벼워지지 않을게요.

기댈 곳 하나 없는 당신의 마음이 되어서는 안 되는 거니까. 세상에 당신의 마음을 나누고 의지하고 털어내고 아프지만 그럼에도 네가 있어서, 혼자는 아니라서, 참 다행이다, 라고 말할 수 있는 그런 곁이 한 사람은 있어야 하는 거니까.

내가 당신의 그런 곁이 되어줄게요. 그러니까 괜찮아요. 그동안 많이 아프고 힘들었을 텐데, 이제는 내 어깨에 기대요. 내 품에 안겨요. 모든 것을 털어놓은 채 잠시 쉬었다 가요. 당신이 쉬는 동안 나는 내 마음의 잡념과 세상의 모든 소리와 시선들을 접어둔 채 오직 당신에게 향할게요. 당신에게만 내 마음과 시선을 둘게요. 정말로 괜찮은 당신이 될 수 있게.

정말로 아플 때
내가 간절히 원하고 바랐던 건
이렇게 하면 괜찮아질 거라는
조언은 아니었어.

혼자 있겠다고 말을 했을 때
정말로 혼자가 되고 싶었던 것도 아니었어.

그저 나를 향한,
진심 가득한 시선과
느껴지는 걱정의 무게와
함께 머물러주는 따뜻한 온도.

그게 필요했던 거뿐이야.

•

괜찮다는 말,
정말로 괜찮다, 생각하기보다
의심해주길 바랐어.

그저 한 번 더.
나를 바라봐주고 걱정해주는 마음을
그저 한 번 더, 내어주길 바랐어.

한 번 만 더 물어봐주지.
왜 다들 그냥 믿어버린 채 지나치는 건지.

한 번 더 물어봐주었더라면,
어쩌면 용기를 낼 수 있었을 텐데.

•

바보,
그렇게 여리고 겁이 많아서
이 세상 어떻게 살아가려고 그래요.

근데 당신이 맞는 거 같아요.

한 번 더, 를 하지 못하는 사람에게
한 번 만에 용기를 내어도
늘 성의가 없었던 거 같긴 해.

•

많이 힘들었죠?
거짓말, 힘들면서 또 거짓말하는 거 봐.

괜찮아요?
거짓말, 괜찮지 않으면서 또 거짓말하는 거 봐.

•

나는 당신의 거짓말,
알아봐주고 한 번 더 물어봐줄게요.

당신이 용기를 낼 수 있을 때까지.

우리, 사귈래요?
거짓말, 그러고 싶으면서 또 거짓말하는 거 봐.

•

두 번, 세 번, 더 물어봐야지.

•

꼭 한 번 더 물어본다고
용기가 내어지고
마음의 문이 열어지는 건 아니구나.

그럼에도 안 되는 건 안 되는 거구나.

•

알겠어요.

조금 서운하긴 한데
여기서 한 번 더 물어보면
당신이 나 엄청 싫어할까 봐, 겁 나.

•

뒤돌아서면 아쉬울 거면서.

사실, 그거 알고 포기하는 척 하는 거예요.
나, 밀당이 좀 늘었거든요.

너는 늘 괜찮다, 말한다.

거짓말.
늘 그렇게 거짓말한다.

힘들다고, 많이 아프다고 말하고 기대어도 괜찮은데. 늘 기대었다 돌아오는 무관심에 아팠던 너는 이제 누구에게도 마음을 열기가 힘들어서. 그러면서도 너의 아픔을 알아주길 바라는 너라서, 그 눈빛에 간절한 너라서.

나는 그런 너에게
그동안 많이 힘들었지? 많이 아팠잖아, 말하며 꽉 안아주었다. 그렇게 내 품에 안은 채 토닥였다. 너는 정말로 괜찮아질 때까지, 그렇게 한참을 울었다.

많이 힘들었구나. 참 많이 아팠구나.

모든 사람의 지금은
하나같이 힘들다.

그래서
힘들지 않다는 말은
모두 다 거짓말이라고.

그저 표현하지 않아도
바라봐주길, 알아주길 바라는
방어적인 사람이 되었을 뿐이라고.

세상을 살아가며
한 번, 두 번, 기대었다
돌아오는 무성의와 차가움에
마음의 문을 잠시 닫아두었을 뿐이라고.

• • •

많이 힘들지?

힘내지 않아도 괜찮아.
잘하고 있고, 잘 해낼 거야.
울고 싶다면 울어. 마음껏 울어도 돼.
늘 괜찮은 척 참아왔잖아.
그러니까 오늘은 펑펑 울어도 돼.
괜찮으니까, 정말로 괜찮으니까.

이 길이 맞는지 아닌지 모르겠지만
그럼에도 그 답을 얻기 위해 걸어가고 있는
너의 지금이라서 소중한 거라고 생각해.

주어진 삶에 대충이 안 되어
늘 최선을 다하려다 보니 조금 지친 거야.
그러니 나는 네가
조금은 쉬어갔으면 좋겠어. 그럴 줄도 알았으면 좋겠어.
소중한 너의 오늘이, 소중할 수 있게.

그러니까 잘하고 있고, 잘 해낼 거야.
우리의 삶을 찬란히 만들어가는 것은
결과가 아니라 과정이니까.
그 과정이 이토록 소중한데
잘 해내지 못할 이유는 하나도 없잖아?

그러니 너무 애쓰지 말아.
힘내지 않아도 괜찮으니까.
늘 타인의 안부는 걱정하면서
정작 너에게는 신경 쓰지 못했잖아.
괜찮다는 말, 한 번을 못해줬잖아.

그러니까 오늘만큼은
너를 잔뜩 아껴주며, 위로해주며
조금은 쉬어갔으면 좋겠어.
가득 소중했으면 좋겠어.

찬란하길.

소중하길.

아름답길.

힘든 지금이라서
누구보다 힘을 내고 싶은 당신이라서
이렇게 아파하고 있는 것인데

그런 당신의 지금에 힘내라고 말을 하는 것은
당신이 지나고 있는 아픔을
힘낼 수 있을 만큼의 아픔으로 정의내리는
따뜻하지 않아 차갑고, 배려가 없어 이기적인

참 예쁘지 않은 말.

그러니 굳이 말을 해서
예쁜 마음, 예쁘지 않게 바래지게 하지 말고
따뜻이, 하지만 가득 안아줬으면 좋겠다.

힘내지 않아도 괜찮다며.
정말 괜찮다며. 그러니까 무조건 괜찮다며.

오늘 하루 너무나 힘겨웠는데
그럼에도 이렇게 잘 견뎌준 당신이

얼마나 기특하고 예쁜지 몰라요.

그러니 오늘 하루
안 좋았던 일, 아팠던 기억들
지친 마음의 피곤함마저 덮어둔 채

우리, 무지 예쁜 밤 보내기로 해요

예쁘다 못해 찬란히 아름다운 밤이기를.

여태 얼마나 많이 힘들었어.
혼자 앓아왔던 말하지 못한 아픔들,
위로받지 못한 지난 시간들,
그렇게 잠 못 들었던 너의 밤.

그런 너의 마음을 바라봐주고
내가 가득 알아줄게. 그렇게 안아줄게.
함부로 판단하지 않을게. 조언하지 않을게.

그저 곁에 머물러주고 귀를 기울일게.
내내 다정하게, 그렇게 사랑스럽게.

♀

힘들지?

♂

아니야, 힘들 게 뭐 있어. 난 괜찮아.

♀

거짓말 할래? 혼난다.

♂

웅. 힘들어. 좀 안아줘. 다정하게. 다정하지만 꽉. 그렇게 따뜻하게.

원망스러운 당신께
지난 인연이

처음으로 모든 것을 되돌릴 수 있다면 얼마나 좋을까요. 그럼 이 사람을 만나지 않게 되었을지도 몰라요. 지금의 상처 때문에 아파하지 않아도 되었을지도 몰라요. 스쳐 지나갔으면 좋았을 텐데, 왜 스쳐 지나가질 못하고 서로에게 닿아 악연으로 남았을까요. 후회가 밀려와요. 요즘은 하늘이 참 무심하게만 느껴져요.

그 인연과 닿았던 모든 순간들이 자꾸만 떠올라서 화가 나요. 떨쳐내질 못하겠어요. 내 마음은 온통 상처로 얼룩졌고 그 상처 사이로 화가 가득 찼어요. 그래서 아물지가 않아요. 아파요. 후회가 되고 미워요. 그렇게 내 맘 가득 원망이 쌓이고 넘치다 마침내 범람해요. 감당하기에 벅차서 넘쳐요. 다른 사람을 만나도 늘 그 사람이, 그 일이 떠올라 분노하게 돼요.

소중한 시간을 보내기에도 모자란 소중한 내 곁에게도 어두운 기운을 전해주는 것 같아 속상해요. 들어주고 위로해주는 것도 한두 번이지. 그 시간이 계속되다 보니 이제는 내 곁도 지쳐가는 거 같아요. 이대로, 지금의 곁까지 잃게 될까 두려워요. 하지만 내가 받은 상처와 억울함, 그리고 원망을 담아내기에 아직은 내 마음, 작은가 봐요. 자꾸만 넘쳐흘러요. 지금이 너무 아프고 힘들어서 무너질 것만 같아요. 시간이 지나면 나, 괜찮아지겠죠?

아니요. 시간은 그 무엇도 해결해주지 않을 거예요. 그러니 시간에 당신의 소중함을 내던져서는 안 돼요. 지금의 아픔이야 시간이 지나면 아물겠지만 시간 안에서 이 삶을 살아가는 당신의 태도가 변하지 않는다면 당신은 똑같은 일로 또다시 아파하게 될 거예요. 당신을 찾아온 지금의 감정들을 오롯이 담아내어 온전한 당신이 될 때까지, 그 과정 안에서 당신이 성장하여 같은 아픔 앞에서는 더 이상 상처받지 않을 수 있을 때까지 삶은 계속해서 비슷한 일들을 들고 당신을 찾아올 거예요.

그러니 아픔 앞에서 도망가기보다 지금의 아픔이 당신을 찾아온 숨겨진 의미를 바라보고 그 안에서 배우며 성장하는 당신이길 바라요. 그렇게 당신의 소중함을 지켜내길 또한 간절히 소원해요. 비슷한 일들을 또다시 겪으며 아파하는 당신이라면 너무 속상해요. 그러니까 나를 위해서도, 무엇보다 당신 스스로를 위해서도 지금을 딛고 일어서줘요. 지금의 무게, 감당하지 못해 도망가는 당신이 아니라 지금을 감당해내는, 떳떳한 당신이 되어줘요.

나에게 일어난 모든 아픔들은 내 마음에 어떤 말을 전해주고 싶어서, 내 마음에 어떤 변화를 선물하기 위해서 찾아온 거래요. 세상은 어제와 같이 흘러가지만 그 세상을 바라보는 내 시선이 변해서 아프다, 느껴졌던 세상이 찬란해지는 거래요. 그 내면의 찬란한 변화를 위해 찾아온 아픔을 시간에 내던져선 안 되는 거래요. 최선을 다해 느끼고 바라보고 딛고 일어서야 하는 거래요.

그러니 지금의 아픔이 더 이상 아픔으로 느껴지지 않을 수 있게, 끝내는 이 아픔을 떠올리며 웃을 수 있는 내가 될 수 있게, 여유 넘치는 내가 될 수 있게, 지나간 아픔을 담기에 넘치는 내가 아닌, 이제는 아름다운 침묵으로 그 아픔을 담아낼 수 있는 내가 될 수 있게 지금의 이 아픔이 나를 찾아온 숨겨진 의미를 바라보고 그 의미를 완성해내는 당신이 되어줘요.

이 감정을 극복하는 당신이 된다면, 그렇게 의미를 완성하는 당신이 된다면 비슷한 문제 앞에서 더 이상 아파하지 않게 될 거예요. 아픔으로 느껴지지 않아 사뿐히 지나치게 될 거예요. 몇 시간이 걸려서도 풀지 못했던 난해한 수학 문제를 끝내는 풀어내고 해결하다 보니 이제는 그 문제 앞에서 더 이상 앓지 않게 되는 것처럼 삶의 문제 또한 그런 거니까요.

그러니 당신에게 상처를 준 그 인연은 당신에게 상처를 줘야만 했던 것이고 당신은 상처를 받아야만 했던 거예요. 결코 일어나지 않았어야 했던 아픔이 아니라 당신을 위해 꼭 일어나야만 했고 그 안에서 가득 고민하고 아파하고 원망해야만 했던 거예요. 아프기 위해서가 아니라, 이 아픔을 딛고 느끼고 배우기 위해서. 그렇게 성장을 완성하기 위해서 그랬던 거예요. 그러니 시간에 지금의 아픔이 아물기를 기다려선 안 되는 거예요. 최선을 다해 바라보고 극복해야 하는 거예요. 이 문제를 풀지 않은 채 덮어버린다면 당신은 비슷한 유형의 문제 앞에서 똑같이 아파하게 되는 거니까. 그런 삶엔 나아감도, 성장함도 없는 거니까. 그래선 결코 행복할 수 없는 거니까요.

그러니 문제를 바깥에서 찾기보다, 세상과 상황과 사람을 탓하기보다 당신의 안을 바라볼 줄 알아야 해요. 내 안에 무엇이 부족해서 이런 문제를 끌어들였는지, 내 안에 무엇이 타인으로부터 나를 상처받게 했는지, 타인의 그런 모습을 이끌어냈는지, 삶이 내게 원하는 성장이 무엇인지를 바라보는 거예요. 그리고 가득 생각해보는 거예요.

그렇게 미어질 것만 같았던 상처가, 나를 가득 채운 채 흘러넘쳤던 원망 가득함이 언젠가의 튼튼한 나를 있게 해준 찬란한 선물이 되어주길 바라요. 나를 아프게 했던 타인이라는 거울을 통해 그 안에 담긴 나를 바라보고 내 안에 있었던 문제와 감정과 분위기를 알아갈 수 있길 소원해요. 나의 온전하지 않음이 일으켰던 너의 온전하지 않음을 깨닫고 최선을 다해 지금 내게 주어진 문제 속에서 온전한 나를 되찾을 수 있기를 두 손 모아 기도해요. 지금, 당신을 찾아온 이 문제를 탓하기보다 받아들이며, 이 문제를 이끌어내었던 내면의 문제를 바라보며 극복하기 위해 노력해 나가는, 그런 당신의 지금 이 시간이기를.

그렇게 당신의 영향력과 자존감이 전과는 다르기를 소원해요. 당신의 분위기와 영향력과 자존감이 타인에게서 좋은 점을 이끌어내고 타인을 고취시켜주는 그런 따뜻함과 반듯함이기를 바라요. 지금의 문제를 통해 당신의 내면이 더욱 단단해지기를 기도해요. 그러니까 나는 어떤 상황 안에서 세상을 탓하고 원망하는 당신이 아니라 그 어떤 상황 속에서도 당신의 온전함을 지켜내는 당신이었으면 좋겠어요. 누군가를 미워할 때 아픈 것은 결국 당신이니까. 그런 당신의 아픔을 바라보는 것이 미어질 만큼 속상한 나니까.

그러니 돌봐줘요. 지금의 당신, 너무 힘들어 보여요. 그 힘듦에 미움과 원망을 더해 무너지기보다 딛고 일어서줘요. 세상과 사람을 탓하느라 돌봐주지 못했던 당신을, 그렇게 부서지고 찢어진 채 너

덜너덜 시들어가고 있는 당신을, 당신이라는 예쁜 꽃을 끌어안아줘요. 이대로

당신이라는 찬란함과 향과 색과 모양과 분위기와 아름다움이 시들고 바래져서는 안 되는 거잖아요. 그 무엇보다 예쁜, 당신이라는 꽃잎들을 고작 스쳐 지나가는 타인 때문에 찢어지고 흩어지게 내버려 두어서는 안 되는 거잖아요. 아프니까 돌봐주어야 하는 거잖아요. 그러지 않은 채

당신의 소중함을 스스로 저버려서는, 시간에 내맡겨선 안 돼요. 당신의 상처를 방치해선 안 돼요. 그 상처가 덧나지 않게, 지워지지 않을 흉터로 남지 않게 사랑이라는 연고를 발라줘요. 예쁜 마음에 흉터 남지 않게.

당신이 바를 마음의 준비가 안 되어있다면 딱 오늘까지만 내가 대신 발라줄게요. 그러니까 가득 사랑해줄게요. 딱 오늘까지만. 내일도 사랑할 테지만 때로 사랑은 바라만 보는 순간도 있어야 하는 거니까. 그 순간이 미어지도록 속상하더라도 참아내야 하는 순간 또한 있어야 하는 거니까.

당신을 이토록 아프게 한 그 사람이 참 밉지만 아픈 지금을 딛고 오롯이 일어선 채 고맙다 말할 수 있기를. 이 아픔을 담아내기에 충분한 당신의 마음의 그릇이 되기를. 찢어지는 고통 속에서 조각나고 부서지기보다 미소와 함께 추억하며 담아낼 수 있기를.

그런 날, 그런 당신의 오늘이 꼭, 오기를.

우리가 살아가는 삶은
우리의 생각과는 달리 참 맑고 투명하대요.

그래서 우리가 마음에 품고 있는 것들을
드러내고 보여주는 하나의 거울이래요.

그러니까 나에게 일어난 상처 가득한 일들은
내가 마음에 품은 일들이 세상을 통해 나타났던 거래요.

•

그래서 내 안에 있는 것들이 드러나
나에게 찾아왔을 때

세상을 탓하거나 누군가를 탓해선 안 되는 거예요.

내 마음에 있는 것들이
내 삶을 통해, 내 주변을 통해
맑고 투명한 세상에 비쳐지는 것뿐이니까.

그래서 바라봐야 해요.

그 어떤 끔찍한 일 앞에서도
눈을 감거나 뒤돌아서서 도망가지 않고

마주해야 하는 거예요.
내 안에 있는 세계를 바라봐야 하는 거예요.
그렇게 나를 깨닫고 나아가야 하는 거예요.

내 안에 있는 이런 점이
세상에게서, 사람에게서 이런 것을 끌어냈구나.

그러니 이것에 상처받기보다
세상이라는, 타인이라는 거울을 통해서
삶이 내게 말하고자 하는 것들을 배우고
숨은 의미를 발견하며 나아가야 하는 거구나.

•

나 스스로가 나를 아껴주지 못했기에
사람들이 나를 함부로 대했고

늘, 나에게도, 타인에게도 인색했기에
세상과 타인 또한 나를 인정해주지 않았으며

내 안에 사랑이 부족했기에
내가 받는 사랑 또한 부족했구나.

내가 자존감이 약해 상처를 잘 받았기에
늘 상처받을 만한 일이 생겼던 거구나.

•

그러니까 이제는, 나를 아껴주고 사랑해줘야지.
그 누구보다 나를, 나의 삶을 소중히 여기고 아껴줘야지.
그렇게 나 스스로가 나를 지켜나가야지.

라고 깨닫게 되는 거예요.

지금의 상처는
당신을 무너뜨리기 위해 찾아온 것이 아니라는 것을.

너무나 벅차 모든 것을 포기하고 싶을 만큼
고통스럽고 원망스럽고 화가 나고 밉지만

당신이라면 꼭 찾아낼 거예요.

당신에게 찾아온 지금이라는 선물과
그 안에 가득 찬 찬란한 의미들을.

•

나를, 당신이 살아가는 이 세상을,
앞으로도 살아갈 삶을 한 번만 믿어줘요.

내가 이렇게나 많이 아끼고 사랑하는 당신에게
기쁨과 행복만을 주고 싶은 당신에게
아픔을 주고 싶지 않은 것처럼

삶 또한 그렇다는 것을.
나보다 더 거대한 마음으로 그렇다는 것을.

•

내가 사랑하는 당신을 향한 내 마음의 끈,
놓치지 않는 것처럼 당신의 삶 또한
영원히 당신을 담은 채 사랑하고 사랑할 거라는 것을.

그 마음을 가득 간직한 채
최선을 다해 고민하고 풀어나가다 보면
어느덧 삶이라는 문제지 앞에서
여유로운 마음을 가질 수 있을 거예요.

비슷한 유형의 문제가 찾아왔을 때
당황하지 않은 채
잘 해결해낼 당신이 되어줄 거예요.

•

이제는 문제를 풀고도 시간이 남아
나와 데이트 할 시간까지 생기게 될 거예요.

주어진 시험을 잘 치르기 위해
바쁘다며 미루고 미뤄왔던 데이트.

오늘 밤, 예쁜 별과 달 아래를 걸으며
무엇보다 예쁜 당신을 옆에 두고
무엇보다 예쁜 당신을 향한 내 마음,
당신에게 꺼내어 선물하며 걷고 싶은데

당신은 어때요?

•

쉿, 대답을 듣지 않아도 당신의 대답, 알겠어요.
오늘 밤, 그 어떤 날의 밤보다 예쁘고 설레는 밤.
나의, 당신의, 가 아닌 이제부터 우리의, 이 밤.

지난 시간을 돌이켜 만나지 않았어야 했던 악연은 없었다. 그때 그토록 미워했던 당신도, 아직도 내 곁에 고스란히 남은 소중한 인연 또한 있지만, 모두가 나의 한때를 공유했던 인연이었으며 그때의 당신이 부족해서였든, 나의 이해가 부족해서였든 우리가 이어지지는 않았지만 당신이 내게 남긴 상처 혹은 당신이 내 가슴에 박은 못이 여전히 아픔 가득 하더라도 지금의 나와 내가 살아갈 세월과 맺어갈 앞으로의 관계의 새싹을 튼튼히 뿌리내리게 해주었으니까.

그때 나를 아프게 했던 당신을 지나며 나는 내게 맞는 관계의 성향을 알아가게 되었고, 나와의 관계 안에서 변해가는 당신을 바라보며 당신의 그런 점을 이끌어내게 했던 내 안에 문제들을 바라보게 되었고, 혹은 당신을 원망했던 지난날을 내려놓으며 나는 더욱 넓은 사람이 될 수 있었으며, 내게 상처 주었던 당신에 아파하며 사람이 사람으로부터 이렇게 아플 수 있구나, 하는 마음에 이제는 누군가의 맘을 더욱 바라보고 존중할 수 있게 되었으니까. 그렇게 나는 더욱 사려 깊은 사람이, 넓고 무거운 사람이 되었으니까.

그러니까 지난날을 돌이켜 만나지 않았어야 했던 악연은 없었다. 모두가 만나야만 했고 이어져야만 했고 혹은 아픔과 후회를 남긴 채 멀어져야만 했다. 그로 인해 나는 나의 곁을 지켜나갈 수 있게 되었으니까. 부족했던 나와 부족했던 당신이 부족한 채로 힘겹게 서로를 이해하며, 마주보며 그렇게 부족함에도 소중하게 남아 여전히 손을 잡고 있다는 사실이 더욱 감사해지는 순간은, 지난 당신들이 내게 남긴 찬란한 선물이다.

원망했던 당신께, 이제는 고맙다. 당신이 내게 준 상처를 통해 나는 더욱 찬란해졌으니까. 그리고 또한 미안하다. 사실은 나에게 상처를 준 것은 나였으나 당신을 원망한 지난 세월에게.

나에게 큰 상처를 남기고 간 너를
오래도록, 많이도 원망했던 거 같다.
그런다고 변하는 건 없으며
그 시간 동안 나만 아플 뿐인데.

그 아픔 속에서
내 안의 나는 늘 소리쳤던 것 같다.
남겨진 우리라도 살자고.

너를 미워하느라 듣지 못했던
내 마음의 소리가 이제야 들려온다.
떠나간 너를 원망하느라
남겨진 나와 내 곁을 돌봐주지 못했던
그 시간들이 지금에 와서야 아까워진다.
그렇게 소중해진다. 찬란해진다.

그 모든 것,
네가 나에게 남기고 간 의미라 믿으며

너에게 고맙다.

또한 내가 부족해서
내가 나를 충분히 사랑해주지 못해서
이 아픔이 내게 찾아오게 만든 나라서
나에게 많이 미안해진다.

나를 더 아껴주라고, 나를 더 사랑해주라고
그렇게 나의 소중함을 지켜주라고.
삶은 내게 그 말을 하고 싶었던 거 같다.

너 스스로도 아껴주지 않는 너인데
어떻게 세상이 아껴주고 존중해줄 수 있겠냐고.
너 스스로도 지켜주지 않는 네 마음인데
어떻게 세상으로부터 지켜지길 바랄 수 있겠냐고.
아픔을 통해 그 말을 전하고 싶었던 것 같다.

그동안 아껴주지 못했던 나에게
그동안 듣지 못했던 내 삶의 소리에게
이제는 말한다. 미안하다고. 정말 미안했다고.

당신을 지나서 나는
내 곁에게 더 따뜻하고 다정한 사람이 되었으니
내 곁을 지켜낼 수 있는 사람이 되었으니

지나간 당신은
내게 참 고마운 사람이다.

♀

사람은 사람마다야.

♂

맞아. 내가 어떤 사람이냐에 따라 천차만별이지.
모든 관계는 결국 '내'가 만들어가는 거니까.
그러니까 그 관계 안의 내가 어떠한가에 따라
어떤 사람이든 좋게 이끌어낼 수 있는 것이니
중요한 것은 자존감 높은 내가 되는 것.
관계 안의 당신을 탓하기보다
나의 미성숙함이 그런 당신을 이끌어냈다는 것을 이해하고
그런 나를 딛고 일어서서 더욱 반듯해질 줄 아는 것.
타인은 나를 보여주는 하나의 거울임을 아는 것.
자존감이 높아져 그 어떤 타인을 만나도
나와의 관계 앞에서 그 타인은
따뜻하고 다정한 사람일 수 있게
나 스스로를 소중히 아껴주고 사랑해주는 것.
내가 나를 진정 소중히 여긴다면
그 어떤 사람도 그 소중함을 훼손하지 못할 테니까.
내가 나를 어떻게 여기는지, 딱 그만큼으로
타인과 세상 또한 나를 대할 수밖에 없는 거니까.

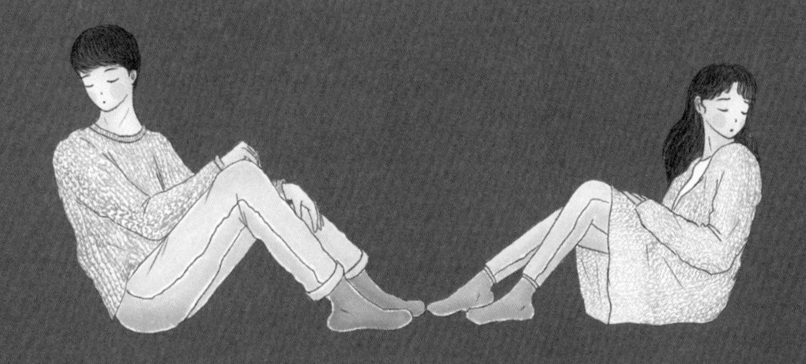

당신의 깊어짐

지금이 힘들어 아파하고 있는 친구에게 나는 그 모습을 보는 것이 참 좋다고, 그러니까 계속 아팠으면 좋겠다고 말해줬어요. 읽지 않던 책을 읽게 되고 평소에 코미디나 액션 영화만 보던 친구가 감동적인 영화를 보며 울기도 하고, 분위기 좋은 카페에 가서 음악을 들으며 맑은 하늘을 바라보며 참 예쁘다며 사진을 찍기도 하고. 나는 그 변화가 너무 보기 좋아서, 계속 아파 달라고 부탁했어요.

아프다는 것은 그런 거니까. 전에 담지 못했던 깊이를 눈에, 그리고 마음에 담아내는 일인 거니까. 그렇게 전보다 더욱 짙고 농밀한 삶을 살아가게 되는 일인 거니까. 그러니 아파하고 있는 당신의 지금은 아파서 쓰러지는 지금이 아니라 깊어지고 찬란해지고 있는 지금인 거예요. 그래서 나는 당신이 아프지 않길 바라기보다 마음껏 아프길 소원해요.

—

술자리에서 누군가를 안주 삼아 이야기하는 시간이 더 이상 의미가 없어 즐겁지가 않아져요. 같이 하는 시간이 얼마나 가치 있는지를 바라보게 되어요. 분위기에 쉽게 휩쓸리며 진심이 아닌 말을 나도 모르게 가볍게 하던 전과는 달리 나만의 색과 분위기를 지켜내는 무게를 갖추게 되어요. 그렇게, 내가 보내는 시간들이 의미로 가득 차게 되어요. 의미 없는 시간을 버틸 수가 없게 되어버려서.

누군가를 원망하는 시간들을 지나 지난 인연이 내게 주었던 의미를 바라보게 되어요. 그렇게 겉으로도, 속으로도 더 이상 그 인연을 원망하지 않아요. 가끔 원망이 일어나기도 하지만 그 원망에 휩쓸리기보다 바라보고 느끼며 깊은 침묵으로 마주해요. 내려놓을 줄 아는 사람이 되어요. 많은 것을 내려놓아 더욱 많은 것을 담아내고 그렇게 더욱 깊고 여유로운 사람이 되어요.

전과는 다른 내 분위기가 많은 사람들을 끌어당겨요. 누군가를 함께 험담하던, 타인의 단점에 골몰하던 나에서, "그래도, 그 사람 이런 점은 좋지 않아?" 라며, 좋은 점을 바라볼 줄 아는 사람, 타인을 고취시켜주는 사람이 되어요. 그 깊이에 "너 전과 많이 달라진 것 같아, 성숙한 거 같아." 라고, 사람들은 말해요.

그렇게 사람들에게 나는 깊은 분위기를 가진 사람, 배울 점이 많은 사람, 함께하는 시간이 의미 있고 포근한 사람, 내가 없는 뒤에서도 진심으로 칭찬하게 되는 사람, 마음 깊이 존중하게 되는 사람, 그런 사람이 되어요.

그게 당신을 찾아온 아픔의 의미에요. 그러니 마음껏 아파요. 그렇게 깊어지고 찬란해지고 있는 당신을 바라보며 나, 때로는 마음이 아프고 속상하기도 하지만 그럼에도 기특하다, 생각하며 가득 지켜볼게요. 묵묵히 바라봐줄게요. 곁에서 응원해줄게요. 쓰다듬어주며 그럼에도 예뻐, 라고 말해줄게요. 늘 예쁘고 소중한 당신이라는 것만은, 아픔을 지나면서도 잊지 않을 수 있게.

내게는 늘 예쁜 당신이니까. 늘 소중하고 기특하고 고마운 사람이니까. 당신의 어떤 모습이 좋은 게 아니라 당신이라는 사람이 좋은 거니까. 그러니 아파하는 모습을 보여주면 내가 실망하지 않을까, 그런 걱정 하지 말아요. 나는 어떤 당신이라도 그게 당신이라면 좋아요. 예뻐요. 소중해요. 늘, 당신을, 당신이라서 사랑해요.

당신을 사랑해서, 당신의 아픔을 이토록 응원하는 거예요. 늘 당신이 행복하게 미소 짓는 모습만 보고 싶은 나이지만, 당신이 아파하는 모습을 지켜보는 것이 내가 아픈 것보다 끔찍이도 더 아픈 나이지만, 그럼에도 그 아픔이 당신을 위한 것이라면 당신의 아픔을 지켜보겠다고 각오한 거예요.

그러니 나를 위해서도, 당신 스스로를 위해서도 지금의 아픔 앞에서 도망가지 말아요. 펑펑 아프고 쓰러지고 무너져요. 그렇게 폴싹 주저앉은 채 삶의 밑바닥까지 내려가 봐요. 모든 것을 잃었다, 생각한 당신의 곁에 남겨진 소중함이 하나, 둘 드러날 때까지. 그럼에도 나, 찬란하구나, 라는 생각이 들 때까지. 아픔으로 인해 바라보지 못했던 삶의 많은 것들을 바라볼 수 있게 되어 나를 찾아온 아픔에게 고맙다, 말할 수 있을 때까지.

그렇게 깊어지며 찬란해지며 더욱 아름다이 삶을 살아가게 되어, 당신의 미소에 더 많은 행복을 담아낼 수 있게 되어, 타인의 겉보다 안을 바라봐주어 그 속을 꺼내어 들어줄 줄 아는 사람이 되어, 그 아픔에 진심으로 공감할 줄 아는 사람이 되어서 삶이라는 사계절의 따뜻함과 뜨거움과 시원함과 차가움 앞에서 옷을 갈아입으며 그 모든 온도의 변화와 변덕과 오르내림과 찾아옴과 떠나감을 내내 즐기고 음미할 줄 아는, 그런 당신이 되어갈 테니까.

아파서 잘하고 있는 거예요.
아프지 않은 사람이 결코 바라볼 수 없는
삶의 소중함, 당신은 바라보게 될 테니까.

스쳐 지나가는 모든 풍경들,
당신은 바라보게 될 테니까.

타인의 아픔 앞에서도
더욱 무겁고 진중해져 갈 테니까.

그렇게 깊고, 그윽하며
참 따뜻하고 넓은 사람이 되어갈 테니까.

그러니 아파서 잘하고 있는 거야.

•

지금의 아픔은 참 힘들지만
아픔으로 인해 더욱 찬란할 당신인 걸 알기에
꼭 참고 지켜볼 거예요.

당신의 행복과 깊어짐을
진심 다해 응원하며 소원하며 또한 기도하며.

•

나를 바라봐주지 않는,
당신을 향한 나의 짝사랑도
참 아파서 이렇게 더 깊어지고 있나보다.

그리고 당신,
포기하지 않아줘서 고마워요.

아팠고 무거웠으며 좌절하기도 했지만,
그럼에도 불구하고
이렇게 최선을 다해 살아가고 있는 당신이,
도망가지 않고 버텨준 당신이

나는,
얼마나 기특하고 예쁘고 소중하고 고마운지 몰라요.

•

오늘 하루도 참 수고 많았어요.

이리로 와요.
토닥토닥, 쓰담쓰담, 쪽쪽쪽쪽(무리수).

•

참 많이 아껴요.
당신, 그리고 당신의 오늘.

그러니까 사랑한다고요.
예뻐, 사랑해.

•

이러다 나한테서는 영원히. 도망가 버릴지도 모르겠다.

살아가며 무너지는 순간들을 지나며 내게 주어진 삶이 나만의 선택과 책임으로 살아갈 수 있는 일은 아니라는 것을 배워간다. 때로는 함께하는 사람들이 눈에 밟혀서, 억울하고 분한 일을 삭힐 줄도 알아야 하며 나의 상처가 세상의 관점에서는 대수롭지 않을 수도 있다는 것을 받아들일 줄도 알아야 한다고.

그렇게 어른이 되어간다. 어른이 된다는 것이 나이가 많아서 존중받아야 마땅하니 그것을 세상으로부터 당연한 듯 바라는 일이 아니라는 것 또한 명심하며.

그렇게 신중해진다. 눈앞에 주어진 삶의 책임과 무수히 많은 선택의 순간과 수북이 쌓인 나를 바라보는 눈들 앞에서, 때로는 용서되지 않아도 눈물을 머금고 용서를 해야 할 때도 있어야 한다는 것과 내 마음이 바라는 소리를 그저 마음속에 묻어둘 때도 있어야 한다는 것을. 그 어떤 상황 속에서도 함부로가 되어서는 안 된다는 것을. 늘 함께하는 사람들의 마음 또한 내 마음처럼 담아두고 고민해야 한다는 것을.

아직은 이 모든 것이 이를 악물고 주먹을 불끈 쥐고 해내는 노력일지라도 앞으로는 숨을 쉬는 것과 같이 나의 습관이 될 수 있도록 다짐하며 나아간다.

오늘까지라 마음먹는다. 어머니의 품에서 너무 힘들다 울 수 있는 것도, 아버지에게 내 문제를 해결해 달라 징징거릴 수 있는 것도, 부모님의 나를 향한 걱정에 안도하는 것도 오늘까지라 마음먹는다. 이제는 나도 어른이 되어야지. 나 또한 자식의 아픔을 감내하지 못해 늘 아파하는 부모님과 같은 다정한 어른이 되어야지.

자식 앞에서 그 어떤 작은 행동조차 조심하며 삼가며 모범이 되고자 했던 부모님의 무거운 삶의 무게들, 이제는 나도 짊어져야지. 그 모습들에 의해 지켜진 나라서, 내 삶과 내 마음의 상처라서 나 또한 이제는 무겁게 짊어져야지. 어린 아이의 자유와 가벼운 선택과 삶의 무게들 앞에서 나아가 이제는 어른이 되어야지.

어른이 된다는 건, 더 이상 함부로 자유로워선 안 된다는 거니까. 내 감정들 앞에서 한없이 자유로워서는 안 되며 내 마음의 끌림에 무조건적으로 따라서는 안 된다는 거니까. 모든 상황 속에 나를 담았던 나의 부모님처럼 나 또한 나의 부모님을 담아낸다는 거니까. 함께하는 사람들을 담아낸다는 거니까.

어린아이처럼 작았던 내 그릇이 넘치지 않도록 더 넓은 사람이 되어야겠다, 마음먹으며 때로는 세상으로부터 받은 상처 앞에서 체념할 줄도 알아야 한다는 것은 받아들이며, 이제는 용서한다. 그 모든 감정의 무게들을 짊어진 채 세상을 받아들인다. 그럼에도 나는 내 마음이 지켜진 것처럼 네 마음을 지켜갈 수 있게 반듯한 어른이 되어야겠다, 다짐하며.

내게 다정했던 그 미소 안에 문드러진 그들의 가슴 바라보며, 어린 아이의 틀 안에 갇혀있던 내 발걸음, 이제는 세상을 향해 내딛으며.

그렇게 아픔을 끌어안으며, 깊어지며, 어른이 되어가며, 찬란히.

진정 내려놓는다는 것은
겉으로도, 마음속으로도 파도가 일지 않는 일이라는 것을
수많은 원망과 상처와 아픔을 지나 알게 되었다.

내려놓겠다, 체념하겠다, 용서하겠다.
그렇게 다짐을 하고도
속에서는 문득 당한 일이 떠올라
원망스러움과 억울함과 분함이 솟구친다면
그건 내려놓았다 할 수 없는 것임을.

온전히 나의 감정과 상처와 억울함과
분한 마음을 내려놓는 것은 이리도 어렵고 길다.

오늘도 나는
진짜가 되는 긴 과정 속에서 헤매인다.

돌이켜 바라보면 늘 그랬던 거 같다.

내가 쓰러지지 않을 만큼의 바람으로
삶은 늘 나를 찾아와 흔들어댔던 것 같다.

그렇게 쓰러지다가 아파하다가
문득은 깊어지다가 찬란해지다 넓어지다가 따뜻해지다가.

그 모든 삶의 흔들림과
내면의 소용돌이와 성장함 앞에서,
그러니까 나를 찾아온 그 모든 아픔 앞에서
나는 단 한 번도 찬란하지 않은 적이 없었다.

나만의 중심으로 세상을 살아가는 일은
정말로 깊은 사람이 되어가는 일.
분위기에 휩쓸리지도 않으며
또한 굳이 나의 어떤 점을 말하지 않는 일.

너에게도
나를 바라보고 네가 느낀 대로
나를 생각할 시간이 필요한 거니까.

그 시간을 가지기 전에
나는 이런 사람이다, 라고 말하지 않는 일.
나를 알아갈 기회를 주는 일.

그러니까 나에게 자신이 있어서
말보다는 함께하는 시간 속에서
네가 나를 느끼고 알아가도록
차분하게 기다려줄 줄 아는 일.

깊은 침묵과 함께 나로서 존재할 줄 아는 일.

겁쟁이.
맨날 의심하고 추궁해.

근데 괜찮아.
의심이 풀릴 때까지 의심하고 계속 추궁해봐.
나는 나에게 자신 있으니까.

나는 반듯한 사람이며
너에게 나에 대해 이렇다, 말하지 않아도
너 또한 나의 반듯하고 좋은 점을
함께하는 시간 속에서 충분히 느낄 수 있을 거라고,
그렇게 믿으니까. 또한,
세상을 살아가며 수없이 많은 사람들을 지나왔기에
의심부터 하게 되는 너를 충분히 이해하고 안아줄 수 있으니까.

한 꺼풀, 두 꺼풀.
너는 의심이 확신으로 바뀌어
결국 나에게 간절해질 거라고, 나는 믿으니까.

그리고 고마워요.

의심하기 시작했다는 건
당신이 나를 좋아하기 시작했다는 거니까.

그래서 기뻐요.

의심하면서 물어볼 때마다
당신의 표정, 말투, 눈빛.
얼마나 귀엽고 예쁜지 당신은 모를 거예요.

사실 나는 아무 생각이 없어요.
그냥 당신이 귀여워서 그 모습 멍하니 바라보며
진짜 왜 이렇게 귀엽지? 뽀뽀하고 싶다.
이런 생각들로 가득 차 있을 뿐이니까요.

그런 당신이 나는
얼마나 소중하고 예쁜지 몰라요.
사랑해요. 오늘보다 내일 더 예쁜 당신을.

그런 당신을 꼭 닮은 예쁜 밤 보내요.

이불 꼭 덮고 누웠어요?

오늘 하루도 수고 많았어요.

토닥토닥, 쓰담쓰담.

무척이나 힘든 하루였는데

그럼에도 이렇게 잘 보내준 당신이

참 많이 고마워요. 소중하고 예뻐요.

너무 예쁜데

그 예쁨을 표현할 단어가 없어서 답답할 만큼

너무 답답해서 꽉 안아주고 싶을 만큼

정말 수고 많았어요.

무지 예쁜 밤 보내야 해요.

그렇게 일어나 맞이한 하루,
당신처럼 예쁜 하루이길 바라요.
잘 해낼 거예요. 당신이라면 충분히.

해가 지고 밤이 찾아오면
오늘 하루도 이토록 수고해준 당신에게
수고했다. 잘했다. 너무 예쁘다.
기특하고 고맙다. 소중하다. 사랑스럽다.
예쁜 말 가득 해주며 꼭 안아줄게요.

그러니까 예쁘게 씩씩하게, 잘 다녀와요.

나무가 예쁘면 예쁜 나무라고,
예쁘다의 형용사를 앞에 붙이고
꽃이 찬란하면 찬란한 꽃이라고,
찬란하다의 형용사를 앞에 붙이고
당신이 소중하면 소중한 당신이라고,
소중하다의 형용사를 앞에 붙이듯,

당신이라는 아름다움도
하나의 형용사가 있었으면 좋겠다.
당신이라는 자체가,
예쁨과 소중함과 아름다움과
찬란함 너머에 있는 하나의 표현이니까.

이를테면, 민지한 하루라든지,
진영한 하루라든지, 점순한 하루라든지.

그러니까 나는 지훈한 하루를 보낼게요.

이 세상엔, 당신이라는 존재 자체보다
더 큰 소중함을 뜻한다거나
더 많은 예쁨을, 찬란함을 뜻한다거나
보다 더 아름다움을 뜻하는 형용사는 없으니까.

그러니까 당신은, ~~~~~~~~한 하루 보내요.

가장 행복하고 소중하고 예쁘며
동시에 찬란하며 기쁨 가득하며 벅차며
설레며 사랑스러우며 따뜻하며 포근하며
희망 가득하며 잔뜩 아름다운 하루보다
더 거대한 의미를 담은 하나의 표현으로,

~~~~~~~~한 하루 보내길 바라요.
오늘의 내일에도, 내일의 내일에도,
그렇게 찾아온 내일의 그 다음날에도,
그러니까 그 모든 것을 더해 영원히.
~~~~~~~~

♀

나는 이런 사람이다, 저런 사람이다, 라고 설명하는 거.
처음에는 늘 그랬는데 이제는 그러고 싶지가 않아.
영화를 보기 전에 스포일러를 들으면
감동도 재미도 덜한 것처럼 만남도 똑같은 거 같아.

♂

맞아. 말보다는 시간 속의 행동과 그 행동으로 인해
느껴지는 네가 중요한 거니까.
그러니까 알아가기 전부터
나는 이런 사람이다, 라고 말하는 거
신뢰도 가지 않을뿐더러 딱히 재미도 없어.
그러니까 내가 생각하는 내가 아니라
네가 알아가는 내가 어떤 사람인지가 중요한 것이니
나는 너에게서 그 시간을 빼앗아가기보다
시간 속에서 나를 보여주고 느끼게 해줄래.
나는 나에게 자신이 있으니까.
애써 알리지 않아도, 네가 알아가는 나는
아마 사랑하지 않고는 못 배길 만큼 좋은 사람일 테니.

조밀한 고독이 비와 함께 어렴풋이 쏟아 내리기 시작했다. 방향성을 잃은 걸음이 바람에 휘청거렸다. 힘없이 흔들리는 내 정체성을 지켜보다가 끝내는 눈물이 와르르 쏟아졌다. 상처가 없는 인간이 어디 있으며 그 지워지지 않을 생채기를 가슴에 새기지 않은 인간 또한 어디 있겠는가. 말보다는 시간 속의 행위가 중요해진 사람의 여정 속에서 이런저런 가면들의 이런저런 이야기를 들으며 공허에 사무치는 육중한 무게의 한 걸음 한 걸음이 무겁게 새긴 발자취들을 바라보며 후우, 허망의 한숨을 내쉬었다. 마치 오늘의 어둠이 나의 모든 육신에 스며들어 또 다른 나를 만들어낸 것만 같았다. 이상하게 이질감이 생기지 않는 일치의 오르가즘에 또 한 번 슬퍼졌다. 눈에선 비를 쏟아 내리는, 입에선 공허의 바람을 내뱉는 어두운 밤의 인간이 되어버린 그런 날, 그런 시간들. 그렇게 오늘의 아픔이 된 채 부들부들 떨려오는 두 다리를 힘겹게 붙잡으며 목적지 없는 방황의 한 걸음을 내딛는다.

말이 점점 그 의미를 잃어가는
어른의 세계로부터 나를 지켜내야 한다고, 다짐하며, 그렇게.

웃어요

요즘 많이 힘들고 지쳐서 웃음을 잃어가는 당신을 바라보는 게 나 또한 속상해. 어차피 이런 삶이라면 그럼에도 활짝 웃으면 안 될까? 행복해서 웃는 게 아니라 어쩌면 웃어서 행복해지는 거일 수도 있는 거잖아. 그러니까 웃어요.

당신은 웃는 모습이 세상에서 제일 예뻐. 미소도 예쁘지만 활짝 웃는 거. 하얀 이빨 드러내며 웃겨 죽겠다며 웃다가 그럼에도 웃음이 멈추질 않아 조금 부끄러운지 그만 좀 웃기라며 나를 때릴 때. 그때가 제일 예뻐. 생각보다 아파서 팔이 저려오긴 하지만 그래도 당신의 웃는 모습이 너무 예뻐서 아픈 건 느껴지지도 않을 만큼 예뻐. 그러니까 많이 웃도록 해봐요.

나, 아침에 눈 뜨자마자 당신의 오늘을 어떻게 기쁘게 해줄까를 가장 먼저 생각한단 말이야. 지나가다 꽃집을 발견하면 문득 멈추어 서서, 당신이 참 좋아하겠다, 기뻐하겠다, 생각하며 꽃을 한 아름 사게 되고, 당신이 좋아하는 곰 인형을 보면 밤마다 이 인형을 보면서 미소 지을 당신을 생각하며 인형을 사게 된단 말이야. 하늘이 당신처럼 예쁜 날이면 하늘을 찍어 당신에게 보내주며, 오늘 하늘이 참 예뻐, 하고 보내준단 말이야. 속으로는 너를 닮아서 그런가봐, 하고 혼잣말 가득 하며.

지나가며 나에게 보여지는 모든 것 속에서 당신의 기쁨을 찾는 내가 있잖아. 때로는 당신에게 기쁨을 주기 위해 곰곰이 생각하며, 골똘히 고민하며 기쁨이 될 만한 걸 찾아 나서기도 하는 내가 있잖아. 당신이 행복하기에 충분한 이유 아니야?

무엇보다도, 늘 당신의 곁에서 당신과 일상을 나누고 하루를 공유하며 사소함과 아픔과 기쁨과 슬픔과 걱정과 고민과 행복을, 그 모든 감정들을 함께 나누는 내가 있잖아. 내게 당신이 익숙해져서 당신을 당연히 생각하기보다 더욱 소중히 아껴주는 내가 있잖아. 늘 당신의 손을 잡아주고, 추울 때면 당신을 안아주고, 더울 때면 함께 빙수를 먹으러 가는 내가 있잖아.

당신의 지금이 너무 아파서 도무지 웃을 수가 없다면 내가 당신의 웃는 이유가 되어주고 싶어. 당신의 기쁨이 되어주고 싶어. 살아가는 의지가 되어주고 싶어. 힘든 하루하루지만, 내가 있어서 하루를 버틸 수 있는, 그런 버팀목이고 되어주고 싶어.

누군가 당신을 속상하게 만들었을 때 가장 먼저 내가 떠올라 카톡으로 열심히 그 사람의 험담을 하는 당신에게 나는 참 고마워. 나한테 의지하고 있다는 거니까. 다른 누구도 아니라 나에게 의지하고 있으며 나에게 당신의 일상을 공유하고 있다는 거니까.

그러니까 웃어, 바보야.

웃는 게 제일 예쁜 너니까. 그런 너를 지켜보는 것이 가장 큰 행복인 나니까. 그런 나를 위한 선물이라 생각하고 웃는 거야. 그렇게 웃다보면 행복해서 웃는 게 아니라 웃다보니 행복해질 수도 있는구나, 하고 더 자주 웃게 될 거야. 웃는 너를 빤히 바라보며 사랑스러워서 어쩔 줄 몰라 하는 나를 보며, 또 웃게 될 거야.

그러니 늘 당신 생각만 하고 당신 걱정만 하는 나에게 무얼 해줄까, 고민하고 있다면 당신의 웃음을 선물해줘. 그게 올해 내가 받은 선물 중 가장 행복하고 따뜻하며 설레며 소중한 선물이 되어줄 테니까.

하루 중 어느 때에 문득 내 생각이 난다면 그때도 한 번 웃어. 아, 웃으라고 했었지, 하며 웃는 거야. 그렇게 하루에 웃을 이유를 하나 둘 만들어가는 거야. 지금은 당신이 웃을 이유가 비록 나 하나뿐이지만, 그렇게 웃다 보면 세상 온 천지 당신을 웃게 해줄 기쁨이 참 많이 숨어있었다는 것을 꼭 알게 될 거야.

그러니까 웃어요. 내가 예뻐해줄게. 늘 예뻐서 예뻐해 주지만 당신이 웃는 순간을 가장 예뻐해줄게. 화내는 당신도, 힘들어 축 쳐진 당신도, 그 어떤 당신도 내게는 평생 간직하고 싶은 소중함이지만, 당신의 미소는 기억해두었다 한 손으로 턱을 괸 채 하루하루 꺼내어 바라보고 싶은, 그렇게 꺼내어 보면 하루의 모든 힘듦과 아픔과 피곤함이 사라질 만큼, 나를 기쁘게 하는 소중함이니까.

그러니 나를 위해서도, 당신을 위해서도, ^.^ , 이렇게, 웃어요.

갑자기 존대 안 하니까
색다르죠?

그냥 내가 당신께 할 수 있는
최대한의 박력이
말을 놓는 거더라고.

당신 앞에만 서면
이렇게 조심스러워지고
소심해지고

너무너무 예뻐서 할 말을 잃게 되고.

•

그런 거 치고는
너무 많은 고백과
너무 많은 예쁜 말을
너무 아무렇지 않게 했죠?

선수라고 생각하고 있는 거 아니야?

좋다.
의심하기 시작했다는 거
나를 좋아하기 시작했다는 거니까.

당신과 함께하는 순간 중
지금이 제일 기뻐.

웃는 모습이 제일 예뻐,
당신은.

그러니까 많이 많이 웃어요.

웃을 일이 하나도 없다면
내가 당신이 웃는 이유가 되어줄게.

•

늘 당신에게 기쁨이 되기 위해
무엇을 해줄까, 어떤 말을 해줄까를 생각해.

그러지 않는 순간에도
나의 모든 것이 당신에게 기쁨이었으면,
하는 마음으로.

그러니까 당신이 하루 중 느끼는
행복과 기쁨의 가장 큰 이유가
내가 되었으면 좋겠다, 이런 맘으로.

•

당신의 기쁨이 내게도 기쁨이며
당신의 행복이 내게 또한 행복이라 생각하는,
그런 내가
언제나 당신의 곁에서 당신과 함께하고 있잖아.

웃는 이유가 되기에 충분하지 않아?

이렇게 당신에게 반해서
헤어 나오질 못한 채

모든 정성과 사랑과 소중함과
간절함과 바람과 소원을 쏟아붓고 있는 나에게

미소 한 번 선물해주지 않는다면
나도 이제 당신을 사랑할 이유가 없어.

•

나와 함께하는 동안
당신이 행복하지 않다는 거니까.

이토록 사랑하는 당신이
내게 줄 사랑은 하나도 없다는 거니까.

사랑은,
서로가 서로에게 기쁨이 되고자
노력하는 것이니까.

그렇게 늘 기쁨을 주고자 하는 마음이
하루하루 더해져
영원으로 이어지는 것이
내가 하고 싶은 사랑이니까.

그러니까 웃어줄 거지?

믿는다. 아니기만 해봐, 진짜.

오늘 하루, 예쁜 것만 보고 예쁜 것만 듣고 예쁜 일만 생기길 바란다는 너를 보며 너와 하루 종일 함께 있어야겠다고 생각했다. 너만 바라보고 있으면 되고 네 목소리만 듣고 있으면 되고 오늘 하루 일어나는 모든 일을 너와 함께 하면 되겠다고 생각했다. 그게 제일 예쁜 하루니까. 그러니까 예쁜 하루 보내라는 말은 네가 나와 함께 있어줘야 한다는 말이니 책임지지 못할 거라면 함부로 말하지 말기를. 예쁜 밤 보내라는 말은 너와 함께 밤을 보내며 밤새 너를 바라보고 아껴주고 예뻐해 줘야 한다는 야한 말이니 함부로 말하지 말기를. 그럼에도 네가 꼭 그 말을 해야겠다면 사랑 가득 담아 너를 바라보고 소중히 아껴주고 예뻐해 줘야겠다. 나의 하루가 예쁠 수 있게 함께해준 너의 하루 또한 충분히 사랑스러울 수 있게.

그러니까 행복하세요, 라는 말은
당신이 나와 함께 해야 한다는 뜻이며 내 앞에서 웃는 모습을 자주 보여줘야 한다는 말.

당신의 웃는 모습을 보는 게, 그저 당신과 함께하는 그 모든 시간의 소중함이 내게 가장 큰 행복이니까.

행복해서 웃는 게 아니라,
웃어서 행복한 것 아닐까.

같은 상황 안에서도 웃는 사람이 있고
웃지 않는 사람이 있는 것을 보면
행복이란,
웃을 준비가 되어 있는 마음가짐이 아닐까.

웃는 사람을 보면
때로 나도 모르게 웃게 되고
웃겨서 배꼽을 잡고 있는 사람을 보면
나도 모르게 웃겨서 배꼽을 잡게 되더라.

그러니까 많이 웃자.
그럼 내 곁이 웃게 되는 것이고
내 곁이 웃게 되면
그 웃음은 결국 내게로 돌아오는 것이니.

미소가 참 예쁜 당신.

많이 웃어요.
당신은 웃는 모습이 가장 예쁘니까.

하루하루가 웃는 일이 많아져
예쁜 꽃이 되어 찬란히 피어나기를,
무엇보다 행복한 당신이길 소원해요.

오늘의 내일보다,
그렇게 찾아온 오늘의 내일보다,
그 오늘의 내일보다,
그러니까 영원에 영원을 더해,

내내 예쁘소서.

오늘 밤 달도 참 예쁘고
바람도 참 간지럽고
수놓인 별도 너무 사랑스럽고
오늘 하루 왜 이렇게 예쁜지.
세상이 예쁜 게 아니라
너를 사랑해서 모든 게 예뻐져.
예쁜 너를 만나 모든 것이 예쁘다.

그리고 당신은 웃는 게 가장 예뻐서
당신이 웃을 때면
이 세상을 더 이상 바라볼 수 없을 만큼
세상이 예뻐지고 아름다워지고 설레니

당신의 미소는 내게 그만한 의미.

눈이 오는 날에는 눈 조심하고 비가 오는 날에는 비 조심하고 우산 뒤집어지지 않게 조심하고 늘 감기 조심하고 운전 조심하고 걸어 다닐 땐 차 조심하고 어디에 걸려 넘어지지 않을까 조심하고 사람 조심하고 조심할 게 이렇게 많은 데도 밥은 잘 챙겨 먹고 다니고 예쁘게 많이 웃고 그렇게 좋은 하루 보내길 바라.

나는 네가 너무 좋아질까, 그걸 조심할게.

마지막이라고 생각하니 서운하죠?
그래도 자야죠.

예쁜 꿈 꾸라고요?
알겠어요.

아쉬움도 걱정도 슬픔도 무거움도
모두 덮어둔 채 소중하게, 따뜻하게 자요, 우리.

아 참, 내 생각은 덮어두지 않아도 좋아요.

예쁜 꿈 꾸라는 말을 듣고
나는 당신 꿈을 꾸기로 했어요.

내 꿈이 온통 예쁜 당신으로 가득하다면
그게 세상에서 가장 예쁜 꿈일 테니.

당신의 예쁜 꿈도 나였으면, 하고 소원하며
그러니까 당신도, 예쁜 꿈과 함께 잘 자요.

꿈에서 또 만나요.

당신의 예쁜 꿈과

나의 예쁜 꿈이

서로가 되어버린, 우리의 꿈에서

모자랐던 우리의 만남,

꿈에서 가득 채워가는 걸로.

영원히 깨어나고 싶지 않을 만큼

사랑 가득 안고

당신을 만나러 갈게요.

어여 자요.

기다리게 할 거예요?

○△

웃는 모습이 참 예뻐. 젤 예뻐.

○▽

너도 그래. 그러니까 많이 웃어. 네가 웃는 모습을 보는 게 내게 또한 행복이니까. 그래서 네가 웃는 동안은 나도 세상의 모든 일을 잊은 채 웃게 되니까. 너의 미소가 내겐 이 땅의, 이 하늘의, 이 삶의, 그러니까 이 우주의 미소나 다름없을 만큼 거대한 의미니까. 내 삶의 전부라는 생각이 들 만큼 소중한 선물이니까. 그러니까 나는 그 선물을 받기 위해 오늘 하루 너를 어떻게 웃게 해줄까를 하루 종일 생각해. 너의 기쁨이 내게 또한 기쁨이니까. 그런 마음으로 네 곁에서 너의 손을 잡고 있는 거야. 이게 내가 너를 사랑하는 마음이야.

당신과 함께하는 시간이 너무나 답답했어. 너무 사랑해서, 사랑한다는 말로는 내 마음에 있는 당신을 사랑하는 이 감정을 다 표현할 수가 없었거든. 그래서 내내 사랑한다 말하고 사랑 가득 눈에 담은 채 당신을 바라보고 조금의 틈도 없이 당신을 만지지만 그럼에도 너무 부족해. 답답해. 해소되지가 않아. 그 감정의 절절함과 간절함과 열렬함과 당신이 보고 싶은 그리움과 모든 것을 표현해도 표현되지 않는 답답함과 그럼에도 당신을 바라보는 시간의 설렘과 당신과 함께 하는 시간 동안의 가슴 벅찬 행복과 기쁨과 소중함과 당신을 아끼는 마음의 이해와 이 모든 감정을 더하고 더해도 모자랄 만큼, 당신을 사랑해서.

그 답답함을 가득 담아, 당신의 오늘 밤과 내일 밤과 내일의 다음 날의 밤과 그 밤의 내일 밤과 그러니까 영원히, 당신의 밤이 소중하며 찬란하기를 당신을 향한 사랑과 진심과 소원과 간절함과 그러니까 당신을 향한 내 모든 마음의 진심을 더하고 더해 바라며,

잘 자요.

내가 좋아서 자기 전 내 생각을 하다가 이불을 얼굴까지 뒤집어쓴 채 설레고 있는 당신에게 나 또한 당신을 생각하며 그러고 있으니 우리의 오늘 밤, 사랑으로 가득 차 이토록 찬란하니 미소 지으며 새근새근 잠들기에 충분하다고 생각하다가, 문득은 자는 시간마저 서로가 그립고 보고 싶어 꿈에서까지 만나며, 그렇게 하루 스물네 시간을 서로의 곁에서 떨어지지 못하다가, 혹시나 거리가 멀어진다 해도 깨어있는 내내 우리의 머릿속은 서로를 향한 생각으로 가득히며 또한 오늘 밤의 꿈에서도 서로가 그리던 서로를 만나 또다시 함께할 것이니,

우리의 사랑엔 공간도, 시간도 없었다.
그저 함께함만이 있을 뿐이니, 그 무엇보다 짙었다.
서로를 사랑했다.

함께 마주하고 있는 순간에도,
분명 너를 보고 있고, 내 눈에 너를 담고 있는데도
이상하게 네가 너무 보고 싶어서 가슴이 답답할 만큼.
그러다 문득은,
눈물 한 방울이 뚝 떨어질 만큼
나는 너를 사랑했고 너는 나에게 기적이었다.

그러니까 어여 눈 감고 코 자요. 나는 벌써 꿈인데 당신이 없는 일분 일초가, 그러니까 당신을 바라보지 않는, 당신과 함께하지 않는 시간이 조금이라도 있다면 그 시간이 참 아까우니, 자꾸 기다리게 하지 말고 내 꿈으로 어여 와.

나는, 꿈에서조차 당신이 그리웠고
당신을 사랑했으며
또한 당신과 함께했으니

나를 찾아온 모든 밤의 순간들 앞에서
나의 밤이 예쁘지 않은 적은 없었다.
찬란하지 않은 적도 없었다.
저 별보다 달보다 반짝이지 않은 적도 없었다.

당신이 내 밤을 밝혔으니.

당신의 밤 또한
나로 인해 조금은 더 밝아졌기를,
조금은 더 소중해졌으며 따뜻했기를.

당신을 웃게 해주는 사람을 만나.
당신을 좋아하는 게 아니라
당신을 좋아하는 감정을 좋아하는 사람 말고
당신이라는 사람 자체가 좋아서 함께 해주는 사람을.
그래야 시들지 않고 오래도록 소중할 테니까.

헤어짐은 아프지만 아프고 난 뒤는
꼭 만남보다 찬란할 거라고 나는 믿어.
그러니까 꿋꿋했으면 좋겠어.
그렇게 이별을 온전히 딛고 일어서야만
다음 사랑은, 전과는 비교할 수 없이 찬란할 테니까.

사람은 언제나 웃을 수 있는데
소중했던 사람과 헤어진 뒤에 웃는 일이란
참 쉽지가 않으며, 그 아픔은 참 길기도 길더라.
그렇게 아파하고 있는 당신이라서
그만큼 깊이 사랑했다는 것이며
만남의 순간 동안 아픈 일도 참 많았지만
그럼에도 참아가며 그 아픔까지 끌어안으며
주어진 사랑을 더해가기 위해 최선을 다했다는 거니까.

그래서 이별은 아프지만 찬란한 것이고
아프지 않음보다 아픔은 더 소중한 것이니
비록 지금이 힘들더라도,
힘듦에 무너져 소중함을 지켜주지 않는 사람 곁에서
다시 소중함을 잃어가기보다 꿋꿋이 소중하자.

그렇게 온전한 혼자가 되어 다시 웃을 수 있는
소중함을 지켜주는 새로운 사람의 곁에서 다시 웃을 수 있는
당신과 당신의 사랑과 소중함과 예쁜 미소이기를 바라.

또한 지금의 내 기도가 영원히 우주에 남아
당신의 찬란함을 지켜주기를 진심 다해 소원하며,

부디, 다음 사랑은
당신의 기쁨이 나에게 또한 기쁨인 사람과 함께
오래도록 영원히, 닳도록 사랑하고 사랑받는 당신이기를.

이제는 진짜 마지막.

나는 이 찬란한 마지막을 완성하기 위해

일 년이라는 시간을 당신의 행복만을 생각했으며

어떻게 해야 당신이 더 소중할 수 있을까,

더 행복할 수 있을까, 미소 지을 수 있을까를,

그 일 년의 자는 시간을 빼고 내내 생각했으니

내가 담은 당신을 위한 이 모든 진심이

부디 당신에게 닿아 찬란히 꽃 피기를 바라며.

무엇보다 당신은, 내내 사랑이어라.

에필로그

"세월의 나이테를 더해가며, 누구에게나 삶을, 그리고 사람을 향한 권태의 시기가 오는 것 같아요. 생각이 많아지다 보니, 마음이 무거워지고 그 마음의 무게를 감당하기가 벅차다 느껴지는 순간이 찾아오고, 하지만 도무지 그 무게를 덜어낼 수가 없어서 참 답답하고 힘이 들고, 덜어내고자 노력하지 않은 것은 아니었지만, 사람들의 내 아픔에 미치지 못하는 공감에 성의 없음을 느끼게 되어요. 공감의 부재가 이토록 차갑고 잔인한 것인지 알아가게 되어요. 그렇게 방어적인 사람이 되었어요.

그래서 혼자가 되기로 마음을 먹었어요. 하지만 역시 혼자는 무리인가 봐요. 늘 원하고 갈구해요. 이런 내 마음을 알아주고 가득 안아줄 누군가를. 표현하지 않아도, 나를 걱정 가득 담은 눈으로 들여다봐주고 따스한 손으로 펼쳐 읽어주는 사람이 있다면 얼마나 좋을까. 한 권의 소중한 책처럼.

그런 당신의 마음을 알아줄게요. 당신께 시선을 둘게요. 귀를 기울일게요. 당신이라는 책에 오래도록 머물게요. 그렇게 당신의 마음을 가득 안아줄게요. 당신이라는 책의 표지보다 당신이라는 책의 내용이 궁금해요. 그러니 겉모습에 머물러 있지 않을게요. 당신의 안을 들여다보고, 때로는 슬퍼하며 또 기뻐하며 크고 작게 고개를 끄덕이며 내내 당신과 함께할게요."

저의 책을 읽는 내내, 이 마음을 느꼈으면 좋겠다, 그러니까 독자분들의 마음을 따뜻이 안아줄 수 있었으면 좋겠다, 생각하며 원고를 쓰는 동안 온 마음의 진심을 다했어요. 그 진심이 너무 무겁진 않을까 걱정되어 때로는 가벼운 마음으로 웃으며 읽을 수 있게 사심 또한 더해.

예쁜 말과 함께 머무는 동안은 내 마음도 예쁘고 따듯해지는 거라고 믿기에 예쁘고 따뜻한 글을 쓰고 싶었어요. 저의 전작인 『참 소중한 너라서』는 시적인 느낌으로 함축한 글들이 많았다면, 이번 책은 읽는 내내 편안하고 담백하게, 그리고 무엇보다 예쁘고 따뜻한 마음으로 마지막까지 함께할 수 있었으면 좋겠다는 바람을 담아 썼던 것 같아요.

오랫동안, 저를 아껴주시고 기다려주시고 소중한 마음을 다해 응원해주신 독자분들에게 진심으로 감사의 말을 전하고 싶어요. 감사합니다.

앞으로도, 소중한 진심을 전하는 작가가 되기 위해 주어진 삶, 최선을 다해 반듯한 마음으로 살아가고, 사랑하며 나아가도록 할게요. 그렇게 하루하루 성숙한 제가 되어, 여러분들 또한 저의 글과 함께하며 좋은 마음을 얻고 응원받을 수 있도록, 그렇게 저의 책들이 여러분의 나이테에 하나의 예쁜 추억이 될 수 있도록 할게요. 그렇게 늘 저의 새로운 책들이 기다려지는 그런 소중한 글을 전하는 작가가 되겠습니다.

소중한 당신께, 꼭 소중하기를.

● ● ●

독자분들이 전해주신 진심어린 말들

_ 1231ljs

정말 좋은 이야기예요. 작가님 글에 감명받고 마음 속으로 되새기며 오늘도 잠에 들렵니다. 늘 좋은 글 감사드려요.

_ my_love_and_hate

내 마음이 당신이 안아줘서, 안아주려고 해줘서 참 감사하다네요. 멋있는 책 기다리고 있겠습니다.

_ hyeean96

며칠 전까지 삶을 포기하고 싶은 마음이 들었을 정도로 저 혼자 견디기에는 힘든일들을 겪었고 이제 겨우 여유가 생겼는데, 그런 제 마음을 이 글이 대변해주고 있는 것 같아서 위로가 되고, 또 다른 다짐을 하게 되네요.

_ be11ac

아... 지하철에서 읽다가 눈물 나서 혼났어요. 책 꼭 사야지. 작가님 감사합니다. 정말 감사합니다.

_ rarara_ej

최근 스스로에게 힘든 일이 있었는데 작가님 글 보면서 진짜 너무 힘이 됐어요. 항상 인스타그램으로만 글을 봤는데 시험 끝나면 직접 책 사러 가려고요! 항상 감사하다는 말씀드리고 싶었어요. 감사합니다.

_ aaizzing

"으... 아..." 이런 소리 내며 읽었어요. 이렇게 와 닿는 글은 거의 처음이에요. 저랑 똑같은 감정을 가진 사람이 있다는 게 위로가 돼요. 신간도 꼭 읽어야겠다는 생각이 드네요.

_ muse.mary

와, 숨소리도 내지 못하고 한숨에 쭉 읽어내려갔어요. 그러다가 잠시 멍- 해졌다가 오늘은 꼭 나를 위로해줘야지 하는 생각이 드네요. 정말 진심이 느껴지는 작가님의 위로에 다시 한번 감사드립니다.

_ only_eun_

정말 내 남자친구, 내 남편에게 듣고 싶은 말을 그대로 해주시는 작가님. 달아요. 너무 달달해.

_ la.brume

첫 문장부터 마음이 뭉클해지며 위로 받는 기분. 그리고 밑에 내려서 보니 제목이 위로였군요. 정말 위로가 되었어요. 믿고 보는 지훈님의 글. 늘 감사드려요.

_ euncute77

작가님을 알고 나서 제 삶이 변했어요. 작가님의 글을 읽을 수 있고 공감하고 거기서 무언가를 느끼고 배울 수 있게 된 건 정말 행운인 거 같아요. 그런 선물을 주셔서 정말 감사드려요.

_ agust16

작가님은, 어떻게 늘 내 마음을 알고 이렇게 위로해주실까, 라는 생각을 하게 만들어요. 너무나 따뜻하고 위로가 되는, 거기에 의미가 가득한 글들에 항상 감동하게 되네요.

_ gogo_ahnstar

아니 제 속을 어떻게 매번 들여다보는 거 같죠? 정말 저에게 필요하고, 누군가 꼭 해주었으면 했던, 간절한 말들이 제 가슴을 파고 들어와 눈물이 흘려요. 정말 감사합니다.

당신의 마음을 안아줄게요

초판 발행일 | 2017년 01월 25일

1판 1쇄 인쇄 | 2019년 02월 11일
1판 4쇄 발행 | 2019년 09월 04일

지은이 | 김지훈

발행인 | 김지훈
기획편집 | 김지훈
책임디자인 | 김진영
그림 | 김진영
인쇄 | (주)예인미술

발행처 | (주)진심의꽃한송이
주소 | 서울특별시 서대문구 신촌로7안길 41 신촌빌리지 B동 B202호
대표전화 | 02-337-8235 | 팩스 | 02-336-8235
등록 | 2018년 8월 30일 제 2018-000066호

ISBN 979-11-964842-4-8 (03810)